Donor

Van dezelfde auteur

Coma
Experiment
Brein
Epidemie
Infuus
Doodsangst
Sfinx
Manipulatie
Narcose
Embryo
Overdosis
Terminaal
Fataal
Risico
Besmet
Diagnose
Crisis
Kloon
Kritiek
Vreemd lichaam
Ingreep
DNA
Doodsakte
Nano
Infectie

Robin Cook

Donor

A.W. Bruna Uitgevers

Oorspronkelijke titel
Host

Vertaling
Anda Witsenburg
Omslagbeeld
© Maja Topcagic
Omslagontwerp
Wil Immink Design

ISBN 978 94 005 0753 1
NUR 332

Tweede druk, december 2016

Met dank aan Wim Best, apotheker-toxicoloog

MIX
Papier van verantwoorde herkomst
FSC® C110751
FSC www.fsc.org

Dit boek is gedrukt op papier dat het keurmerk van de Forest Stewardship Council (FSC®) mag dragen. Bij dit papier is het zeker dat de productie niet tot bosvernietiging heeft geleid. Een flink deel van de grondstof is afkomstig uit bossen en plantages die worden beheerd volgens de regels van FSC. Van het andere deel van de grondstof is vastgesteld dat hiervoor geen houtkap in de laatste resten waardevol bos heeft plaatsgevonden. Daarom mag dit papier het FSC Mixed Sources label dragen. Voor dit boek is het FSC-gecertificeerde Munkenprint gebruikt. Dit papier is 100% chloor- en zwavelvrij gebleekt en wordt geleverd door Arctic Paper Munkedals AB, Zweden.

Voor Cameron, een voorbeeldige jongen die hard op weg is een man te worden – ontdek je passie, zoon, en geniet van een fantastisch leven!

Inleiding

De volgende dagboekaantekeningen zijn van wijlen Kate Hurley, een zevenendertigjarige, lichamelijk zeer fitte (ze tenniste veel en lette goed op haar dieet), gematigd compulsieve lerares van groep drie van een basisschool en liefhebbende moeder van twee jongens van elf en acht. Tot haar dood bij een gewelddadige inbraak in haar huis, woonde ze met haar gezin op 1440 Bay View Drive in Mount Pleasant, South Carolina, aan de overkant van de haven van Charleston. Het huis staat op een relatief afgelegen bosperceel aan het eind van de weg. Ze was getrouwd met Robert Hurley, een agressieve letselschadeadvocaat.

Zaterdag 28 maart 2015, 8.35 uur

Als ik uit het raam van mijn kamer in het Mason-Dixon Medisch Centrum kijk, zie ik dat het een druilerige, grijze dag is. Niet bepaald het lenteweer waar we allemaal op wachten. Ik heb de afgelopen zes maanden niet echt trouw in mijn dagboek geschreven, hoewel dat altijd een grote troost voor me is geweest. Helaas was ik 's avonds veel te moe en 's morgens te druk om de jongens en mezelf klaar te maken voor school, maar ik ga proberen daar verandering in te brengen. Ik lig in het ziekenhuis, vol zelfmedelijden na een afschuwelijke nacht. Alles was heel veelbelovend begonnen want Bob en ik gingen met Ginny en Harold Lawler uit eten op Sullivan's Island. Zij kozen alle drie vis en achteraf bezien zou ik willen dat ik dat ook had gedaan. Helaas had ik eend gekozen, die nog tamelijk rauw was en, zoals ik later begreep van de arts op de Spoedeisende Hulp, vermoedelijk bedorven, hoogstwaarschijnlijk door salmonellabacillen. Al voordat ik het voorgerecht ophad begon ik me heel akelig te voelen en dat werd steeds erger. Terwijl Bob de oppas thuisbracht moest ik voor het eerst overgeven, en dat was geen pretje! Ik heb mezelf en de badkamer helemaal onder gespuugd. Gelukkig kon ik alles schoonmaken voor Bob weer terug was. Hij had met me te doen, maar omdat hij moe was van een drukke dag op kantoor ging hij al snel naar bed. Omdat ik me nog steeds afschuwelijk voelde, installeerde ik me in de badkamer en gaf nog diverse keren over, zelfs toen ik dacht dat er toch absoluut niks meer in mijn maag kon zitten. Rond twee uur besefte ik dat ik heel slap was en steeds zwakker werd. Daarom heb ik Bob wakker gemaakt. Hij wierp een blik op me en besloot dat ik naar een dokter moest. Onze ziektekostenverzekering stuurde ons naar het Mason-Dixon Medisch Centrum in Charleston. Gelukkig kon Bobs moeder komen om op de kinderen te passen. Ze is al vaker onze redder in de nood geweest en deze keer dus ook. De verpleegsters en de artsen op de SEH waren fantastisch. Natuurlijk vond ik het verschrikkelijk toen het overgeven maar doorging en ik bloederige diarree kreeg. Ik werd aan een infuus gelegd en kreeg medicijnen, waar ze me vast over hebben verteld maar ik kan het me niet meer herinneren. Ze vonden ook dat ik moest worden opgenomen. Ik was zo ver heen dat ik niet protesteerde, ook al ben ik altijd bang geweest voor ziekenhuizen. Vermoedelijk hebben ze me ook een kalmerend middel gegeven want ik kan me zelfs niet herinneren dat Bob vertrok of dat ik van de Spoedeisende Hulp naar een kamer werd overgebracht. Maar ik herinner me wel dat ik een paar uur later halfwakker werd toen iemand, waarschijnlijk een verpleegster, de donkere kamer in kwam en iets veranderde of toevoegde aan het infuus. Het was alsof ik droomde want de persoon leek net een spook, met blond haar en in het wit gekleed. Ik probeerde iets te zeggen maar ik kon het niet, tenminste niet iets samenhangends. Toen ik vanochtend wakker werd voelde ik me alsof ik was overreden door een vrachtwagen. Ik probeerde op te staan om naar de badkamer te gaan maar ik kon het niet, tenminste niet in eerste instantie, en ik moest om hulp bellen. Dat is een van de dingen waar ik zo'n hekel aan heb in een ziekenhuis: je bent de controle kwijt. Je moet alle autonomie opgeven als je binnenkomt.

De verpleegster die me hielp zei dat er spoedig een arts langs zou komen. Ik zal dit stukje afmaken als ik weer thuis ben om te vertellen dat ik door deze gebeurtenis weer besef hoezeer ik een goede gezondheid als vanzelfsprekend beschouw. Ik heb nog nooit eerder een voedselvergiftiging gehad. Het is veel erger dan ik me ooit had kunnen voorstellen. Het is in één woord afgrijselijk!

Zondag 29 maart 2015, 13.20 uur

Het is duidelijk dat ik me niet heb gehouden aan mijn voornemen om vaker in dit dagboek te schrijven. Ik heb het verhaal van gisteren niet afgemaakt zoals ik mezelf had beloofd, omdat de zaken niet zo gingen als gepland. Al snel nadat ik het bovenstaande had geschreven, kreeg ik bezoek van een van de artsen in opleiding, dokter Clair Webster, die iets ontdekte wat ik nog niet had gemerkt, namelijk dat ik koorts had. Mijn temperatuur was niet te hoog, maar het was wel een verandering omdat ze de avond ervoor normaal was geweest. Zonder dat ik het weet houden machines mijn pols, bloeddruk en temperatuur constant in de gaten en daarom had ik gedurende de nacht niemand gezien behalve de persoon die mijn infuus had bijgesteld. Zelfs dat wordt gecontroleerd door een klein, gecomputeriseerd apparaat. Dat bedoelen ze dus met menselijk contact in een modern ziekenhuis! Dokter Webster zei dat mijn temperatuur om ongeveer zes uur was gaan stijgen en dat ze nog even wilde afwachten hoe het verder zou gaan voor ze me zou ontslaan. Ik belde Bob om hem te vertellen over het uitstel.

Uiteindelijk bleek het meer dan uitstel te zijn, omdat mijn temperatuur niet zakte naar een normaal niveau maar de hele dag en de hele nacht bleef stijgen tot 40 graden, dus ben ik hier nog steeds. En er zijn nog een paar complicaties bij gekomen. Direct nadat Bob en de kinderen gistermiddag waren vertrokken na hun bezoek (de jongens mochten eigenlijk niet op bezoek komen vanwege hun leeftijd maar Bob heeft ze meegesmokkeld naar mijn kamer) begon ik overal pijn te krijgen en nu begrijp ik wat mensen bedoelen als ze zeggen dat ze pijn hebben in hun gewrichten. Nog erger is dat ik nu ook ademhalingsproblemen heb en alsof dat nog niet genoeg is, zag ik gisteren toen ik onder de douche stond dat ik een beetje uitslag onder mijn armen en onder mijn borsten had in de vorm van platte, piepkleine rode puntjes. Gelukkig jeuken ze niet. De verpleegster zei dat ik ze ook op het wit van mijn ogen had, en daarom kwam de arts in opleiding nogmaals langs. Ze zei dat ze verbaasd was, want de symptomen suggereerden dat ik buiktyfus zou hebben en ze stond erop dat ik zou worden gezien door een specialist op het gebied van besmettelijke ziekten. Dus die kwam langs en onderzocht me. Gelukkig zei hij dat het om diverse redenen geen tyfus kon zijn, waarvan de belangrijkste was dat ik niet de juiste salmonellastam had. Maar hij maakte zich wel zorgen omdat mijn hartslag was versneld sinds ik in het ziekenhuis lag. Om dit te controleren riep hij er een cardioloog bij, een zekere dokter Christopher Hobart, die me ook onderzocht. Mijn kamer leek wel een congrescentrum met al die artsen die in en uit liepen. Dokter Hobart regelde onmiddellijk een röntgenfoto van mijn borstkas omdat hij dacht dat ik een vetembolie had! Zodra ik de kans had heb ik de term online opgezocht (leve het internet) en ik ontdekte dat het vetbolletjes in de bloedstroom zijn, een situatie die normaal voorkomt bij patiënten met een ernstig trauma, waaronder gebroken botten. Natuurlijk is er bij mij geen sprake van een trauma, behalve emotioneel dan, dus de cardioloog kwam tot de conclusie dat ik ernstig uitgedroogd was. Maar omdat ik al een infuus had, was verdere behandeling volgens hem niet nodig, vooral omdat mijn ademhaling volkomen normaal leek. Daar was ik blij om, maar ik moet zeggen dat mijn fobie voor ziekenhuizen door dit alles wel gigantisch is toegenomen. Ik heb een paar maanden geleden iets gelezen over ziekenhuiscomplicaties in de *Post and Courier*, en wat er met mij gebeurde leek daar heel erg op waardoor ik behoorlijk ongerust werd. Het enige waar ik last van had toen ik vrijdag binnenkwam was een voedselvergiftiging, en nu zou ik een vetembolie hebben. Ik belde Bob en vertelde hem hoe ik me voelde en dat ik hier weg wilde en naar huis wilde. Hij zei dat ik geduld moest hebben en dat we het later zouden bespreken als hij op bezoek kwam, nadat zijn moeder was gekomen om op de kinderen te passen. Ik zal verdergaan als Bob en ik met elkaar hebben gesproken. Naast mijn andere symptomen heb ik ook een beetje moeite me te concentreren.

Maandag 30 maart 2015, 9.30 uur

Opnieuw heb ik na Bobs bezoek niet in het dagboek geschreven zoals ik me had voorgenomen. Mijn excuus was dat ik me heel erg suf voelde. Dat is de beste manier om het te omschrijven. Aan het einde van mijn aantekeningen van gisteren had ik geschreven dat het me moeite kostte me te concentreren. Dat is erger geworden. Ik kan me zelfs niet meer alles herinneren waar Bob en ik over gesproken hebben toen hij hier was, maar ik herinner me wel dat hij ongerust werd van alle symptomen die ik ontwikkelde en absoluut wilde praten met de artsen die me hadden onderzocht. Of hij dat gedaan heeft weet ik niet. En ik herinner me ook niet veel van wat hij heeft gezegd, maar wel dat hij dokter Curtis Fletcher ging bellen, onze oude huisarts, om hem erbij te betrekken.

Ik weet nog vaag dat ik opgewonden raakte nadat Bob was vertrokken, omdat ik me er druk over maakte dat ik steeds zieker werd en niet beter. Daardoor kwam dokter Webster weer terug en zij schreef me een rustgevend middel voor om me te kalmeren, wat in elk geval lukte. Het volgende dat ik me herinnerde was dat ik opnieuw midden in de nacht wakker werd. Deze keer omdat iemand iets deed aan mijn buik wat voelde als een prik van een naald. Misschien was het dezelfde persoon die de vorige nacht mijn infuus had bijgesteld. Ik weet het niet zeker. Toen ik vanochtend wakker werd vroeg ik me af of het een droom was geweest tot ik een gevoelige plek op mijn buik ontdekte. Worden sommige kalmeringsmiddelen daar toegediend? Ik wil proberen te onthouden dat ik dat moet vragen. Mijn koorts is een beetje gezakt maar is er nog wel. Belangrijker is dat ik me niet meer zo suf voel en dat de pijn veel minder is door de ibuprofen. Misschien laten ze me nu naar huis gaan. Ik hoop het heel erg. Mijn afkeer van en angst voor ziekenhuizen zijn niet afgenomen. Ze zijn erger geworden.

10.35 uur

Ik schrijf weer! Ik ben heel erg van streek. Ik ga niet naar huis. Dokter Chris Hobart was hier net met slecht nieuws. Hij zei dat hij gisteren om een albuminetest had gevraagd, en daaruit was gebleken dat het albuminegehalte goed is maar dat er een teveel aan een ander bloedeiwit is! Hij zei dat ik monoklonale gammopathie leek te hebben, wat dat in godsnaam ook maar moge wezen. Ik moet het nog opzoeken op het internet. Ik haat het als dokters praten alsof ze niet willen dat je het snapt. Ik weet dat dit paranoïde klinkt, maar ik denk dat ze dat met opzet doen. Ik moet er wel bij zeggen dat het teveel van dat eiwit volgens hem geen probleem was, maar hij wilde wel dat ik nog werd onderzocht door een bloedspecialist, wat betekende dat ik niet ontslagen zou worden.

15.15 uur

De bloedspecialist is net vertrokken met de belofte dat ze de volgende ochtend terugkomt. Als haar bezoek was bedoeld om me een gerust gevoel te geven dan is dat niet gelukt. Mijn grootste angsten over ziekenhuizen worden dubbel en dwars bewaarheid. Deze nieuwe arts is gespecialiseerd in bloedkanker! Een oncoloog! Ik ben nu doodsbang dat ik iets blijk te hebben als leukemie. De naam van de arts is Siri Erikson, wat Scandinavisch klinkt en zo ziet ze er ook uit. Het enige wat ik kan zeggen is dat ik naar huis wil! Helaas heb ik nog steeds hoge koorts, en dokter Erikson zei dat het beter voor me was om nog een paar dagen te blijven zodat ze uit kunnen zoeken waarom mijn temperatuur steeds zo hoog is of in elk geval konden wachten tot die weer normaal was.

Maar ik ben echt heel erg bang. Alles wat er is gebeurd overtuigt me ervan dat ziekenhuizen geen veilige plekken zijn tenzij je ze echt nodig hebt, zoals het geval was bij mij op vrijdag. Het lijkt wel of ik steeds meer problemen krijg hoe langer ik hier blijf. Ik zal het er met Bob over hebben wanneer hij me na zijn werk komt opzoeken. Gelukkig is mijn maag-darmkanaal wel bijna weer in orde. Ik krijg normaal eten, dat ik prima verdraag. Ik wil hier alleen maar weg zodat ik naar huis kan, naar Bob en de jongens.

16.45 uur

Bob verwacht hier rond zes uur te zijn. Ondertussen bel ik met dokter Fletcher, onze oude huisarts, wat Bob vergeten was, ook al had hij gezegd dat te zullen doen. Ik herinnerde me dat ik deze arts ongeveer twee maanden geleden nog had gezien voor een lichamelijk onderzoek toen Bob en ik met het idee speelden een levensverzekering af te sluiten. Er was onder meer een basaal bloedonderzoek gedaan en ik vroeg me af of daar ook bloedeiwitten in werden meegenomen. Nadien is me verteld dat alles normaal was. Toen dokter Fletcher me terugbelde om zijn medeleven over mijn voedselvergiftiging uit te spreken, vertelde hij dat tijdens zijn bloedonderzoek ook de bloedeiwitten waren gecontroleerd. Hij bevestigde dat alles normaal was geweest. Toen ik hem vertelde dat ik nu mogelijk een eiwitprobleem had was hij verbaasd, hoewel hij wel zei dat zo'n probleem elk moment kan ontstaan maar dan meestal bij mensen die veel ouder zijn dan ik. Hij adviseerde me de test over te laten doen en ik vertelde hem dat dat al in gang was gezet. Op mijn verzoek of hij ook betrokken kon worden bij mijn behandeling antwoordde hij dat dat niet kon. Hij mocht niet werken in het Mason-Dixon maar hij wilde met alle plezier spreken met de artsen die me behandelden als ze dat wilden. Ik bedankte hem en zei dat ik het zou voorstellen. Onnodig te zeggen dat ik teleurgesteld ben door alles wat er is gebeurd, en ik heb besloten dat ik morgen hoe dan ook naar huis ga mits Bob het daarmee eens is.

19.05 uur

Bob is net vertrokken. Helaas heb ik hem heel erg van streek gemaakt. Nadat ik hem had verteld wat ik had gehoord van dokter Fletcher, dat mijn bloedeiwitten een paar maanden geleden normaal waren, wilde hij me direct weghalen uit het ziekenhuis. Vreemd genoeg begon ik na zijn emotionele reactie te aarzelen, vooral omdat me was verteld dat dat zou betekenen dat ik vertrok tegen het medisch advies in. Ik slaagde erin Bob ervan te overtuigen dat we tenminste tot de ochtend moesten wachten, als ik dokter Erikson weer zou zien. Bloedproblemen waren immers haar specialiteit en ik wilde ervan verzekerd worden dat ik niet iets heel ernstigs had, zoals kanker.

Maar nu ik hier lig, overgeleverd aan de genade van dit ziekenhuis en luisterend naar de geluiden die binnendringen vanuit de gang, vraag ik me af of ik me toch niet door Bob mee had moeten laten nemen, ongeacht wat ik had moeten tekenen. Om de zaak nog erger te maken heb ik net iets gemerkt wat weleens een nieuw symptoom zou kunnen zijn: mijn buik is een beetje gevoelig. Of dat denk ik tenminste als ik er hard op druk. Maar waarschijnlijk voelt hij altijd al zo. Ik weet het eigenlijk niet. Misschien stel ik me wel vreselijk aan en gedraag ik me zelfs een beetje paranoïde. Ik ga een slaappil vragen en proberen te vergeten waar ik ben.

Dinsdag 31 maart, 9.50 uur

Ik heb Bob net gesproken aan de telefoon. Ik ben bang dat ik een vuurtje heb aangewakkerd. Ik vertelde hem dat dokter Erikson langs was geweest met het nieuws dat de eiwitafwijking, of gammopathie, in mijn bloed echt was en dat het niveau zelfs een beetje hoger was dan bij de vorige test. Toen ze zag hoe bang ik werd, probeerde ze terug te krabbelen en me te kalmeren. Maar haar geruststellende woorden hadden geen enkele invloed. Niet na wat ik op het internet had gelezen over bloedeiwitafwijkingen. Zodra ze weg was belde ik Bob en vertelde hem huilend wat er was gebeurd. Hij zei dat ik moest beginnen met het pakken van mijn spullen, want hij kwam eraan om me mee te nemen. En dat was niet alles: hij zei dat hij Middleton Healthcare, het bedrijf dat eigenaar is van het Mason-Dixon Medisch Centrum en eenendertig andere ziekenhuizen, keihard voor het gerecht ging slepen. Toen ik hem vroeg waarom, vertelde hij me dat hij de hele nacht onderzoek had gedaan met behulp van zijn geheime kanalen (hij betaalt zelfs informanten in ziekenhuizen in de omgeving om geïnformeerd te worden over moeilijke gevallen zodat hij patiënten rechtstreeks kan benaderen). Hij zei dat hij iets onrustbarends had gehoord over de ziekenhuizen van Middleton Healthcare wat hij nog verder wilde uitzoeken en aan me zou uitleggen zodra ik thuis was. Ondertussen wilde hij me uit het Mason-Dixon Medisch Centrum hebben, *pronto* (zijn woord). Hij vertelde dat de ziekenhuizen uitstekende statistieken hadden met betrekking tot ziekenhuisinfecties, maar als het gaat om een onverwachte bloedeiwitafwijking, zoals ik lijk te hebben, zijn hun cijfers buitenproportioneel. Hij denkt dat hij mogelijk een proces tegen het bedrijf zou kunnen beginnen dat zijn carrière een enorme opsteker zou geven. Zijn intuïtie zei hem dat er iets vreemds bij Middleton aan de hand was, waarmee hij een of ander zakelijk wangedrag bedoelde, en dat hij van plan was dat uit te zoeken om er iets aan te doen. We praatten nog een hele tijd verder waarbij hij vooral aan het woord was. Ik moet bekennen dat ik steeds meer het gevoel kreeg dat ik een beetje werd verraden. Zijn grootste interesse was verschoven van mijn problemen en geestelijke gesteldheid naar een rechtszaak in het algemeen belang.

Nadat ik hem had verzekerd dat ik klaar zou staan als hij bij het medisch centrum aankwam en we hadden opgehangen, staarde ik uit het raam. Ik voelde me behoorlijk eenzaam en maakte me zorgen dat Bobs gemoedstoestand op de lange termijn problemen zou veroorzaken voor ons. We moesten wel gebruikmaken van het Mason-Dixon Medisch Centrum, want het was het enige ziekenhuis bij ons in de buurt dat een contract had met onze verzekering. Het probleem is dat als Bob de smaak te pakken krijgt van iets als dit, met een groot proces in het vooruitzicht, hij dan als een hond met een been is. Ik kan me niet voorstellen dat ze in de ziekenhuizen van Middleton Healthcare meer bloedeiwitafwijkingen zouden zien dan in andere ziekenhuizen. Het slaat nergens op. Denkt Bob soms dat ze een markt creëren? Ik kan me niet voorstellen dat dat waar is! En zijn agressieve houding ten opzichte van het ziekenhuis geeft me een slecht gevoel, vooral omdat de artsen en verpleegkundigen me echt hebben geholpen toen ik vrijdag in nood verkeerde. Wat als de jongens in de nabije toekomst naar het ziekenhuis moeten? Zou Bob hen dan in gevaar brengen? Wat ik wel weet, en beter dan wie ook, is dat als mijn man zegt dat hij iemand een proces aan gaat doen, dat ook gebeurt. Ik mag hopen dat ik hem tot kalmte kan brengen als ik weer thuis ben en alles weer normaal is.

BOEK 1

1

Maandag 6 april 2015, 6.30 uur

Lente in Charleston, South Carolina, is een schitterende tijd en begin april is dat al heel goed te zien. De azalea's, camelia's, hyacinten, vroegbloeiende magnolia's en forsythia's dragen allemaal bij aan de overdaad aan kleur en geur alsof ze strijden om aandacht. En terwijl de zon bijna opkwam beloofde ook dit een glorieuze dag te worden voor bijna iedereen in deze pittoreske, historische stad. Iedereen, dat wil zeggen behalve voor Carl Vandermeer, een geslaagde jonge advocaat die was opgegroeid in het nabijgelegen West Ashley.

De meeste ochtenden, ongeacht de tijd van het jaar maar vooral in de lente, maakte Carl deel uit van een flinke groep joggers die langs de Battery rende, gelegen op het zuidelijke puntje van Charlestons schiereiland. De Battery keek uit op dat deel van de uitgestrekte Charleston Harbor waar de rivieren de Cooper en de Ashley in elkaar overlopen. Vanwege de gerestaureerde herenhuizen uit de negentiende eeuw en een prachtig openbaar park was de Battery een van de mooiste en populairste plekken van de stad.

Net als de meesten van zijn medejoggers woonde Carl in de nabijgelegen en charmante woonwijk die onder de inwoners bekendstaat als SOB, de afkorting voor South of Broad. Broad Street was een doorgaande weg die tussen de twee rivieren van oost naar west over het schiereiland liep.

De reden dat Carl op deze mooie lenteochtend niet aan het joggen was, was dezelfde waarom hij de voorgaande maand ook niet had gejogd. Tijdens de laatste basketbalwedstrijd van het afgelopen seizoen had hij de voorste kruisband van zijn rechterknie gescheurd. Hij en een stuk of vijf andere sportieve advocaten hadden een team gevormd om mee te doen aan een stadscompetitie.

Carl had altijd heel veel aan sport gedaan, zowel op de middelbare school als tijdens de jaren aan Duke University, waar hij lacrosse had gespeeld in het eerste team en een aanzienlijke bekendheid had opgebouwd. Omdat hij er altijd goed op had gelet dat hij in vorm bleef, zelfs tijdens zijn rechtenstudie, dacht hij eigenlijk immuun te zijn voor blessures, vooral omdat hij nog maar negenentwintig was. Tijdens zijn hele sportcarrière had hij nooit meer opgelopen dan een paar verstuikte enkels.

Deze knieblessure was dus een onwelkome verrassing. Het ene moment was er helemaal niets met hem aan de hand geweest. Hij had de hele eerste helft van de wedstrijd meegespeeld en achttien punten gescoord. Met de bal in bezit had hij voor de vent die hem verdedigde een schijnbeweging naar links gemaakt om vervolgens naar rechts, in de richting van de basket te gaan. Dat was niet gelukt. Het volgende moment lag hij languit op de grond zonder te weten wat er was gebeurd. Beschaamd krabbelde hij direct weer overeind. Zijn rechterknie voelde een beetje vervelend maar het leek niet erg. Hij zette een paar stappen naar voren en zakte direct een tweede keer in elkaar. Op dat moment begreep hij dat het ernstig was.

Een bezoek aan dokter Gordon Weaver, een orthopedisch chirurg, bevestigde de diagnose van een gescheurde voorste kruisband. Zelfs Carl, die maar heel weinig wist op medisch gebied, kon dat zien op de MRI. Het slechte nieuws was dat hij onder het mes moest als hij wilde blijven sporten. Dokter Weaver zei dat het het beste zou zijn om een deel van zijn eigen patellapees om te leiden tot in het gewricht. Het enige goede nieuws was dat zijn ziektekostenverzekering het hele gedoe zou dekken, inclusief de revalidatie. Zijn bazen bij het advocatenkantoor waar hij werkte, waren niet bepaald blij met de noodzakelijke verloren tijd, maar Carl vond het gemiste werk niet zo'n probleem. Wat voor hem wel een probleem was, was zijn enorme afkeer van alles wat met geneeskunde en naalden te maken had. In het verleden was hij flauwgevallen als er alleen maar bloed bij hem werd afgenomen en hij hield zelfs niet van de geur van desinfecteermiddelen vanwege de associaties. Hij had nog nooit in het ziekenhuis gelegen maar was daar wel op bezoek geweest bij vrienden en de ervaring had hij maar niks gevonden, dus het feit dat hij die ochtend naar het ziekenhuis moest voor een operatie was, op zijn zachtst gezegd, een uitdaging.

De ironie van zijn beschamende en geheime medische fobie was dat zijn vaste vriendin van de afgelopen twee jaar, Lynn Peirce, vierdejaarsstudent geneeskunde was. Ze maakte hem vaak licht in het hoofd met haar verhalen over haar dagelijkse ervaringen in het Mason-Dixon Medisch Centrum, waar Carls operatie over een paar uur gepland stond. Zij was degene geweest die dokter Weaver had aanbevolen en akelig gedetailleerd had uitgelegd hoe zijn knie zou worden gerepareerd.

Het was ook op Lynns aandringen geweest dat hij had verzocht om als eerste op een maandagmorgen door dokter Weaver te worden geopereerd. De theorie, had ze uitgelegd, was dat iedereen nog scherp zou zijn, wat betekende dat er minder kans was op fouten of problemen met het schema. Carl wist dat Lynn het allemaal goed bedoelde maar haar opmerkingen maakten hem alleen nog maar zenuwachtiger.

Lynn had aangeboden net als zaterdagnacht te blijven slapen om ervoor te zorgen dat hij zich aan de preoperatieve instructies zou houden en op tijd naar het ziekenhuis zou gaan, maar Carl had dat afgewimpeld. Hij was bang dat ze per ongeluk iets zou zeggen wat hem nog banger zou maken dan hij al was. Maar dat zei hij niet tegen haar. Hij zei dat hij alleen waarschijnlijk beter zou slapen en hij verzekerde haar dat hij de preoperatieve instructies tot op de letter nauwkeurig zou opvolgen. Ze had het zonder tegensputteren geaccepteerd en gezegd dat ze hem zou komen opzoeken zodra hij uit de PACU, de verkoeverkamer, was.

Carl had Lynn nooit verteld over zijn medische fobie uit angst dat ze hem op zijn minst zou uitlachen. En hij liet ook niet blijken hoe ongerust hij zich maakte over de aanstaande operatie. Om zijn ego te beschermen konden sommige dingen beter ongezegd blijven.

Carl liet de wekker onophoudelijk afgaan uit angst weer in slaap te vallen. Hij had slecht geslapen en de vorige avond moeite gehad met inslapen. De instructies van dokter Weavers assistente waren geweest dat hij na middernacht niets meer via de mond in mocht nemen behalve water en na het opstaan moest hij een lange, hete douche nemen met antibacteriële zeep, waarbij hij vooral aandacht moest besteden aan zijn rechterbeen. Hij moest uiterlijk zeven uur in het ziekenhuis zijn, en dat zou nog opschieten worden want het was inmiddels al halfzeven. Hij wilde zich haasten want hij hoopte dan minder tijd te hebben om na te denken, maar dat werkte dus niet. Hij was nog niet eens uit bed en maakte zich al zorgen.

Alsof ze zijn angst voelde werd Pep, zijn lichtvoetige acht jaar oude Burmese kat, wakker aan het voeteneind van het bed en liep omhoog om haar natte neus tegen Carls stoppelkin te wrijven.

'Dank je, meisje,' zei Carl, en hij gooide het dekbed van zich af en liep rechtstreeks naar de badkamer. Pep kwam zoals altijd achter hem aan. Carl had de kat gered aan het eind van zijn bacheloropleiding aan Duke toen een van zijn jaargenoten haar na zijn afstuderen wilde achterlaten in het asiel in de hoop dat ze zou worden geadopteerd. Carl vond dat een vreselijk plan omdat hij het beschouwde als een mogelijk doodvonnis. Hij nam de kat voor de zomer mee naar huis, raakte hopeloos gecharmeerd van haar en het eind van het liedje was dat hij haar meenam toen hij verder ging studeren. Frank Giordano, een goede vriend en eveneens een basketbal spelende advocaat die over een paar minuten zou komen om hem naar het ziekenhuis te rijden, had aangeboden om voor de kat te zorgen door dagelijks naar Carls huis te komen om te controleren of ze eten en water had tot hij over drie dagen weer thuis zou zijn. Alles was in orde, tenminste, dat dacht hij.

Terwijl Carl Vandermeer onder een hete douche schoof, sprong dokter Sandra Wykoff uit haar BMW X3. Ze had haast, niet omdat ze laat was maar omdat ze gek was op haar werk. In tegenstelling tot Carl was ze zo dol op geneeskunde dat ze in de drie jaar dat ze nu bij het Mason-Dixon Medisch Centrum werkte niet één keer een echte vakantie had genomen. Ze was een geaccrediteerd anesthesist, opgeleid aan de andere kant van de stad aan de oudere Medical University van South Carolina. Ze was vijfendertig, een workaholic en relatief recent gescheiden na een kort huwelijk met een chirurg.

Komend van haar gereserveerde parkeerplaats op de begane grond van de parkeergarage meed ze de lift en nam de trap. Het was maar één verdieping en ze hield van de inspanning. De ultramoderne operatiekamers van het medisch centrum, dat net na de eeuwwisseling was gebouwd, waren op de eerste etage. In de koffiekamer keek ze op de monitor waarop het schema voor de operatiekamers te zien was. Ze was ingedeeld in OK 12 voor vier gevallen, met als eerste het herstel van een voorste kruisband met behulp van een allograft van de patellapees door Gordon Weaver onder algehele anesthesie. Ze was blij. Ze mocht Weaver heel graag. Net als de meeste orthopedische jongens was hij een sociale vent die hield van zijn werk. Maar het belangrijkste, vond Sandra, was dat hij geen tijd verspilde en er geen doekjes om wond als er meer bloedverlies was dan verwacht. Voor haar was dat belangrijk, maar niet iedere chirurg hield daar rekening mee. Net als alle anesthesisten wist ze dat zij verantwoordelijk was voor het welzijn van de patiënt tijdens de operatie, niet de chirurg, en ze waardeerde het als ze op de hoogte werd gesteld als zich tijdens de operatie iets ongewoons voordeed.

Sandra typte de naam van de patiënt, Carl Vandermeer, in op haar tablet samen met zijn ziekenhuisnummer en haar inlogcode om toegang te krijgen tot zijn elektronische patiëntendossier. Ze wilde zijn preoperatieve geschiedenis bekijken. Even later wist ze waar ze mee te maken had: een gezonde, negenentwintigjarige man die niet allergisch was voor medicatie en niet eerder onder narcose was geweest. Hij was zelfs nog nooit eerder opgenomen in een ziekenhuis. Het zou een makkelijke, probleemloze operatie worden.

Nadat ze haar werkkleding had aangetrokken liep ze de operatieafdeling op, waarbij ze de balie passeerde die werd bemand door het buitengewoon competente hoofd, Geraldine Montgomery. Even verderop liep ze aan haar rechterhand langs de ingang naar de PACU. De preoperatieve wachtruimte was aan de linkerkant. In beide ruimtes heerste een jachtige activiteit. Een hele schare verpleegkundigen was bezig met de voorbereidingen voor het zoals altijd drukke maandagochtendprogramma dat spoedig zou beginnen.

Als een over het algemeen vriendelijke maar afstandelijke vrouw groette Sandra iedereen die ze tegenkwam, maar ze bleef niet staan om te kletsen en ook minderde ze geen vaart. Ze was op haar gebruikelijke vroegeochtendmissie. Ze wilde graag de anesthesiemachine controleren die ze die dag zou gebruiken, iets wat alle anesthesisten en anesthesieverpleegkundigen verplicht waren om te doen. Het verschil was dat Sandra consciëntieuzer was dan de meesten en niet kon wachten om te beginnen.

Sandra was dol op de nieuwere anesthesiemachine, die in feite werd aangestuurd door een computer. Eigenlijk was het de steeds grotere rol van de computer bij anesthesie die op de eerste plaats haar belangstelling had gewekt. Als haar vaders dochter voelde Sandra zich aangetrokken tot bijna alles wat mechanisch was. Steven Wykoff was een ingenieur op het gebied van motorvoertuigen die in 1993 door BMW vanuit Detroit, Michigan, naar Spartanburg, South Carolina was gehaald. Het feit dat computers voorbeschikt waren een steeds grotere rol te spelen in de geneeskunde was de reden dat ze medicijnen was gaan studeren. Het was tijdens haar chirurgiecoschap in haar derde jaar dat ze kennismaakte met anesthesie en ze was vanaf het begin geboeid. Het was de perfecte mix van fysiologie, farmacologie en mechanica die Sandra geweldig vond.

Toen Sandra ok 12 binnenliep groette ze Claire Beauregard, de dienstdoende omloopverpleegkundige, die al druk bezig was de eerste operatie voor te bereiden. Ze spraken verder niet. Sandra liep naar haar vertrouwde mechanische partner waarmee ze het grootste deel van de dag zou doorbrengen. Hij stond stijf van de veelkleurige gascilinders, diverse monitoren, meters en kleppen. De machine was net als alle apparatuur in het relatief nieuwe ziekenhuiscomplex ultramodern en computergestuurd. Het was nummer 37 van bijna 100 exemplaren in totaal. Het nummer stond op een sticker op de zijkant van de machine, evenals de onderhoudsgeschiedenis.

Sandra beschouwde het apparaat als een technisch wonder. Onder de vele functies was een automatische checklist die voldeed aan wat de Food and Drug Administration vereiste voor gebruik, in vele opzichten vergelijkbaar met de verplichte checklist in een modern vliegtuig om voor vertrek vast te stellen dat alle systemen naar behoren functioneren. Maar Sandra zette het apparaat niet direct aan om de automatische checklist te starten. Ze vond het prettig het apparaat op de ouderwetse manier te controleren, vooral de hoge- en de lagedruksystemen, alleen maar om er voor honderd procent zeker van te zijn dat alles in orde was. Ze hield ervan om alle kleppen zelf aan te raken en te bedienen. Haar persoonlijke controle gaf haar een veel zekerder gevoel dan een computergestuurd algoritme.

Tevreden met wat ze had gevonden rolde Sandra de kruk waar ze de rest van de dag op door zou brengen naar zich toe, ging zitten en trok zichzelf naar de voorkant van de anesthesiemachine. Pas toen zette ze het apparaat aan. Gefascineerd, zoals gewoonlijk, hield ze haar ogen strak gevestigd op de monitor terwijl de machine haar eigen geautomatiseerde checklist afwerkte met daarop het meeste van wat zij al had gedaan. Een paar minuten later gaf het apparaat aan dat alles in orde was, inclusief de alarmering bij problemen als verandering in de bloeddruk en de hartfunctie van de patiënt of een zuurstoftekort in het bloed.

Sandra was tevreden. Als er iets mis was, ook al was het maar iets heel kleins, dan was ze verplicht contact op te nemen met de Technische Dienst van het ziekenhuis die de anesthesieapparaten onderhield. Ze vond de technici daar echter maar een vreemd stelletje. Degenen met wie ze contact had gehad, kwamen allemaal uit Rusland, de een beheerste de Engelse taal beter dan de ander, en de meesten leken op de computernerds uit haar tienertijd. Maar ze had echt een hekel aan Misha Zotov, die haar in het ziekenhuisrestaurant had opgezocht om een gesprek aan te knopen op de dag dat ze naar de afdeling was geweest om een eenvoudige onderhoudgerelateerde vraag te stellen. Ze kreeg de rillingen van hem, des te meer omdat hij haar een paar dagen later thuis had gebeld om haar uit te nodigen iets met hem te gaan drinken. Ze had geen idee hoe hij aan haar geheime nummer was gekomen. Ze had een smoes bedacht en gezegd dat ze een vaste relatie had.

Nu de anesthesiemachine er klaar voor was, begon Sandra haar voorraden en medicamenten met dezelfde toewijding te controleren. Ze vond het prettig alles aan te raken wat ze misschien nodig had, zodat ze wist waar het was. Mocht er sprake zijn van een noodgeval, dan wilde ze niet naar iets moeten zoeken. Alles moest binnen handbereik zijn.

'Wil je dat ik de auto parkeer en met je meega?' vroeg Frank Giordano aan Carl toen hij een paar minuten over zeven voor het Mason-Dixon Medisch Centrum stopte. Tijdens de rit hadden ze niets gezegd. In eerste instantie had Frank geprobeerd een gesprek te beginnen toen ze in noordelijke richting in King Street reden, maar Carl was er niet op ingegaan. Frank nam aan dat hij in de rats zat over de aanstaande operatie, vooral nadat hij toen ze vertrokken had toegegeven dat hij bloednerveus was.

'Nee, dank je, dat hoeft niet,' zei Carl. 'Ik ben een beetje laat en hopelijk betekent dat dat ik niet hoef te wachten.' Het was duidelijk dat hij zenuwachtig was.

'Hé, man,' zei Frank, 'rustig aan maar! Het is niks bijzonders. Ze hebben mijn amandelen verwijderd toen ik tien was. Het was een eitje. Ik herinner me nog dat ik van vijftig terug moest tellen. Ik ben geloof ik tot zesenveertig gekomen, en het volgende moment werd ik wakker gemaakt en toen was het allemaal al klaar.'

'Ik heb hier een slecht gevoel over,' zei Carl. Hij draaide zich om en keek Frank aan.

'Shit, man. Waarom zeg je zoiets stoms? Wees positief! Luister, het moet gebeuren, en het moet nú gebeuren zodat je in december weer helemaal in orde bent voor het volgende basketbalseizoen. We hebben alleen wat aan je als je fit bent.'

Carl antwoordde niet. Er stond een hele rij auto's voor hen onder de overkapping bij de hoofdingang. Mensen met weekendtassen stapten uit. Carl nam aan dat ze ook kwamen voor een operatie. Hij wilde dat hij zich net zo ontspannen kon gedragen als anderen leken te doen. Hij keek op zijn telefoon. Het was nu bijna vijf over zeven. Hij had het zo gepland dat hij precies op tijd zou aankomen zodat hij niet hoefde te wachten.

'Ik ga er hier wel uit,' zei Carl plotseling en hij deed het portier open en stapte uit.

'We staan over dertig seconden voor de deur,' zei Frank.

'Dat denk ik niet. Lopend ben ik sneller.' Carl sloeg het portier dicht en deed de achterbak open. Hij pakte zijn rugzak met zijn spullen eruit en hing hem over zijn schouder. 'Vergeet de kat niet!'

'Maak je niet druk,' zei Frank terwijl hij ook uit de auto stapte. Hij liep naar de andere kant en omhelsde hem kort. Carl reageerde niet en keek zijn vriend alleen recht aan toen die weer achteruitstapte. Maar toen Frank een vuist ophief deed Carl dat ook. Hun knokkels raakten elkaar in een *fist bump*. 'Tot later, man!' voegde Frank eraan toe. 'Het komt goed.'

Carl knikte, draaide zich om en liep langs de auto's die stonden te wachten om dichter bij de ingang te komen en hun passagiers uit te laten stappen. Terwijl hij het ziekenhuis binnenliep herinnerde hij zich dat hij Dantes beschrijving van de hel had gelezen op Duke.

Een vrijwilliger met een roze schort wees hem waar de chirurgieafdeling was. Carl meldde zich bij een van de medewerkers achter een borsthoge balie.

'U bent te laat,' zei de vrouw op licht beschuldigende toon. Ze leek akelig veel op Carls lerares uit groep acht, juffrouw Gillespie. De herinnering gaf hem het gevoel dat hij terugging naar een eerdere fase in zijn leven toen hij zijn lot absoluut niet in eigen hand had. Carl was een onstuitbare twaalfjarige geweest en had het vaak aan de stok gehad met juffrouw Gillespie. De medewerkster pakte een stapeltje papier dat voor haar op de balie lag en gaf het aan Carl. 'Ga daar maar zitten! Er komt zo een verpleegster naar u toe.'

Hoewel net zo bazig als de medewerkster, was de verpleegster aanzienlijk sympathieker. Ze glimlachte toen ze Carl verzocht haar te volgen naar een door een gordijn afgescheiden gedeelte waar een opgemaakte brancard stond met schone lakens en een kussen. Daarop lag het beruchte ziekenhuishemd. Nadat ze zijn identiteitsbewijs had gecontroleerd en zijn naam en geboortedatum had gevraagd, deed ze een naambandje om zijn pols. Toen dat klaar was vroeg ze hem zijn waardevolle spullen in een afsluitbare canvas tas te stoppen, die ook op de brancard lag, zijn kleren uit te trekken, het hemd aan te doen en te gaan liggen. Daarna trok ze het gordijn dicht om hem wat privacy te geven. Ze keek toe hoe Carl het hemd pakte en probeerde te bedenken hoe hij gedragen moest worden.

'De opening moet aan de achterkant,' zei de verpleegster alsof dat Carls verwarring zou wegnemen. 'Ik kom zo terug als u klaar bent.' Toen verdween ze achter het gordijn. Het was duidelijk dat ze haast had.

Carl deed wat hem was gezegd maar hij had moeite met het hemd, vooral omdat hij niet wist hoe hij het moest dichtmaken. Eén bandje zat in de nek, het andere bij zijn middel, wat niet logisch was. Hij deed zijn uiterste best. Hij lag nog maar net op de brancard met het laken over zijn borst getrokken toen de verpleegster alweer voor het gordijn stond en vroeg of hij klaar was.

Toen ze weer binnen was gekomen stelde ze hem een hele reeks vragen. Hebt u vanochtend iets gegeten? Bent u ergens allergisch voor? Zijn er medicijnen die u niet verdraagt? Hebt u gebitsprotheses? Rookt u? Bent u eerder onder narcose geweest? Hebt u de laatste vierentwintig uur aspirine geslikt? Ze ging maar door en Carl antwoordde steeds maar weer braaf 'Nee' tot ze informeerde hoe hij zich voelde.

'Hoe bedoelt u?' vroeg Carl. Hij was verbaasd. Het was een onverwachte vraag. 'Ik ben nerveus. Is dat wat u bedoelt?'

De verpleegster lachte. 'Nee, nee! Ik bedoel, voelt u zich nu goed en hebt u zich de hele nacht normaal gevoeld? Wat ik probeer te vragen is of u het gevoel hebt dat u iets onder de leden hebt. Bent u verkouden? Hebt u het gevoel dat u koorts hebt? Zoiets?'

'Ik snap het,' zei Carl, zich schamend voor zijn naïviteit. 'Helaas voel ik me qua gezondheid prima, dus er is geen excuus om hier niet mee door te gaan. Om eerlijk te zijn maak ik me alleen maar zorgen.'

De verpleegster keek op van haar tablet waar ze al Carls antwoorden op had ingevoerd. 'Hoeveel zorgen maakt u zich?'

'Hoeveel zorgen moet ik me maken?'

'Sommige mensen vinden het ziekenhuis stressvol. Wij die hier werken niet omdat we hier dagelijks zijn. Geef het eens aan op een schaal van één tot tien...'

'Misschien acht! Om eerlijk te zijn ben ik heel erg nerveus. Ik hou niet van naalden en andere medische attributen.'

'Hebt u ooit een hypotensieve episode gehad in een medische situatie?'

'Dat moet u even voor me vertalen.'

'Bent u weleens flauwgevallen?'

'Ik ben bang van wel. Twee keer. De eerste keer toen er bloed werd afgenomen voor een paar testen op de ziekenafdeling van de universiteit, en de tweede keer toen ik op de universiteit bloed wilde doneren.'

'Ik zal het vermelden in uw dossier. Als u wilt kunnen ze u vast iets geven om te kalmeren.'

'Dat zou fijn zijn,' zei Carl en hij meende het.

De verpleegster nam Carls bloeddruk en pols op, die volgens haar normaal waren. Daarna vroeg ze hem aan welke knie hij geopereerd moest worden, en toen Carl op zijn rechterknie wees zette ze met een viltstift een X op zijn dij, tien centimeter boven zijn rechterknieschijf. 'We willen zeker weten dat we de juiste knie opereren,' zei ze.

'Ik ook,' antwoordde Carl geschrokken. 'Is dat weleens fout gegaan dan?'

'Ik ben bang van wel,' zei de verpleegster. 'Niet hier, maar het komt voor.'

Goeie god, dacht Carl. Nu had hij nog iets om zich zorgen over te maken. Hij was zo nerveus dat hij zich begon af te vragen of het stom was geweest om Lynn te ontmoedigen mee te komen, al was het maar om hem voor de procedure even gedag te komen zeggen. Misschien had hij een ombudsman nodig.

'Dokter Wykoff, de patiënt is in het CCP,' zei Claire toen ze weer terugkwam in ok 12, refererend aan het centrum voor chirurgische-patiëntenzorg, een extra lange naam voor de patiëntenwachtkamer.

'Waar is dokter Weaver?' antwoordde Sandra.

'Die is zich aan het verkleden. We zijn klaar om te beginnen.'

'Perfect.' Ze stond op en pakte haar tablet. 'Hoe ver ben jij, Jennifer?' Jennifer Donovan was de zuster die haar operatiekleding en handschoenen al aanhad en de gesteriliseerde instrumenten aan het klaarleggen was. Het was 7.21 uur.

'Ik ben bijna klaar,' zei ze.

Terwijl Sandra de centrale gang door liep, keek ze naar Carls elektronisch patiëntendossier en las de informatie die de opnamezuster had ingevoerd. Er waren geen tekenen die wezen op problemen. Het enige wat haar opviel was dat de patiënt ongebruikelijk angstig was en in het verleden tijdens bloedafnames enkele hypotensieve episodes had gehad. Sandra was al diverse mannen tegengekomen met een dergelijke fobie, maar het was nooit een probleem geweest. Mensen vielen zelden flauw als ze lagen. Wat haar betrof was angst iets wat je kon verwachten. Daarom hield ze zoveel van midazolam. Het werkte als een tovermiddel, waardoor zelfs de meest nerveuze patiënten ontspanden. In de zak van haar operatiejas had ze al een injectiespuit met de juiste dosering, afgestemd op het gewicht van de patiënt.

Ze vond Carl Vandermeer in een van de preoperatieve nissen van het CCP. Het kon haar niet ontgaan dat het een aantrekkelijke man was met dik, donker haar en opvallend grote blauwe ogen. Afgezien van zijn zichtbare nervositeit was hij een toonbeeld van gezondheid. De gedachte schoot door haar hoofd dat het heel prettig zou zijn om met hem te werken.

'Goedemorgen meneer Vandermeer,' zei Sandra. 'Ik ben dokter Wykoff, uw anesthesist.'

'Ik wil een algehele narcose!' verklaarde Carl zo autoritair mogelijk onder de omstandigheden. 'Ik heb dit besproken met dokter Weaver en hij beloofde me dat ik een algehele narcose zou krijgen. Ik wil geen ruggenprik.'

'Geen probleem,' zei Sandra. 'We zijn er klaar voor. Ik begrijp dat u een beetje nerveus bent.'

Carl lachte kort en vreugdeloos: 'Ik denk dat dat een understatement is.'

'Ik kan u eventueel een injectie geven. Ik weet dat u niet van naalden houdt, maar is het goed als ik dat doe? Het zal helpen, dat garandeer ik u.'

'Om eerlijk te zijn ben ik daar niet zo blij mee. Waar gaat u me prikken?'

'Uw arm is prima.'

Zich vermannend stak Carl braaf zijn linkerarm uit en keek opzij om de spuit niet te hoeven zien. Na een snelle haal met een antiseptisch doekje diende Sandra de injectie toe.

Carl draaide zich weer om. 'Dat was snel. Bent u al klaar?'

'Helemaal! Nu wil ik met u de zaken doornemen die de opnamezuster heeft genoteerd.'

Snel stelde Sandra dezelfde vragen. Of Carl sinds middernacht niets had gegeten, over allergieën, over medicijnintolerantie, over medische problemen, over eerdere narcoses, over tandheelkundige protheses, enzovoort. Tegen de tijd dat Sandra klaar was, was Carls houding volkomen veranderd dankzij de midazolam. Hij was niet alleen niet langer bang, hij vond de hele situatie wel interessant.

Op dat moment begon Sandra aan haar infuus. Het kon Carl absoluut niks schelen en hij keek met een zekere afstandelijkheid naar de voorbereidingen. Het hielp ook dat ze zich buitengewoon zelfverzekerd en competent gedroeg tijdens de procedure. Ze zorgde er altijd voor dat ze haar eigen infuus prepareerde, zodat ze erop kon vertrouwen. Ze gebruikte liever ook een verblijfskatheter dan alleen een simpel infuus. Carl bleef maar praten tijdens het gebeuren, vooral over zijn vriendin, Lynn Peirce, die volgens hem vierdejaarsgeneeskundestudent was en de aantrekkelijkste vrouw van haar jaar. Sandra ging er heel diplomatiek niet op in.

Een paar minuten later verscheen dokter Gordon Weaver om even met Carl te praten, onder andere om vast te stellen aan welke knie ze zouden gaan werken. Hij controleerde of de opnamezuster de X met de markeerstift op de juiste dij had gezet.

'Jullie zijn echt geobsedeerd door de goeie knie,' grapte Carl.

'Dat kun je wel zeggen, vriend,' zei dokter Weaver.

Met Sandra voorop en Weaver duwend aan de achterkant reden ze Carl ok 12 in en bleven naast de operatietafel pal onder de lamp staan. Ergens onderweg was Carl midden in een zin half in slaap gevallen, wat Sandra er weer aan herinnerde waarom ze zo dol was op midazolam. Pas veel later, toen ze terugkeek op alles wat ze had gedaan, zou ze zich afvragen of ze wel de juiste dosis had gegeven. Sandra, dokter Weaver en Claire Beauregard hevelden Carl met ervaren efficiëntie over op de operatietafel.

Toen Weaver vertrok om zich te gaan wassen, trok Sandra de anesthesiemachine naast Carls hoofd. Dit was het deel van de operatie waar ze het meest van hield. Zij had de hoofdrol en stond op het punt opnieuw de waarde van de farmacologische wetenschap te bewijzen. Anesthesie werd gekenmerkt door buitengewone aandacht voor detail, perioden van intensieve activiteit, zoals nu stond te beginnen, en daarna lange, relatief saaie fasen waarin ze heel erg haar best moest doen om gefocust te blijven. Als ze erover nadacht kwam altijd de analogie met een piloot naar boven. Op dat moment stond ze op het punt op te stijgen. Als dat gedaan was zou ze op de automatische piloot verder vliegen en weinig anders te doen hebben dan de monitor en de meters in de gaten houden. Pas tegen de landing zouden er weer intensieve activiteit en aandacht voor details van haar verwacht worden.

Omdat er geen specifieke contra-indicaties waren voor de normale anesthetica was ze van plan isofluraan te gebruiken, aangevuld met lachgas en zuurstof. Ze had de combinatie al bij duizenden patiënten toegediend en was er heel tevreden over. Een verlammend middel was overbodig omdat er bij een knieoperatie geen spierverslapper nodig was zoals bij een maagoperatie. Ook zou ze geen endotracheale buis gebruiken maar in plaats daarvan een zogenaamd larynxmasker of LM. Sandra was een pietlut in alle aspecten van haar leven maar vooral als het anesthesie betrof en ze had nog nooit een ernstige complicatie meegemaakt.

Net als alle anesthesiespecialisten, wist Sandra dat het ideale anestheticum onbrandbaar moest zijn, oplosbaar in vet om ervoor te zorgen dat het doordrong in de hersenen, maar niet te oplosbaar in het bloed zodat het snel teruggedraaid kon worden, zo min mogelijk bijwerkingen mocht hebben op diverse organen en niet irriterend mocht zijn voor de luchtwegen. Ze wist ook dat geen van de huidige middelen perfect voldeed aan al deze criteria, maar de combinatie die ze bij Carl wilde gebruiken kwam wel dicht in de buurt.

Het eerste wat Sandra deed was het inschakelen van de monitoring van de patiënt, zodat ze voortdurend op de hoogte werd gehouden van Carls pols, ecg, zuurstofgehalte in het bloed, lichaamstemperatuur en bloeddruk, zowel systolisch als diastolisch. De anesthesiemachine zou alle andere noodzakelijkheden die in de gaten gehouden moesten worden monitoren, zoals het zuurstof- en kooldioxidegehalte in de ingeademde en uitgeademde gassen en de variabelen van de ademhaling.

Terwijl Sandra de monitoren aansloot, zoals de ecg-draden en de bloeddrukband, kwam Carl bij bewustzijn. Hij maakte zich geen zorgen. Hij grapte zelfs dat het leek of hij op een Halloweenfeestje was met al die gemaskerde mensen om zich heen.

'Ik ga u wat zuurstof geven,' zei Sandra terwijl ze voorzichtig het zwarte beademingsmasker over Carls neus en mond plaatste. 'Dan ga ik u in slaap brengen.' Patiënten hielden meer van die prettige metafoor dan van de realistische omschrijving van anesthesie: in essentie te worden vergiftigd onder gecontroleerde en omkeerbare omstandigheden.

Carl protesteerde niet en sloot zijn ogen.

Op dat moment injecteerde Sandra de propofol, volgens haar een fantastisch middel dat helaas berucht was geworden door wat er met Michael Jackson gebeurd was. Omdat ze wist wat propofol deed met de arteriële bloeddruk, het ademhalingssysteem en de cerebrale hemodynamiek zou Sandra het middel nooit aan iemand geven zonder de juiste fysiologische functies te monitoren en een goed ingestelde anesthesiemachine.

In deze eerste fase was Sandra altijd superalert. Met een scherp oog op alle monitoren hield ze het zwarte masker op zijn plek zodat Carl pure zuurstof kon inademen. Op de achtergrond was ze zich vaag bewust van dokter Weaver, die de operatiekamer in kwam en zijn steriele jas en handschoenen aantrok. Na ongeveer vijf minuten legde Sandra het beademingsmasker weg en pakte de juiste maat LM. Heel efficiënt plaatste ze de driehoekige, opblaasbare punt in Carls mond en duwde hem met haar middelvinger op zijn plek. Snel blies ze de ballon van het masker op en verbond hem met de buis van de anesthesiemachine. Omdat de machine direct aangaf dat er kooldioxide in het uitgeademde gas zat mocht ze aannemen dat het LM goed op zijn plek zat. Maar om zeker te zijn luisterde Sandra met haar stethoscoop naar de ademhaling. Tevreden tapete ze het LM aan Carls wang zodat het niet kon verschuiven. Daarna stelde ze de juiste hoeveelheid isofluraan, lachgas en zuurstof in. Het lachgas had wel wat anesthetische eigenschappen maar niet genoeg om zonder iets anders gebruikt te kunnen worden. Het zorgde er echter wel voor dat de hoeveelheid benodigde isofluraan kon worden verminderd, wat heel prettig was omdat dat een licht irriterend effect had op de luchtwegen. Toen tapete ze Carls ogen dicht nadat ze eerst een beetje antibioticumzalf had aangebracht om te voorkomen dat zijn hoornvliezen zouden uitdrogen.

Sandra keek naar de weergave op de anesthesiemachine van alle vitale functies. Alles was in orde. Het opstijgen was vlekkeloos verlopen. Metaforisch gezien naderden ze nu de gewenste vlieghoogte en het bordje met 'stoelriemen vast' zou bijna uitgaan. Sandra's pols, die aanzienlijk was gestegen tijdens het toedienen van de narcosemiddelen, zakte weer naar een normaal niveau. Het waren zoals altijd een paar spannende minuten geweest maar ze voelde zich nu even heel euforisch vanwege een goed uitgevoerde taak en een goed behandelde patiënt.

'Alles oké?' vroeg dokter Weaver. Hij wilde graag beginnen.

Sandra stak haar duim op terwijl ze handmatig opnieuw Carls bloeddruk controleerde. Daarna hielp ze Claire het anesthesiescherm op te zetten dat afgedekt zou worden met steriele doeken om het hoofd van de patiënt te scheiden van het steriele operatiegebied. Nadat het scherm op zijn plek stond ging ze weer zitten. Ze was nu halverwege de vlucht.

Tijdens het opereren voerde dokter Weaver een voornamelijk eenzijdig gesprek met iedereen in de operatiekamer. Hij vertelde wat hij technisch gezien aan het doen was terwijl hij de allograft van de patellapees prepareerde, hij praatte over zijn kinderen en over zijn weekendhuis op Folly Island.

Sandra luisterde met een half oor, vermoedelijk net als de zuster en de omloopverpleegkundige. Ze deed maar één keer haar mond open. Toen er een pauze was in dokter Weavers monoloog, greep ze de kans om te vragen hoe lang hij nog bezig dacht te zijn.

De chirurg ging rechtop staan, wachtte even en beoordeelde zijn voortgang. 'Ik denk nog ongeveer veertig minuten of zo. Het gaat allemaal van een leien dakje. Is alles daar bij jou ook oké?'

'Helemaal prima,' zei Sandra. Ze keek weer naar haar aantekeningen. In tegenstelling tot vroeger zorgde het apparaat voor het anesthesieverslag, maar ze maakte zelf ook aantekeningen voor eigen gebruik en om scherp te blijven. Met nog veertig minuten te gaan zou de totale tijd voor de procedure op net iets meer dan anderhalf uur komen, wat betekende dat dokter Weaver helemaal op schema lag. Er waren orthopedisch chirurgen die er bijna twee keer zo lang over deden.

Sandra bewoog een beetje om haar circulatie op gang te houden en strekte haar benen. Ze kon iemand laten komen om haar een paar minuten af te lossen als ze dat wilde, maar ze maakte zelden gebruik van die mogelijkheid en dat zou ze nu ook niet doen, hoewel alles vlekkeloos verliep.

Sandra hoorde dat de boor werd aangezet, wat betekende dat dokter Weaver een weg ging creëren waardoor hij de allograft van de patellapees zou leiden. Omdat ze wist dat het beenvlies royaal voorzien was van zenuwen die pijn geleiden, keek Sandra op de geïntegreerde monitor om te zien of er zichtbare veranderingen waren die aangaven dat

Carls anesthesieniveau niet helemaal was wat het moest zijn. Alle metingen waren precies zoals ze tijdens de hele procedure waren geweest. Ze richtte haar aandacht op de hartslag. Hij was tweeënzeventig en veranderde niet. Maar terwijl ze keek deed het scherm iets wat ze nog nooit eerder had gezien. Het leek een keer te knipperen, alsof het een fractie van een seconde de aansluiting kwijt was.

Een beetje bezorgd over deze flikkering leunde Sandra naar voren om het beter te kunnen zien. Haar eigen polsslag versnelde. Het idee alle monitoren te verliezen tijdens de operatie was bepaald niet prettig. Met ingehouden adem keek ze of het nog een keer gebeurde. Een paar seconden gingen voorbij en toen een paar minuten. Er gebeurde niets meer.

Na vijf minuten begon ze zich weer te ontspannen, vooral ook omdat de lijnen op de monitor volledig normaal bleven, inclusief die van het ecg. Wat het ook geweest was, het was niet nog een keer gebeurd. De enige verandering, en ze was er zelfs niet zeker van of het wel een verandering was, was dat alle lijnen op het scherm een fractie hoger leken te staan dan voorheen, alsof er een lichte grondlijn- of kalibratieverandering was geweest. Maar dat kon helemaal niet want zij had niets veranderd.

Sandra schudde haar hoofd alsof ze imaginaire spinnenwebben wilde verwijderen. Misschien moest ze even pauze nemen. Maar vanwege haar angst dat wat zich net had voorgedaan echt geweest was, bleef ze vastgenageld op haar kruk zitten terwijl ze de monitor nauwkeurig in de gaten hield. Het was hypnotiserend om te zien hoe de lijnen over het scherm raceten, vooral die van het ecg met zijn snelle, zich steeds herhalende, staccato op- en neergaande beweging.

Na ongeveer tien minuten trok dokter Weaver Sandra's aandacht door haar te vertellen dat hij over twintig minuten de huid ging sluiten. Dat betekende dat haar tweede actieve moment was gekomen. Ze sloot de toevoer van isofluraan af maar liet het lachgas en de zuurstof doorlopen. Op dat moment begon de ellende! Tot Sandra's grote schrik ging het alarm voor het zuurstofgehalte in het bloed af.

Sandra's ogen schoten naar de monitor. Het zuurstofgehalte was plotseling gedaald van bijna 100 procent naar 92 procent. Dat was niet zo heel erg, maar het was zeker een verandering want het gehalte was gedurende de hele operatie maximaal geweest. Wel was het bemoedigend dat het nu op 93 procent stond en alweer steeg. Maar waarom was het gedaald? Sandra snapte er niets van. Toen zag ze echter dat het ecg ook was veranderd. Op hetzelfde moment dat het zuurstofniveau was gedaald, was er ook opeens een piek in de T-golf, wat wees op endocardiale ischemie, en dat betekende dat het hart niet voldoende zuurstof kreeg. Dat was niet goed. Maar hoe kon dat nou? Waarom kreeg het hart in hemelsnaam onvoldoende zuurstof terwijl het gehalte in het bloed pas net was veranderd, en dan ook nog niet veel? Dit was krankzinnig!

Sandra dwong zichzelf met de grootste moeite om kalm te blijven. Ze moest nadenken. Er was iets mis, dat was duidelijk. Maar wat? Snel verhoogde ze het zuurstofpercentage en verminderde de hoeveelheid lachgas. Maar op dat moment zag ze dat het teugvolume leek te dalen, wat betekende dat Carl niet meer zo diep ademhaalde als hij eerder had gedaan. Onmiddellijk stelde Sandra de beademing in werking. Ze wilde meer zuurstof geven om het alarm voor het te lage zuurstofgehalte uit te schakelen.

'Hé!' schreeuwde dokter Weaver geschrokken. 'Beide benen zijn overmatig gestrekt. Heeft hij een toeval? Wat is er verdomme aan de hand?'

'O, mijn god, nee!' schreeuwde Sandra geluidloos. Ze sprong op en greep een penlight. Ze trok de tape weg die Carls oogleden gesloten hield en liet het licht in zijn pupillen schijnen. Wat ze zag maakte haar doodsbang. Beide pupillen stonden wijd open en reageerden traag! Ze voelde de kracht uit haar benen vloeien, waardoor ze even steun moest zoeken aan de rand van de operatietafel. Ze vreesde dat de hyperextensie van de benen iets was wat decerebratiestijfheid werd genoemd, wat betekende dat de cortex van de hersenen, het gevoeligste deel, niet de nodige zuurstof kreeg. Als de cerebrale cortex, oftewel de hersenschors, verstoken raakt van zuurstof, gaan de miljoenen hersencellen niet alleen slechter functioneren, zoals bij het hart – ze gaan dood!

2

Maandag 6 april, 9.20 uur

Lynn Peirce en de vrienden bij wie ze zat barstten in lachen uit. Helaas voor haar had ze net een slok koffie genomen en het gevolg was dat ze een deel ervan met een boogje op de tafel voor haar sproeide. Ze schaamde zich rot en kon nauwelijks geloven wat ze had gedaan. 'O, sorry,' wist ze uit te brengen terwijl ze haar mond afveegde met een servetje. Om het nog dramatischer te maken, sprong Michael Pender, die recht tegenover haar zat, heel overdreven achteruit, waarbij hij zijn stoel omverwierp. Iedereen begon nog harder te lachen, zo hard zelfs dat ze afkeurende blikken kregen van mensen die in de buurt zaten.

Lynn en Michael zaten met vier andere vierdejaarsgeneeskundestudenten in de populaire koffiehoek op de begane grond van het Mason-Dixon Medisch Centrum. Het was een ziekenhuis met achthonderd bedden, gerund door Middleton Healthcare, dat in totaal tweeëndertig ziekenhuizen, verspreid over de zuidoostelijke hoek van de Verenigde Staten, bezat en runde. De studenten zaten dicht op elkaar om een tafeltje voor vier met een paar extra stoelen bijgetrokken voor een gezellige koffiepauze. De glazen schuifpui vlak naast hen was opengeschoven waardoor warme lucht van buiten naar binnen stroomde en ze een ongestoord uitzicht hadden over het prachtig aangelegde terrein om het ziekenhuis.

Het Mason-Dixon stond in de noordoostelijke hoek van Charleston, South Carolina, en een stukje van de Holy City was te zien boven een rij magnolia's die de straat omzoomde. De stad werd zo genoemd vanwege de vele kerken, en zelfs vanuit de koffiehoek van het ziekenhuis kon je een paar torenspitsen zien uitsteken boven de historische huizen. Het was een heerlijke ochtend zoals de meeste lenteochtenden in Charleston, vol zonneschijn, bloemen en het gezang van vogels.

De reden waarom Lynn plotseling zo had moeten lachen was een schuine mop over een engel die haar harp ingeruild had voor een pijp-orgel. Hij kwam van Ronald Metzner, de grappenmaker van de klas die een fenomenaal geheugen had voor dit soort dingen. Hoewel ze zijn grappen meestal niet zo leuk vond, was Lynn tot haar verbazing op de een of andere manier door deze gaan lachen zonder dat ze precies wist waarom. Pas later besefte ze dat het was vanwege de onderdrukte spanning die ze probeerde te negeren.

Nadat ze zich opnieuw bij haar gezelschap had verontschuldigd voor wat ze beschouwde als een enorme blunder, tilde Lynn haar kop-en-schotel op om de tafel af te vegen. Ze zag dat Ronald een grote tevreden grijns op zijn gezicht had. Hij was duidelijk heel blij met het effect dat hij op haar en de anderen had gehad.

De zes geneeskundestudenten, vier vrouwen en twee mannen, naar behoren gekleed in hun witte jassen, gedroegen zich uitbundig en maf. Voor hen waren de bijna vier jaren van werk, twijfel, ontdekkingen en uitdagingen bijna voorbij. Iets meer dan twee weken geleden hadden ze allemaal de resultaten gekregen van het nationale toewijzingsprogramma voor arts-assistenten, dus de onzekerheid was voorbij. Ze wisten allemaal waar ze naartoe zouden gaan voor de volgende en misschien wel belangrijkste fase van hun professionele opleiding.

De laatste paar maanden voor hun afstuderen werd de groep, samen met tientallen andere vierdejaarsstudenten die allemaal dezelfde coschappen liepen, verondersteld een introductie te krijgen in de oogheelkunde, kno en dermatologie. Maar de coschappen waren niet zo georganiseerd of zo belangrijk als het geval was geweest bij andere, meer basale vakken zoals interne geneeskunde en chirurgie in het derde jaar. Ze hadden ook geen echte verantwoordelijkheid voor de patiënt, tenminste nog niet. Tot dusverre waren er volgens hen alleen nog maar tamelijk slecht geplande en niet bepaald inspirerende colleges en demonstraties in de drie specialismen geweest. Die ochtend hadden ze besloten het college over te slaan om van het gevoel dat ze er bijna waren te genieten. Om eerlijk te zijn, waren ze eigenlijk een beetje aan het flierefluiten tot ze hun diploma kregen.

'Ik heb nooit geweten dat je geïnteresseerd was in orthopedie,' zei Karen Washington tegen Lynn nadat de groep weer tot rust was gekomen. Karens toon was een beetje kregelig, iets wat alleen Lynn kon horen. Vlak voor de grap over de engel had Lynn verteld over haar plannen voor haar assistentschap, die ze tot dat moment nog voor zich had gehouden, en het was een verrassing geweest voor Karen. Zij en Lynn kwamen beiden uit Atlanta en ze kenden elkaar al van de middelbare school en de eerste jaren op Duke. Ze waren goede vriendinnen geweest als tieners en tijdens hun eerste studiejaar, maar toen ze beiden geneeskunde hadden gekozen om in verder te gaan, had de concurrentie toegeslagen. In het tweede jaar op de universiteit had de familie van Lynn te kampen gekregen met financiële problemen die hun invloed hadden gehad op elk aspect van haar leven, inclusief haar relatie met Karen, die uit een rijke familie kwam.

Hoewel Lynn en zij op dezelfde faculteit terecht waren gekomen, was hun diepe vriendschap nooit meer helemaal hersteld, omdat het gevoel van concurrentie bij Karen bleef bestaan. In plaats daarvan had Lynn een nauwe, platonische band opgebouwd met Michael Pender. Tijdens het eerste jaar geneeskunde had Karen Lynn op een zeker moment toevertrouwd dat ze het beter zou hebben begrepen als er sprake was geweest van romantiek. Lynns antwoord was geweest dat zij meer dan verbaasd was dat ze een hechte, onromantische vriendschap had met een man, hoewel de relatie met haar vriendje, Carl Vandermeer, haar ook meer dan verbaasde. Lynn had Karen toevertrouwd dat Carl het in eerste instantie heel moeilijk had gevonden om de situatie te accepteren.

Het was allemaal heel onschuldig begonnen, want het had vooral te maken met het feit dat hun achternamen alfabetisch gezien zo dicht bij elkaar lagen, Peirce en Pender. Om die reden werden Lynn en Michael vanaf dag één steeds aan elkaar gekoppeld voor alles waarbij geneeskundestudenten in paren moesten werken, vooral bij laboratoriumwerk en praktijkcolleges. Hoewel er nooit sprake was geweest van romantiek werden ze een echt team, een beetje als broer en zus. Ze zorgden ervoor dat ze hetzelfde coschap liepen, ze dekten elkaar en studeerden samen, waardoor anderen na verloop van tijd gedeeltelijk en onopzettelijk uitgesloten werden. Het resultaat was dat Lynn en Michael de bijnaam 'de tweeling' hadden gekregen.

'Echt? Orthopedie?' ging Karen verder vol ongeloof. 'Ik ben totaal verrast, misschien wel net zoveel of meer nog dan wanneer je me had verteld dat je voor urologie zou gaan. Ik heb altijd gedacht dat jij vast zo'n slimme internist ging worden.'

'Ik weet niet waarom het een verrassing zou moeten zijn,' antwoordde Lynn, die een beetje van Karens oude gekwetste gevoelens meende te beluisteren. 'Je weet dat ik altijd heel veel aan sport heb gedaan op de middelbare school en de universiteit, en vooral aan lacrosse. Sport is altijd een deel geweest van mijn leven. Maar ik was pas echt overtuigd toen ik dit voorjaar orthopedie deed als keuzecoschap. Het verbaasde me hoe leuk ik het vond. Voor mij is het de vrolijke kant van de geneeskunde, tenminste voor het grootste deel. Dat trekt me aan.'

'Maar chirurgie,' klaagde Karen met een overdreven vies gezicht. 'Chirurgie is niet wat mensen denken dat het is. Het zou echt niks voor mij zijn. Het zijn net timmerlieden met hamers en zagen die een spijker inslaan en dan een röntgenfoto nodig hebben om te zien waar die terecht is gekomen. Nee, dan oogheelkunde! Wat een verschil! Dat is chirurgie op haar best: heel precies, zonder bloed en je kunt erbij zitten terwijl je opereert.' Iedereen wist dat Karen naar Emory in Atlanta zou gaan voor een assistentschap oogheelkunde.

'Ieder het zijne,' zei Lynn. Ze was niet van plan zich in een discussie over de twee specialismen te laten trekken.

'En je blijft hier?' vroeg Karen, nog steeds niet-begrijpend. 'Dat was eigenlijk nog een veel grotere schok voor me. Ik dacht dat je voorbestemd was voor een of ander aan een Ivy League gelieerd ziekenhuis, zoals het Mass General in Boston, gezien je resultaat bij de tentamens.' Iedereen wist dat Lynn tot de top van haar jaar behoorde. Zij en Michael gingen steeds nek aan nek in de peilingen: als twee druppels water op meer dan één manier.

'Ik laat zowel interne geneeskunde als Ivy League-scholen aan Michael,' zei Lynn, waarmee ze op de prestatie van haar partner wees. Michael glimlachte tevreden bij de erkenning. Iedereen aan de tafel wist dat maar weinig mensen afkomstig van de geneeskundefaculteit van het Mason-Dixon een plekje kregen op Mass General en Harvard. Hun doel was om goed getrainde artsen af te leveren voor South Carolina en omgeving en niet voor de academische wereld. 'Wat mij betreft, ik vind het prima om hier bij het Mason-Dixon te blijven,' ging Lynn verder. 'En zeg jij nou maar niks, Karen. Emory voor oogheelkunde! Dat is ook niet gek.' Het was algemeen bekend dat Karen academisch gezien ook tot de top tien van haar jaar behoorde.

'Iedereen weet waarom Lynn hier blijft voor haar assistentschap,' zei Ronald met geveinsde minachting. 'Net als de engel heeft ze haar harp ingewisseld voor Carl Vandermeers pijporgel!'

Opnieuw barstte iedereen in lachen uit, deze keer ten koste van Lynn, hoewel zij ook moest lachen. Ze smeet haar in elkaar gefrommelde servet naar Ronald terwijl hij zat te genieten van het feit dat hij iedereen weer aan het lachen had gekregen met dezelfde schunnige grap.

'Mag ik hieruit opmaken dat jij en Carl Vandermeer bij het afstuderen nog steeds een stel zijn?' vroeg Karen, die moeite moest doen om haar lachen te bedwingen. De uitbarsting van de groep had opnieuw de afkeuring gewekt van anderen in de koffiehoek. Het was immers een ziekenhuis.

De meeste jaargenoten hadden via Lynn kennisgemaakt met Carl Vandermeer bij diverse sociale gelegenheden in de loop van hun vierde jaar. Het was algemeen bekend dat Carl en Lynn elkaar voor het eerst hadden ontmoet op Duke toen zij in haar tweede jaar zat en hij een eerstejaarsrechtenstudent was. Het was ook algemeen bekend dat ze de laatste paar jaar alleen met elkaar waren. Wat echter niemand wist was hoe serieus de relatie was. Zelfs Lynn wist dat niet zeker. Hoe close ze ook waren, Carl deed altijd vaag over het onderwerp.

'We zullen wel zien wat er gebeurt,' zei Lynn terwijl ze haar lange bruine lokken naar achteren gooide. Ze moest haar haar zoals altijd in het ziekenhuis nog in een klem doen. Wat ze niet zei was dat ze heel erg hoopte dat ze een toekomst had met Carl, want de werkelijke reden dat ze zich niet had aangemeld voor een assistentschap in Atlanta of Boston was dat hij verplichtingen had in verband met zijn werk in Charleston. Vanuit haar perspectief was dat zeker een opoffering. Om eerlijk te zijn had ze al een verloving verwacht, en ze vroeg zich af of het zou gebeuren bij haar afstuderen. Dat zou een prachtig afstudeercadeau zijn. Als competitieve, moderne vrouw had Lynn niet het gevoel dat ze liefde nodig had, maar nu ze het zonder er echt naar op zoek te zijn geweest had gevonden met Carl, wilde ze het toch wel. Ze kende zichzelf ook goed genoeg om te vermoeden dat haar verlangen haar eigen gezinnetje te beginnen ook iets te maken had met het feit dat ze haar vader had verloren toen ze een tiener was. Ze hadden elkaar zeer na gestaan en zijn vroege dood was de reden dat ze had besloten arts te worden.

'Zijn er nog speciale plannen waar we van zouden moeten weten?' vroeg Karen een beetje pesterig. Toen de relatie met Carl eerder op Duke was begonnen, had Karen beter kunnen accepteren dat de vriendschap met Lynn minder hecht werd dan de afgelopen vier jaar, toen Michael erbij gekomen was. Karen was nog nooit een vriendin kwijtgeraakt aan een lid van het andere geslacht als er geen romantiek bij te pas kwam. Ze bleef zich maar afvragen of er toch niet iets romantisch gaande was tussen hen, ook al ontkenden ze het allebei.

Lynn antwoordde door beide handen op te steken met de palmen naar zich toe gericht.

'Geen ring, geen specifieke plannen. Net als iedereen hier zal ik het volgend jaar als eerstejaarsarts-assistent heel druk hebben. Dat staat voorop.'

'Hé, mensen,' zei Ronald, 'kennen jullie die van die transplanterende uroloog?'

Nu was het Karens buurt om haar servet naar Ronald te gooien. 'Altijd op je hoogtepunt stoppen, mannetje!' zei ze. 'Zelfs ik kan me die grap herinneren, en hij is helemaal niet leuk want hij is gebaseerd op een zielige mannenfantasie.'

'Het is maar goed dat we snel afstuderen,' zei Michael. 'Ronald weet al bijna geen grappen meer.'

'O, shit!' zei Lynn toen haar blik op haar horloge viel. 'Het is al bijna tien uur. Ik moet weg!' Ze krabbelde overeind en pakte haar bord en kopje.

'Je gaat toch niet naar het college oogheelkunde zodat we ons allemaal schuldig voelen, of wel?' vroeg Alice Wong, een van de andere vrouwen.

'Jeetje, nee,' zei Lynn. 'Carl moest vandaag een kleine operatie ondergaan en ik wil er zijn als hij in zijn kamer komt.'

'Echt?' vroeg Karen. 'Daar heb je anders niks over gezegd.'

'Dat was zijn beslissing,' zei Lynn. 'Hij wilde niet dat iedereen het wist.'

'Tot later dan,' zei Michael. Hij duwde zijn vuist tegen die van Lynn maar stond niet op. Hij wist dat Carl geopereerd werd maar hij was de enige.

'Wens hem het beste,' riep Karen naar Lynn, die al op weg was haar dienblad met vuile spullen af te geven, want de koffiehoek werd gerund als een schoolkantine.

Lynn zwaaide met een hand boven haar hoofd ten teken dat ze het gehoord had, maar draaide zich niet om. Ze had haast. Ze zat in spanning om Carl en was bang dat ze misschien te lang koffie had zitten drinken. Ze wist hoe snel Weaver was en ze wist ook dat een patiënt na een korte narcose snel weer bijkwam. Het zou haar dus niet verbazen als ze Carl al in zijn kamer aan zou treffen. Ze hoopte dat dat niet het geval zou zijn.

3

Maandag 6 april, 9.48 uur

Lynn liep snel naar de liften. Het was er heel druk, zoals altijd op dat tijdstip in de ochtend, vooral op maandagochtenden. Lynn wist dat het ziekenhuis, samen met de Medical University van South Carolina aan de andere kant van de stad, diende als tweedelijnszorgcentrum voor het stedelijk gebied met een inwoneraantal van bijna een miljoen. Charleston groeide door de steeds groter wordende fabrieken en de biotechnologische industrie, vooral in de noordelijke voorsteden. Boeing was zijn fabriek waar 787's werden gebouwd aan het uitbreiden en de multinationale geneesmiddelenproducent Sidereal Pharmaceuticals had net aangekondigd dat er duizend nieuwe banen bij zouden komen in hun steeds groter wordende productiebedrijf.

Er was nog een reden waarom het zo druk was in het ziekenhuis. Om te voorzien in een mogelijk nationale behoefte had Middleton Healthcare een ultramodern ziekenhuis gebouwd, het Shapiro Instituut genaamd, voor de zorg van patiënten in een permanent vegetatieve staat, of PVS, dat rechtstreeks verbonden was met het Mason-Dixon Medisch Centrum. Het was gebouwd met een enorme financiële schenking van Sidereal Pharmaceuticals. Hoewel het instituut voor het grootste deel zelfvoorzienend was, kon het zo nodig gebruikmaken van de klinische laboratoria en operatiekamers van het medisch centrum. Lynn en haar vrienden wisten niet veel over het Shapiro want het werd niet gebruikt voor onderwijsdoeleinden, maar ze wist wel dat er regelmatig patiënten vanuit de hele Verenigde Staten samen met hun families arriveerden, die via het ziekenhuis werden opgenomen.

In hun tweede jaar hadden Lynn en haar jaargenoten er één keer op bezoek gemogen, vermoedelijk om hen aan te moedigen hun vegetatieve patiënten naar de instelling door te sturen zodra ze zouden gaan werken als dokter. Hun begeleider was een van de artsen van het instituut, maar de tour was heel beperkt geweest. Het doel was hoofdzakelijk om de geneeskundestudenten ervan te doordringen hoe gecomputeriseerd en gemechaniseerd de instelling was en hoe ze daardoor zoveel patiënten konden verzorgen met zo weinig personeel.

Gewend aan multitasking schoof Lynn al lopend haar smartphone uit zijn hoesje en voerde Carls naam in om zijn kamernummer op te zoeken. Toen er geen nummer verscheen maakte ze zich geen zorgen. Ze wist hoe het systeem werkte. Bij opnames op de dag van de operatie zelf werd er pas een kamer toegewezen als de patiënt klaar was om de PACU te verlaten. Dat betekende dat hij daar waarschijnlijk nog was. Maar soms bleef tijdens de drukke ochtenduren de invoer van gegevens over kamertoewijzing wel bijna een uur achter bij de invoer van belangrijkere gegevens. Zonder een specifieke kamer ging ze niet naar de PACU. Het was een van de afdelingen in het ziekenhuis waar geneeskundestudenten niet bepaald werden aangemoedigd naartoe te gaan, zelfs niet tijdens hun coschappen chirurgie in het derde jaar. In plaats daarvan zou ze naar de vierde verdieping gaan, waar orthopedische patiënten naartoe werden gestuurd na een operatie, vooropgezet dat er een kamer beschikbaar was.

'Neem me niet kwalijk,' klonk een vriendelijke stem tussen alle herrie. Op dat moment voelde Lynn dat ze aan haar arm getrokken werd en ze keek neer op een oudere vrouw met een zweem blauw in haar witte haar. Omdat ze één meter vijfenzeventig was moest Lynn haar blik bij veel vrouwen naar beneden richten. 'Kunt u me helpen, dokter?' vroeg de vrouw nu ze Lynns aandacht had. Ze klemde een paar laboratoriumbriefjes in haar hand.

'Ik ben nog geen dokter,' zei Lynn, die bijna te eerlijk was. 'Wat kan ik voor u doen?'

'U ziet er voor mij uit als een dokter, ook al bent u veel te jong. Ik ben hier voor bloedonderzoek maar ik weet niet waar ik naartoe moet. Ze hebben het me wel verteld aan de balie in de hal maar ik ben het alweer vergeten.'

Even aarzelde Lynn. Als ze nog op tijd wilde zijn om Carl te verwelkomen, dan moest ze nu naar de vierde verdieping. Maar omdat ze de paniek van de vrouw voelde gaf ze toe. 'Ik loop wel even met u mee.'

Lynn pakte de hand van de vrouw en liep met haar terug in de richting vanwaaruit ze waren gekomen. Vanuit de centrale hal liepen ze via de verbindingsgang naar de polikliniek. Daar gekomen nam Lynn de vrouw mee naar een van de dames achter de hoofdbalie.

'Ik zal deze jongedame graag laten zien waar ze moet zijn,' zei de receptioniste.

Lynn liep snel weer terug en even later stapte ze in een van de liften op weg naar de vierde etage. Helaas was het een trage die op elke verdieping stopte om mensen uit en in te laten stappen. Helemaal tegen de achterwand van de lift gedrukt probeerde Lynn opnieuw op haar smartphone te zien of Carl al een kamer toegewezen had gekregen, maar dat was niet zo. Ze verwachtte dat het nu elk moment zou gebeuren.

Zodra ze op de vierde verdieping was liep ze direct naar de balie. Net als in de rest van het ziekenhuis had het er niet drukker kunnen zijn. Te midden van de chaos werden op dat moment ook nog ontbijtbladen opgehaald. Verpleegsters brachten patiënten naar operatiekamers, verwelkomden andere uit de PACU, volgden bevelen van artsen op, deelden medicijnen uit en regelden vervoer naar de radiologieafdeling en fysiotherapieruimten. Het was een compleet gekkenhuis.

Lynn kende een heleboel mensen die op deze etage werkten van haar keuzecoschap in oktober. Ze zocht naar de hoofdverpleegkundige, Colleen McPherson, met wie ze goed had kunnen opschieten, maar ze zag haar niet. Toen ze het aan een andere verpleegster vroeg, hoorde ze dat Colleen bij een patiënt was met een nieuwe heup die ze probeerden te mobiliseren. Daarom schoof Lynn achter de balie voor een praatje met Hank Thompson, de receptionist van de afdeling. In de ziekenhuishiërarchie stonden studenten helemaal onderaan, maar Hank had haar nooit op die manier behandeld. Hij was student aan het college van Charleston en volgde zijn eigen versie van een leer-werkprogramma.

Net als iedereen deed Hank zes dingen tegelijk. Hij was aan de telefoon terwijl er ook nog een paar mensen in de wacht stonden. Lynn haalde in de tussentijd de lijst met alle patiënten op de vierde verdieping naar voren op een van de monitoren. De indeling ging op kamernummer. Ze liet haar vinger langs alle namen glijden, zoekend naar Vandermeer. Hij stond er niet bij. Maar er waren diverse lege kamers, dus ze nam aan dat het geen probleem zou zijn. Ze was blij. Orthopedische patiënten konden het beste naar de vierde verdieping gaan want de verpleegsters en andere medewerkers daar waren heel ervaren in het omgaan met de gebruikelijke problemen waar postoperatieve orthopedische patiënten mee te maken kregen, zoals de CPM, oftewel de continue passieve bewegingsmachine waarmee ledematen direct na de operatie werden gebogen en gestrekt. Lynn wist dat Carl er een zou hebben, want Weaver gebruikte ze na al zijn voorstekruisbandoperaties.

Toen Hank klaar was met de mensen in de wacht, begon hij een nummer in te toetsen voor een volgend gesprek. Lynn greep zijn arm.

'Twee seconden, Hank! Een patiënt met de naam Carl Vandermeer zal zo op deze verdieping arriveren tenzij hij hier al is. Klinkt de naam bekend?'

'Zegt me niks,' zei Hank en hij schudde zijn hoofd. 'Wie is de arts?'

'Weaver.'

Hank greep de ok-lijst en keek erop. 'Ja, hier staat hij. Hij was om 7.30 uur.' Hij keek op zijn horloge. 'Die kan er elk moment aankomen, tenzij er een complicatie was.'

'Het was niks bijzonders. Eerste operatie. Gezonde, jonge vent.'

'Dat moet geen probleem zijn. Er zijn vanochtend diverse kamers leeggekomen en ze zijn al schoongemaakt dus ze staan klaar.'

Lynn knikte en speelde afwezig met een paperclip. Hank richtte zijn aandacht weer op de telefoon. Daar was hij elke dag negentig procent van de tijd mee bezig.

Lynn wist dat ze eigenlijk naar de poli oogheelkunde moest. Het college zou inmiddels voorbij zijn en de patiënten werden nu waarschijnlijk bijeengebracht om te worden gezien en onderzocht door de geneeskundestudenten. Maar ze wist dat ze zich niet zou kunnen concentreren voor ze zeker wist dat Carl goed verzorgd werd en alles in orde was.

Plotseling stond ze op. Omdat ze het gevoel had dat ze daar niet kon blijven zitten, besloot ze naar de eerste verdieping te gaan om dan maar het operatieschema te bekijken. Misschien was er vertraging geweest. Wat als Weaver om de een of andere reden te laat was gearriveerd? Wat als er een tekort aan verpleegsters was geweest in de ok? Er konden talloze redenen zijn waarom een operatie was vertraagd.

Lynn ging met de lift drie verdiepingen omlaag. Ze voelde zich een beetje als een vreemde eend in de bijt toen ze de koffiekamer van de chirurgieafdeling in liep. Dit was ook een van die plekken waar geneeskundestudenten niet zonder begeleiding ronddoolden. Net als in de rest van het ziekenhuis was het heel erg druk omdat de ok's op volle sterkte draaiden. Vrijwel alle fauteuils en banken werden bezet door artsen en verpleegkundigen. Allemaal in operatiekleding. Een televisie in de hoek was afgesteld op CNN met het volume op zacht. De meeste mensen lazen een krant terwijl ze wachtten om te beginnen of even pauzeerden tijdens operaties die al gestart waren.

Bang de aandacht op zichzelf te vestigen en mogelijk te worden weggestuurd aarzelde Lynn niet. Ze stapte ver genoeg de kamer in om het schema van de ok's te kunnen zien op de monitor aan de muur. Ze zocht Weavers naam en vond hem in ok 12. Hij was inderdaad bezig met de reparatie van een voorste kruisband, maar de naam van de patiënt was Harper Landry, niet Carl Vandermeer. Kennelijk was de operatie van Carl al achter de rug.

Lynn keek om zich heen op zoek naar een bekend gezicht, iemand, wie dan ook, die ze misschien heel vaag nog kende van haar orthopedische keuzecoschap of van haar coschap chirurgie in het derde jaar. Maar ze herkende niemand. Na even nadenken liep ze de vrouwenkleedkamer in.

Ze pakte operatiekleding, verkleedde zich snel en deed haar kleren in een leeg kastje. Nadat ze haar halflange haar onder een muts had gestopt en een mondkapje had gepakt bekeek ze zichzelf in de spiegel. De bijna witte operatiemuts benadrukte haar olijfkleurige huid en zonder het voordeel van het dikke haar om haar gezicht vond ze dat haar jeugdige, hoekige gelaatstrekken en licht opwippende neus haar jonger deden lijken dan ze was. In combinatie met haar lengte was ze bang dat ze onmiddellijk door de mand zou vallen als eerstejaarsgeneeskundestudent die daar niet thuishoorde. Meer om haar identiteit te verbergen dan om hygiënische redenen zette ze daarom het mondkapje op.

Tevreden keerde ze terug naar de koffiekamer. Uit angst dat ze de moed zou verliezen omdat ze zich over het algemeen heel goed aan de regels hield, liep ze zonder aarzelen de kamer door en duwde de dubbele deuren naar de operatieafdeling open. Ze was daar al talloze keren geweest tijdens haar orthopedische keuzecoschap, dat een maand had geduurd, en zelfs een paar keer tijdens haar coschap chirurgie, maar altijd onder begeleiding. Ze had zelfs Weaver geassisteerd, evenals een paar andere artsen, om van dichtbij een idee te krijgen van orthopedische chirurgie. Voor haar was dit specialisme heel anders dan wat Karen had gesuggereerd. Het was geen oogchirurgie, zeker niet, maar met de nieuwere instrumenten was het beslist nauwkeuriger dan het was geweest.

Lynn verwachtte half dat iemand haar aan zou spreken, maar dat gebeurde niet. Met de gedachte dat elke aarzeling zou verraden dat ze een indringer was, bleef ze in een flink tempo doorlopen. Haar doel was de PACU en ze liep er recht op af. Ze duwde een tweede set dubbele deuren open alsof ze dat elke dag deed maar bleef na een paar stappen staan.

Voor de meeste mensen, ook voor Lynn, was de PACU een drukke, vreemde hightech wereld waar studenten zich incompetent voelen. De patiënten lagen op verhoogde bedden met schuifrails. De meeste plekken waren bezet en er waren geen afscheidingen tussen de bedden. Bij iedere schijnbaar slapende patiënt stond een verpleegster, velen ook met een assistente. Verse verbanden bedekten allerlei lichaamsdelen van de patiënten, en groepjes infuuszakken die eruitzagen als plastic fruit hingen aan metalen palen. De lijnen kronkelden voornamelijk naar beneden naar onbedekte armen, maar er waren ook een paar centrale lijnen die in de nek eindigden. Op de muur boven elk bed waren monitoren bevestigd waarop diverse elektronische blips lijnen trokken over het scherm. Onder de bedden hingen plastic zakken voor drainage en urine, en diverse patiënten hadden een beademingsapparaat om de ademhaling te ondersteunen. De geluiden in de kamer waren een combinatie van het elektronische gebliep, het pompen van beademingsapparaten, gedempte stemmen van verpleegsters en een laag gebrom van krachtige ventilatoren die de lucht in de ruimte schoon en koel hielden.

Pal achter Lynn barstte een brancard door de draaideuren met daarop een nieuwe postoperatieve patiënt, waardoor Lynn opzij moest springen. Een zuster trok aan de voorkant. Achteraan duwde een anesthesist, die er tegelijkertijd voor zorgde dat de ademhaling van de patiënt niet werd verstoord. Een verpleegster van de centrale balie kwam aanlopen om te helpen de brancard naast een leeg bed te duwen.

Terwijl de patiënt efficiënt van de brancard op het bed werd overgeheveld, liep Lynn snel en zo onopvallend mogelijk de kamer door. Geen van de verzorgers leek haar op te merken. Carl was er niet. Ze zou hem direct herkend hebben. Er lagen twee mensen die een knieoperatie hadden gehad met een CPM om hun knie voortdurend te buigen en te strekken. Geen van tweeën was Carl.

Verward en niet meer precies wetend wat ze moest doen liep Lynn naar de balie in het midden. Ze nam aan dat ze spoedig aangesproken zou worden maar ze dacht dat het niet meer zou uitmaken. Als Carl niet in de PACU en niet op de vierde verdieping was, waar was hij verdorie dan wel? En waarom was hij niet op de orthopedieafdeling? Er waren bedden beschikbaar volgens Hank. Maar misschien was Carl zo snel klaar geweest dat er op dat moment nog geen bedden op de vierde klaar waren. Hank had gezegd dat ze net die ochtend vrij waren gekomen. Lynn dacht dat dat de verklaring moest zijn. Toch begon ze zich ongerust te maken over het aanhoudende raadsel, waardoor de onderhuidse spanning die ze had gevoeld toen ze die ochtend wakker werd nog meer werd aangewakkerd, dezelfde spanning waardoor ze zo hard had moeten lachen om Ronalds schuine grap over de engel.

'Kan ik je helpen?' vroeg een stem.

Lynn draaide zich om naar een verpleegster die bijna net zo lang was als zijzelf. Ze droeg operatiekleding en keek Lynn vragend aan.

'Dat hoop ik,' zei Lynn. 'Ik ben op zoek naar dokter Weavers eerste patiënt. Een man die Carl Vandermeer heet.'

'En wie ben jij?' De stem van de vrouw was niet eisend of agressief, alleen maar gezaghebbend.

'Ik ben Lynn Peirce, geneeskundestudent. Ik heb een coschap orthopedie gedaan en dokter Weaver geassisteerd.' Het was het eerste wat ze kon bedenken. Het was geen echte verklaring maar het klonk goed.

De verpleegster keek Lynn een ogenblik aan en liep toen om het bureau. 'De naam is me niet bekend,' zei ze. Ze wierp een snelle blik op het logboek van de PACU en vond hem. 'Hij was van Gloria,' zei ze tegen Lynn en ze riep toen luid door de ruimte. 'Gloria! Wat is er verder gebeurd met Vandermeer?'

'Die lui van neuro hebben hem meegenomen naar hun IC,' riep Gloria terug.

Lynn greep de rand van het bureau om zichzelf op de been te houden. De neuro-IC! Wat betekende dat in godsnaam? Terwijl ze zich omdraaide en de PACU uit vluchtte, probeerde ze niet te denken. Het probleem was dat ze een tamelijk goed idee had wat het betekende voor Carl om op de neuro-IC te zijn.

4

Maandag 6 april, 11.05 uur

Lynn had haast. Het was een manier om niet te hoeven denken. Zonder de moeite te nemen haar gewone kleren weer aan te trekken liep ze direct naar de liften, waar een paar mensen stonden te wachten. Om niet de kans te lopen dat ze bij een gesprek betrokken werd, vermeed ze oogcontact en vestigde haar blik vastbesloten op het display boven de deuren waar de verdiepingen op werden aangegeven. Nerveus drukte ze onophoudelijk op de knop voor naar boven. Geen van de liften leek te bewegen.

'De lift komt zo beslist niet sneller,' zei een vrouw. Lynn sloot haar ogen. Door niet te antwoorden hoopte ze te voorkomen dat ze vriendelijk zou moeten zijn terwijl ze met haar hoofd ergens anders was. Het feit dat Carl op de neuro-IC was kon niets goeds betekenen en het was moeilijk om niet het ergste te vrezen.

'Jij bent een vierdejaarsstudent geneeskunde als ik me niet vergis,' zei de stem, Lynns zwijgen negerend.

Met tegenzin draaide ze zich om naar de vrouw. Ze herkende haar direct als een van de chirurgen. Ze droeg een lange, witte labjas over operatiekleding. Lynn nam aan dat ze tussen twee operaties zat en op weg was naar de chirurgieafdeling om bij een patiënt te gaan kijken.

Lynn probeerde te glimlachen in een poging sociaal te zijn. Ze voelde het bonken in haar slapen. Ze vroeg zich af of haar gezicht rood of bleek was. Het moest het ene uiterste of het andere zijn, want ze voelde een adrenalinestoot door zich heen gaan. Ze besefte dat ze aan het hyperventileren was. Ze knikte. 'Dat klopt,' zei ze vaag. Waardoor bewogen die liften verdorie niet? Er was er nog niet een vertrokken van de verschillende verdiepingen waar ze hadden gestaan toen ze voor het eerst op de knop drukte.

'Lynn Peirce,' zei de chirurg terwijl ze zich vooroverboog om haar identiteitspasje te lezen, dat aan een koord om haar nek hing. 'Ik herinner me je ook van je chirurgiecoschap in je derde jaar. Ik ben dokter Patricia Scott.'

'Ik herinner me u ook,' wist Lynn uit te brengen. 'Uw colleges waren geweldig, vooral de dia's.' Ze forceerde weer een halve glimlach naar de lange, elegante vrouw voor ze haar aandacht weer richtte op het display boven de liftdeuren. Ze hoopte dat haar angstgevoelens niet te opvallend waren. Ze wilde geen verklaring moeten afleggen.

'Dank je wel. Je hebt beslist goed opgelet. Ik herinner me nog dat je het heel goed hebt gedaan. Ik begrijp dat je een paar weken geleden je plek toegewezen hebt gekregen voor je arts-assistentschap. Omdat je zo goed hebt gepresteerd tijdens je coassistentschap chirurgie hoop ik dat je ook aan dat specialisme hebt gedacht.'

'Orthopedie, om eerlijk te zijn,' zei Lynn.

'Is dat zo? Geweldig. Er moeten meer vrouwen komen in alle chirurgische geledingen, en vooral orthopedie, waar we niet zo heel goed vertegenwoordigd zijn. Waar ga je naartoe voor je opleiding?'

'Ik blijf hier,' zei Lynn.

'Fantastisch,' zei dokter Scott oprecht. 'Dat is super. Ik kijk ernaar uit om met je samen te werken tijdens je eerste jaar algemene chirurgie.'

'Dat lijkt me ook heel prettig, dokter Scott,' zei Lynn, hopend dat ze er niet zo afwezig en gestrest uitzag als ze zich voelde. Eindelijk begon een van de liften die schijnbaar vast had gezeten op de begane grond omhoog te komen.

'Je mag me wel Patricia noemen nu je deel uit gaat maken van de ziekenhuisstaf. En vergeet niet: mijn deur staat altijd open als je advies nodig hebt. Het is nog niet zo lang geleden dat ik mijn opleidingsperiode achter me heb gelaten en helaas wordt chirurgie door sommigen nog steeds heel anachronistisch gezien als een mannenclub.'

'Ik waardeer uw aanbod,' zei Lynn.

De deuren van de lift gingen open. Hij was stampvol. Dokter Scott gebaarde naar Lynn dat ze haar voor moest gaan, en ze moesten zich letterlijk naar binnen persen voor de deuren dicht konden. Lynn voelde even de verleiding opkomen om dokter Scott te vragen wat het voor een patiënt betekende als hij rechtstreeks van de PACU naar de neuro-IC ging, maar ze deed het niet. Het probleem was dat ze er wel een vermoeden van had. Er moest zich een of ander anesthesieprobleem of een complicatie hebben voorgedaan. Toch had ze nog steeds een beetje hoop dat het niet zo ernstig was. Misschien was er een zenuw in Carls been beschadigd door de botboor? Dat was dan wel erg, maar beter dan de andere mogelijkheden die ze maar steeds probeerde weg te drukken.

Tegen de tijd dat ze op de vijfde verdieping aankwamen, waar neurologie en neurochirurgie waren, was de lift alweer behoorlijk leeg. Lynn bedankte Patricia Scott voor ze uitstapte. Ze liep snel. Ze wist waar de neuro-IC was. Ze was er een paar keer geweest in haar tijd bij neurochirurgie.

De meeste bezoekers aan de verdieping moesten zich melden bij de zusterspost. Maar Lynn besloot op het laatste moment zich net zo te gedragen als in de PACU, alsof ze er thuishoorde. Zonder aarzelen duwde ze de deur naar de IC open.

Het was oppervlakkig gezien vergelijkbaar met de PACU wat betreft de uitstekende hightech apparatuur, maar hier bleven patiënten veel langer, soms weken en af en toe maanden. Er waren door glazen wanden gescheiden kamertjes en niet alle patiënten hadden een verband. Er was ook minder hectiek door komende en gaande mensen. In plaats daarvan heerste een diepe stilte, alleen onderbroken door gepiep in de verte van monitoren en het ritme van de beademingsapparaten. In het midden stond een ronde balie vanwaaruit alle zestien individuele ruimtes te zien waren. Ze waren allemaal bezet. En in minstens de helft was een verpleegster aanwezig.

Toen Lynn om zich heen keek, zag ze dat elk kamertje een naambordje had waarop in duidelijke letters de naam van de patiënt vermeld stond. Bijna direct viel haar oog op VANDERMEER bij kamer 8. Langzaam liep ze ernaartoe. Carl lag op zijn rug. Ze kon zijn gezicht niet zien. Zoals ze had verwacht was een CPM voortdurend bezig zijn geopereerde been te buigen en te strekken. Toen ze dat zag kreeg ze even weer een sprankje hoop dat alles was zoals het moest zijn, maar dat duurde niet lang.

Twee mensen waren met hem bezig. Een IC-verpleegster stond rechts van Carl handmatig zijn bloeddruk te controleren, hoewel die ook te lezen was op de monitor. Aan Carls linkerkant stond een helemaal in het wit geklede arts in opleiding. Hij scheen met een penlight in Carls ene en daarna in zijn andere oog. Het duurde niet lang voor Lynn besefte dat hij bewusteloos was. Ze kon ook zien dat hij lichte, klonische spiersamentrekkingen vertoonde in zijn vrije been. Zijn vrije arm en pols lagen over zijn borst. De andere arm met het infuus was vastgemaakt aan de zijrail.

Lynn liep naar het voeteneind van het bed en keek op de monitor. De bloeddruk was normaal. Hetzelfde gold voor de pols en het ecg voor zover ze kon zien, maar ze was geen expert als het ging om elektrocardiogrammen. Ze zag dat het zuurstofgehalte een beetje laag was, maar met meer dan 97 procent toch nog redelijk. Carl leek normaal te ademen. Ze dwong zichzelf naar zijn gezicht te kijken, dat ze nu heel goed kon zien. Zijn kleur was niet slecht, misschien een beetje bleek. Het ergste was dat het absoluut Carl was en niet iemand anders.

Toen de arts rechtop ging staan zag hij Lynn. Terwijl hij zijn penlight in zijn zak liet glijden vroeg hij: 'Ben jij van radiologie?' Maar zonder op antwoord te wachten, voegde hij eraan toe: 'Er moet zo snel mogelijk een MRI of een CT-scan gemaakt worden.' Lynn kon zijn naamplaatje lezen. Dokter Charles Stuart, neurologie. Hij was een kleine, kalende man met fijne gelaatstrekken en een bril zonder montuur.

'Ik ben niet van radiologie,' wist Lynn uit te brengen. Het zien van een bewusteloze en mogelijk epileptische Carl was bijna ondraaglijk. 'Ik ben geneeskundestudent,' voegde ze eraan toe. Ze stak haar hand uit en greep de rail aan het voeteneind van het bed om overeind te blijven. Net als in de PACU voelde ze zich plotseling licht in haar hoofd. Een ziekenhuis was een plek van tragedies en ook van hoop, maar dit leek toch echt het eerste te worden. 'Wat is er aan de hand?' vroeg ze zo nonchalant mogelijk.

'Het ziet er niet goed uit,' zei Charles. 'Het lijkt erop dat we te maken hebben met een vertraagde terugkomst naar bewustzijn na een volgens zeggen normale anesthesie voor een routine ACL-hersteloperatie. Tot dusverre is onduidelijk waarom.'

'Dus hij is niet wakker geworden?' vroeg Lynn, niet wetend wat ze anders moest zeggen, maar met het gevoel dat ze iets moest zeggen om te verklaren waarom ze daar stond.

'Daar komt het op neer,' zei Charles luchthartig. Lynn nam het hem niet kwalijk. Ze had inmiddels geleerd dat het een manier was waarop medisch personeel zichzelf beschermde tegen de realiteit van de menselijke tragedies waar ze dagelijks mee geconfronteerd werden. Een andere manier was je te verliezen in academische details, en Charles gaf daar op dat moment blijk van toen hij zei: 'Hij reageert op geen enkele manier op gesproken woord of normale aanraking, er is alleen een lichte corneareflex. De positieve kant is dat er een minimale pupilreactie is op licht. Het lijkt erop dat de hersenstam werkt, maar vanwege zijn decorticatiestijfheid en flexierespons op sterke pijn ziet het er niet goed uit voor zijn cortex. Het moet een flink insult zijn geweest, en we denken dat het hoofdzakelijk is ontstaan door hypoxie, ook al staat dat niet in het anesthesieverslag. Het kan niet embolisch zijn geweest, omdat zijn diepepeesreflexen niet alleen behouden maar ook symmetrisch zijn. Het probleem is dat zijn score op de Glasgow-comaschaal maar vijf is. Zoals je waarschijnlijk weet is dat niet iets om over naar huis te schrijven.'

Lynn knikte. De realiteit was dat ze niet veel begreep van wat de arts-assistent allemaal had gezegd, behalve het verhaal over een insult in Carls hersenen door hypoxie, wat gebrek aan zuurstof betekende. Het coschap neurologie was maar kort geweest en meer gericht op neuroanatomie dan op klinische neurologie.

'Hoe kan er schade zijn ontstaan door hypoxie als de anesthesie normaal is verlopen, zoals u zei?' vroeg Lynn, meer uit een reflex als geneeskundestudent dan iets anders. Van studenten werd immers verwacht dat ze vragen stelden.

'Zeg jij het maar,' zei de arts-assistent opnieuw op luchthartige toon. 'Ik ben bang dat dat de grote vraag gaat worden.'

De verpleegster was klaar met het controleren van Carls bloeddruk en liep terug naar de balie in het midden. Ze keek heel even naar Lynn maar zei verder niets. Lynn ging naar de kant van het bed waar de verpleegster zojuist had gestaan en dwong zichzelf naar Carls gezicht te kijken.

Hij zag eruit alsof hij sliep en helemaal ontspannen was, ondanks de beweging van zijn vrije been. Het was duidelijk dat hij zich die ochtend niet had geschoren, want hij zag er net zo uit als op de meeste zondagen als ze samen wakker werden. Ze associeerde zijn verschijning met intimiteit, wat totaal misplaatst was in de huidige omgeving en omstandigheden.

Lynn moest vechten tegen de neiging een hand uit te steken en hem wakker te schudden, tegen hem te praten, tegen hem te schreeuwen om een reactie te krijgen en de arts-assistent te bewijzen dat hij het mis had. Wat de situatie nog erger maakte was dat zijn gezicht zo pijnlijk normaal leek, net als gisterochtend toen ze wakker was geworden en een tijdje naar hem had liggen kijken terwijl hij sliep, zijn aantrekkelijke, mannelijke trekken bewonderend.

'Zit jij in dokter Marshalls neurologiementorgroep?' vroeg Charles terwijl hij Lynn aankeek over Carls bed. Ze dacht dat hij misschien iets onprofessioneels aan haar gedrag bespeurde.

'Ja,' antwoordde Lynn zonder verder uit te wijden. Ze had in dokter Marshalls mentorgroep gezeten, maar dat was een jaar geleden. Het was niet makkelijk voor haar om oneerlijk te zijn, maar ze nam aan dat ze de IC afgeschopt zou worden als ze daar niet was voor haar studie. Het ziekenhuis was heel strikt wat betreft privacy en technisch gezien was ze geen familie, tenminste nog niet. Met moeite wist ze oogcontact met Charles te vermijden. Ze voelde dat de arts-assistent naar haar keek.

Aarzelend stak Lynn haar rechterhand uit en raakte licht Carls wang aan. Zijn huid voelde koel maar verder normaal. Ze was bang geweest dat hij rubberachtig en onecht zou voelen.

'Hebt u een eeg gemaakt?' vroeg Lynn, zich weer presenterend als de student die ze was door een vraag te stellen. Ze was plotseling bang dat de arts-assistent het misschien vreemd had gevonden dat ze Carls gezicht had aangeraakt. Ze zei expres niet elektro-encefalogram omdat het ziekenhuispersoneel het testen van de hersenfuncties niet zo noemde.

'Er is een spoed-eeg gemaakt. Helaas vertoonde hij een zeer lage amplitude en een trage delta-activiteit. Ik bedoel, hij was niet helemaal vlak maar hij vertoonde diffuse abnormaliteit.'

Lynn sloeg haar ogen op en dwong zichzelf Charles aan te kijken hoewel ze dat heel moeilijk vond. Om haar kolkende emoties te camoufleren, vroeg ze op haar meest professionele toon: 'Wat is de prognose volgens u?'

'Met een Glasgow-score van slechts vijf moet ik zeggen behoorlijk slecht,' zei Charles. 'Dat is onze ervaring met comapatiënten zonder trauma. Ik denk dat we op een hersen-MRI vergaande laminaire necrose van de cortex zullen zien.'

Lynn knikte alsof ze begreep wat Charles zei. Ze had de term laminaire necrose nog nooit gehoord maar ze wist heel goed dat necrose dood betekende, dus vergaande laminaire necrose moest wel hersendood betekenen. Met enige moeite slikte ze. Ze wilde schreeuwen 'Nee, nee, nee!', maar ze deed het niet. Ze wilde wegrennen maar ook dat deed ze niet. Lynn beschouwde zichzelf als een feministe, zich bewust van de huidige kansen voor vrouwen en ze had de kansen die ze had gekregen ook gegrepen, haar uiterste best gedaan op school en op de universiteit. Haar benadering was om zo hard mogelijk te werken en als ze problemen en obstakels op haar weg vond, wat zeer zeker het geval was, dan had ze als reactie nog beter haar best gedaan. Maar nu had ze misschien wel te maken met een van de moeilijkste dingen die haar konden overkomen. De man met wie ze had gedacht haar leven te delen was mogelijk hersendood en er was niets wat ze kon doen.

'Hé,' zei Charles plotseling. 'Weet je wat? Dit is een perfect geval om het poppenogenfenomeen te demonstreren dat als test wordt gebruikt voor het functioneren van de hersenstam bij comateuze patiënten. Heb je dat ooit gezien?'

'Nee,' dwong Lynn zichzelf te zeggen. En ze dacht ook niet dat ze dat wilde zien met Carl als proefpersoon, want het zou zijn situatie alleen nog maar echter maken. Maar ze was bang dat ze het niet kon weigeren zonder misschien te verraden dat ze hier onder valse voorwendsels was.

'Dan zal ik het je laten zien,' zei Charles. 'Maar ik heb je hulp nodig. Jij houdt zijn ogen open terwijl ik zijn hoofd draai.'

Alsof ze iets verbodens aanraakte duwde Lynn voorzichtig met haar duim en de wijsvinger van haar linkerhand Carls oogleden omhoog. Ze staarde neer in de uitdrukkingsloze, licht verwijde pupillen. Het gaf haar een griezelig gevoel, alsof ze zijn grenzen schond. Geluidloos schreeuwde ze hem toe wakker te worden, te glimlachen, zijn mond open te doen en te zeggen dat deze hele vertoning schijn was en een grap. Maar er was geen reactie, alleen zijn ritmische ademhaling.

'Oké, goed,' zei Charles. Hij boog zich over Carls borst en legde zijn handen aan weerszijden om zijn hoofd. Eerst draaide hij Carls hoofd naar Lynn en toen weer terug. 'Kijk, zag je dat?'

'Wat moet ik zien?' vroeg ze aarzelend. Ze moest haar uiterste best doen om niet terug te deinzen en de kamer uit te rennen.

'Je kunt zien dat de ogen in tegengestelde richting gaan als ik het hoofd draai.' Charles herhaalde zijn eerdere handeling.

Lynn kon nu goed zien dat Carls ogen inderdaad draaiden zoals Charles had beschreven en uitdrukkingsloos omhoog bleven staren als zijn hoofd opzij werd bewogen.

'Het is een vestibulo-oculaire reflex,' zei Charles op een didactisch medische toon die Lynn maar al te bekend was. 'Het betekent dat de hersenstam en de betrokken hersenzenuwen werken zoals ze zouden moeten. Als de patiënt het zou simuleren, zich gedraagt alsof hij bewusteloos is, iets wat je af en toe ziet op de SEH, dan bewegen de ogen mee in de richting van de draaiing. Als de hersenstam niet functioneert, dan bewegen de ogen helemaal niet. Tamelijk dramatisch, vind je ook niet? Ik kan je hetzelfde fenomeen ook laten zien door middel van calorische stimulatie, wat betekent dat ik water in zijn oren laat lopen. Wil je dat ook zien?'

'Dit is wel genoeg,' zei Lynn. Ze trok haar hand terug, waardoor Carls oogleden weer langzaam dichtvielen. Ze moest weg. Waarnaartoe wist ze niet. Als lid van de ziekenhuisgemeenschap en als aanstaande arts voelde ze een verantwoordelijkheid voor Carls situatie, en niet alleen vanwege het feit dat ze dokter Weaver en het Mason-Dixon Medisch Centrum had aanbevolen.

'Ik heb alles wat ervoor nodig is bij de hand,' zei Charles. 'Ik kan het zo pakken. Het is geen enkele moeite.'

'Dank u,' zei Lynn terwijl ze wegliep bij het bed. 'Bedankt dat u de tijd hebt genomen om me dit allemaal te laten zien, maar ik moet weg. Het spijt me.'

'Oké,' zei Charles. Hij staarde naar Lynn en fronste zijn wenkbrauwen. Het was duidelijk dat hij zich verbaasde over haar gedrag. 'Als een van de andere leden van je mentorgroep dit klassieke poppenogenfenomeen ook zou willen zien, dan zal ik hun dat graag tonen.'

'Bedankt,' zei Lynn. 'Ik zal het de anderen laten weten.'

Lynn vluchtte de IC af. Zodra ze weer in de hal was, bleef ze staan en haalde een paar keer diep adem. Het was op de een of andere manier kalmerend om weer terug te zijn in de gebruikelijke hectiek van het ziekenhuis met de patiënten, verpleegsters en broeders die haar passeerden. Haar hartslag was nog steeds veel te hoog. Er was niets wat ze kon doen om Carl te helpen en haar eerste gedachte was dat ze Michael moest zien te vinden. Ze had een anker nodig, iemand om zich aan vast te klampen in deze storm van onzekerheid en emotie.

5

Maandag 6 april, 12.25 uur

Lynn vond Michael in het restaurant. Ze was eerst teruggegaan om in de koffiehoek te kijken, maar hij en de anderen waren vertrokken. Ze dacht erover hem te sms'en maar ze had geen idee wat. Ze wilde hem gewoon vinden. Misschien zou ze een tijdje helemaal niks zeggen.

Gezien het tijdstip besloot ze dat het restaurant de beste kans was, want het eten was daar aanzienlijk goedkoper dan in de koffiehoek en Michael sloeg zelden een maaltijd over. Zoals altijd was het er heel erg druk vanwege de gebruikelijke stormloop rond lunchtijd. Het duurde even maar toen zag ze hem in de rij staan bij het eten. Ze had geluk dat hij alleen was. De andere leden van het groepje van eerder in de koffiehoek waren nergens te zien. Daar was ze blij om. Ze wilde alleen met Michael praten.

'Hé, Lynn. Hoe gaat het met Carl?' vroeg hij toen hij zich omdraaide om te zien wie hem op de schouder had getikt.

'Ik moet met je praten,' zei Lynn met trillende stem. 'Alleen.'

'Oké, geen probleem,' zei Michael. Omdat hij haar zo goed kende voelde hij direct dat ze heel erg emotioneel was. Hij keek haar aan. 'Gaat het wel goed met je?'

'Dat is maar de vraag,' zei Lynn. Haar stem sloeg hoorbaar over.

'Waarom neem je niet wat te eten, dan kunnen we samen lunchen.'

'Ik heb op het moment geen honger.'

'Vind je het erg als ik eet terwijl we praten?'

'Natuurlijk niet!'

'Laat me even deze hap afrekenen. Dan kunnen we links achterin gaan zitten. Ik zie daar een paar lege tafels.'

Lynn keek naar de plek waar hij op doelde en knikte. Het restaurant was een even zo goede plaats als waar ook in het ziekenhuis voor een gesprek met Michael. Het rumoer zou haar mogelijk zelfs helpen haar emoties in bedwang te houden.

Hoewel Lynn geen honger had, had ze wel dorst en ze pakte wat water voor ze aan een van de lege tafels ging zitten die ze vanuit de rij bij de warmhoudbakken had gezien. Ze zat zo ver mogelijk verwijderd van de ramen die uitkeken op een prachtig ingerichte binnentuin. Een paar tafels in de tuin waren heel erg populair en altijd als eerste bezet als het weer zo mooi was als vandaag. Lynn zag diverse jaargenoten buiten zitten.

Terwijl ze zat te wachten tot Michael had betaald, keek ze naar hem in de rij bij de kassa. Hij was een indrukwekkende verschijning die opviel tussen de andere geneeskundestudenten in dezelfde witte jas. De belangrijkste reden was een combinatie van zijn lengte en het feit dat hij zwart was. In Lynns jaar waren er maar acht Afro-Amerikanen, drie mannen en vijf vrouwen, in totaal zes procent van het jaar ondanks de actieve pogingen van de faculteit hier verandering in te brengen. Michael was een gespierde man met een brede nek en Lynn had begrepen dat hij football had gespeeld op de universiteit van Florida. Hij had zelfs even overwogen prof te worden maar uiteindelijk had hij ervoor gekozen om medicijnen te gaan studeren. Lynn wist dat die carrièrekeuze te maken had met zijn moeder. Zijn gelaatstrekken waren grof, zijn huidskleur donkermahoniebruin en zijn relatief lange haar droeg hij in wat Lynn had geleerd dat *twistlocks* waren. Eerst had ze gedacht dat het korte dreadlocks waren maar nu wist ze wel beter.

Op de tweede dag van de opleiding, toen Lynn voor het eerst met Michael had gesproken omdat ze met hem was ingedeeld voor het anatomielab, was ze enigszins geïntimideerd geweest. Hij was niet alleen een grote man, maar ze dacht dat hij vanaf het begin iets tegen haar had. Vanaf hun eerste woorden klaagde hij over haar houding en daarom deed zij hetzelfde. Die eerste dagen tolereerden ze elkaar alleen maar en ze moesten allebei moeite doen om goed genoeg met elkaar op te kunnen schieten om samen te kunnen werken.

Lynn had zichzelf nooit als racistisch beschouwd maar in de loop van de tijd had Michael haar laten zien dat ze dat tot op zekere hoogte wel was geweest en dat racisme nog steeds welig tierde in Amerika. Michael op zijn beurt leerde van haar dat hij zo gewend was aan een neerbuigende houding dat hij het vaak uitlokte. Ook bracht ze hem bij dat vrouwenhaat en geslachtsdiscriminatie ondanks vijfenvijftig jaar feminisme nog niet waren verdwenen. Ze begrepen allebei uiteindelijk dat je wat ras en geslacht betrof lid moest zijn van de onderdrukte partij om de gevoelige en minder gevoelige gevolgen van discriminatie te begrijpen die hun respectievelijke levens zo hadden beïnvloed. Haar hele leven had Lynn altijd het gevoel gehad dat ze het een beetje beter moest doen dan de mannen met wie ze concurreerde, terwijl Michael altijd het gevoel had gehad dat hij het veel beter moest doen dan iedereen.

Toen Lynn en Michael begrepen dat ze verwante zielen waren, begonnen ze elkaars eigenaardigheden naast hun ras en geslacht als gevolg van hun verschillende achtergronden te waarderen. Lynn, opgegroeid met twee zussen in een middenklassengezin in Atlanta dat uiteindelijk in de financiële problemen raakte. En Michael, afkomstig uit een eenoudergezin in South Carolina met vijf broers en zussen die hadden moeten worstelen om een dak boven hun hoofd te houden en brood op de plank te krijgen. Ze werden zich ook bewust van hun overeenkomsten naast het feit dat ze extreem gemotiveerde harde werkers waren die perfectie nastreefden. Beiden hadden stereotypen getrotseerd en de vakken natuurkunde, techniek en wiskunde gekozen op school. Ze waren allebei al heel jong gek op computerspelletjes en hadden belangstelling en talent voor coderen. Beiden hadden heel hoge cijfers gehaald op de middelbare school. Ze hadden allebei een volledige studiebeurs en dat was de voornaamste reden dat ze op de Mason-Dixon Universiteit zaten. Beiden waren aangenomen op alle medische faculteiten waar ze zich hadden aangemeld, maar Mason-Dixon was financieel gezien de beste keuze geweest. En ten slotte: hoewel Lynn altijd een heel warme band had gehad met haar vader, wist ze ook hoe het was om er geen te hebben omdat hij was overleden.

Toen Michael naar haar toe kwam lopen voelde Lynn zich dankbaar voor hun vriendschap en ze was blij dat de opleiding hen aan elkaar had gekoppeld. Ze had nog nooit een mannelijke vriend gehad zoals Michael en ze hechtte veel waarde aan hun relatie want hij had haar leven op velerlei manieren verrijkt. En nu, als de arts-assistent gelijk had met zijn prognose van Carls toestand, zou ze zijn steun meer dan ooit nodig hebben.

'Oké, wat is er aan het handje?' vroeg Michael met gespeelde nonchalance terwijl hij zijn blad op de tafel schoof. Hij liet zijn gespierde lijf van honderd kilo op een stoel zakken die krakend protesteerde. Hij pakte zijn sandwich en nam een grote hap.

Een minuut was Lynn niet in staat iets te zeggen. Ze was geen type dat vaak huilde, mogelijk als reactie op het stereotype, en dat wilde ze ook nu niet. Ze voelde zich verscheurd. Ze wilde Michaels steun om het gevoel van vervreemding kwijt te raken dat ze al voelde opkomen door de schok van de recente gebeurtenissen, en toch was ze bang dat het alleen maar reëler werd zodra ze Michael meer zou vertellen. Als student medicijnen wist ze genoeg over rouwverwerking om te begrijpen dat ze overduidelijk nog steeds in het eerste stadium van ontkenning was.

Michael drong niet aan. Hij kauwde op zijn sandwich en nam nog een hap, terwijl hij haar leek te negeren. Hij was bereid te wachten. Hij kende haar goed genoeg om zich zorgen te maken. Er was iets heel erg ernstigs gaande en het had te maken met Carl en zijn operatie.

Lynn nam een slokje water en kneep toen haar ogen dicht. Toen ze ze weer opendeed stroomden de woorden uit haar mond. Ze vertelde over de vermoedelijke gevolgen van Carls anesthesie en dat ze naar de neuro-IC was gegaan en had gesproken met de arts-assistent. Ze eindigde met te zeggen dat Carls score op de Glasgow-comaschaal maar vijf was en dat de assistent had gezegd dat de prognose somber was.

Michael had zijn sandwich neergelegd en zijn bord van zich af geschoven alsof hij zijn eetlust had verloren. 'Dat is een heel lage score.'

Lynn staarde naar haar vriend. Hij had haar al heel vaak versteld doen staan en dit was ook zoiets. Ze had nog nooit gehoord van de Glasgow-comaschaal maar Michael kennelijk wel, ondanks het feit dat ze allebei hetzelfde neurologiecoschap hadden gevolgd in hun derde jaar. Hij had een ongelooflijk geheugen voor feiten, hoe onbetekenend ook. 'Hoe weet jij wat de Glasgow-comaschaal is? Ik geloof niet dat ik daar ooit van gehoord heb.'

'Laten we maar zeggen dat ik daar een reden voor had. Het is een manier om mensen die in coma zijn te beoordelen. Hoe heette die arts-assistent?'

'Charles Stuart geloof ik. Ik weet het niet zeker. Mijn hoofd is een zeef.'

'Ik geloof niet dat we met hem te maken hebben gehad tijdens ons neurologiecoschap.'

'Dat weet ik wel zeker. Ik had hem nog niet eerder gezien.'

'Wat heeft hij verder nog gezegd behalve de score en dat de prognose slecht was?'

'Hij zei dat hij vergaande laminaire necrose verwachtte te zien op de MRI als die was gemaakt.'

'Ik weet niet wat laminaire necrose is.'

'Ik ook niet, maar je kunt je er wel iets bij voorstellen.'

Michael knikte. 'Heb je nog met iemand anders gesproken, zoals de chirurg of de anesthesist?'

'Nee, met niemand, ik wilde eerst met jou praten.'

'Heb je in het anesthesieverslag gekeken?'

'Nee. Het enige wat ik heb gedaan is kijken of het Carl was, en dat is zo. Hij ligt in coma, verdomme! En ik ben degene die de dokter aanbevolen heeft en hem heeft aangemoedigd om die stomme knie hier in het Mason-Dixon te laten repareren.'

Michael stak een hand uit en vouwde hem om Lynns relatief smalle pols. Zijn greep was stevig. 'Luister, *sis*,' begon hij. Als ze alleen waren noemden ze elkaar voor de grap sis en *bro*, een soort zwarte slang waar Michael mee was begonnen als teken van hun platonische intimiteit en vertrouwdheid met elkaar. Daarnaast trakteerde hij haar ook op basketbalmetaforen die hij met zijn vrienden op de middelbare school had gebruikt. 'Ik kan je nu direct vertellen dat jij niet verantwoordelijk bent voor wat er vandaag op het veld is gebeurd. Jij was niet een van de spelers. Echt niet!'

Ondanks haar pogingen zich te beheersen kwamen de tranen opzetten en ze begonnen over Lynns wangen te lopen. Ze wreef het vocht weg met haar vinger. 'Ik weet dat ik me deels toch schuldig zal voelen. Ik ken mezelf goed genoeg. Maar hoe zullen zijn ouders erover denken? Ze wilden dat hij zou worden geopereerd in het Roper. Waarom heb ik me ermee bemoeid?'

Carls vader was advocaat in Charleston, net als zijn zoon, maar bij een ander kantoor en in een andere richting. De interesse van zijn vader lag bij procesvoering en strafrecht, in tegenstelling tot Carls werk op het gebied van onroerend goed en ondernemingsrecht. Zijn moeder was lerares op een basisschool. Zijn ouders woonden nog steeds in het huis in West Ashley waar Carl was opgegroeid. Lynn had hen bij verschillende gelegenheden ontmoet, vooral het afgelopen jaar toen haar relatie met Carl zich had verdiept. Zelfs Michael had hen ontmoet tijdens een paar verjaardagsfeestjes.

'De Vandermeers zijn intelligente mensen,' zei Michael. 'En het is heel duidelijk dat ze dol op je zijn. Ze gaan jou echt niet de schuld geven. Absoluut niet!'

'Ik weet niet of ik dat niet zou doen als ik hen was.'

'Maar we lopen op de zaak vooruit. We weten nog niet voor honderd procent zeker wat er aan de hand is. Ik heb een voorstel: laten we voor het college dermatologie snel naar de neuro-IC gaan en Carls dossier bekijken.' Het Mason-Dixon Medisch Centrum werkte met volledig geïntegreerde epd's, maar er werden nog papieren dossiers gebruikt zolang patiënten in het ziekenhuis lagen. Er werd gezegd dat deze dossiers helemaal moesten verdwijnen maar dat was niet gebeurd, tenminste nog niet.

'Wat heeft dat voor zin?' Lynn wist niet of ze al zo snel weer terug kon gaan. Het was vreselijk om Carl in comateuze toestand te zien.

'Ik weet het niet, maar dan krijgen we een beter idee van wat er is gebeurd. Er moet een anesthesieverslag in dat dossier zitten. Ik bedoel, er moet een verklaring zijn. Kom op!' Michael maakte aanstalten op te staan.

Lynn greep hem bij de mouw van zijn witte jas. 'Ze zullen er niet blij mee zijn als er twee studenten opduiken die zonder toestemming in een dossier willen kijken op de IC.'

'Laat dat maar aan mij over,' zei Michael. 'Zoals ik je al eerder heb gezegd doen de meeste mensen of ik lucht ben of een van de schoonmakers. Soms betekent dat problemen maar soms is het een voordeel. Dit is een van die keren dat het weleens voordelig zou kunnen zijn. Geloof me! En daarbij, ik heb het eerder gedaan.'

'Op de neuro-IC?'

'Ja.'

'Wanneer?'

'Ongeveer drie maanden geleden.'

'Waarom?'

'Dat vertel ik je later. Laten we naar boven gaan om bij Carl te kijken en laten we bij God hopen dat dok Stuart het mis heeft.' Michael stond op en trok Lynn aan haar arm overeind. Ze deed hem denken aan een ree die gevangen was in het licht van een stel koplampen. Hij pakte zijn blad en bracht het terug. Lynn volgde hem. Ze was blij dat iemand anders de beslissingen nam.

6

Maandag 6 april, 12.40 uur

Toen ze in de lift naar boven stonden wierp Michael een blik op Lynn. Ze keek naar het display boven de deur. Haar ogen waren rood en vochtig. De lift was vol waardoor het onmogelijk was om over hun plan te spreken. Michael had een vreemd, onplezierig gevoel van déjà vu en hij hoopte dat elke overeenkomst met de gebeurtenissen waar hij aan dacht minimaal zou zijn.

Toen de deuren opengingen op de vijfde verdieping waren Michael en Lynn niet de enigen die uitstapten. Ze greep zijn arm om hem tegen te houden terwijl de andere mensen op weg gingen naar hun respectievelijke bestemmingen. De meesten liepen naar de centrale balie. Het was er nog net zo druk als eerder.

'We moeten een plan hebben,' zei Lynn terwijl ze haar stem liet dalen zodat niemand haar zou horen. Er stonden enkele mensen in de buurt te wachten op de lift naar beneden. 'Het is me eerder gelukt de IC op te komen omdat de arts-assistent aannam dat ik een neurologiecoschap liep. Dat zal jou niet lukken. Ze zullen zich jou herinneren omdat je opvalt. Hoe denk je dat te doen? Je weet dat studenten niet welkom zijn op de IC tenzij ze een officiële reden hebben.'

'Ik reken erop dat het geen probleem zal zijn, maar dan moeten we niet aarzelen of ons besluiteloos gedragen.'

'Wat wil je precies doen?'

'Ik wil vooral naar het dossier kijken. Maar we gaan niet rechtstreeks naar de balie om het te pakken zonder eerst naar de patiënt te kijken. Dat is niet geloofwaardig. Zo doen ze dat niet. Snap je wat ik bedoel? Weet je nog waar Carl ligt? Dat zou helpen. We willen niet de aandacht op onszelf vestigen omdat we verdwaald zijn.'

'Hij ligt in kamer nummer 8 geloof ik, maar ik kan het mis hebben. Mijn hoofd is een puinhoop.'

'Oké, dit gaan we doen. We lopen rechtstreeks naar kamer 8. Als het het goede nummer is, dan kijken we hoe het met Carl gaat. Als het dat niet is, dan gaan we hem snel zoeken! Ben je het daarmee eens? Je hoeft niets te doen. Loop gewoon achter me aan. Ik zal wel iets zinnigs doen waardoor het er officieel uitziet.'

'Goed,' stemde Lynn in maar ze wist niet zeker of ze haar emoties in bedwang zou kunnen houden.

'Daar gaan we!' zei hij vol overtuiging.

Met Michael voorop liepen ze snel langs de drukke centrale balie op de vijfde verdieping in de richting van de IC. Bij de deur aarzelde Michael een fractie van een seconde om met opgetrokken wenkbrauw naar Lynn te kijken. Ze nam aan dat hij informeerde hoe het met haar ging en daarom knikte ze. Ze was er klaar voor.

Michael duwde de zware deur open. Daarachter was een andere wereld. Het geluid van de lunchkarretjes, het gebabbel van stemmen en het gevoel van hectiek waren verdwenen. In plaats daarvan hoorden ze de gedempte elektronische geluiden van de monitoren en de regelmatige cyclus van een paar beademingsapparaten. Verder heerste er diepe stilte. De patiënten waren allemaal volledig beweginglоos.

Zoals hij had gezegd liep Michael rechtstreeks op kamer 8 af. Lynns geheugen had haar niet in de steek gelaten. Carl lag in het bed en was op dat moment alleen. Het dienstdoende verplegend personeel was met andere patiënten bezig.

Michael ging aan Carls rechterkant staan, Lynn aan zijn linkerkant. Hij leek net als eerder te slapen, afgezien van het trekken van zijn vrije been. Opnieuw moest Lynn de bijna onweerstaanbare neiging onderdrukken om hem wakker te schudden. Heel even voelde ze een vleugje woede alsof Carl dit opzettelijk deed.

'Bedrieglijk vredig,' zei Michael.

Lynn knikte. De tranen dreigden weer. Ze probeerde emotieloos te bedenken wat er in Carls hersens om zou kunnen gaan. Ze zag dat Michael zijn penlight pakte. Nadat hij Carls oogleden had opgetild scheen hij achtereenvolgens in elk oog. 'De pupillen zijn gelijk en misschien wat traag, maar ze reageren allebei. Niets om over te juichen maar het is iets. De hersenstam werkt tenminste nog.'

Lynn knikte weer maar zei niets. Om zich te beheersen dacht ze aan het poppenogenfenomeen dat de arts-assistent haar had laten zien, en de implicaties daarvan.

'De vitale functies zijn normaal,' zei Michael.

Lynn volgde zijn blik naar de monitor. Alles was zoals het eerder was geweest, inclusief het zuurstofgehalte van 97 procent.

'Oké,' zei Michael terwijl hij zijn stem liet dalen en Lynn aankeek. 'Tot nu toe gaat het goed.' De drukke verpleegsters leken onverschillig voor hun aanwezigheid. 'Laten we naar de balie slenteren. En probeer je te ontspannen, sis! Je ziet eruit of je op het punt staat een bank te beroven.'

Lynn nam niet de moeite te reageren. Ze tolereerde zijn licht beledigende toon net zoals hij toestond dat ze hem af en toe 'bro' noemde. Ze gebruikten dergelijke taal alleen maar als ze zeker wisten dat niemand hen kon horen. Het was ook een teken hoe close ze waren en hoe goed ze elkaar begrepen.

De ronde balie in het midden werd normaal gedomineerd door de hoofdzuster, Gwen Murphy, en de zeer ervaren receptionist, Peter Marshall, die er al zo lang werkte dat het voor hem voelde alsof de afdeling van hem was. Van hun neurologiecoschap wisten Michael en Lynn zich te herinneren dat ze allebei efficiënt, professioneel en zeer behulpzaam waren. Op dat moment was alleen Peter aanwezig. Zoals gewoonlijk was hij net als alle receptionisten aan de telefoon, maar hij trok vragend zijn wenkbrauwen op terwijl hij hen aankeek. Gwen was op dat moment kennelijk ergens anders bezig.

Onder de rand van de balie zaten monitoren waarop de vitale functies van iedere patiënt te zien waren. Lynns ogen gingen direct naar kamer 8. Alles was normaal. Boven op de balie stond een draaibaar dossierrek.

'Hé, man,' zei Michael bij wijze van begroeting tegen Peter, waarop de receptionist met zijn ogen rolde. Zonder hem de kans te geven te antwoorden richtte Michael zijn aandacht op het dossierrek, waar hij een flinke duw tegen gaf. Hij hield het tegen toen het vak voor kamer 8 voor hem stond. Zonder de geringste aarzeling greep Michael het dossier, pakte een paar stoelen en trok ze opzij. Hij gebaarde Lynn er een te nemen en ging op de andere zitten. Toen opende hij het dossier en bladerde snel naar het anesthesieverslag.

Terwijl Michael dat deed hield Lynn Peter vanuit haar ooghoeken in de gaten. Zoals haar vriend al had voorzien leek hij hen te negeren, tenminste tot zijn telefoongesprek was geëindigd. Toen zei hij: 'Hé, kan ik jullie helpen?'

'We hebben de opdracht het anesthesieverslag van Vandermeer te bekijken,' zei Michael. 'En we hebben het hier al. Bedankt! Moet je eens kijken, Lynn!'

Michael hield het dossier zo dat ze het kon lezen. Er was een handgeschreven verslag van de anesthesist, dokter Sandra Wykoff, plus een geprinte versie van drie bladzijden door de anesthesiemachine. Ze lazen het handgeschreven exemplaar, dat gelukkig goed leesbaar was, in tegenstelling tot een heleboel andere aantekeningen van artsen in ziekenhuisdossiers die ze de afgelopen jaren hadden moeten lezen.

Gezonde negenentwintig jaar oude blanke man in uitstekende gezondheid gepland voor de reparatie van een anterior ligamentum cruciata van de rechterknie onder algehele anesthesie. De werking van de anesthesiemachine is zowel handmatig als automatisch gecontroleerd. Enige preop. angst. Preop. medicatie midazolam 10 mg IM om 7.17 uur met goed resultaat. Patiënt ontspannen. Intraveneuze katheter geplaatst zonder problemen. Ademt 100 procent zuurstof met gezichtsmasker vanaf 7.22 uur. Inductie met 125 mg propofol IV om 7.28 uur. 100 procent zuurstof gegeven via gezichtsmasker voor het probleemloos plaatsen en opblazen van larynxmasker LM 4. Isofluraan, lachgas en zuurstof gestart om 7.35 uur. Ogen dichtgetapet. Vitale functies normaal en stabiel. Ecg normaal. Zuurstofsaturatie stabiel op 99-100 procent. Spontane respiratie met normaal volume en snelheid. Operatie begint met aanbrengen van tourniquet om rechterbeen. Geen verandering in vitale functies, ecg en zuurstofgehalte. Vijftig minuten later om 8.28 uur op verzoek mededeling van de chirurg dat hij over veertig minuten klaar zal zijn. Om 8.38 uur isofluraan gestopt. Lachgas en zuurstof gaan door. Om 8.39 uur wordt alarm gegeven voor te weinig zuurstof als zuurstofgehalte opeens zakt van 98 naar 92 procent. Tegelijkertijd vertoont het ecg pieken in de T-golf. Zuurstoftoevoer verhoogd. Zuurstofgehalte stijgt snel naar 97 procent om 8.42 uur. Alarm stopt. ST-segment op ecg weer normaal. Lachgas gereduceerd om 8.44 uur en beademing gestart. Om 8.50 uur decerebrale hyperextensie van beide onderste extremiteiten opgemerkt door de chirurg en pupillen zichtbaar verwijd met een vertraagde reactie op licht. Lachgas gestopt om 8.52 uur en pure zuurstof gehandhaafd. Beademing gestopt om 8.58 uur als de ademhaling van de patiënt weer op normaal volume en snelheid is. Chirurg verwijdert tourniquet en beëindigt de operatie om 9.05 uur. Patiënt komt niet bij. Hoofd anesthesieafdeling, dokter Ben-

ton Rhodes, wordt erbij geroepen. Onder zijn supervisie wordt flumazenil gegeven en stapsgewijs verhoogd met 0,2 mg X3 zonder zichtbaar resultaat. Om 9.33 uur wordt de patiënt naar de PACU overgebracht terwijl nog steeds 10 procent zuurstof wordt gegeven. Spoedconsult bij neurologie aangevraagd. Vitale functies, ecg en zuurstofgehalte blijven normaal en stabiel.
Sandra Wykoff, arts

Michael en Lynn waren bijna tegelijk klaar en keken elkaar aan. 'Ik weet niet veel van anesthesie,' zei Lynn. 'We hebben tijdens ons chirurgiecoschap maar één college gehad over de basisprincipes. Ik zal het moeten opzoeken om het allemaal te kunnen begrijpen.'

'Maar het belangrijkste punt hier is dat er sprake was van hypoxie,' zei Michael. 'Het zuurstofgehalte is een paar minuten gedaald en het ecg veranderde.'

'Maar niet veel. Het zuurstofgehalte daalde heel kort naar 92 en steeg toen weer naar 97. Dat is geen enorme daling en waarschijnlijk ongeveer net zoveel als wat mensen overkomt als ze in Aspen, Colorado, uit het vliegtuig stappen. En het was maar drie minuten.' Lynn wees naar de plek waar dat stond in de handgeschreven samenvatting.

'Hoe komt het dan dat het ecg veranderingen in de T-golf liet zien?'

Lynn haalde haar schouders op. 'Ik weet er te weinig van om daar iets over te kunnen zeggen.'

'Laten we naar het verslag van het apparaat kijken.'

Michael bladerde naar de relevante bladzijde van het anesthesieverslag van drie pagina's. Waar ze in geïnteresseerd waren was het intraoperatieve deel. Ze wisten allebei dat de moderne anesthesieapparatuur computergestuurd was en alle variabalen realtime bijhield, inclusief de beelden op de monitor. Aan het eind printte het apparaat alles uit in grafieken. Wat er was gebeurd werd vastgelegd, inclusief de gebruikte gassen, medicijnen en vloeistoffen en alle bewakingsparameters.

'En wat zijn jullie hier dan wel aan het doen?' vroeg een stem. Ze klonk niet kwaad maar wel autoritair.

Zowel Lynn als Michael keek op. Gwen Murphy, de hoofdverpleegster, torende boven hen uit. Ze was een grote, gezette vrouw met vuurrood haar en rozige wangen.

Zonder te aarzelen zei Michael: 'We zijn gestuurd door anesthesie om dit geval van vertraagd bijkomen te bekijken.'

Gwen keek Lynn heel even aan en knikte toen alsof ze Michaels uitleg accepteerde. 'De patiënt staat gepland voor een MRI vanmiddag.' Zonder verder iets te zeggen draaide ze zich om en liep terug naar haar plek voor alle monitoren.

Lynn boog zich naar Michael en fluisterde: 'Hoe kwam je daar nou op?' Ze was onder de indruk. Omdat ze wist dat de staf bijzonder ontstemd zou zijn als ze zouden weten wat ze hier aan het doen waren, was ze geschrokken van Gwens onverwachte verschijning en vraag. Ze wist dat ze niet uit haar woorden had kunnen komen als ze iets had willen zeggen. Dus ze was blij dat Michael geantwoord had. Zij en alle andere geneeskundestudenten waren gewaarschuwd dat het niet was toegestaan in papieren of elektronische patiëntendossiers, epd's, te kijken tenzij specifiek toestemming was verleend, en al helemaal niet in die van vrienden of zelfs familieleden. Vertrouwelijkheid van patiëntgegevens werd zeer serieus genomen door het bestuur en het onder valse voorwendselen kijken in dossiers was een ernstig en strafbaar feit.

'Ervaring denk ik,' zei Michael. 'Heb je gezien dat ze niet naar me keek?'

'Nu je het zegt. Ik kan je wel zeggen dat ze zeker naar mij keek. Ik dacht dat het kwam omdat je kunt zien dat ik me schuldig voel.'

'Dat geloof ik niet,' zei Michael. 'Ik geloof dat ze niet naar me keek vanwege die onbewuste discriminatie waar ik je over heb verteld. Stafleden, zowel artsen als verpleegsters, kijken vaak niet echt naar me. Maar dat is prima. Ik ben eraan gewend. En soms helpt het bijvoorbeeld als we weg willen komen met wat we nu doen.'

'Het spijt me,' zei Lynn.

'Hé, dat ligt niet aan jou. En het kan me niet meer schelen. Maar goed, laten we doorgaan met waar we voor zijn gekomen.'

Zonder nog iets te zeggen richtten de twee studenten hun aandacht weer op het geprinte anesthesieverslag. Ze konden duidelijk zien waar het zuurstofgehalte plotseling was gedaald naar 92 procent. Toen ze hun ogen over het bijbehorende ecg van het hart lieten glijden, zagen ze de veranderingen die tegelijkertijd waren opgetreden.

'Is dat een verandering in de hypoxie op het ecg?' vroeg Michael.

'Ik geloof het wel,' zei Lynn. 'Maar ik moet het zeker weten. Ik weet in elk geval wat me te doen staat.'

'Wat bedoel je?'

'Net wat ik zeg. Ik ga uitzoeken waarom dit is gebeurd.'

'Ik heb al eerder zoiets als dit gezien.'

Lynn keek naar Michael. Ze was verrast. 'Echt? Wanneer?'

Zonder te antwoorden keek hij in de richting van Gwen en Peter. Beiden waren druk bezig. Gebruikmakend van de gelegenheid pakte Michael zijn smartphone. Nadat hij snel het geluid en de flits had uitgezet maakte hij een foto van het anesthesieverslag. Het volgende moment was de telefoon verdwenen.

'Jezus!' hijgde Lynn moeizaam fluisterend. 'Waarom heb je dat risico genomen?' Nerveus keek ze naar Gwen en Peter. Tot haar opluchting zag ze dat de verpleegster in gesprek was met een van de andere IC-zusters en dat Peter aan de telefoon was en druk aantekeningen maakte.

'Misschien hebben we het nog nodig,' zei Michael cryptisch. 'Ben je klaar met het dossier?'

'Ik wil graag het neurologieconsult lezen ook al heb ik wel een vrij goed idee wat erin zal staan.'

'Laten we dat dan doen en daarna razendsnel weg hier. Dan zal ik je vertellen over dat andere geval.'

7

Maandag 6 april, 12.55 uur

Zodra de zware IC-deur achter hen dichtviel, vuurde Lynn allerlei vragen op Michael af over het kennelijk vergelijkbare geval. Ze wilde precies weten hoe dat nu zat.

'Het was precies hetzelfde,' zei Michael terwijl ze, lunchkarretjes ontwijkend, door de drukke hal liepen.

'Was er sprake van vertraagd bijkomen?'

'Absoluut. Ik zeg je, het was precies hetzelfde.'

'Wanneer was dat?'

'Ongeveer drie maanden geleden, toen wij kindergeneeskunde deden.'

Lynn stond op het punt Michael te vragen hoe hij van die zaak wist toen ze voor zich uit keek. Dokter Gordon Weaver en, erger nog, Markus en Leanne Vandermeer, Carls ouders, kwamen recht op hen af.

Lynn bevroor als een geschrokken konijntje. Ze hadden haar nog niet gezien omdat ze nog ver genoeg van elkaar verwijderd waren en er in de gang tussen hen genoeg commotie was om niet op te vallen. Een seconde overwoog Lynn zich om te draaien en de andere kant uit te rennen. Omdat ze haar eigen rauwe emoties absoluut nog niet onder controle had, wist ze niet hoe ze zou reageren als er kritiek of beschuldigingen zouden worden geuit. Ze twijfelde er nauwelijks aan dat ze er net zo kapot van waren als zij.

Toen hij Lynns reactie bemerkte en de ouders herkende greep Michael haar bij de arm. '*Play it cool*, sis,' fluisterde hij.

'Ik weet niet of ik dit al aankan,' zei Lynn met schorre stem. Ze probeerde zich los te rukken maar Michael hield haar stevig vast.

'Hou op!' zei hij vastbesloten. 'Je kunt het aan en het is beter om het hier in het ziekenhuis achter de rug te hebben.'

Met bonkend hart zag Lynn hen dichterbij komen. De eerste die haar herkende was Leanne. Ze was een kleine vrouw in een grijs, klassiek mantelpak en ondanks haar kleding kon je wel raden dat ze basisschoollerares was. Toen ze Lynn in het vizier kreeg veranderde de uitdrukking op haar vermoeide gezicht van droefheid in bezorgdheid. Zonder de geringste aarzeling kwam ze recht op Lynn af en sloeg haar armen stevig om haar heen. Lynn was blij verrast. Hiervoor had ze haar nooit meer dan een lichte kus op de wang gegeven.

'Hoe gaat het, lieverd?' vroeg Leanne, terwijl ze Lynns armen nog steeds vasthield na een langdurige omhelzing. Ze was ruim twintig centimeter kleiner dan Lynn en moest naar haar omhoogkijken. 'Ik wil dat je me belooft dat je deze hobbel gauw achter je laat. Hij zal snel wakker worden. Geloof me! Alles komt weer helemaal goed. Dat weet ik zeker. Ik weet hoe druk je het hebt. Patiënten zijn van jou afhankelijk. Je moet voor jezelf zorgen en weer aan het werk gaan.'

Lynn keek naar Michael voor steun. Door de verhalen van Carl wist ze dat Leanne dominant was, maar dit leek toch wel wat overdreven. De vrouw vertelde haar hoe ze moest omgaan met deze ellendige situatie.

'Het spijt me voor jou dat dit zich moest voordoen,' zei Leanne. 'Maar het zal spoedig voorbij zijn. Daar ben ik zeker van.'

'Het spijt mij ook,' zei Lynn. Leannes ogenschijnlijke ontkenning van de realiteit van Carls toestand was zo'n verrassing dat het makkelijker voor haar werd haar emoties in bedwang te houden. Lynn was bang geweest voor kritiek en beschuldigingen, maar wat ze kreeg was empathie. Ze was zowel opgelucht als dankbaar.

'Je moet er kapot van zijn,' ging Leanne verder. 'Heb je hem al gezien?'

Lynn knikte, bang het toe te geven in het bijzijn van dokter Weaver, die dan misschien wel zou snappen dat ze daarmee de ziekenhuisregels had geschonden. Maar Weaver, die duidelijk zijn eigen problemen had, reageerde niet.

'Hoe ziet hij eruit?' vroeg Leanne. Haar meelevende gezichtsuitdrukking veranderde weer in verdriet.

'Heel rustig,' zei Lynn. 'Het lijkt alsof hij slaapt.'

Leanne liet haar los en Markus omhelsde haar. Carls vader was een grote man, net als zijn zoon, maar zwaarder gebouwd. Zijn gezicht was gerimpeld en altijd bruin. Hij was een verstokte golfspeler en dol op bourbon. In tegenstelling tot zijn vrouw zag hij er totaal gebroken uit en hij zei geen woord.

'Is er al enige verandering?' vroeg Leanne toen Markus haar losliet.

'Ik ben bang van niet,' zei Lynn. Ze gebaarde naar Michael. 'U herinnert zich Michael Pender waarschijnlijk nog wel?'

'Ja, natuurlijk,' zei Leanne terwijl ze kort naar hem knikte en zich direct weer omdraaide naar Lynn. 'We zullen ervoor zorgen dat de beste artsen betrokken worden bij de zorg voor Carl. Ik weet zeker dat er heel snel verbetering zal zijn.'

'Ik hoop het,' zei Lynn knikkend. Ze keek naar dokter Weaver, die nog in operatiekleding was. Hij meed haar blik en moedigde het echtpaar Vandermeer aan om verder te lopen naar de neuro-IC door te zeggen dat er maar heel even tijd was voor hun bezoek.

Na de wederzijdse belofte elkaar op te zoeken vervolgden Carls ouders hun weg door de gang. Lynn en Michael liepen in tegenovergestelde richting verder naar de liften.

'Nou, dat ging toch niet zo slecht?' zei Michael.

'Ze waren heel vriendelijk,' gaf Lynn toe. Snel gingen haar gedachten weer terug naar waar ze het over hadden gehad voor ze de Vandermeers in het vizier kreeg. 'Wat weet je van dat vergelijkbare geval waar je het over had en hoe heb je dat gehoord?'

'Het was een Afro-Amerikaanse vrouw van achter in de twintig of begin dertig, ongeveer dezelfde leeftijd als Carl. Ze werd geopereerd onder algehele anesthesie nadat ze in beide knieën was geschoten. Ze kwam niet meer bij. Er was sprake van kortdurende hypoxie net als bij Carl, en dat was dat.'

'Ze werd geopereerd hier in het Mason-Dixon Medisch Centrum?'

'Ja, ik zeg je, het was precies hetzelfde.'

Ze waren bij de liften. Lynn trok aan Michaels jas om hem tegen te houden. Ze wilde niet in een volle lift over de zaak praten, maar ze wilde wel meer horen. 'En hoe weet je dit?'

'Mijn moeder belde me uit Beaufort om te vertellen dat een ver familielid een ernstige complicatie had gehad na een operatie hier. Ze vroeg me ernaar te kijken en dat heb ik gedaan.'

'Hoe heette de vrouw?'

'Ashanti Davis.'

'Wat was haar relatie met jou?'

'Heel ver en alleen maar aangetrouwd. Nicht van de broer van een schoonzoon aan mijn moeders kant van de familie of zoiets. Ik kende haar een beetje omdat we op dezelfde middelbare school zaten, maar ze zat een paar jaar hoger en heeft haar diploma nooit gehaald, en we gingen om met andere mensen.'

'In haar knieën geschoten? Was dat vanwege een bendeoorlog of zo?'

'Iemand had serieus problemen met haar – dat was wel duidelijk.'

'Wat is er met haar gebeurd?'

'Ze bleef permanent buiten westen na de operatie. Binnen een paar dagen brachten ze haar over naar het Shapiro Instituut.'

'Dat is verschrikkelijk,' zei Lynn. 'Is ze daar nog steeds?'

'Voor zover ik weet wel. Ik geloof niet dat iemand haar ooit opzoekt of naar haar informeert. Niemand in haar familie wil bij de situatie betrokken worden, als je snapt wat ik bedoel. Ze was niet erg populair, om het maar zacht uit te drukken, zelfs niet bij haar naaste familie. Op de middelbare school werd ze beschouwd als een slet en had ze de neiging om met alle ambitieuze bendeleden te daten. Ik bleef ver uit haar buurt. Ze is er zelfs de oorzaak van dat een van mijn neven is doodgeschoten, dus het was niet helemaal onverwacht dat ze zelf het slachtoffer van zoiets werd als je nagaat met welke mensen ze optrok. Ze was een rotte appel.'

'Wat een vreselijk verhaal,' zei Lynn. 'Was ze helemaal gezond voor ze werd neergeschoten, net als Carl?'

'Dat geloof ik wel.'

Lynn schudde haar hoofd. Het feit dat er twee gezonde mensen in het Mason-Dixon binnen een paar maanden na elkaar niet bijkwamen na een operatie was niet alleen verontrustend, het was ronduit angstwekkend. En de gedachte dat Carl zou worden overgebracht naar het Shapiro was afschuwelijk. Zij en haar jaargenoten hadden na het korte bezoek allemaal gezegd dat het leek of je naar de onderwereld werd gestuurd.

'Ik zou dolgraag eens naar Ashanti's ziekenhuisdossier willen kijken,' zei Lynn.

'Ho!' zei Michael terwijl hij opzijstapte alsof ze besmettelijk was. 'Je kunt voor zoiets van de faculteit worden geschopt. Carls dossier is wat anders omdat het een lopende zaak is waar allerlei mensen toegang toe hebben. Bij Ashanti zou het totaal iets anders zijn. Je zou haar epd op moeten zoeken en dat zou je in grote problemen kunnen brengen.'

'Ik zou het niet zelf doen,' zei Lynn, zich afvragend wie bereid zou zijn om zo'n dossier voor haar op te zoeken. Dokter Scott had eerder aangeboden haar te helpen en gezegd dat haar deur altijd openstond. Ook dacht ze aan de anesthesist die bij Carls operatie aanwezig was geweest. Misschien zou zij het willen doen, ervan uitgaande dat zij niet degene was geweest die bij Ashanti de anesthesie had toegediend.

'Ik heb ergens een foto van haar intraoperatieve anesthesieverslag,' zei Michael. 'Op dezelfde manier op de neuro-IC genomen als die van Carl.'

'Echt?' zei Lynn verrast. 'Waar is die? Denk je dat je hem nog kunt vinden?'

'Ik zal moeten zoeken. Als ik het me goed herinner staat hij op mijn computer of op een flashdrive ergens in mijn kamer.' Omdat ze een volledige beurs hadden, werd van Michael en Lynn verwacht dat ze in de studentenflat woonden, een afzonderlijk gebouw op de uitgestrekte campus van het medisch centrum. De meeste andere vierdejaarsstudenten waren verhuisd naar privéappartementen. Lynn had het niet erg gevonden om te blijven, omdat ze daardoor in haar eigen bed kon slapen als ze dienst had en niet in het ziekenhuis hoefde te blijven. Daarbij had ze de meeste weekenden bij Carl doorgebracht.

'Wil je hem opzoeken?'

'Natuurlijk. Maar niet nu, mocht je dat denken.' Michael keek op zijn horloge. 'We zijn al te laat voor het college oogheelkunde. We kunnen maar beter heel snel naar de polikliniek gaan.'

'Ik ga niet naar college,' zei Lynn op een toon die geen tegenspraak duldde. 'Zoals ik me nu voel kan ik absoluut niet een uur stilzitten. Ik ben kapot.'

'Wat ga je dan doen?'

'Ik ga op mijn fiets naar Carls huis om daar tot rust te komen,' zei Lynn. 'Ik wil alles lezen over complicaties bij anesthesie, vooral vertraagd bijkomen, en dat kan ik doen op zijn computer. Ik voel me daar dichter bij hem. Misschien ga ik zelfs wel even bidden. Zo wanhopig ben ik.'

Michael keek opzij naar Lynn. Religie was vaak een gespreksonderwerp geweest tussen hen, vooral in hun derde jaar, en onlangs nog tijdens hun keuzecoschap kindergeneeskunde. Toen ze te maken kregen met kinderen die aan kanker leden, hadden ze het gevoel gekregen dat er geen God kon bestaan, tenminste niet een liefhebbende, zorgende God die misschien wel wilde ingrijpen na het horen van gebeden.

'Ik weet het,' zei Lynn, anticiperend op wat Michael dacht. 'Het gaat tegen alles in wat ik heb gezegd tijdens onze nachtelijke gesprekken, maar nu ik Carl heb gezien in die staat wil ik alles proberen.'

Michael knikte. Hij dacht dat hij het begreep. Door deze gebeurtenis was zijn vriendin emotioneel in de war geraakt.

8

Maandag 6 april, 13.16 uur

Lynn trok haar operatiekleding uit en haar gewone kleren weer aan terwijl de woede in haar opborrelde. Ze was boos op de anesthesist, het ziekenhuis, de geneeskunde in het algemeen en ze herinnerde zich hoe ze zich had gevoeld nadat haar vader was overleden. Ze wilde een trap tegen het kastje geven waar haar kleren in hadden gezeten. Ze wilde iets breken terwijl ze haar haar kamde met snelle, kwade halen.

Het probleem was dat ze op bepaalde punten te veel wist. Als ze geen geneeskunde had gestudeerd had ze nog hoop kunnen hebben dat Carl gezond en wel weer bij zou komen, wat de Vandermeers kennelijk aannamen. Lynn had graag net zo optimistisch willen zijn, maar dat kon ze niet. Ze wist dat dat niet zou gaan gebeuren. De arts-assistent verwachtte dat de MRI duidelijk vergaande laminaire necrose van de cortex zou laten zien, wat dat verdomme ook mocht zijn. Maar ze wist genoeg om te snappen dat er een heleboel cellen dood waren in het gedeelte van de hersens dat mensen menselijk maakte.

Met andere woorden: ook al zou Carl bijkomen, hij zou niet meer dezelfde zijn. Er zou geen happy end volgen. Hier waren alleen maar verliezers. Een fractie van een seconde bedacht ze dat het beter zou zijn geweest als hij was overleden, maar toen schoof ze die gedachte snel weer van zich af, beschaamd dat ze zo egoïstisch kon zijn. Er was nu tenminste nog een sprankje hoop, hoe onwaarschijnlijk ook. Hij leefde in elk geval nog. Misschien zou er een wonder gebeuren.

Terwijl ze haar witte jas aantrok keek Lynn weer naar haar spiegelbeeld. Haar normaal volle lippen waren samengeknepen in een strakke lijn. Haar groene ogen staarden haar met vijandige intensiteit aan. Ze had het eerste stadium van ontkenning achter zich gelaten en zat nu duidelijk in de woedefase van de rouwverwerking. Ze kon het gevoel dat de Amerikaanse gezondheidszorg haar opnieuw in de steek had gelaten niet van zich afzetten. De eerste keer was toen bleek dat haar vader, Ned, een zeldzame genetische bloedziekte had, bekend onder de afkorting PNH. Het was een aandoening waar wereldwijd minder dan tienduizend mensen aan leden. Na bijna vier jaar op de medische faculteit wist Lynn veel meer over de ziekte dan toen ze nog op de middelbare school zat. Ze begreep nu dat de aandoening 's nachts rode bloedcellen vernietigde. Ze wist ook dat zij het niet had en geen drager was.

In 2008, toen Lynn nog een tiener was en de recessie toesloeg, was Ned zijn baan kwijtgeraakt en daarmee ook zijn ziektekostenverzekering. Tot dan toe had zijn verzekering de torenhoge kosten betaald voor de medicatie die hem in leven hield. Hoewel Ned de premie nog een jaar lang zelf kon betalen, beëindigde de verzekeringsmaatschappij de polis zo snel als ze kon omdat ze daarmee de nieuwe zorgwet Obamacare nog voor kon zijn. Dat betekende geen levensreddend medicijn, wat uiteindelijk leidde tot Neds dood. Als tiener kende Lynn alle details nog niet, ze wist alleen dat de familie het financieel moeilijk had. Toen ze hoorde wat er was gebeurd, werd haar wens om geneeskunde te studeren en te proberen het systeem te veranderen alleen maar sterker, vooral nadat ze had ontdekt dat het waanzinnig dure medicijn veel goedkoper was in Europa en zelfs in Canada. Nu had ze het gevoel dat de Amerikaanse gezondheidszorg haar weer te pakken had.

Om zichzelf te beheersen gooide Lynn koud water over haar gezicht. Achter zich zag ze de lange gestalte van dokter Scott de kleedkamer in komen en naar haar kastje lopen. Even overwoog Lynn naar haar toe te gaan om met haar te praten en te vragen of zij wilde helpen uitzoeken wat er met Carl was gebeurd, maar ze veranderde direct van gedachte. Het was te snel. Ze besefte dat ze niet genoeg wist om zinnige vragen te stellen, bijvoorbeeld hoe vaak zoiets als bij Carl was voorgekomen in het hele land. Het enige wat ze op dat moment wist was dat het binnen een paar maanden twee keer was voorgevallen in het Mason-Dixon Medisch Centrum.

In plaats van met de chirurg te gaan praten, zorgde Lynn ervoor te vertrekken voor dokter Scott haar zag. Ze wilde niet met haar of wie dan ook praten. Ze wist dat ze zich emotioneel op glad ijs bevond, vooral nu haar woede de overhand begon te krijgen.

Lynn nam de trap om te voorkomen dat ze iemand die ze kende tegen zou komen in de lift. Eenmaal op de begane grond haastte ze zich door de polikliniek die de kortste weg vormde naar de studentenflat. Ze lette er goed op dat ze uit de buurt bleef van de zaal waar het college oogheelkunde werd gegeven.

Toen ze vanuit het ziekenhuis de heerlijke lentezon in stapte was Lynn opgelucht dat ze buiten was. Met de fluitende vogels en de warme zonnestralen die door de bloeiende bomen in de aangelegde binnentuin van het medisch centrum schenen om zich heen probeerde ze niet te denken. Maar het was moeilijk om haar gedachten te beheersen en het lukte dan ook niet helemaal. Aan haar rechterkant was het enorme Shapiro Instituut, dat haar luid en duidelijk herinnerde aan de situatie van hersendode mensen.

In tegenstelling tot alle andere gebouwen van het Mason-Dixon leek het Shapiro Instituut slechts twee of drie verdiepingen hoog te zijn. Het was moeilijk vast te stellen omdat het gebouw bijna geen ramen had waardoor het eruitzag als een reusachtige rechthoek van gepolijst graniet. Er waren heel veel bloeiende bomen en struiken omheen gezet in een poging de strakke lijnen te verzachten. Er was slechts één enkele, massieve, kale toegangsdeur onder een stenen overkapping. Een paar keer hadden Lynn en Michael toen ze terugliepen van het ziekenhuis personeel naar buiten zien komen op het moment dat de ene ploeg in het instituut de andere afloste. Het waren nooit veel mensen. Degenen die ze hadden gezien waren altijd gekleed in speciale witte uniformen, een beetje vergelijkbaar met de operatiekleding van het medisch centrum maar stijlvoller en nauwsluitender, ook al waren het overalls.

Lynn staarde even naar het gebouw, zich afvragend of Ashanti Davis er nog zou liggen, en als dat zo was, hoe zou het dan met haar gaan? Lynn rilde en vroeg zich af wat het voor Carl zou betekenen als hij naar het instituut werd gebracht en of ze toestemming zou krijgen hem te bezoeken. Ze betwijfelde het omdat ze geen directe familie was.

Ze dacht weer aan het enige officiële bezoek in haar tweede jaar dat Michael en zij samen met hun jaargenoten hadden gebracht. Ze wist nog heel goed de details van het verhaal achter de naam. Hij was ter herinnering aan Arnold Shapiro, een twintigjarige student uit Texas, die vijftien jaar in een aanhoudende vegetatieve staat had gelegen. De directe oorzaak van zijn situatie was waarschijnlijk hypoxie geweest. Zijn hart was spontaan gestopt en niemand wist hoe lang het had geduurd voor hij was gereanimeerd door het ambulancepersoneel. De zaak had een felle juridische strijd veroorzaakt tussen Arnolds gescheiden ouders: moest hij in leven gehouden worden of moest de voeding worden gestaakt zodat hij zou overlijden? Ironisch genoeg werd de zaak een platform voor beide kanten van het probleem. Lynn en Michael was verteld dat het instituut naar Arnold Shapiro was genoemd omdat hij tijdens de hele beproeving uitstekende zorg had gekregen dankzij het feit dat hij in het nieuws was. Het doel van het Shapiro Instituut was om datzelfde niveau van zorg te bieden aan iedereen die het nodig had, of hij nu beroemd was of niet.

Bij de gedachte dat Carl misschien wel jarenlang opgeborgen zou worden huiverde Lynn opnieuw en ze draaide zich om. Snel liep ze verder naar de studentenflat. Ze wist dat ze zich moest beheersen.

De kamer waar ze al vanaf de eerste dag van de opleiding woonde was op de derde verdieping. Hij was klein maar gezellig en het belangrijkste was dat hij een eigen badkamer had. Het raam keek uit over de rivier de Cooper in de richting van de mooie Arthur J. Ravenel Jr.-brug naar Mount Pleasant op de andere oever. De rivier was op dat punt heel breed en leek bijna op een groot meer.

Er stond een ingelijste foto van Carl op haar bureau. Daarop lachte hij en hield een pina colada omhoog, compleet met een stuk ananas, een cocktailkers en een klein papieren parapluutje. De foto was afgelopen zomer genomen op zijn negenentwintigste verjaardag op Folly Beach, een populair resort niet ver uit de buurt. Ze hadden dat weekend een klein maar heel leuk huisje gehuurd.

Lynn draaide de foto om. Het was een pijnlijke herinnering aan een andere tijd en plaats. Nadat ze haar witte jas over haar bureaustoel had gegooid, trok ze andere kleren aan die meer geschikt waren om in te fietsen en pakte haar helm, rugzak en zonnebril. In de tas gingen haar telefoon, een nieuw schrijfblok en een paar potloden. Ze had niets anders nodig dan haar fietshelm, want ze had al geleidelijk wat kleding en toiletspullen overgebracht naar Carls huis.

Lynn fietste in zuidelijke richting tot de afslag naar Morrison Drive, die ten slotte overging in East Bay Street en uiteindelijk uitkwam in East Battery. Het was een prachtige route die steeds mooier werd naarmate ze zuidelijker kwam, vooral toen ze bij het historische centrum arriveerde. Na Broad Street, waar de meeste historische huizen stonden, passeerde ze het gebied dat Rainbow Row genoemd werd. Het was een rij huizen uit het begin van de achttiende eeuw, gebouwd op de oever van de Cooper, die allemaal in de historisch juiste Caraïbische pastelkleuren waren geschilderd, een herinnering aan de Engelse kolonisten uit Barbados. Lynns stemming verbeterde een fractie. Charleston was een verleidelijk mooie stad.

9

Maandag 6 april, 14.05 uur

Michael stopte zijn pen in de zak van zijn witte jas. Hij had geprobeerd aantekeningen te maken om de concentratie vast te houden, maar het werkte niet. Het grootste probleem was dat het college niet over klinische oogheelkunde ging zoals hij had verwacht, maar over een saai overzicht van de anatomie van de oogbal en zijn verbinding met de hersenen. Het was stof die Michael en zijn jaargenoten al uitgebreid hadden bestudeerd in hun eerste jaar.

Een van de geheimen van Michaels academische succes was dat hij kon snellezen en een opmerkelijk goed geheugen had. Hij had hier al vanaf zijn vroegste jeugd heel hard aan gewerkt, waarbij hij er altijd zorgvuldig voor waakte om het geheim te houden voor zijn vrienden, vooral de mannen en jongens en vooral op de middelbare school. In de sociale kringen waarin hij verkeerde was het feit dat je een goede student was en dat je daar moeite voor deed geen verdienste. Integendeel, dat maakte je verdacht.

Zolang Michael zich kon herinneren had zijn hardwerkende moeder, die huizen schoonmaakte en de kleren van andere mensen waste, erop gehamerd dat onderwijs de sneltrein was om uit de armoede van het getto te komen, en snellezen het kaartje. Michael had het advies ter harte genomen en dankzij de goede genen die hij had geërfd van zijn moeder en de vader die hij nooit echt had gekend, was hij erin geslaagd het onder de knie te krijgen. En nu hij zijn geneeskundebul bijna binnen had was een twee uur durend overzicht van materiaal waar hij al voldoende aan was blootgesteld een saaie bedoening. Hij kon de informatie in zijn eentje in een fractie van de tijd weer ophalen en beter onthouden. Daar kwam bij dat zijn gedachten steeds afdwaalden. Hij bleef maar denken aan Lynn, Carl en, nota bene, Ashanti Davis.

Michael keek om zich heen naar zijn jaargenoten. Het was duidelijk dat ongeveer iedereen baalde. De studenten die niet sliepen keken glazig voor zich uit, en dat betekende dat slechts een paar neuronen in hun hersenen functioneerden. Bekijk het maar, zei Michael tegen zichzelf. Ik ga ervandoor!

Toen de lichten werden gedimd voor een volgende serie computerbeelden stond hij in een impuls op en vertrok. Hij kon zo weg zijn omdat hij achterin aan het gangpad zat, vlak bij de uitgang. Toch wist hij dat de kans bestond dat hij gezien werd. Als zwarte man in een beroep waar het percentage zwarte mannen laag was en steeds verder afnam, was anonimiteit zelden een optie voor hem.

Het was nog steeds heel druk in de polikliniek. Elke beschikbare stoel was bezet door een patiënt. Een aantal van hen keek hoopvol op toen ze Michael in zijn witte jas opmerkten, in de hoop dat ze bijna aan de beurt waren. Geen van hen wist dat het lange wachten het gevolg was van een college. Veel blanke patiënten wendden hun blik af. Het was vergelijkbaar met de manier waarop de behandelend artsen, van wie het merendeel blank was, oogcontact vermeden. Iets wat Michael in zijn eerste jaar tijdens de introductie over patiëntencontact geweldig had gestoord. Nu trok hij zich er niets meer van aan. Hij vond terecht dat het hun probleem was en niet het zijne.

Michael had altijd goed contact met zowel blanke als zwarte patiënten zodra ze over de eerste aarzeling heen waren die zijn huidskleur af en toe veroorzaakte. Soms pasten blanke patiënten zich zelfs eerder aan. Sommige zwarte mensen namen aan dat Michael een 'Oreo' was, een bijnaam voor iemand die al te zeer geassimileerd was, oftewel zwart vanbuiten en wit vanbinnen. Maar dat was zeker niet het geval. Michael identificeerde zich volledig met zijn afkomst en de zwarte gemeenschap en was van plan hen te helpen door de kennis die hij op Harvard op zou doen terug te brengen naar Beaufort, South Carolina.

Omdat hij in zijn kamer naar Ashanti's anesthesieverslag wilde gaan zoeken, verliet Michael de polikliniek via dezelfde uitgang als Lynn eerder had genomen. Alsof hij zich daar bewust van was bleef hij op bijna dezelfde plek in de binnentuin staan als zij en staarde om dezelfde reden naar het Shapiro Instituut. Hij vroeg zich af of Ashanti Davis daar nog steeds was, in leven gehouden door de magie van de moderne geneeskunde. Hij was ook bang dat het Carls lot was om daarnaartoe overgebracht te worden. Dat zou een enorme klap zijn voor Lynn.

Michael wist, althans in theorie, dat een patiënt in een vegetatieve staat bijna oneindig in leven kon worden gehouden. Hij had gehoord over een patiënt die zevenendertig jaar zo had geleefd. Daar was geen superwetenschap voor nodig maar alleen de juiste zorg voor het lichaam, dus een zorgvuldige balans tussen vocht en elektrolyten, geschikte voeding en een goede verzorging van de huid. Wat betreft het dieet op de lange termijn was een sonde door middel van percutane gastrostomie, door een chirurg via de buikwand rechtstreeks aangebracht in de maag, de beste oplossing.

Een andere belangrijke voorwaarde was natuurlijk dat alle microorganismen op afstand werden gehouden zoals bacteriën, schimmels en virussen, omdat bij dergelijke patiënten het immuunsysteem vaak niet optimaal was. Indien nodig werden medicijnen zoals antibiotica en antivirale middelen gegeven, maar de beste manier om problemen te voorkomen waren omgekeerde voorzorgsmaatregelen, dat wil zeggen: de slechte beestjes moesten weggehouden worden bij de patiënten. Dat was de reden waarom bezoeken aan het instituut werden beperkt tot de directe familie en zelfs die werden afgeraden voor het welzijn van de hele patiëntenpopulatie. En tijdens een bezoek kon de directe familie alleen door een raam naar hun getroffen geliefde kijken.

Door zijn coschap chirurgie op de IC in zijn derde jaar wist Michael dat longontstekingen en doorligwonden de grootste bedreiging vormden voor langdurig bewusteloze patiënten. Ze moesten voortdurend gedraaid worden om te voorkomen dat ze te lang in één houding lagen want daardoor was er eerder kans op infecties en longontstekingen. Hoe meer beweging hoe beter, en daarom werd dergelijke zorg over het algemeen als arbeidsintensief beschouwd. Maar niet in het Shapiro Instituut. Tijdens Michaels eerste en enige bezoek in zijn tweede jaar had hij begrepen dat computerisering en automatisering het geheim was in het Shapiro. Wat dat in de praktijk betekende wist hij niet, want hij en zijn jaargenoten hadden geen patiënten gezien. Het bezoek was niet meer geweest dan een didactisch college en een korte tijd op een afdeling voor familiebezoek, waar een dummy werd gebruikt voor demonstratiedoeleinden.

De gedachte aan Ashanti Davis en haar schandelijke situatie herinnerde Michael aan zijn eigen onverhoopte succes. Hij stond nu op het punt zijn studie geneeskunde af te ronden en te beginnen aan een arts-assistentschap aan een hoog aangeschreven Ivy League terwijl de meeste bekenden uit zijn jeugd al dood waren, in de gevangenis zaten of een heel slecht toekomstperspectief hadden, zoals Ashanti. Ongeveer een week eerder had hij zich ter ontspanning na de stress over het toewijzingsprogramma voor arts-assistenten teruggetrokken in zijn kamer en zich bijna hersendood gesurft op verschillende socialemediasites om zo veel mogelijk oude vrienden op te zoeken. Het was een deprimerend tijdverdrijf geweest en hij had zich afgevraagd waarom hij toch zoveel geluk had gehad.

De meeste credits daarvoor gaf Michael aan zijn moeder en de manier waarop ze hem steeds achter de vodden had gezeten over zijn opleiding en leesvaardigheid. Maar hij gaf zichzelf ook wel wat credits omdat hij niet ten prooi was gevallen aan de cultuur waarin hij was geboren. Alles had heel anders af kunnen lopen en hij had heel goed kunnen eindigen als hashtag in Beaufort of in de moordstatistieken van South Carolina. Als jonge, magere tiener had hij een tijdje in drugs gehandeld omdat het een makkelijke manier was om de familie financieel te steunen. Hij was ook goed geweest in sport en beide activiteiten hadden hem de nodige status opgeleverd. Maar dat betekende ook problemen, en om zijn eer te beschermen was een snelle reactie op bedreigingen noodzakelijk. In eerste instantie waren vuistgevechten afdoende, maar rond de tijd dat hij naar groep acht ging betekende het dat hij lid moest worden van een bende.

De combinatie van pistolen en passie had voor Michael het spel veranderd. Hij was slim genoeg om te begrijpen dat het gebruik van vuurwapens een heilloze weg was, vooral nadat zijn neef was doodgeschoten door een zogenaamde vriend en basketbalteamgenoot die spijtig genoeg verliefd was geworden op de lichtzinnige Ashanti. Vanaf dat moment wilde Michael niets meer te maken hebben met drugs, pseudogangsters, vuurwapens of probleemgebieden. Hij was niet langer geïnteresseerd in een ongeregeld leven. Hij meed elke situatie die kon leiden tot confrontaties, zoals rotzooien met meisjes die omgingen met bendeleden, of zelfs het beledigen van tegenstanders op het basketbalveld of pochen over iets wat hij had bereikt.

Toen hij wakker werd uit de trance die zijn gedagdroom had veroorzaakt, merkte Michael dat hij onderuitgezakt op een van de vele parkbanken hing die langs de paden van de binnentuin stonden, nog steeds gefascineerd door het Shapiro Instituut. Hij was verbaasd wat de gedachte aan Ashanti allemaal teweeggebracht had. En toen hij nog even verder nadacht, begon hij zich af te vragen of het zijn moeders woorden waren geweest of zijn eigen ideeën die hadden voorkomen dat hij was vermoord of iemand had gedood van wie hij vond dat die hem op de een of andere manier had beledigd. Hij wist het niet. Maar hij bleef zich afvragen hoe zijn leven er nu uitgezien zou hebben als hij niet had leren snellezen of als hij een vader had gehad, en als hij die had gehad, of hem dat zou hebben geholpen of gehinderd. Hoe dan ook, Michael bedacht dat hij een gelukkig man was.

10

Maandag 6 april, 14.20 uur

Lynn remde en reed de oprit langs Carls huis op die naar de garage aan het eind leidde. Ze was niet rechtstreeks naar het huis gereden zoals ze oorspronkelijk van plan was geweest. Terwijl ze naar het zuiden fietste was ze zich gaan afvragen of het wel gepast was om naar zijn huis te gaan. Daarom was ze naar het eind van East Battery Street gereden, waar ze een tijdje op de kademuur had gezeten in een poging haar kolkende gedachten en emoties onder controle te krijgen. Vanaf die mooie plek, uitkijkend over de haven van Charleston, kon ze in de verte net Fort Sumter onderscheiden op het oostelijke puntje van James Island. Het was een troostrijke plaats want ze was er vaak met Carl naartoe geweest. Ze wist dat het zijn favoriete plek in de stad was.

Tijdens het fietsen was er iets bij haar opgekomen waardoor ze hevig geschokt was. Ze had geprobeerd het van zich af te zetten maar dat lukte niet. Het kwam ongewild steeds weer boven om haar te kwellen en haar aandacht te vragen als de mentale equivalent van kiespijn. Het was de gedachte aan haar onverwachte vrijheid. Als Carl zou eindigen zoals ze vreesde, opgesloten in het Shapiro Instituut, dan was er geen reden meer waarom ze een academische carrière had opgegeven en in het Mason-Dixon Medisch Centrum bleef voor haar arts-assistentschap. En zelfs als hij niet werd opgenomen maar vierentwintiguurszorg nodig had, was zij dan geschikt voor een dergelijke rol? Jezus, dacht ze, ze waren nog niet eens verloofd en ze wist werkelijk niet of dat erin had gezeten. Altijd als ze over de toekomst was begonnen, was Carl van onderwerp veranderd, wat heel erg lastig was geweest voor het plannen van haar assistentschap.

Dit waren verontrustende gedachten, waardoor ze zich afvroeg of het egoïstisch of slecht van haar was om dergelijke dingen te denken, en al zo snel. Maar terwijl ze daar zat op de Battery overtuigden de vredige plek en zijn associatie met Carl haar er uiteindelijk van dat het goed zou zijn om zich te omringen met al de dingen die haar vriend definieerden als de persoon die hij was vóór de gebeurtenissen van die ochtend. Het overtuigde haar er ook van dat het emotioneel veel zwaarder voor haar zou zijn om terug te gaan naar haar kamer in de wetenschap dat een – als gevolg van hersenschade waarvoor ze voor haar gevoel toch enigszins verantwoordelijk was – comateuze Carl dichtbij was. Als Carl naar het Roper was gegaan, zou hij nu waarschijnlijk televisie zitten kijken, popelend om ontslagen te worden.

De sleutels van de garage èn het huis zaten aan dezelfde sleutelring als die van haar kamer. Ze zette haar fiets in de garage naast Carls rode Jeep Cherokee. Toen liep ze naar het huis.

Carls grootste belangstelling was altijd voor vastgoed geweest, en die branche was in Charleston booming business. Een groot deel van de achttiende- en negentiende-eeuwse huizen was gerenoveerd en de huizen die nog moesten worden opgeknapt waren zeer gewild. Carl had bij veel verkopen geassisteerd en zijn uitstekende kennis van de markt en de persoonlijke relatie met een aantal van de eigenaren hadden hem in de gelegenheid gesteld een van de meest begeerde panden te kopen. Het was in Church Street, een bijzonder fraaie laan. Het was een vrijstaand huis. Omdat de onroerendgoedbelasting van Charleston in het verleden was gebaseerd op het aantal meters langs de straat, hadden de oorspronkelijke inwoners hun huizen met de lange kant haaks op de straat gebouwd en waren ze slechts één kamer breed. Aan één kant van het huis werden op elke verdieping lange veranda's gebouwd, die piazza's werden genoemd. Vóór de komst van airconditioning woonden de inwoners van Charleston net zoveel buiten als binnen tijdens de lange, zwoele zomers.

Wat Carls huis zo gewild maakte waren twee dingen. Hoewel het gemoderniseerd moest worden, had het nog alle oorspronkelijke details terwijl de infrastructuur langzaam was verbeterd. Ook hadden de oorspronkelijke eigenaren de kavel ernaast gekocht en er een grote, geometrische tuin aangelegd compleet met een lelievijver, een tuinhuis, schaduwrijke bomen en diverse palmsoorten. Hoewel de tuin bijna een halve eeuw niet was bijgehouden, was het een zeer waardevolle aanwinst die Carl zo veel mogelijk wilde uitbuiten.

Nadat ze was teruggelopen naar de voorkant van het huis, deed Lynn de deur open die er op het oog uitzag als de voordeur. Maar deze afgesloten deur leidde alleen maar naar een open veranda waar een bezoeker, geheel volgens het ontwerp, net zo makkelijk kon komen door over de balustrade te klimmen. Nog zo'n bijzonder kenmerk van een vrijstaand huis in Charleston. Ze moest over de piazza op de begane grond lopen om bij de echte voordeur halverwege de lange veranda te komen. Links van haar was de rommelige, overwoekerde tuin, die klonk als een volière aangezien het een toevluchtsoord was voor een groot deel van de lokale vogelpopulatie.

Eenmaal binnen deed Lynn de tweede deur dicht en bleef even staan om te luisteren naar de stilte van het huis en de bekende geur op te snuiven. In tegenstelling tot haarzelf was Carl heel erg precies en liet hij het huis twee keer per week schoonmaken. Vanwege de hoge bomen kwam er heel weinig zon binnen, en dat was beslist een voordeel tijdens de hete maanden, maar daardoor was het er ook tamelijk donker. Lynn moest even wachten zodat haar ogen zich konden aanpassen na het felle zonlicht van buiten. Langzaam werden de details van het interieur zichtbaar in de relatieve duisternis van de kamer met het hoge plafond. Plotseling schrok ze zich rot en slaakte een korte gil. Er was iets langs haar been gestreken.

'O, mijn god,' zei ze opgelucht. Licht beschaamd door haar reactie stak Lynn haar hand uit om Pep te aaien en zich te verontschuldigen bij de kat omdat ze haar aan het schrikken had gemaakt. 'Ik was je helemaal vergeten,' zei ze. Pep drukte zich tegen haar hand terwijl ze het dier streelde. 'Je voelt je vast eenzaam. Helaas zullen jij en ik vanavond maar met zijn tweeën zijn.'

Als eerste ging Lynn naar de keuken om te controleren of er genoeg brokjes en water voor de kat waren. Dat was het geval en ook lag er een briefje voor Frank Giordano over de hoeveelheid voer die in het bakje van de kat gedaan moest worden. Ze prentte zich in haar geheugen dat ze Frank moest bellen om hem te laten weten dat hij wat Pep betrof niets meer hoefde te doen. Ze zag niet uit naar dat gesprek omdat hij ongetwijfeld talloze vragen had die ze niet zou kunnen beantwoorden.

Nu alles voor de kat geregeld was liep Lynn weer naar de hal en de trap op naar de eerste verdieping. Ze zag er heel erg tegen op om Carls slaapkamer binnen te gaan.

Toen ze over de drempel stapte verwonderde ze zich erover dat hij de tijd had genomen het bed op te maken. Dat was zo typerend voor hem. Juist vanwege dat ene verschil tussen hen had Lynn zich een beetje zorgen gemaakt, en ze had zich afgevraagd of haar nonchalance over dergelijke details hem zou storen of zijn dwangmatigheid haar. Ze was heel precies als het haarzelf of haar werk betrof, maar als het ging om vervelende dingen als het bed opmaken of een handdoek opvouwen en ophangen, of het wassen van haar vuile kleren was ze niet zo veeleisend.

Op het bureau stond een foto van haar die was genomen in hetzelfde weekend op Folly Beach als haar foto van hem. Ze leek net zo gelukkig te zijn als hij op de zijne, en ze vroeg zich af of ze zich ooit weer zo zou voelen. Net zoals ze in haar eigen kamer had gedaan, draaide ze de foto om. Het zien ervan zou haar alleen maar meer pijn bezorgen als ze later die avond de kamer in kwam. Ze wilde daar slapen om zich dicht bij Carl te voelen en om zich ervan te overtuigen dat ze niet zo egoïstisch was als ze vreesde.

Daarna liep ze via de overloop naar een van de kleinere slaapkamers die Carl in een studeerkamer had veranderd. Het was een groot huis met nog drie kamers op de tweede verdieping en twee op de afgetimmerde zolder. De slaapkamer die Carl had ingericht als werkkamer had net als de meeste kamers een deur naar de veranda. Er hing een heel mannelijke sfeer. De kamer had een lambrisering van donker mahoniehout. Eén wand werd helemaal ingenomen door boekenkasten waarvan één plank was gevuld met sporttrofeeën die hij had gewonnen, voor honkbal- en footballtoernooien in zijn jeugd.

Lynn ging achter Carls opgeruimde, grote bureau zitten en zette zijn computer aan. Ze haalde haar mobiele telefoon, notitieblok en potloden uit haar rugzak. Terwijl de computer werd opgestart, scrolde ze door de contactenlijst in haar telefoon tot ze bij Giordano was. Omdat ze zichzelf en haar neiging onplezierige dingen uit te stellen kende, wilde ze het gesprek achter de rug hebben zodat ze zich kon concentreren op en zich kon vastbijten in Carls medische situatie.

De telefoon werd opgenomen door een secretaresse. Lynn noemde haar naam en zei dat het om een privézaak ging. Even later kreeg ze Frank aan de lijn.

'Wat is er aan de hand?' vroeg hij. Lynn voelde zijn bezorgdheid. Ze wist dat hij Carl die ochtend naar het ziekenhuis had gebracht.

'Ik ben bang dat er een complicatie is opgetreden...' begon ze.

'Nee toch...' onderbrak Frank haar. 'Carl had al een voorgevoel dat het niet goed zou gaan. Wat is er gebeurd?'

'Er was een probleem met de anesthesie,' zei Lynn. 'Zijn zuurstofgehalte is tijdens de operatie gedaald en hij is niet bijgekomen. Hij ligt in coma.'

'O, fuck!' barstte Frank uit. 'Wat gaat er nu gebeuren?'

'Ik heb kort gesproken met een arts-assistent die bij hem was. Hij is ervan overtuigd dat er sprake is van hersenschade. Vanmiddag wordt er een MRI gemaakt.'

'Jezus, wat klote! Godverdomme!'

'Het spijt me dat ik je dit moet vertellen,' ging Lynn verder. 'Ik kan er verder niks van zeggen. Ik weet zelf ook niet meer. Ik wist zelfs niet genoeg om de juiste vragen te stellen, maar daar ga ik vanavond iets aan doen. Misschien weet ik morgen meer. Ik hou je op de hoogte.'

'Doe dat alsjeblieft! Jezus christus! Weten zijn ouders het al?' Frank had bij Carl op de basisschool en op de middelbare school gezeten dus hij kende zijn ouders goed.

'Ja, ze weten het.'

'O, mijn god! Je moet er kapot van zijn. Het spijt me zo, Lynn. Hoe gaat het met je?'

'Ik ben gevloerd,' gaf ze toe. 'En buiten dat alles voel ik me verantwoordelijk omdat ik de chirurg heb aanbevolen.' Haar angst dat ze egoïstisch was kwam weer boven maar ze zei er niets over.

'Dat is onzin!' zei Frank zonder aarzelen, net als Michael had gedaan. 'Dit is niet jouw schuld. Echt niet! Dan kan ik ook wel zeggen dat het mijn schuld is want ik ben degene die hem naar het ziekenhuis heeft gebracht. Dat is bullshit! Zet het uit je hoofd!'

'Ik zal het proberen maar ik ben bekaf. Het probleem is dat ik mijn gevoelens niet helemaal onder controle heb.'

'Waar ben je nu?' vroeg hij.

'In Carls huis. Wat me eraan doet denken: je hoeft je niet meer om Pep te bekommeren. Ik zal wel voor haar zorgen.'

'Zal ik je komen halen? Je kunt wel bij Naomi en mij logeren.' Frank woonde in een vergelijkbaar huis als dat van Carl en niet zo ver weg. 'Je kunt zo lang blijven als je wilt. We hebben ruimte genoeg.'

'Dank je wel voor het aanbod maar ik wil hier blijven.'

'Weet je het zeker?'

'Zo zeker als ik op dit moment kan zijn. Ik wil niet al te ver vooruitkijken. Ik bel je als ik wil praten. Ondertussen probeer ik zo veel mogelijk uit te zoeken over zijn medische situatie.'

'Je hebt mijn mobiele nummer. Bel me als je iets nodig hebt. Maakt niet uit wanneer. Ik meen het. En als je het niet erg vindt bel ik je later vanavond nog een keer.'

'Dat is prima,' zei Lynn.

'Oké, tot later dan. En het spijt me.'

'Bedankt,' zei Lynn voor ze het gesprek beëindigde.

Ze richtte haar aandacht vervolgens weer op de computer. Nadat ze had gekeken of ze verbinding had opende ze Google. Voordat ze de eerste zoekterm van de vele die nog zouden volgen kon invoeren, kreeg ze de schrik van haar leven. Door een plotselinge beweging aan haar linkerkant sprong ze overeind, waardoor de bureaustoel achteruitschoot en hard tegen de boekenkast terechtkwam. Een paar exemplaren die rechtop hadden gestaan om de voorkant te tonen, vielen op de vloer. De kat, die deze kettingreactie op gang had gebracht, jammerde eveneens van angst en vluchtte de kamer uit.

'Mijn god,' riep Lynn uit met een hand tegen haar borst gedrukt. Haar hart bonkte. Voor de tweede keer had de kat haar onbedoeld laten schrikken, deze keer door op het bureau te springen. De kracht van haar reactie gaf haar een idee hoe bang ze was. Ze bukte zich, raapte de boeken op die waren gevallen en legde ze op de plank. Daarna trok ze de stoel weer naar het bureau en ging zitten.

Ze nam even de tijd om tot zichzelf te komen voor ze aan het werk ging. Ze was geïnteresseerd in drie hoofdzaken. De eerste was het optreden van complicaties bij anesthesie. De tweede was anesthesie in het algemeen zodat ze Carls dossier kon lezen en begrijpen. Ze wilde vooral meer weten over problemen in relatie tot hypoxie of zuurstoftekort en waar dat door veroorzaakt kon worden. Kennelijk was dat op dit moment de verklaring waarom Carl niet bij bewustzijn was gekomen. En ten slotte wilde ze meer weten over de Glasgow-comaschaal.

Een paar minuten later kwam Pep de kamer weer in. Deze keer merkte Lynn het niet eens toen de kat op het bureau sprong om daar te gaan liggen. Ze was verdiept in een artikel over ziekenhuiscomplicaties. De statistieken waren verbluffend en ze schaamde zich zelfs voor het beroep waar ze zo hard naartoe had gewerkt. Ze wist dat complicaties in sommige ziekenhuizen een probleem waren, maar beslist niet in de orde van grootte waar ze nu over las. Ze vroeg zich af waarom er nooit een college over was geweest of zelfs maar een discussie in haar mentorgroepen. Hoe meer ze las, hoe meer ze schrok.

Lynn had driftig aantekeningen zitten maken en had nu een gum nodig. Omdat ze aannam dat er wel een in het bureau zou liggen trok ze de la open. Zoals verwacht lagen er verschillende. Ze pakte er een en stond op het punt de la weer dicht te doen toen haar oog op iets anders viel. Het was een klein Tiffany-blauw doosje.

Lynn bevroor en staarde ernaar. Na een korte aarzeling stak ze een trillende hand in de la en pakte het. Nadat ze de witte strik eraf geschoven had opende ze het. Er zat, zoals ze al had verwacht, een nog kleiner, met zwart vilt overtrokken doosje met daarin een diamanten verlovingsring in. Met een harde klap sloeg Lynn het doosje weer dicht, stopte het weer in het blauwe exemplaar en zette alles terug in de la.

Even staarde ze voor zich uit. Nu wist ze zeker dat er een verloving in de kiem was gesmoord door de gebeurtenissen van die ochtend. Ze vocht tegen een combinatie van overweldigende droefheid en verlammende woede die elkaar probeerden te overtreffen. Maar in plaats van lucht te geven aan deze gevoelens sloot ze de la en ging verder met haar internetonderzoek. Ze was nu extra gemotiveerd om precies uit te zoeken wat er was gebeurd met Carl en wie daarvoor verantwoordelijk was. Daardoor hoefde ze niet te denken aan verloren kansen en het verontrustende idee van vrijheid.

11

Maandag 6 april, 14.53 uur

Michael bleef bijna een halfuur op de bank zitten, starend naar het Shapiro Instituut en mijmerend over de gebeurtenissen in zijn jeugd die weer boven waren gekomen door zijn herinneringen aan Ashanti Davis. Hij was echt verbaasd dat hij zoveel geluk had gehad om te kunnen ontsnappen aan het bijna hopeloze, selffulfilling web van armoede waarin hij en zijn vrienden gevangen hadden gezeten en de zelfdestructieve methoden om daarmee om te kunnen gaan.

Plotseling schoot Michael overeind. Recht voor hem was een man uit de enige deur van het Shapiro Instituut gekomen. Gezien het moment van de dag was dat ongewoon, ook al omdat de man alleen was en niet de typische witte outfit droeg die Michael eerder had gezien. In plaats van de witte, op operatiekleding lijkende overall was deze man heel modern gekleed in een zwartleren jasje en een duur uitziende spijkerbroek.

Enigszins verrast over zijn eigen spontaniteit riep Michael: 'Hé! Meneer! Wacht even!' Met zijn handen op zijn zakken om te voorkomen dat alle pennen en andere parafernalia, waaronder zijn smartphone, eruit zouden vallen rende Michael op de man af die snel langs het gebouw liep, kennelijk op weg naar de parkeerplaats aan de andere kant. 'Neem me niet kwalijk!' voegde Michael eraan toe terwijl hij naast hem ging lopen. 'Mag ik u iets vragen?'

De man bleef staan en keek hem aan. Hij had een zonnebril op en Michael kon zijn ogen niet zien. Het was een blanke, gespierde man met grove gelaatstrekken en donker, steil haar. Hij had een puntbaardje, iets wat Michael ook weleens overwoog te laten groeien. Hij droeg oordopjes waarvan de draad in zijn colbert verdween en had een laptop in zijn rechter- en een zacht leren aktetas in zijn linkerhand.

'Ik zag dat u uit het Shapiro Instituut kwam,' zei Michael, lichtelijk buiten adem. 'Ik ben vierdejaarsstudent geneeskunde, Michael Lamar Pender. Dat gebouw heeft me altijd al gefascineerd.'

De man trok een dopje uit zijn oor en Michael hoorde behoorlijk harde jazz. Hij fronste en hield zijn hoofd een beetje scheef. Michael herhaalde zijn woorden. Hij hoopte dat de man door een beetje vriendelijk geklets een potentiële bron van informatie zou kunnen worden, maar helaas. Hij reageerde niet en bleef fronsen.

'In ons tweede jaar hebben we een bezoek aan het instituut gebracht. We hebben er wel wat informatie over gekregen maar...'

Michael maakte de zin niet af in de hoop een reactie te krijgen. Maar die kwam niet. 'Werkt u in het instituut?' vroeg hij licht wanhopig.

'Nee,' zei de man eindelijk.

'Was u bij iemand op bezoek?' drong Michael aan. 'Hebt u een familielid dat daar patiënt is?'

'Ik begrijp vraag niet,' zei de man met een zwaar accent. 'Ik ben computerprogrammeur. Ik regel probleem.'

'Cool,' zei Michael, en hij meende het. Hij was plotseling nog geïnteresseerder, want hij herkende het Russische accent. De afgelopen jaren waren er een aantal Russen ingehuurd door het Mason-Dixon Medisch Centrum voor de Technische Dienst van het ziekenhuis, waar ook de IT onder viel. Michael had bij verschillende gelegenheden met een paar van hen gesproken en hij vond ze over het algemeen vriendelijk en zeer deskundig.

Vanwege de enorme computerservers waarop de elektronische patientendossiers van het ziekenhuis en alle andere ziekenhuisapparaten die in wezen computers waren zoals de anesthesiemachines, MRI-scanners, CT-scanners en dergelijke, waren aangesloten, had het ziekenhuis een team van mensen nodig die daar heel veel van afwisten. En Michael wist dat Russen over het algemeen heel getalenteerd waren als het om computercodes ging. Ze waren de laatste tijd zelfs een beetje berucht geworden door hun betrokkenheid bij de flitshandel op Wall Street. Sommige leden van het ziekenhuisteam waren daar zelfs gerekruteerd.

'Dus u werkt hier in het ziekenhuis zelf?' vroeg Michael terwijl hij langzaam en duidelijk sprak en over zijn schouder naar de zeven verdiepingen hoge ziekenhuistoren achter hem wees.

'Nee,' zei de man zonder verder uit te wijden.

'Cool,' herhaalde Michael en hij knikte alsof hij het met hem eens was. Het drong plotseling tot hem door dat de man beslist niet zo goed Engels sprak als de Russen die hij in het ziekenhuis had gesproken.

Toch wilde Michael het gesprek niet afbreken. Dat hij deze vent die net uit het Shapiro kwam was tegengekomen, leek wel heel toevallig, vooral nu hij meer te weten wilde komen over Ashanti. De kans was heel groot dat de Rus een van de beheerders was van het computersysteem van het instituut. Dat moest wel als hij ermee werkte.

'Is de computer gerepareerd?' vroeg Michael om het gesprek gaande te houden. Als deze vent inderdaad een beheerder was, dan zou hij heel goed kunnen helpen mits hij daartoe bereid was. Michael wist dat mensen zoals hijzelf die maar gedeeltelijk toegang hadden tot het systeem van het ziekenhuis, geen mogelijkheid hadden om in te loggen op dat van het Shapiro Instituut. Hij wist dat omdat hij het een paar maanden eerder had geprobeerd toen hij heel even moeite had gedaan om meer te weten te komen over Ashanti.

'Computer nog niet gerepareerd,' zei de man. 'Maar hij werkt oké.'

'Cool!' herhaalde Michael weer terwijl hij probeerde te bedenken hoe hij deze vent aan zijn kant kon krijgen. Hij vatte moed door iets wat hij had geleerd tijdens zijn contact met de Russen in het ziekenhuis, namelijk dat ze zwarte mensen en de zwarte cultuur vaak bewonderden. Het had te maken met de ambivalente gevoelens van Russen ten opzichte van Amerika en bevestigde het gezegde 'de vijand van mijn vijand is een vriend'. Het was algemeen bekend in Rusland dat de Verenigde Staten hun Afro-Amerikaanse burgers in het verleden niet goed hadden behandeld. 'Ik heb een paar Russen ontmoet in het ziekenhuis,' voegde Michael eraan toe, opnieuw luid en duidelijk sprekend. 'Voor wie werk je?'

De man keek snel om zich heen alsof hij bang was dat iemand hen zou kunnen horen. Michael beschouwde dat als een aanmoediging, alsof ze een geheim deelden, maar toen deed de man iets wat Michael niet had verwacht. In plaats van verbaal te antwoorden zette de man zijn laptop en zijn aktetas neer en pakte zijn telefoon. Hij opende een app en begon te typen. Toen hij klaar was hield hij Michael de telefoon voor zodat hij kon lezen wat er op het scherm stond. Bovenaan stonden een paar zinnen in het cyrillisch. Daaronder stond de vertaling: 'Ik werk voor Sidereal Pharmaceuticals in North Charleston.'

Michael knikte. Dat klonk logisch. Het was algemeen bekend dat er een relatie bestond tussen Sidereal Pharmaceuticals en Middleton Healthcare. Niet alleen had Sidereal een groot deel van de bouw van het Shapiro bekostigd, er werd ook beweerd dat de farmaceut dankzij de enorme financiële middelen een meerderheidsbelang had in de ziekenhuisketen.

Michael pakte de telefoon van de man en keek snel hoe hij een bericht in het Engels moest typen en het daaronder in het Russisch kon laten verschijnen en ze begonnen een elektronisch gesprek.

Michael: *Ik heet Michael Lamar Pender. Ik ben vierdejaarsstudent geneeskunde. Hoe heet jij en waar kom je vandaan?*

Vladimir: *Ik heet Vladimir Malaklov. Ik kom uit Jekaterinenburg, oblast Sverdlovsk, Rusland.*

Michael: *Hoe lang ben je al in de Verenigde Staten?*

Vladimir: *Nog maar kort. Ik ben eerst naar New York gegaan en toen drie maanden geleden hiernaartoe.*

Michael: *Werd je hiernaartoe gehaald om een bepaalde reden?*

Vladimir: *Ik ben specialist op het gebied van* MUMPS. *Het systeem hier is geschreven in* MUMPS.

Michael: *Het moet lastig zijn voor jou om hier te communiceren.*

Vladimir: *Engels is lastig. Ik heb een korte cursus gedaan in Rusland voor ik hier kwam, maar dat heeft niet veel geholpen. Ik probeer het te leren maar het is moeilijk.*

Michael: *Ken je de Russen die in het ziekenhuis werken?*

Vladimir: *Ja, ze komen van dezelfde universiteit als waar ik studeerde. Ik logeer bij een van hen, en dat is moeilijk. Hij zegt dat hij er aan het eind van de dag genoeg van heeft om Engels te spreken dus ik kan niet met hem oefenen.*

Michael: *Ik ben bijna klaar met mijn opleiding en ik heb wel wat tijd over. Misschien kan ik je wat zwarte slang leren.*

Vladimir: *Dat begrijp ik niet. Wat is zwarte slang?*

Michael: *Het is de manier waarop Afro-Amerikanen tegen elkaar praten. Net als in rapmuziek. Hou je van rap?*

Vladimir: *Ik ben gek op rap. Hier, luister maar!*

Vladimir veranderde de app, haalde het tweede dopje uit zijn oor en gaf beide aan Michael. Die hield een van de dopjes dicht bij zijn oor. Hij herkende het lied en de artiest onmiddellijk. Het was Jay Z met 'Hard Knock Life', een lied dat hij goed kende.

Michael pakte zijn eigen smartphone met een Beats-koptelefoon eraan, zocht hetzelfde lied op en gaf de oordopjes aan Vladimir. Al snel verscheen er op het gezicht van de Rus een tevreden lach. Zijn hoofd ging op de maat van de muziek heen en weer. Michael was niet verbaasd. Hij wist dat de kwaliteit van zijn koptelefoon veel beter was dan die van de Rus. Het was een verschil van dag en nacht.

Michael gebaarde naar Vladimirs telefoon en deed alsof hij op een scherm tikte en ernaar keek. Eerst begreep de Rus het niet, maar hij snapte het toen Michael zei: 'Engels naar Russisch.'

Michael: *De muziek is beter met mijn koptelefoon.*

Vladimir knikte en stak zijn duim op om aan te geven dat hij het daarmee eens was. Hij bewoog nog steeds op de maat van de muziek met een lichte glimlach op zijn gezicht. Het was duidelijk dat hij ervan genoot en Michael was er klaar voor om hem binnen te halen.

Michael: *Ik geef je deze koptelefoon als welkomstgeschenk in de Verenigde Staten.*

Vladimir: *Dat kan ik niet aannemen. Dat is te aardig.*

Michael: *Je moet hem aannemen. Je maakt me te schande als je dat niet doet en dat zou een probleem zijn. In mijn slang zouden we dan een fucking* beef *hebben, wat betekent dat ik je eigenlijk moet neerschieten, omdat Jan en alleman in dit land een vuurwapen heeft.*

Michael keek naar Vladimirs gezicht toen hij de vertaling las, terwijl hij zich afvroeg hoe de laatste zin zou worden vertaald in het Russisch. Hij grinnikte in zichzelf want misschien werd beef wel vertaald met steak of hamburger, wat natuurlijk nergens op zou slaan. Maar er verscheen een brede glimlach op Vladimirs gezicht. Toen tikte de Rus iets op zijn scherm voor hij de telefoon omhooghield zodat Michael het kon lezen.

Vladimir: *Ik neem hem met plezier aan om een fucking filet mignon te vermijden, wat dat ook moge zijn, maar je moet ook een cadeau van mij aannemen. Ik heb wat souvenirs meegebracht uit Rusland.*

Michael, nadat hij was uitgelachen: *Prima. Een Russisch souvenir is leuk. Zullen we een selfie maken van ons samen?*

Vladimir: *Ik weet niet wat een selfie is.*

Michael wees achtereenvolgens naar hemzelf en naar Vladimir. Een foto. Van ons tweeën. Om het te demonstreren maakte hij snel een selfie van zichzelf en liet hem aan Vladimir zien. Michael wilde een foto van de Rus omdat Lynn anders niet zou geloven dat hij deze vent was tegengekomen.

Vladimir: *Ja, een foto, maar ook met mijn camera.*

Michael hield eerst zijn eigen telefoon op armlengte, legde zijn arm om Vladimirs schouders en maakte een foto. Vervolgens pakte hij Vladimirs telefoon weer en typte in de vertaalapp:

Michael: *Ik heb ook een verzameling van alle albums van Jay Z op mijn computer die ik wel kan delen als je geïnteresseerd bent.*

Vladimir: *Heel erg geïnteresseerd.*

Michael: *Hoe kan ik je bereiken, laten we zeggen morgen of overmorgen?*

Vladimir: *Ik zal je mijn telefoonnummer en mijn e-mailadres geven.*

Michael: *Fantastisch. Dan geef ik jou die van mij.*

De volgende paar minuten waren de twee mannen druk met het uitwisselen van elkaars contactgegevens. Michael zag dat de landcode voor Rusland 7 was, gevolgd door tien cijfers. Hij vroeg zich af hoeveel een sms naar de man zou kosten. Hoewel hij het weinige geld dat hij had aanvulde met diverse baantjes rondom het medisch centrum, zoals werken voor de bloedbank, zat hij aan het eind van de maand altijd een beetje krap bij kas.

Toen hij en Vladimir klaar waren, gebaarde Michael dat hij nog iets wilde zeggen. De Rus opende de vertaal-app weer op zijn telefoon.

Michael: *Leuk je te hebben ontmoet. In mijn slang zeggen we dan 'zie je later' in plaats van 'tot ziens'.*

Vladimir: *Oké! Zie je later! En bedankt voor de koptelefoon.*

Met een brede glimlach op zijn gezicht stak Vladimir zijn hand uit en hij schudde stevig die van Michael. Toen Vladimir hem losliet vouwde Michael de vingers van de Rus tot een vuist, deed hetzelfde met de zijne en stootte zijn vuist tegen die van Vladimir.

'Zo doen wij zwarten dat,' legde Michael uit.

Vladimir deed hem na, knikte en glimlachte. 'Zie je later,' herhaalde hij in zijn aarzelende Engels met het zware accent.

'Cool,' zei Michael lachend. Die vent was me er een.

Vladimir pakte zijn laptop en aktetas van de grond en wilde per se nog een keer een fist bump geven, waarvoor hij zijn computer onder zijn arm moest duwen om een hand vrij te maken. Ondertussen bleef hij maar lachen, het was duidelijk dat hij er veel lol in had. Toen, met een laatste zwaai, draaide hij zich om en vervolgde zijn weg.

Michael wachtte met opzet tot de Rus een stuk gelopen had. Toen riep hij zijn naam en rende naar hem toe, opnieuw worstelend om te voorkomen dat al zijn spullen uit zijn zak vielen. Toen hij naast hem stond gebaarde hij dat hij de vertaalapp van Vladimirs telefoon nog een keer wilde gebruiken. Daarna typte hij:

Michael: *Ik bedacht net iets. Een ver familielid van mij is een paar maanden geleden opgenomen in het Shapiro Instituut. Ik heb niets meer over haar gehoord en ik heb mijn moeder beloofd uit te zoeken of ze er nog steeds is en of het goed met haar gaat, maar dat is me niet gelukt. Zou jij willen kijken of ze er nog is als je weer naar het instituut gaat, dan kan ik het mijn moeder vertellen.*

Vladimir: *Dan heb ik een naam nodig.*

Michael: *Ashanti Davis.*

Vladimir: *We kunnen ook nu gaan kijken als je wilt.*

Michael: *Dat zou ik fantastisch vinden. Omdat ik geen directe familie ben kan ik haar niet bezoeken. Hoe kunnen we daar vandaag achter komen?*

Vladimir: *We kunnen teruggaan naar het instituut en dan zoek ik het op.*

Michael: *Mag ik met je mee?*

Vladimir: *Als je dat wilt, maar dat hoeft niet. Het duurt maar even. Je kunt hier wachten als dat je beter uitkomt.*

Michael: *Ik ga graag met je mee. Ik dacht dat ik niet naar binnen mocht.*

Vladimir: *Dat ziet toch niemand? Er is bijna nooit iemand in het netwerkoperatiecentrum van het instituut, en ik weet dat er nu in elk geval niemand is. De servers van het instituut worden ook gemonitord in het NOC van het ziekenhuis. Ik werk nu een maand in het Shapiro en ik ben er nog bijna niemand tegengekomen. De deur waar ik door naar buiten kwam komt er rechtstreeks op uit.*

Michael: *Ik ga met je mee. Kom!*

Vladimir liep met Michael op zijn hielen terug naar de kale deur. Rechts van de deurpost was op borsthoogte een klein metalen kastje. De Rus tilde een dekseltje op. Daaronder zat een touchscreen. Vladimir drukte er zijn rechterduim tegen en bijna direct hoorden ze een klik toen de deur van het slot ging. De Rus duwde hem open en gebaarde naar Michael hem te volgen. Hij was niet onder de indruk. Hij had gedacht dat het ultrafuturistische Shapiro Instituut qua beveiliging iets zou hebben wat meer up-to-date was dan een ouderwetse duimafdruk.

Achter de deur was een hal. De wanden waren helemaal wit en de hal werd verlicht door felle ledlampen achter doorzichtige plafondplaten. Al lopend gleden Michaels ogen langs het plafond op zoek naar tekenen die wezen op camera's. Hij dacht er een te zien in het midden, ongeveer twintig meter van de deur. Als het er een was, dan trok Vladimir zich er niks van aan, hoewel hij als beheerder van het IT-systeem van het instituut ook veel moest weten over de beveiliging. Michael haalde zijn schouders op. Als Vladimir zich niet druk maakte, dan zou hij dat ook niet doen. Misschien waren er in al die jaren geen indringers geweest en waren ze laks geworden.

Toen ze de eerste deur die ze tegenkwamen openduwden zag Michael dat ze terecht waren gekomen in een relatief kleine kamer met vier computers met meerdere schermen, elk met een kleine werktafel en een ergonomische stoel. Net als in de hal waren de muren wit en zat de verlichting achter doorzichtige plafondplaten. Tegenover de deur was een groot raam dat uitkeek op de serverruimte met haar vele processoren en opslagapparaten. De airconditioning in de kamer stond zo hoog dat het leek of je een koelcel inliep.

Zonder aarzelen ging Vladimir op een van de werkplekken zitten en Michael ging pal achter hem staan. Als het de Rus stoorde dat hij zo dichtbij stond en over zijn schouder keek, dan liet hij dat niet merken. Snel typte hij zijn gebruikersnaam in, die, zoals Michael kon zien, zijn e-mailadres bleek te zijn. Op het moment dat hij het password ging intypen stapte Michael opzij zodat hij het toetsenbord kon zien. Het wachtwoord begon met een 7 en Michael probeerde zich te concentreren op de reeks cijfers. Door het snellezen was hij hier relatief goed in. Tegen de tijd dat Vladimir bij het zesde cijfer was, besefte Michael dat het het telefoonnummer van de man was. Na elf cijfers ging Vladimir over op kleine letters, de eerste een m. Michael wist dat hij dat ook niet hoefde te onthouden. De Rus tikte alleen maar zijn achternaam in. Nou, wat een goede beveiliging.

'Oké, we beginnen,' zei Vladimir terwijl hij de cursor verschoof. Daarna typte hij de naam Ashanti Davis, die hij op een papiertje had geschreven voor hij inlogde. Een seconde later kwam Ashanti's dossier naar voren: Cluster 4-B 32. Daaronder stond: DROZITUMAB+4 ACTIVE.

'Ze is er nog,' zei de Rus.

'Geweldig!' zei Michael. Hij keek naar het scherm en vroeg zich af wat Cluster 4-B 32 betekende, en ook drozitumab+4 active. Hij nam het initiatief, pakte de muis en bewoog de cursor naar GEZONDHEIDSSITUATIE op de menubalk en klikte. Daarna klikte hij op VITALE FUNCTIES in het dropdownmenu. Een seconde later keken hij en Vladimir naar een actieve grafiek van de vitale functies van de vrouw, die realtime werden bijgehouden. Bloeddruk, hartslag, ademhaling, zuurstofgehalte, alles was normaal.

'Ze lijkt het nog steeds vol te houden,' zei Michael. Zonder de muis los te laten ging hij weer naar het dropdownmenu onder GEZONDHEIDSSITUATIE en klikte op COMPLICATIES. Even later keken hij en Vladimir naar een lijst problemen – sommige nog niet en sommige al wel opgelost. Wat hem opviel, behalve de vaker voorkomende complicaties als BACTERIËLE PNEUMONIE/GENEZEN, CYSTITIS/GENEZEN, was de verontrustende diagnose van multipel myeloom. Michael wist dat het een ernstig type bloedkanker was dat vaker voorkwam bij Afro-Amerikanen dan bij blanken, maar meer bij mannen dan bij vrouwen en zelden bij jonge mensen.

Michael pakte zijn telefoon en maakte een beweging toen hij hem wilde gebruiken voor het maken van een foto. Hij keek Vladimir aan met een gezichtsuitdrukking waarmee hij wilde zeggen: dan kan ik mijn moeder vertellen hoe het met haar gaat.

Vladimir leek het te begrijpen. Hij antwoordde met een schouderophalen en zei: 'Oké.'

Michael nam de foto en controleerde of alles er goed genoeg op stond om te kunnen lezen. Het leek gelukt. Hij had graag meer van het dossier willen zien, maar hij wilde zijn geluk niet langer op de proef stellen. Hij had al veel meer bereikt dan hij een halfuur eerder had kunnen dromen en wilde beslist geen problemen krijgen met zijn nieuwe Russische vriend.

'We gaan?' vroeg Vladimir.

Michael reageerde door zijn beide duimen op te steken. Hij kon zijn geluk nauwelijks op. Lynn zou geschokt zijn.

12

Maandag 6 april, 23.48 uur

Wat Darko Lebedev betrof, werkte het weer prima mee. Hoewel het een heldere, frisse lentedag was geweest, was het weer aan het eind van de middag plotseling omgeslagen. De wind was gedraaid en voerde nu vochtige, tropische lucht aan vanuit het zuiden die snel veranderde in dichte mist. Terwijl Darko uit het raam keek van het onopvallende Ford-busje zag hij hoe de bomen en struiken rond 1440 Bay View Drive, hun doelwit, in flarden vochtige lucht werden gehuld. De maan was heel behulpzaam volledig verborgen. De omstandigheden voor wat er binnen afzienbare tijd zou gaan gebeuren hadden niet beter kunnen zijn.

Darko en zijn partner, Leonid Shubin, waren eerder die avond vanuit Charleston ongeveer twintig kilometer naar het noorden gereden naar een dorp dat Summerville heette, waar ze het busje stalen waar ze nu in zaten. Het was donkerblauw, zonder enig opschrift of markering, en dat was de reden waarom ze het hadden gekozen. Vanuit Summerville waren ze naar Mount Pleasant gegaan, waar ze om zich te oriënteren een paar keer langs het huis reden waar ze moesten zijn. Het was het laatste huis aan een doodlopende straat, met slechts één in- en uitgang, de enige kleine complicatie bij wat ze van plan waren: een overval.

Nadat ze er een halfuur eerder voor het laatst langs waren gereden, hadden ze het busje voor het dichtstbijzijnde buurhuis geparkeerd en de motor uitgezet. Ze wachtten op signalen dat de familie bezig was om naar bed te gaan. Ze hoefden niet lang te wachten.

'Het licht ging net uit in wat beslist de ouderslaapkamer moet zijn,' zei Leonid in het Russisch. Beide mannen spraken goed Engels omdat ze al meer dan vijf jaar in de omgeving van Charleston woonden, maar als ze alleen waren gaven ze de voorkeur aan Russisch. Ze kenden elkaar nu al bijna vijftien jaar en hadden elkaar ontmoet als leden van de Russische Spetsgruppa 'B' Vega, waarin ze bijna tien jaar hadden gediend in Tsjetsjenië, waar ze tientallen huizen waren binnengevallen. Ze beschouwden dit soort acties als hun specialiteit. In de noordelijke Kaukasus werden mensen van wie vermoed werd dat ze terrorist waren gewoon samen met hun gezinnen omgelegd zonder enige vorm van een fatsoenlijk proces. Het was de Russische manier om om te gaan met wat zij terrorisme noemden.

'We gaan!' riep Darko. Beide mannen sprongen uit het busje. Ze waren al bijna een uur klaar om te beginnen. Ze droegen zwarte pakken en zwarte joggingschoenen en hadden alles wat ze nodig hadden bij zich, waaronder schokgranaten en AF-1-automatische pistolen van Russische makelij met geluiddempers. Toen ze uit de auto stapten trokken ze hun zwarte bivakmutsen over hun hoofd en activeerden hun nachtkijkers. Ze waren dolblij dat ze mochten doen waar ze zo hard voor hadden getraind. Naar hun idee was er te weinig van hun expertise gebruikgemaakt sinds ze in Amerika waren aangekomen.

Darko, de grootste van de twee, ging voorop toen de mannen de oprit oprenden, langs de Mercedes die voor de garage geparkeerd stond, het pad op naar de voordeur. Beiden waren in uitstekende conditie omdat ze elke dag trainden en fietsten of hardliepen. Zoals gepland ging Darko aan de rechterkant van de deur staan en zijn partner aan de linkerkant. Met ervaren efficiency plaatste Leonid een kleine hoeveelheid C-4 in de hoek tussen de deur en de deurpost vlak naast de kruk.

Na een knikje van Darko liet Leonid de lading ontploffen. De knal leek heel luid in de stilte maar het was niet veel meer dan het knappen van een feestballon. Het volgende moment waren beide mannen binnen. Het was essentieel om de volwassenen zo snel mogelijk te overmeesteren en daarna het alarm uit te schakelen als er een was. In Tsjetsjenië waren er maar heel weinig alarminstallaties, maar af en toe ging er wel een af. Zelfs als er een automatisch telefoontje naar de meldkamer ging maakte hun dat niet zoveel uit. Ze zouden allang verdwenen zijn voor iemand naar het huis kwam om polshoogte te nemen. Als er geen alarminstallatie was of als deze niet aanstond, dan konden ze alle tijd nemen en ervan genieten.

Omdat ze het huis hadden geobserveerd toen ze erlangs reden, hadden ze een redelijk idee van de indeling. Omdat het licht achter een van de ramen op de eerste verdieping langdurig had gebrand, vooral het laatste halfuur, namen ze aan dat daar de ouderslaapkamer was.

Daarom renden ze direct de trap op met het pistool in de hand. Er was geen alarm afgegaan toen ze de voordeur openbraken. Een paar seconden later vielen ze de slaapkamer binnen.

Het kingsize bed stond tegenover de deur naar de hal. Kate en Robert Hurley zaten rechtop, totaal verrast, met wijd open ogen en mond.

Darko vond het knopje en draaide het licht van een kleine kristallen kroonluchter aan.

Toen Kate Hurley de Russen in het oog kreeg, hield ze haar adem in. Darko duwde zijn nachtkijker omhoog.

'Wat is dit?' schreeuwde Robert Hurley. 'Wat is er godverdomme aan de hand?'

Darko antwoordde niet maar knikte alleen maar naar zijn partner. Alles ging volgens plan. Een ogenblik later was Leonid de deur weer uit. Het was zijn taak om voor de kinderen te zorgen. De moordenaars hadden te horen gekregen dat er twee jongens waren.

'Hoe durf je!' snauwde Robert in een poging autoritair te klinken. Kate greep zijn arm om te zorgen dat hij zijn mond zou houden maar dat werkte niet. 'Wat moet een arrestatieteam in ons huis verdomme?' eiste hij.

Darko antwoordde nog steeds niet. In plaats daarvan keek hij naar het display van het alarm op de muur rechts van de deur. Het was niet ingeschakeld. Ze konden de tijd nemen.

Robert gooide de dekens van zich af en wilde uit bed komen.

Darko richtte zijn wapen op hem en zei met een zwaar accent: 'Blijf waar je bent!'

'Waar komen jullie vandaan?' eiste Robert woedend, maar hij volgde het bevel op. Er was nog nooit eerder een pistool op hem gericht. Het was doodeng, op zijn zachtst gezegd. 'Zijn jullie van de politie of zo?'

Het volgende moment klonken er twee doffe klappen alsof iemand met een honkbalknuppel op een kussen sloeg. Darko wist wat het geluid betekende maar de ouders niet. Een ogenblik later verscheen Leonid weer en knikte naar Darko, wat betekende dat de klus was geklaard.

'Waar is je computer?' vroeg Darko.

Robert keek met een vragende uitdrukking op zijn gezicht naar zijn vrouw, alsof hij wilde zeggen: snap jij deze lui?

'En heb je een laptop? En een tablet? En je mobiele telefoon, we willen ze allemaal.'

'Is het daarom te doen?' vroeg Robert. Hij was laaiend. 'Jullie braken hier in om onze computers te stelen? Goed! Neem ze maar mee!'

'Waar zijn ze?' vroeg Darko met kalme stem. Alles ging goed en hij wilde Robert niet onnodig kwaad maken. Ze hadden zijn medewerking nodig.

'Beneden in de studeerkamer.'

'Laat zien!' zei Darko. Hij gebaarde naar de deur met zijn pistool.

'Ik ben zo terug,' zei Robert tegen Kate terwijl hij uit bed stapte, een badjas aantrok en zijn voeten in slippers liet glijden. Hij keek de Russen vuil aan toen hij ze voorbijliep naar de hal.

'Veel plezier!' zei Darko tegen Leonid in het Russisch voor hij zich omdraaide en Robert volgde. Voor ze het huis in gingen hadden ze een munt opgegooid om te bepalen wie wat zou doen. De verliezer moest de kinderen doen maar als compensatie ook de vrouw. Het punt was dat ze het allemaal moesten laten lijken op een uit de hand gelopen overval en niet op moord. Net als bij een aantal andere klussen, de laatste in Connecticut, was het gebruik van geweld essentieel; verkrachting en moord met diefstal waren bijzaak. Het was belangrijk om de media te overtuigen.

'Dat zal wel lukken,' zei Leonid ook in het Russisch. 'Zeker weten. Ze ziet er niet slecht uit.'

Darko volgde Robert de trap af naar de studeerkamer, waar Robert het licht aandeed. Hij gebaarde naar de computer op zijn bureau.

'En hoe zit het met de laptop, de tablet en de mobiele telefoon?' zei Darko.

Zonder iets te zeggen verliet Robert de studeerkamer en liep de keuken in. Darko volgde met zijn pistool in zijn hand maar hij had hem naar beneden gericht. Hij verwachtte niet dat Robert iets zou doen, ook al leek hij minder onder de indruk dan de mensen met wie Darko en Leonid te maken hadden gehad in Tsjetsjenië. Maar daar wisten de mensen natuurlijk wel wat er met hen ging gebeuren en Robert wist dat niet.

Met alle elektronica in zijn hand werd Robert gedwongen terug te gaan naar de studeerkamer, waar Darko hem beval achter zijn computer aan het bureau te gaan zitten.

'Ik wil dat je naar de dossiers van je kantoor gaat,' zei hij. Hij gebaarde weer met zijn pistool.

'Je maakt een grapje...' zei Robert. Zijn gezicht toonde volslagen ongeloof.

'Geen grap,' zei Darko. 'Doe het!'

Robert keek naar het wapen. Hij aarzelde nog even en deed toen wat hem was gezegd.

Darko keek over Roberts schouder naar het scherm. 'Nu,' zei hij, nog steeds met rustige stem, 'wil ik dat je alle dossiers en documenten die je hebt over Middleton Healthcare en het Mason-Dixon Medisch Centrum opzoekt en verwijdert.'

'Oké,' zei Robert. Hij was stomverbaasd en begon zich af te vragen wie er achter deze bizarre situatie zou kunnen zitten. Er zat iets meer dan een week werk in de groepsvordering, maar hij vertrouwde erop dat hij het allemaal vrij makkelijk weer kon invoeren omdat hij zich alle bronnen herinnerde. Met die gedachte in het achterhoofd deed hij zonder aarzelen wat hem gezegd was. Toen hij het gedaan had keek hij de Rus aan. 'Klaar,' zei hij luchthartig alsof het hem niet kon schelen.

'Niet helemaal,' zei Darko. Hij wees met de loop van zijn pistool naar de andere elektronische apparaten. 'Alle documenten en alle dossiers van alle apparaten.'

'Jij en je opdrachtgevers zijn knettergek,' zei Robert hoofdschuddend. 'Wie heeft je hier eigenlijk toe aangezet? Laat me raden, Josh Feinberg, de CEO van het medisch centrum? Dit is krankzinnig. Maar het is goed. Het kan me niet schelen.' Robert richtte eerst zijn aandacht op zijn laptop. Toen hij daarmee klaar was pakte hij zijn telefoon. 'Alsjeblieft!' zei hij toen hij alles gedaan had. Hij gooide de telefoon op het bureau. 'Er staat niks op de tablet. Die gebruik ik nauwelijks, alleen om spelletjes op te spelen. Dat betekent dat alle documenten en dossiers over Middleton Healthcare en het Mason-Dixon Medisch Centrum zijn verwijderd. Ik hoop dat je nu blij bent.'

Omdat hij redelijk goed met computers en andere elektronische apparaten om kon gaan was Darko er zeker van dat Robert de waarheid sprak, dus hij was blij, hoewel tevreden een betere omschrijving geweest zou zijn. Hij stak zijn hand uit en schoof de laptop en de telefoon die voor Robert lagen opzij. Op datzelfde moment klonk er boven een schreeuw, gevolgd door een dof geluid vergelijkbaar met dat wat Robert en Kate al eerder hadden gehoord toen Leonid de kinderen voor zijn rekening had genomen.

Roberts ogen schoten omhoog alsof hij door het plafond kon kijken. 'Wat is dat verdomme?' vroeg hij terwijl hij aanstalten maakte op te staan.

Darko antwoordde niet maar hief zijn pistool en richtte het op Roberts gezicht. Het geluid was meer een gesis dan een klap. Zijn hoofd sloeg achterover en zijn lichaam zakte in elkaar in de stoel, zijn armen hingen omlaag. Een rode stip ter grootte van een knikker verscheen midden op zijn voorhoofd, precies tussen de ogen.

Snel doorzocht Darko het bureau om behalve de laptop en de telefoon nog andere waardevolle dingen te vinden. Het was belangrijk dat de hele situatie op een inbraak leek. Leonid verscheen een ogenblik later terwijl hij nog bezig was zijn overall dicht te ritsen.

'Hoe was het?' vroeg Darko, opnieuw in het Russisch terwijl hij de elektronica pakte om alles naar het busje te brengen.

'Ik hou meer van jonge Tsjetsjeense meisjes,' zei Leonid. 'Die vechten harder. Misschien wil je nog wel even snel naar boven en ook een keer. Ze is nog warm.'

'Fuck you,' zei Darko. Hij stak zijn middelvinger op naar zijn partner. 'Heb je eraan gedacht naar sieraden te zoeken?'

'Ja, en ik heb wel wat gevonden. Niet veel maar ik heb zo veel mogelijk gepakt, inclusief de portefeuille en de Rolex van die advocaat.'

'Dat moet genoeg zijn. We gaan ervandoor!'

13

Dinsdag 7 april, 5.45 uur

In eerste instantie probeerde Michael het gebonk een plek te geven in een heel prettige droom, maar dat lukte niet. Onwillig moest hij erkennen dat iemand met tussenpozen op zijn deur stond te bonzen. 'Shit,' mompelde hij.

Omdat hij aannam dat zijn kwelgeest niet weg zou gaan, zwaaide Michael zijn benen uit bed en keek op de klok. Het was nog geen zes uur en het dermatologiecollege zou pas om negen uur beginnen. 'Shit,' herhaalde hij en hij hees zich overeind. Hij kon zich niet voorstellen wie hem kwam storen en waarom. Hoewel hij alleen maar een onderbroek droeg zwaaide hij de deur wijd open. Tot zijn verbazing stond hij oog in oog met Lynn, die hem geïrriteerd aankeek omdat het zo lang had geduurd voor hij de deur open had gedaan. Ze was de laatste die Michael had verwacht te zien.

De vorige avond had hij een paar keer in haar kamer gekeken om te zien of ze weer terug was. Ze woonde maar drie deuren verderop in de hal. Toen ze er om elf uur nog niet was had hij overwogen haar een bericht te sturen om zeker te weten dat ze oké was. Hij wilde haar ook heel graag vertellen over die toevallige ontmoeting met Vladimir en hoe hij in het Shapiro Instituut was gekomen. Maar toen had hij bedacht dat ze de nacht waarschijnlijk in Carls huis door zou brengen en hij was bang dat ze al in slaap was gevallen of in elk geval een tijdje alleen wilde zijn. Ze had zijn mobiele nummer als ze hem wilde spreken.

'We moeten praten!' zei Lynn. Ze schoof langs de verraste Michael, liet zich op zijn bureaustoel vallen en zette zijn computer aan. Ze droeg een schone witte jas.

'Waarom kom je niet binnen en maak je het jezelf makkelijk,' zei Michael sarcastisch.

'Ik wil dat je een artikel leest, maar eerst moet je maar eens onder de douche of doen wat je anders doet als je wakker wordt. We moeten bij Carl gaan kijken en dan ergens ontbijten. Ik heb honger. Ik heb gisteravond niks gegeten.'

'Niks? Waarom niet?'

'Ik had het te druk. Ik heb een heleboel shit gevonden die ik met je wil bespreken. Dus schiet nou maar op.'

'Yes, sir!' zei Michael en hij salueerde. Zijn vader, die hij zich maar heel vaag kon herinneren, had bij de mariniers gezeten en was gestationeerd geweest op Parris Island, ongeveer vijf kilometer van Beaufort, waar Michael was opgegroeid. Hij was nog maar vier geweest toen zijn ouders uit elkaar waren gegaan maar hij kon zich nog herinneren dat zijn vader af en toe voor hem salueerde alsof hij ook een marinier was.

Michael nam snel een douche, schoor zich en kamde zijn haar, waar hij niet veel zorg aan hoefde te besteden. Toen hij uit de badkamer kwam stond Lynn voor het raam met haar voet op de grond te tikken. Het was duidelijk dat ze opgewonden en ongeduldig was en het interesseerde haar geen barst dat Michael op een handdoek na poedelnaakt was. Hij liep naar zijn bureau, pakte een schone onderbroek en schone sokken, en vervolgens ging hij naar de kast voor de rest van zijn kleren. Toen hij klaar was liep hij naar Lynn, die gehypnotiseerd leek door het uitzicht over de haven naar Mount Pleasant, alsof ze hetzelfde panorama de afgelopen vier jaar nog nooit had gezien vanuit haar eigen raam.

'Het artikel dat ik je wil laten lezen staat op je scherm. Lees het snel en dan gaan we direct naar het ziekenhuis.'

Michael zag wel dat Lynn niet in de stemming was om in discussie te gaan dus hij ging zitten en begon te lezen. Hij was zich ervan bewust dat Lynn achter hem was komen staan en over zijn schouder meekeek.

Boven aan het artikel stond het logo van het tijdschrift *Scientific American*. Michael wist heel goed dat het voornaamste probleem van internet was dat je vaak de bronnen van het materiaal niet kende en dus niet wist hoe waarheidsgetrouw ze waren. Dit artikel klopte hoogstwaarschijnlijk wel omdat de bron een vooraanstaand tijdschrift was. De titel van het relatief korte stuk was: 'Hoeveel mensen overlijden na medische fouten in Amerikaanse ziekenhuizen?' Hij was er binnen een minuut mee klaar en keek op naar Lynn.

'O, kom op,' zei ze. 'Je kunt niet al klaar zijn.'

'Slamdunk,' antwoordde Michael.

'Oké, slimmerik! Wat is het jaarlijks aantal geschatte sterfgevallen onder mensen die in Amerikaanse ziekenhuizen worden opgenomen en te maken krijgen met een "te voorkomen nadelige gebeurtenis"? Als dat niet een gigantisch eufemisme is. Ze moeten het woord gebruiken dat ook in de titel staat: een verdomde fout!'

'440.000,' zei Michael zonder aarzelen.

'Jemig!' klaagde Lynn. 'Hoe kun jij verdorie zo snel lezen en je toch alles herinneren? Daar raakt ieder normaal mens ontmoedigd van.'

'Dat heb ik je verteld. Dat heeft mijn mama me geleerd.'

'Mama's leren je dat soort dingen niet. Maar hoe dan ook. Vind je dat getal niet ontstellend en schandalig? Zoals ze in het artikel zeggen wordt overlijden na fouten in het ziekenhuis daarmee de op twee na belangrijkste doodsoorzaak in dit land.'

'Laat me raden. Je bent er nu van overtuigd dat bij Carl een fout is gemaakt, of beter gezegd, een enorme blunder. Moet ik dat tussen de regels door lezen?'

'Natuurlijk!' zei Lynn. 'Een sterke, sportieve, gezonde negenentwintigjarige man ondergaat een eenvoudige knieoperatie en eindigt in een coma. Iemand heeft er een geweldig potje van gemaakt en als Carl niet bijkomt verandert hij dit jaar het getal dat je net noemde in 440.001, en dat na een routine-ingreep!'

'Jezus, Lynn, je trekt wel heel snel conclusies. Het is nog maar vierentwintig uur geleden en Carl is heel zeker niet dood. Als we teruggaan zit hij misschien wel rechtop in bed te eten en zich af te vragen waar de maandag verdomme gebleven is.'

'Dat zou mooi zijn,' zei Lynn sarcastisch. 'De arts-assistent dacht dat er sprake was van ernstige hersennecrose. Ik vind het vreselijk om je optimisme de grond in te boren maar Carl zit vanochtend niet te ontbijten.'

'Geneeskunde is een onvolmaakte wetenschap. Als we in de laatste vier jaar iets hebben geleerd, dan is het dat wel. Iedereen is uniek volgens zijn DNA. Misschien reageerde Carl op een onverwachte manier negatief op de anesthesie en wat hem nog meer werd toegediend. Misschien is er een fout gemaakt maar misschien ook niet. Misschien werkte de anesthesiemachine niet goed. Het kunnen duizend dingen zijn maar het was niet per se een medische fout.'

'Ik denk dat de anesthesist het op de een of andere manier verknald heeft,' zei Lynn. 'Mijn intuïtie zegt me dat het een "menselijk" probleem is, zoals in het artikel wordt gesuggereerd, niet een eigenaardige reactie of een technisch mankement. Fouten worden gemaakt door ménsen.'

'Dat kan ook. Maar er zijn een heleboel mogelijkheden. Behalve menselijke fouten zijn er ook systeemfouten. Zelfs computers maken fouten.'

'Nou, ik zeg je dit,' zei Lynn met een aan woede grenzende overtuiging. 'We gaan uitzoeken wat er is gebeurd, dat wil zeggen wie er de fout in ging, en we gaan ervoor zorgen dat ze ervoor verantwoordelijk worden gesteld zodat het niet weer gebeurt.'

'Wacht eens even!' zei Michael met een scheve glimlach. 'Wat bedoel je met "we", blanke man?' Het was de clou van de enige mop die Ronald Metzner tijdens de opleiding had verteld die Michael echt grappig had gevonden. Hij ging over de Lone Ranger en zijn Indiaanse makker, Tonto, toen ze met zijn tweeën vastzaten in een smalle kloof, omringd door een groot aantal bloeddorstige indianen die erop gebrand waren hen om zeep te helpen. De clou was Tonto's antwoord op de woorden van de Lone Ranger: 'Het lijkt erop dat we behoorlijk in de shit zitten.'

Even zweeg Lynn. Ze was niet in de stemming om herinnerd te worden aan een van Ronalds stomme grapjes. Ze kon Michaels reactie nauwelijks geloven en het maakte haar moedeloos. 'Ben je niet net zo woest over Carls situatie als ik?' vroeg ze.

'Mijn punt is dat het in veel opzichten een beetje te vroeg is om je zo op te winden en allerlei aannames te doen.'

'Nou, ik weet niet hoe het met jou is,' zei Lynn, 'maar ik kan niet op mijn gat blijven zitten wachten tot Carl wakker wordt, wat volgens mij ook niet gaat gebeuren, en het spoor koud laten worden. Ik ga uitzoeken wat er is gebeurd en ik zal niet rusten voor ik het weet. Dat ben ik Carl verschuldigd. Ik ben gekomen waar ik nu ben omdat ik een "doener" ben, net als jij, kan ik wel zeggen.'

'Luister! Ik begrijp je emotie,' zei Michael. 'Je hebt alle recht om woedend te zijn. Maar als je vriend en waarschijnlijk je beste vriend, moet ik proberen je tegen te houden. Je kunt je medische carrière hiermee in gevaar brengen. Niemand zal positief reageren op je acties. Iedereen zal erdoor geïrriteerd raken. En om alles nog erger te maken moet ik je eraan herinneren dat het onder valse voorwendselen schenden van de HIPAA-wetgeving, wat wij hebben gedaan, een heel zwaar misdrijf is. Dit zal niet goed aflopen, sis. Snap je wat ik bedoel?'

'Ben je klaar?' vroeg Lynn met haar handen op haar heupen.

'Voor nu,' zei Michael. 'Laten we maar naar het restaurant gaan. Ik denk dat je bloedsuiker op nul staat en dat heeft invloed op je gezond verstand.'

Even hield Lynn haar mond maar in de lift begon ze weer. 'Ik vind het ongelooflijk dat we als geneeskundestudenten zo weinig informatie hebben gekregen over medische fouten. En dat sommige de dood als gevolg hebben is nog maar het topje van de ijsberg. Denk aan al die patiënten die voor iets het ziekenhuis in gaan en eruit komen met iets totaal anders. Dat overkomt meer dan een miljoen mensen. Dat is schandalig.'

'Ik vind het niet zo verbazingwekkend dat die cijfers niet worden rondgebazuind,' zei Michael. 'Een heleboel ziekenhuizen, inclusief dit medisch centrum, zijn eigendom van bedrijven die winst willen maken. Zelfs de zogenaamde non-profitziekenhuizen zijn vermomde geldmolens. Dat betekent dat men er niet om staat te springen dergelijke cijfers in de publiciteit te laten komen, zoals zoveel dingen in de gezondheidszorg. Ziekenhuizen willen niet praten over hun tekortkomingen. Wij jonge studenten verkeren nog in de waan dat geneeskunde een roeping is terwijl het, eerlijk gezegd, een bedrijf is, een groot bedrijf, en gezien vanuit het perspectief van het publiek, geen eerlijk bedrijf. Bijna iedereen is er voornamelijk op uit om geld te verdienen.'

'Ik wist niet dat jij zo'n ongelooflijke cynicus was,' zei Lynn.

'Als zwarte man die probeert zich een beroep eigen te maken tussen de overwegend witte mannen moet ik wel realistisch zijn.'

'Dat is prachtig, man, maar dat is het soort houding waardoor verandering onmogelijk wordt.'

Michael glimlachte, 'Je bent jezelf niet, sis.'

'Ik ben kwaad,' gaf Lynn toe. Ze haalde diep adem. 'Het spijt me als ik klink als een haaibaai. Ik heb het hier echt heel moeilijk mee en met wat ik allemaal lees. Ik wist dat er problemen waren binnen de Amerikaanse gezondheidszorg maar ik wist niet dat het zo erg was.'

'Dat is prima, Blondie, maar je moet even rustig aan doen, tenminste op de korte termijn.'

'Zo zie ik dat niet. Ik ga uitzoeken wat er is gebeurd.'

'Laten we wat te eten voor je gaan halen. Je grote hersenen werken op dit moment niet veel beter dan die van Carl en ik heb je een paar interessante dingen te vertellen.'

14

Dinsdag 7 april, 6.12 uur

De zon dreigde binnen een uur op te gaan toen Lynn en Michael hun studentenflat verlieten. Het beloofde opnieuw een heerlijke lentedag te worden want er was geen wolkje te bekennen aan de pastelblauwe, geleidelijk lichter wordende hemel. Maar het prachtige weer was aan Lynn niet besteed want haar hoofd tolde. Ze had al besloten dat als Michael haar niet wilde helpen de waarheid omtrent Carls situatie uit te zoeken, ze het wel alleen zou doen. Het was een absolute must om haar demonen in bedwang te houden.

'Weet je wat ik gisteravond nog meer te weten ben gekomen?' vroeg Lynn. Ze moest harder praten dan normaal om boven de kakofonie van de vogels uit te komen die een nieuwe dag aankondigden.

'Ik durf het bijna niet te vragen,' antwoordde Michael.

'De gemiddelde kans op een grote complicatie bij anesthesie is bij een gezonde patiënt een op de tweehonderdduizend operaties. Als we het alleen al hebben over jouw familielid, Ashanti Davis, en Carl, dan zijn dat er twee op ongeveer vijfduizend gevallen als je bedenkt dat er hier ongeveer honderd operaties per dag worden uitgevoerd. Weet je hoeveel dat is?'

'Ik neem aan een heleboel,' gaf Michael toe. Hoofdrekenen was niet een van zijn sterkste kanten.

'Het is tachtig keer meer dan normaal. Tachtig keer! En we weten zelfs niet of er ook nog anderen waren, wat het nog erger zou maken.'

'Nu we het over Ashanti hebben,' zei Michael, die het nieuws niet langer voor zich kon houden. Hij zag wel dat Lynn weer helemaal opgewonden raakte. 'Ik heb ontdekt dat ze nog steeds in het Shapiro Instituut ligt, met normaal functionerende organen maar een slechte diagnose vanwege multipel myeloom.'

'Hoe heb je dat in vredesnaam ontdekt?'

'Op een heel rare manier,' zei Michael. 'Gistermiddag ben ik eerder vertrokken bij het oogheelkundecollege, want dat stelde helemaal niks voor. Alleen maar een overzicht van neuroanatomie, dus je hebt niks gemist. Op weg naar mijn kamer om naar de JPEG van Ashanti's anesthesieverslag te kijken ben ik geëindigd in het Shapiro Instituut.'

Lynn bleef staan en keek Michael aan alsof hij haar net had verteld dat hij had gegeten met de paus. 'Hoe is je dat in godsnaam gelukt?'

Michael lachte. 'Ik raakte in gesprek met een Russische vent die hier nog maar een paar maanden is. Het is een computernerd die hiernaartoe is gehaald om problemen in het computernetwerk van het Shapiro op te lossen. Hij kwam door de deur van het instituut toen ik naar het gebouw zat te staren.' Michael wees naar de betreffende in- en uitgang.

'En je begon zomaar een gesprek met hem?'

'Het stelde niks voor. Zijn Engels is waardeloos. We hebben met elkaar gesproken via een Google-vertaalapp op zijn smartphone. Maar ik wist dat je me misschien niet zou geloven en daarom heb ik een selfie gemaakt.' Michael pakte zijn telefoon en haalde de foto tevoorschijn. 'Hij werkt in het netwerkoperatiecentrum van het Shapiro.'

Lynn pakte de smartphone en bestudeerde de foto. 'Welke van de twee is de Rus?'

Michael pakte zijn telefoon terug en stopte hem weer in zijn zak. 'Wijsneus!'

'Heb je Ashanti gezien?'

'Jee, nee! Ik ben alleen maar in het netwerkoperatiecentrum geweest en heb een paar bladzijden van haar elektronische medisch dossier kunnen bekijken.'

'En je waarschuwt míj voor schending van de HIPAA-wetgeving,' zei Lynn wrang.

'Hé, ik heb het systeem niet gehackt. Die Russische vent logde legitiem in.'

'Je hebt het hem gewoon gevraagd en hij vond het zomaar oké?'

'Ik heb hem een beetje bewerkt,' gaf Michael toe. 'Ik heb hem een Beats-koptelefoon gegeven en gezegd dat ik het prima vond om mijn Jay Z-verzameling met hem te delen. Ik nam aan dat hij een administratieve functie had bij het instituut en dat hij Ashanti misschien een keer kon opzoeken. Ik had nooit verwacht dat hij me ter plekke zou uitnodigen met hem mee te gaan.'

'Weet je hoe hij heet? God! Hij zou ons zo goed kunnen helpen.'

‘Vladimir Malaklov. Ik heb ook zijn e-mailadres en zijn mobiele nummer.’

‘Fantastisch! Maar maakte hij zich geen zorgen om de beveiliging?’

‘Dat leek niet zo. Ik denk dat hij weet dat de beveiliging in het instituut niet veel voorstelt. Ik bedoel, ik zag een videocamera buiten het NOC, maar het leek hem niet te kunnen schelen toen we erlangs liepen. Misschien weet hij dat er niemand naar de opnamen kijkt. En hij zei dat hij nog bijna niemand in het operatiecentrum had gezien in al die tijd dat hij daar werkte.’

‘Vreemd,’ zei Lynn. ‘Ik had het gevoel dat beveiliging belangrijk was voor het Shapiro. Zo deden ze het tenminste voorkomen tijdens onze rondleiding en het instituut is gebouwd als een bankkluis.’ Ze keek naar het massieve maar lage granieten bouwwerk waar geen raam in te zien was vanaf de plek waar zij stonden.

‘Misschien was de beveiliging in het begin heel zwaar maar omdat er geen problemen zijn geweest in de ruim acht jaar dat het instituut er nu staat, hebben ze de zaak laten versloffen. Zelfs de beveiliging van de buitendeur is niet veel soeps. Een touchscreen voor je duim. Die technologie is zo achterhaald.’

‘En hoe ben je erachter gekomen dat ze multipel myeloom heeft?’

‘Vladimir heeft haar dossier opgezocht en ik heb op haar gezondheidssituatie geklikt en daarna op vitale functies en complicaties. Ik had heel graag verder willen kijken, maar ik wist dat ik dan te ver zou gaan. Ik heb een foto gemaakt van het overzicht van haar complicaties.’

‘Laat eens zien!’

Michael pakte zijn telefoon weer en zocht de foto op. Lynn probeerde hem te bekijken. ‘Het is een beetje moeilijk te zien hierbuiten.’

‘Binnen gaat dat beter,’ gaf Michael toe.

‘Ik kan niet geloven dat het je gelukt is,’ herhaalde Lynn.

‘In haar dossier stond trouwens Cluster 4-B 32.’

‘Oké. Wat betekent dat?’

‘Geen idee. Er stond ook drozitumab+4 active. Ik wist absoluut niet wat drozitumab was maar ik heb het gisteravond opgezocht. Drozitumab is een menselijk monoklonaal antilichaam dat wordt gebruikt om kanker te bestrijden.’

‘Misschien gebruiken ze dat om haar multipel myeloom te behandelen.’

'Ik betwijfel het,' zei Michael. 'In de artikelen die ik heb gelezen staat dat het is ontwikkeld voor een soort spierkanker.'

'Dan heb ik verder ook geen idee,' zei Lynn. Ze gaf de telefoon weer terug. 'Maar zeg eens, maakte deze Vladimir zich niet druk om vertrouwelijkheid van patiëntengegevens?'

'Nee. Mijn gevoel zegt me dat hij de ballen verstand heeft van de HIPAA-wetgeving. Ze hebben zoiets waarschijnlijk niet in Rusland. Zelfs zijn gebruikersnaam en wachtwoord zijn eenvoudig te achterhalen. Iedereen die een paar dingen over hem weet kan daar zo achter komen. De gebruikersnaam is zijn e-mailadres en het wachtwoord is zijn mobiele nummer gecombineerd met zijn achternaam.'

'Ongelooflijk. Weet je zeker dat je niet bent opgeleid bij de CIA?'

'Jij had hetzelfde kunnen doen. Ik zeg je: hij maakte zich niet druk om de beveiliging. Ik kon precies zien wat hij deed toen hij zijn gebruikersnaam en wachtwoord intypte. Het interesseerde hem helemaal niks.'

'Dus Ashanti ligt nog steeds in coma,' zei Lynn terwijl ze weer verder liep.

'Dat moet wel want ze ligt nog steeds in het Shapiro,' zei Michael terwijl hij ook in beweging kwam.

'Je hebt niks gevonden over haar coma toen je in haar dossier keek? Wat een gemiste kans.'

'Wat ik al zei: ik wilde niet te ver gaan bij de eerste gelegenheid.'

'Ik begrijp het. Ik vind het al geweldig wat je allemaal gevonden hebt.'

'Ik was zelf ook verbaasd,' gaf Michael toe. 'En ik ben van plan om weer contact met hem te zoeken.'

Toen ze bij de deur naar de polikliniek waren vroeg Lynn: 'Hoe zit het met de foto van Ashanti's anesthesieverslag? Heb je die gevonden?'

'Ja,' zei Michael. 'Hij zat in de fotomap op mijn computer. Zoals ik al zei leek het heel erg op dat van Carl, maar ik wil ze allebei printen zodat ik ze echt goed kan vergelijken.'

'Ik wil ze heel graag zien als je dat hebt gedaan.'

'Ik zal erover nadenken,' plaagde Michael.

Ze liepen de vrijwel verlaten polikliniek door. De enige mensen die ze zagen, waren leden van de schoonmaakploeg die de vloer dweilden en de stoelen afveegden met een antiseptisch middel.

Toen Lynn en Michael de verbindingsgang waren doorgelopen en in het ziekenhuisgedeelte kwamen, werden ze onmiddellijk omringd door een horde mensen. Hoewel de polikliniek nog gesloten was, was er in het ziekenhuis zelf al een nieuwe dag begonnen.

Terwijl Michael in de richting van het restaurant liep, ging Lynn de andere kant op naar de liften. Michael had als eerste in de gaten dat ze allebei iets anders van plan waren en draaide zich om, liep achter Lynn aan en pakte haar bij de arm om haar tegen te houden. Mensen botsten tegen hen aan toen ze midden in de gang bleven staan. 'Ik dacht dat we naar het restaurant gingen,' zei hij. Hij moest harder praten dan normaal vanwege het lawaai.

'We moeten eerst bij Carl gaan kijken,' zei Lynn. 'Dit is het beste moment. De verpleging lost elkaar nu af en dan is de kans dat ze ons vragen wat we daar doen kleiner.'

'Goed punt,' gaf Michael toe. 'Maar je bloedsuiker dan? Weet je zeker dat je het volhoudt?'

'Dat zal wel lukken,' verzekerde Lynn hem. 'Kom!'

Ze liepen verder naar de liften. Het was moeilijk om elkaar niet kwijt te raken. Lynn praatte over haar schouder zijn kant uit. 'Ondanks de dienstwissel op de IC kan er misschien toch iemand zijn die ons zal aanspreken. Als dat zo is, laten we dan dat anesthesieverhaal dat je gisteren bedacht hebt gebruiken. Dat vond ik briljant. Maar om het echter te laten lijken moeten we wel operatiekleding aantrekken.'

'Wauw, dat is slim,' stemde Michael in. In plaats van zich aan te sluiten bij de meute voor een lift liepen ze naar de trap. In de koffiekamer van de chirurgieafdeling gingen ze uit elkaar.

Toen Lynn de dameskleedkamer in kwam was het nog ruim voor zeven uur. Toch was het er al druk. De meeste vrouwen die operatiekleding aantrokken waren verpleegsters die net aan hun dienst begonnen. De chirurgen die op de lijst stonden voor de operaties van halfacht zouden pas tegen kwart over zeven arriveren, nadat ze de ronde hadden gedaan langs hun postoperatieve patiënten. Lynn vond een leeg bezoekerskastje en terwijl ze haar blouse openknoopte begon de speaker van de intercom aan het plafond te kraken. Omdat iedereen een mobiele telefoon had, werd hij niet vaak meer gebruikt. De stem was van de hoofdzuster, die achter de centrale balie op de ok-afdeling moest zitten. 'Dokter Sandra Wykoff! Dit is Geraldine Montgomery. Bent u in de kleedkamer?'

'Ja,' zei dokter Wykoff luid in de richting van het plafond. Uit beleefdheid verstomde het gebabbel van de andere vrouwen in de kamer.

Lynn draaide zich om. Ze herkende de naam direct. Sandra Wykoff was de anesthesist geweest tijdens Carls operatie. Ze staarde naar de vrouw die slechts een meter of vijf bij haar vandaan stond. Ze was klein, zeker vijftien centimeter kleiner dan Lynn, met fijne, scherpe gelaatstrekken en muiskleurig haar, maar niettemin straalde ze iets heel doelbewusts uit. Haar blote armen waren dun maar gespierd, waaruit Lynn concludeerde dat ze aan haar conditie werkte, iets wat ze zelf ook deed. Haar eerste indruk was dat Sandra Wykoff zich niet snel liet intimideren ondanks haar gebrek aan lengte.

'Dokter Wykoff,' ging Geraldine verder via de intercom, 'u hebt waarschijnlijk het geluid van uw mobiele telefoon uitgezet. Ik heb Dorothy Wiggens van Dagopname aan de andere lijn. Ze proberen u te bereiken.'

Lynn zag dat Wykoff haar telefoon uit haar zak viste en die bekeek. 'U hebt helemaal gelijk,' zei ze. 'Wilt u mij bij hen verontschuldigen?'

'Geen probleem. Ze wilden u alleen laten weten dat uw eerste operatie is geannuleerd. De patiënt is haar preop. instructies vergeten en heeft ruim ontbeten.'

'Oké, ik begrijp het. Dank dat u me dit hebt laten weten.'

'We zullen het dokter Barker, voor uw tweede operatie, ook laten weten. Die ingreep staat nu laat op de ochtend gepland. Misschien kan hij naar voren geschoven worden. We houden u op de hoogte.'

'Dat is fantastisch. Bedankt.'

Op het moment dat de intercom uitgezet werd, ging het gemurmel van de andere gesprekken in de kleedkamer als op afspraak weer verder.

Dokter Wykoff keek naar Lynn, die haar met wijd open ogen aanstaarde. 'Beter om daarachter te komen tijdens de opname dan hier in de ok,' zei dokter Wykoff om iets te zeggen.

'Dat denk ik ook,' antwoordde Lynn. Ze draaide haar hoofd om omdat ze plotseling besefte dat ze had staan staren. Wat moest ze nu doen? Het zou toch stom zijn om geen gebruik te maken van deze toevallige ontmoeting. Ze had die nacht uren doorgebracht met het lezen over standaardanesthesieprocedures, dus ze was ervan overtuigd dat ze haar kant van een technisch gesprek over Carls zaak kon voeren. Maar was dit de tijd en de plaats om aan te kaarten wat ongetwijfeld een gevoelig onderwerp was, zoals Michael haar had voorgehouden? Lynn trok haar witte jas aan over haar operatiekleding en sloot het kastje waar ze haar kleren in had gestopt. In een impuls besloot ze te proberen een praatje aan te knopen. 'Excuseer me, dokter Wykoff,' begon ze, nog niet wetend wat ze zou gaan zeggen, vooral omdat ze moeite had haar emoties in bedwang te houden.

Nadat ze haar eigen kastje had gesloten richtte Sandra Wykoff haar opvallende blauwe ogen op Lynn.

'Ik heb begrepen dat u gisteren de anesthesist was bij Carl Vandermeer,' zei Lynn.

Onmiddellijk kneep dokter Wykoff haar ogen tot spleetjes en keek haar indringend aan. Ze antwoordde niet direct maar liet haar blik over Lynns gestalte glijden alsof ze haar beoordeelde. Toen knikte ze voorzichtig en zei: 'Ik was daarbij. Ja. Waarom vraag je dat?'

'Ik heb gisteren op de neuro-IC uw aantekeningen in het dossier gelezen. Ik moet met u praten over die operatie.'

'O ja?' vroeg dokter Wykoff enigszins verbaasd. 'En wie ben jij dan wel?'

'Ik heet Lynn Peirce. Ik ben vierdejaarsstudent geneeskunde.' Ze lette er speciaal op dat ze geen enkele indicatie gaf waarom ze op de neuro-IC was geweest en waarom ze in het dossier had gekeken. Ze wist dat het excuus van een anesthesiecoschap niet zou werken bij een opleidingsanesthesist.

'Waarom precies wil je over deze onfortuinlijke zaak spreken?' vroeg dokter Wykoff behoedzaam.

'Ik heb gelezen dat een miljoen mensen per jaar het ziekenhuis in gaan met een klacht en daar een ander serieus probleem oplopen dat ze nog niet hadden voor ze werden opgenomen. Ik denk dat het een belangrijk probleem is waar wij als geneeskundestudenten niets over leren. De Vandermeer-zaak valt daar mogelijk ook onder.'

'Ik denk dat we daar wel over kunnen praten,' zei dokter Wykoff terwijl ze een beetje ontspande. 'Maar dit is niet het moment of de plaats. Zoals je gehoord hebt is mijn operatie van halfacht geannuleerd. Als de volgende ingreep niet naar voren wordt geschoven, kan ik vanochtend wel met je praten.'

'Dat zou ik zeer op prijs stellen,' zei Lynn. 'Hoe kan ik u bereiken?'

'Vraag het Geraldine bij de ok-balie. Zij zal wel weten waar ik ben.' En toen liep de anesthesist de kleedkamer uit.

15

Dinsdag 7 april, 6.33 uur

Michael trok zijn witte jas aan over zijn operatiekleding. Toen hij uit de mannenkleedkamer kwam wilde hij niet al te lang in de koffiekamer rondhangen uit angst iemand tegen te komen die zich verplicht voelde hem te vragen wat hij als vierdejaarsstudent in vredesnaam in operatiekleding deed. In plaats daarvan liep hij de hal in naar de liften. Hij hoefde niet lang te wachten.

'Ik ben nota bene net de beruchte dokter Sandra Wykoff tegengekomen,' zei Lynn op fluistertoon toen ze verscheen. Zoals gewoonlijk stonden er ook andere mensen op de lift te wachten. 'Ze stond zich pal naast me te verkleden.'

'En wie mag dokter Wykoff dan wel zijn?' vroeg Michael terwijl hij zijn stem liet stijgen voor het effect.

'O, kom op!' klaagde Lynn geïrriteerd. 'Zij is die verdomde anesthesist van Carl die verantwoordelijk is voor wat er is gebeurd. Hoe kun je dat nu al zijn vergeten?'

'Ik probeer een punt te maken, schat. Je weet niet of zij verantwoordelijk is. Dat is het soort opmerkingen dat je zwaar in de problemen gaat brengen.'

'Technisch gezien heb je gelijk,' snauwde Lynn. 'Maar zij had de leiding toen wat er ook maar is gebeurd gebeurde. Dat kan niemand ontkennen. Als zij het niet heeft veroorzaakt, dan had ze het kunnen stoppen of voorkomen.'

'Dat weet je niet, sis. Ik zeg je nogmaals: je gaat je hieraan branden.'

De deuren van de lift gingen open. Hij was vol. Lynn en Michael en verschillende andere mensen moesten zich naar binnen persen. Er werd met tegenzin ruimte voor hen gemaakt. Ze zwegen allebei toen de lift omhooggleed en op elke verdieping stopte. Zodra ze op de vijfde etage waren liepen ze langzaam verder om andere mensen die waren uitgestapt voorbij te laten gaan. De meesten waren verpleegsters en hulpkrachten die aan hun ochtenddienst begonnen.

'Wykoffs eerste operatie vandaag is geannuleerd,' zei Lynn toen ze zeker wist dat niemand haar kon horen. 'Ze is bereid om met me te praten, vooropgesteld dat haar tweede operatie niet naar voren wordt geschoven.'

'Ik kan maar beter met je meegaan om je te temperen,' zei Michael. 'Je bent nogal zelfdestructief bezig.'

'Wil je echt meegaan?' vroeg Lynn een beetje minachtend. 'Ik dacht dat je me niet ging helpen?'

'Zoals ik al zei: iemand moet je tegen jezelf beschermen en ervoor zorgen dat je deze vrouw een kans geeft. Snap je wat ik bedoel?'

Toen ze dichter bij de neuro-IC waren begon Lynns pols te versnellen en haar angst nam meer en meer toe. Als er een verandering in Carls status was geweest, zou ze het niet te horen hebben gekregen omdat ze geen directe familie was. Hoewel ze weinig verandering verwachtte, wist ze dat er een kleine kans bestond dat het beter of slechter met hem ging. Helaas was de kans op verbetering met de voorlopige diagnose vergaande hersennecrose bijzonder klein, wat de kans op achteruitgang veel waarschijnlijker maakte.

Voor de dubbele deuren aarzelde Lynn uit angst voor wat ze te zien zou krijgen. Michael voelde haar tegenzin. 'Wil je dat ik naar binnen ga om te kijken hoe het gaat?' stelde hij voor. 'Dan kan ik het je laten weten.'

'Nee,' zei ze. 'Ik wil naar binnen en hem zien. Het gaat wel.'

Zoals Lynn en Michael hadden gehoopt waren de zusters druk met het doen van de ronde. Toen de deuren achter hen dichtgingen, konden ze zien dat het team waarvan de dienst voorbij was en het team dat net ging beginnen beide in kamer nummer 5 stonden bij een net binnengekomen patiënt. Op dat moment waren alle andere patiënten, onder wie Carl, alleen.

Peter Marshall, de receptionist, zat achter de balie te kijken naar de beelden op de monitoren. Zijn dag was al begonnen, hoewel hij er strikt genomen pas om zeven uur hoefde te zijn. Lynn herinnerde zich dat het Peter nooit iets had uitgemaakt. Hij kwam altijd vroeg om de dag tijdig te beginnen.

Er stond ook een vrouwelijke arts bij de balie, verdiept in een dossier uit de stapel voor haar. Lynn en Michael zagen aan haar lange witte jas dat het een opleidingsarts was. Ze herkenden haar niet.

Michael en Lynn gingen rechtstreeks naar kamer acht maar Lynn bleef een beetje achter, bang voor wat ze te zien zou krijgen. Carl zat niet rechtop te ontbijten, maar hij was ook niet dood. Hij zag er net zo vredig uit als een dag eerder, met zijn ogen dicht alsof hij sliep. Hij lag nog steeds op zijn rug, terwijl de CPM zijn geopereerde been boog en strekte. Hij had ook nog steeds een infuus maar het was nu een centraal veneuze lijn naar zijn hals.

'Over het geheel ziet het er hetzelfde uit als gisteren,' zei Michael. Lynn knikte terwijl ze zich moest inhouden om geen hand uit te steken en Carls gezicht aan te raken. Ze zag dat zijn baard wat donkerder was geworden en toen haar blik over zijn lichaam gleed zag ze dat zijn armen er nu ontspannen bij lagen. Kennelijk had hij geen last meer van decerebratiestijfheid. Lynn had geen idee of dat een goed teken was. Het trekken van zijn vrije been was ook gestopt.

Om het erop te laten lijken dat hij rechtmatig bezig was, pakte Michael zijn penlight en testte de reflex van Carls pupillen. Ondertussen keek Lynn naar de monitor. Ze wilde niet weer in Carls nietsziende ogen kijken want daar was ze de vorige dag heel erg akelig van geworden. Ze zag dat zijn bloeddruk normaal was, net als het zuurstofgehalte. Het ecg zag er volgens haar ook normaal uit. Maar toen ontdekte ze een overzicht van zijn temperatuur. Carl had 39,4 graden koorts en zijn temperatuur was zelfs al 40,5 graden geweest! Ze wist dat dat geen goed nieuws was.

'De reflexen van de pupillen zijn beter dan gisteren,' zei Michael terwijl hij weer rechtop ging staan. 'Ik vraag me af of dat een goed teken is.'

'Zijn temperatuur is verhoogd,' zei Lynn bezorgd en ze wees naar de monitor.

'Inderdaad,' zei Michael nadat hij even gekeken had. 'Dat kan niet goed zijn.'

'Dat is het ook niet,' zei Lynn. 'Mensen in coma hebben een grote kans op een longontsteking. Dat heb ik gisteravond gelezen.'

'Daar heb je gelijk in. Het klinkt of je in één avond een heleboel hebt geleerd.'

'Het is ongelooflijk wat je allemaal kunt doen als je niet eet of slaapt.'

'Laten we dan nu naar het restaurant gaan voor je van je stokje gaat.'

'Laten we eerst in het dossier kijken. Ik wil het resultaat zien van de MRI die gisteren gemaakt zou worden.'

Het duo verliet Carls kamer en liep rechtstreeks naar de centrale balie. Toen ze door de hal liepen maakte Lynn heel kort oogcontact met Gwen Murphy, die samen met alle andere verpleegsters naar kamer 6 liep. Gelukkig veranderde Murphy's gezichtsuitdrukking niet. Omdat Lynn een indringer was, was het een zenuwslopende ervaring. Ze was ervan onder de indruk dat haar vriend het allemaal heel normaal leek te vinden.

Bij de ronde balie glimlachte Michael naar Peter, die teruglachte. De receptionist was aan de telefoon met Klinische Chemie en probeerde de laatste labresultaten te krijgen nog voor ze in de computer zaten. De arts keek niet op van haar werk. De stapel dossiers lag nog steeds voor haar.

Net zoals hij de vorige dag had gedaan liep Michael direct naar het rek met de dossiers en gaf er een flinke draai aan. Hij zette hem stil bij het vak voor kamer 8. Er was geen dossier.

Terwijl hij Peter op de schouder tikte vroeg Michael geluidloos 'Vandermeer' en knikte naar het rek. Zonder zijn telefoongesprek te onderbreken wees Peter op de arts. Michael begreep het. De vrouw had Vandermeers dossier, een nieuwe, potentieel problematische complicatie.

Met een schouderophalen liep Michael in de richting van de arts maar Lynn greep de mouw van zijn witte jas om hem tegen te houden.

'Wat ga je zeggen?' vroeg ze fluisterend.

Michael haalde opnieuw zijn schouders op. 'Ik improviseer wel, net als altijd.'

'Je kunt dat anesthesieverhaal niet gebruiken want misschien is ze wel een anesthesist.'

'Je hebt helemaal gelijk,' zei Michael knikkend.

'Wacht even,' zei Lynn. Ze liep naar Peter en krabbelde op een aantekenblok dat voor hem lag: *Wie is die arts en van welke afdeling komt ze?*

Zonder zijn gesprek te onderbreken schreef Peter: *Dokter Siri Erikson, hematologie.*

Lynn zei geluidloos 'Dank je' en nam het blaadje mee naar Michael.

'Hematologie?' fluisterde Michael. 'Wat betekent dat? Heeft Carl een probleem met zijn bloed?'

'Wie zal het zeggen,' zei Lynn. 'Ik hoop het niet. Misschien is er een verband met de koorts.'

'Ik zou denken dat koorts bij een comateuze patiënt vraagt om een onderzoek naar infectieziektes, en geen hematologisch onderzoek.'

'Dat ben ik met je eens. Laten we maar eens zien hoe vriendelijk ze is tegen geneeskundestudenten.'

Zowel Lynn als Michael wist heel goed dat sommige opleiders dol waren op hun rol als docent terwijl andere het als een last zagen en zich daarnaar gedroegen.

'Gelukkig is ze geen anesthesist,' zei Michael, 'dus onze dekmantel is nog intact als het daarop aankomt.'

'Doe jij het woord maar,' zei Lynn. 'Jij bent beter in misleiden dan ik.'

'Ik zal doen of ik dat niet gehoord heb, sis.'

'Dat is prima, bro!' antwoordde Lynn.

Michael liep op de hematoloog af. Hij schraapte zijn keel om haar aandacht te trekken. 'Neem me niet kwalijk, dokter Erikson.'

De arts keek op. Ze was een aantrekkelijke, ietwat gezette vrouw van achter in de veertig of begin vijftig. Met haar blonde haar en bleke gelaatskleur leek ze Scandinavisch, zoals je kon verwachten met haar achternaam. Haar ogen waren helderhemelsblauw. 'Ja?' zei ze.

'Mijn collega en ik vroegen ons af of we even snel in het Vandermeer-dossier konden kijken als u daar op het moment niet mee bezig bent.'

Dokter Erikson keek naar de stapel dossiers voor haar en viste dat van Carl eruit. Ze stak het Michael toe maar liet het nog niet los. 'Ik ben er nog niet klaar mee,' zei ze. 'Dus ik moet het wel terug hebben.'

'Natuurlijk,' zei Michael. 'Het duurt maar even.'

'Ik neem aan dat jullie geneeskundestudenten zijn,' zei Erikson terwijl ze kort naar Lynn keek. Ze had het dossier nog steeds vast. 'Waarom zijn jullie in deze zaak geïnteresseerd?'

'Ik heet Michael Pender en dit is Lynn Peirce. We zijn door de anesthesieafdeling gevraagd om de zaak te volgen.'

'Juist,' zei dokter Erikson. Eindelijk liet ze het dossier los. 'Is dat omdat het om vertraagd bijkomen gaat?'

'Inderdaad,' zei Michael. Hij glimlachte diplomatiek, gaf het dossier aan Lynn en zette een stap achteruit in de hoop daarmee een eind aan het gesprek te maken. Maar dokter Erikson ging verder: 'Gaat het alleen om de Vandermeer-zaak waar jullie in geïnteresseerd zijn of volgen jullie het geval van Scarlett Morrison ook?'

'Moet dat dan?' vroeg Michael.

'Niet per se. Maar het is een vergelijkbaar geval.'

'U bedoelt dat er nog een geval van vertraagd bijkomen is na de anesthesie?' vroeg Michael. Hij wierp een blik op Lynn, die haar ogen wijder had opengesperd ondanks haar vermoeidheid. Ze was duidelijk verbaasd.

'Ja, dat klopt,' zei dokter Erikson. 'Ze is vrijdag geopereerd. Een heel vergelijkbaar geval ben ik bang. Het verbaast me dat niemand bij anesthesie jullie dat heeft verteld.'

'Mij ook,' zei Michael. 'We moeten haar zaak beslist ook volgen.' Hij wierp een blik op Lynn, die keek alsof iemand haar net een klap verkocht had.

'Ik ben op dit moment met het Morrison-dossier bezig,' zei dokter Erikson. 'Als jullie klaar zijn met dat van Vandermeer zal ik het je geven.'

'Dat is prima,' zei Michael. Hij pakte Lynn bij haar arm en trok haar abrupt mee naar een paar lege stoelen. Ze gingen allebei zitten.

'Als het waar is dat er nog een geval is, dan is het nog erger dan ik dacht,' fluisterde Lynn vol afschuw. 'Als er vorige week nog zo'n geval was, dan komt het hier in het Mason-Dixon Medisch Centrum drie op de vijfduizend keer voor, dat is niet tachtig maar honderdtwintig keer het gemiddelde!'

'Rustig!' drong Michael aan terwijl hij probeerde zijn eigen stem laag te houden. Hij keek in de richting van dokter Erikson in de hoop dat ze geen aandacht aan hen schonk. Gelukkig was ze totaal verdiept in haar werk. 'Laten we dit stap voor stap doen,' zei Michael. 'We kwamen hier om naar Carls dossier te kijken. Laten we dat doen en dan wegwezen!'

Lynn probeerde zijn advies op te volgen en sloeg het dossier open. De laatste aantekening was een korte opmerking van de arts-assistent, Charles Stuart, die er 's nachts bij was gehaald toen Carls temperatuur zo was gestegen. Stuart had direct een röntgenopname van de borst laten maken waar niets op te zien was. Er was dus geen sprake van een longontsteking. Hij schreef dat de plek van de operatie niet rood of gezwollen was. Hij had een urinemonster voor bacteriologisch onderzoek genomen en bloed geprikt voor een bloedbeeld en -kweek. Hij eindigde zijn aantekeningen met de opmerking: 'Koorts door onbekende oorzaak. Wordt nader gevolgd. Consult gevraagd.'

'Misschien is dokter Erikson hier voor dat consult,' zei Lynn.

'Zou kunnen,' zei Michael. 'Maar een onderzoek naar het bloed en niet naar infectieziekten? Dat snap ik niet.'

Snel bladerde Lynn door het dossier om de resultaten te bekijken, vooral van de MRI, en zo kwam ze erachter dat er ook een CT-scan was gemaakt. Nadat ze het dossier plat neergelegd hadden lazen zij en Michael de resultaten. Michael was als eerste klaar en wachtte tot Lynn zover was.

'Er zijn een heleboel termen die ik niet begrijp,' zei Michael.

'Dat geldt ook voor mij,' zei Lynn. 'Maar het is duidelijk dat het geen goed nieuws is ook al snappen we niet alle details. De samenvatting zegt dat de CT-scan ernstig diffuus hersenoedeem laat zien, terwijl de samenvatting van de MRI wijst op een hyperintens corticaal signaal dat duidt op vergaande laminaire necrose. Dat is wat dokter Stuart verwachtte. Het komt allemaal neer op hersendood...' Lynn zweeg, niet in staat haar zin af te maken.

'Het spijt me,' zei Michael vol medeleven.

'Dank je,' zei Lynn. Haar stem brak. Ondanks het vreselijke nieuws probeerde ze niet te huilen. Ze werd verondersteld een afstandelijke student te zijn.

'Wil je nog naar iets anders kijken in het dossier?' vroeg Michael.

Lynn schudde haar hoofd. Wat haar betrof had het geen zin. Het oordeel was duidelijk. Of Carl nog enigszins tot bewustzijn zou komen of niet was onzeker, maar zelfs als dat wel het geval zou zijn, dan nog zou hij nooit meer de persoon worden die ze had gekend. In het beste geval zou hij vermoedelijk in een onomkeerbare vegetatieve staat blijven, een afgrijselijke situatie waar ze gisteravond over had gelezen. Zijn hersenstam zou functioneren zonder input van de hogere of corticale delen. Dat betekende dat hij slaap-waakcycli zou hebben, maar zich absoluut niet bewust was van zichzelf of zijn omgeving en dat hij tot zijn dood volledig verzorgd moest worden. Kort gezegd: hij zou leven als een kasplantje. Inwendig rilde ze en ze vroeg zich af of ze dat aan zou kunnen.

Michael stond op en kneep geruststellend in haar schouder. Hij bracht Carls dossier terug naar dokter Erikson, die hem vervolgens Scarlett Morrisons gegevens gaf. Hij nam de map mee naar Lynn en legde hem voor haar neer. Ze staarde in trance voor zich uit. 'Gaat het?' vroeg hij.

'Zo goed als kan worden verwacht,' antwoordde ze. Haar stem trilde. Toen, alsof ze wakker werd, schudde ze haar hoofd, ze ging rechtop zitten in haar stoel en opende het tweede dossier.

16

Dinsdag 7 april, 6.52 uur

In het begin spraken ze niet maar knikten ze alleen als ze klaar waren met een bladzijde. De eerste vraag waar vooral Lynn heel graag een antwoord op wilde hebben was waarom de arts-assistent, Charles Stuart, niet had verteld dat er heel recent een vergelijkbaar geval was geweest. Het antwoord bleek simpel: daar was een andere arts-assistent die dokter Mercedes Santiago heette bij betrokken. Met wat ze beiden wisten over de communicatie binnen de specialismen zou het best kunnen zijn dat de neurologieafdeling niet wist dat er twee vergelijkbare gevallen waren tot er uitgebreid overleg was geweest.

Terwijl Lynn en Michael verder lazen kwamen er significante overeenkomsten tussen de gevallen bovendrijven. Ten eerste was Scarlett Morrison bijna net zo oud als Carl en ongetrouwd. Ten tweede was ze een gezonde vrouw met als enige probleem galstenen. Haar operatie was, net als die van Carl, electief, wat betekende dat er geen sprake was van een spoedgeval. De procedure was een laparoscopische cholecystectomie geweest, oftewel de verwijdering van de galblaas via een kleine incisie. Alles was zonder complicaties verlopen volgens het operatieverslag, net als bij Carl, en tevens was de ingreep uitgevoerd om 7.30 uur, dus iedereen moest fris en uitgerust geweest zijn.

Toen ze verder lazen zagen ze dat er geen handgeschreven aantekeningen waren van de anesthesist, dokter Mark Pearlman, alleen een korte opmerking over vertraagd bijkomen, gevolgd door een lijst van medicijnen waarmee vergeefs was geprobeerd de werking van het verdovingsmiddel en de spierverslappende middelen te keren voor het geval dat er een overdosis van een van beide was geweest. Voor meer informatie over het verloop van de anesthesie tijdens de operatie moesten Lynn en Michael het verslag lezen dat de machine had gemaakt tijdens de operatie.

Ze lazen dat de anesthesie, net als bij Carl, normaal was verlopen tot er ongeveer op driekwart van de procedure een plotselinge, niet te verklaren daling van de zuurstof in het bloed van de patiënt was opgetreden. Toen ze de grafiek bekeken zagen ze dat het zuurstofgehalte gedurende een paar minuten plotsklaps was gedaald van bijna 100 procent tot 90 procent voor hij weer was gestegen naar 98 procent. Net als bij Carl was er heel even sprake geweest van een hartritmestoornis door hypoxie op precies het moment dat het zuurstofgehalte daalde.

Toen ze het verslag nader bekeken kwamen er, naast het feit dat de operatie in ok 18 was uitgevoerd en niet in 12, ook een paar specifieke verschillen met Carls geval naar voren. Ten eerste was het vluchtige anesthesiemiddel desfluraan in plaats van isofluraan gebruikt; ten tweede had men zich bediend van een endotracheale buis in plaats van een larynxmasker; en ten derde was er een depolariserende spierontspanner, succinylcholine, gebruikt om de intra-abdominale operatie te vergemakkelijken. Aan de andere kant waren de preoperatieve medicatie, midazolam, en het inductiemiddel, propofol, hetzelfde, in ongeveer dezelfde doses toegediend op basis van gewicht.

Toen Lynn klaar was met het bestuderen van het verslag keek ze naar Michael, die zijn camera uit het zicht hield van Peter en dokter Erikson. Hij gebaarde naar Lynn dat ze Morrisons dossier omhoog moest houden zodat hij een foto kon maken van het anesthesieverslag zonder te hoeven opstaan. Ze deed het maar voelde zich tegelijk heel erg schuldig. Michael nam de foto en stopte de camera gauw weer weg.

Snel wierpen ze een blik in de richting van Peter en dokter Erikson om te zien of ze iets hadden gemerkt. Dat was niet zo. Lynn zuchtte van opluchting. Michael leek onaangedaan.

'Wat denk jij van de verschillen?' vroeg Michael.

'Uit wat ik gisteravond heb gelezen weet ik dat bijkomen na desfluraan sneller gaat dan na isofluraan, dus dat is niet van belang. En een endotracheale buis heeft minder risico's dan een larynxmasker, dus dat is ook geen probleem. En het gebruik van een spierverslapper moet ook geen issue zijn zolang de patiënt wordt beademd. Ik vind de verschillen dus niet zo significant.'

'Goh, sis, jij hebt gisteren wel ontzettend veel zitten lezen.'

'Het heeft me heel wat uurtjes gekost,' zei Lynn. Op dat moment richtte ze haar aandacht op de bladzijde in het dossier met de grafiek van Morrisons vitale functies vanaf het moment dat ze naar de neuro-

IC was gebracht. Lynn wees op de gegevens over haar lichaamstemperatuur waaruit bleek dat Scarlett Morrison in de nacht na de operatie plotseling heel hoge koorts had gekregen, net als Carl, met hetzelfde maximum van 40,5 graden. Hoewel de temperatuur ook gedurende de zondag en de maandag hoog bleef, was ze geleidelijk gedaald tot 37,7 graden, wat de meeste mensen als licht verhoogd zouden beschouwen.

'Ik snap er niks van,' mompelde Lynn. 'Tot nu toe lijken de situaties van Morrison en Carl wel elkaars spiegelbeeld. Kan dat toeval zijn?'

Michael haalde zijn schouders op. 'Voor zover ik me kan herinneren lijken ze ook allebei op de situatie van Ashanti. Ik weet bijna zeker dat zij ook koorts had. Denk je dat het een nieuwe, onbekende reactie op de anesthesie zou kunnen zijn?'

'Ik zou het op dit moment niet weten,' antwoordde Lynn. Ze keek naar de informatie over het bloed. 'Het lijkt erop dat er een toename was van witte bloedlichaampjes tijdens de koorts. Dat doet denken aan een infectie.'

Michael knikte. 'Maar er is geen toename in neutrofielen of een verschuiving naar links.' Beide studenten wisten dat in het geval van een infectie het lichaam meestal reageert met een directe toename van neutrofielen, de cellulaire afweer van het lichaam tegen een bacteriële infectie. Een verschuiving naar links was een indicatie voor recent gemobiliseerde cellen die reageerden op een acute bacteriële aanval.

'Maar kijk,' zei Lynn. 'De toename van de witte bloedlichaampjes is met lymfocyten. Treedt dat normaal niet later op bij een infectie, als een hormonale immuunreactie?'

'Dat is over het algemeen wel zo.'

'En hier, het aantal lymfocyten ging elke dag geleidelijk verder omhoog. Wat vind je daarvan?'

'Ik moet even spieken,' zei Michael. Hij pakte zijn smartphone en googelde *betekenis van verhoogde lymfocyten*. Dankzij het internet had hij binnen een fractie van een seconde meerdere resultaten. Hij las de aandoeningen hardop voor: 'Leukemie, mononucleose, hiv, CMV, andere virussen, TB, multipel myeloom, vasculitis en kinkhoest.'

Toen Lynn niet reageerde keek Michael naar haar. Ze was druk met het lezen van de resultaten van het consult voor infectieziekten. 'Er is geen infectiebron gevonden,' zei ze. 'De borst was schoon op de röntgenfoto, de urine was normaal, geen infectie van de operatiesnijvlakken, niets.'

‘Heb je gehoord waardoor een toename van lymfocyten kan worden veroorzaakt?’ vroeg Michael.

Lynn schudde haar hoofd. ‘Sorry. Zeg het nog eens!’

Michael herhaalde de lijst. Lynn luisterde en dacht even na. ‘Nou, we kunnen de meeste wel vergeten. Ik denk dat “andere virussen” en “een vasculitis” de meest waarschijnlijke zijn.’

‘Ja,’ stemde Michael in. ‘Maar viel je niet iets op?’

‘Wat bedoel je?’

‘Multipel myeloom veroorzaakt ook een toename van lymfocyten. Ashanti heeft dat ook. En Morrison?’

‘Nou, dat zou wel heel toevallig zijn,’ zei Lynn. ‘Ik heb nog nooit een geval van multipel myeloom gezien en ik weet er niet veel meer van dan dat er sprake is van een teveel aan plasmacellen. Maar is dat niet tamelijk zeldzaam?’

‘Als ik me goed herinner is het niet zo zeldzaam,’ zei Michael. ‘Natuurlijk is alles relatief. Ik herinner me een pathologiecollege dat onder meer over multipel myeloom ging.’

‘Herinner jíj je het college dat we bij pathologie hadden over multipel myeloom?’ vroeg Lynn een beetje geërgerd.

‘Ik weet er niet veel meer van, behalve dan dat het te maken heeft met plasmacellen zoals je zei. Maar ik herinner me wel dat het onder mijn broeders in de top tien staat van kanker als doodsoorzaak. Misschien dat ik het me daarom herinner. Hoe dan ook, op de lijst van aandoeningen die een toename van lymfocyten veroorzaken, viel het me zeker op.’

‘Ik vraag me af of dokter Erikson de patiënt komt bezoeken vanwege die toegenomen lymfocyten,’ zei Lynn.

‘Dat zou goed kunnen,’ stemde Michael in. ‘Denk je dat we het zouden kunnen riskeren om het haar te vragen?’

Lynn keek naar de arts die nog steeds over een dossier gebogen stond terwijl ze iets dicteerde, hoogstwaarschijnlijk voor het epd. Een paar minuten eerder had ze een aantekening gemaakt. Tot het ziekenhuis de gecomputeriseerde dossiers volledig geïmplementeerd had en de fysieke dossiers niet meer gebruikte moesten consulten via beide worden bijgehouden, waar het personeel heftig tegen had geprotesteerd.

‘Ik denk dat we dat niet moeten doen,’ zei Lynn na een tijdje. ‘Als we echt met haar in gesprek raken zal ze ons waarschijnlijk meer details vragen waarom we hier zijn. Zoals je al zei: deze zaken liggen heel gevoelig bij een heleboel mensen.’

'Je hebt helemaal gelijk, sis!'

'Laten we eens kijken of ze iets in dit dossier heeft geschreven. Dat zou de vraag misschien kunnen beantwoorden.'

Terwijl ze haar aandacht weer richtte op de map voor haar, bladerde Lynn naar de vervolgaantekeningen waar de voortgang werd bijgehouden. De laatste was van dokter Erikson. Het handschrift was slecht te lezen.

Dank voor het verzoek om weer naar deze patiënt te komen kijken. Zoals ik al in mijn eerdere [onleesbaar woord] heb genoteerd, heeft de patiënt een aanhoudend verhoogde lichaamstemperatuur, hoewel de koorts geleidelijk is gezakt tot 37,7 graden vandaag. Haar bloedbeeld blijft een lichte en [onleesbaar woord] lymfocytose vertonen, op dit moment meer dan 6.300 lymfocyten per mcl, wat overeenkomt met 45 procent van de witte bloedcellen. Ik ben blij te zien dat er geen infectiebron is gevonden. Het totaal aan globuline is [onleesbaar woord] verhoogd. Eiwitelektroforese toont een kleine en smalle gammaglobulinepiek, wat doet denken aan [onleesbaar woord] een zich ontwikkelende monoklonale gammopathie (MGUS). Maar ik zie deze mogelijkheid of haar aanhoudende koorts niet als contra-indicatie voor haar geplande transfer naar het Shapiro Instituut. Ik ben van mening dat deze in haar beste [onleesbaar woord] en ik zal haar blijven volgen.
Dokter Siri [onleesbaar woord maar vermoedelijk Erikson]

'Wat is in godsnaam gammopathie of MGUS?' vroeg Michael gefrustreerd. 'Ik haat het als artsen van die kloterige esoterische woorden en afkortingen gebruiken waardoor je je stom voelt.'

'Mijn beurt om te spieken,' zei Lynn terwijl ze haar smartphone pakte en *gammopathie* googelde. Hoewel ze de betekenis niet precies kende had ze wel een idee. Ze koos voor Wikipedia en nadat ze haar smartphone op het bureau had gelegd lazen ze allebei het artikel over monoklonale gammopathie en paraproteïnemie.

Toen Lynn klaar was vroeg Michael: 'Wat denk jij ervan, behalve dat je nu weet wat MGUS betekent?'

'Ik ben zo moe dat ik nauwelijks nog kan denken,' bekende ze.

'Dat verbaast me niks. Je moet bekaf zijn en honger hebben. Kom op! Laten we naar beneden gaan zodat je iets kunt eten. Je tank is leeg.'

'Straks,' zei Lynn, terwijl ze probeerde zichzelf weer op te peppen.

‘Ik heb in elk geval begrepen dat MGUS te maken heeft met een groep lymfocyten die te veel van hetzelfde antilichaam produceren. Het verbaast me om te lezen hoe vaak dat voorkomt en ik kan me nauwelijks herinneren dat het ooit bij pathologie genoemd is.’

‘Maar het komt alleen voor bij mensen boven de vijftig. Deze patiënt is achtentwintig.’

‘Dat klopt,’ zei Lynn. ‘En ik neem aan dat het niet zo ernstig is.’

‘Het is niet ernstig tot het resulteert in multipel myeloom. Ik vraag me af of Ashanti ook eerst MGUS had en pas als gevolg daarvan multipel myeloom kreeg.’

‘Ik denk dat de kans bestaat,’ zei Lynn. ‘Laten we kijken naar de test die Erikson noemde in haar aantekeningen, de eiwitelektroforese. Ik weet daar iets van omdat ik er vorig jaar tijdens onze coschappen gebruik van heb gemaakt om een patiënt met acute hepatitis te volgen.’

Lynn bladerde terug naar het deel van het dossier over laboratoriumtesten. Het duurde niet lang voor ze de juiste pagina had gevonden met de uitslag van de eiwitelektroforese. De gehaltes van de diverse plasma-eiwitten werden opgesomd en weergegeven in een grafisch schema. Lynn en Michael richtten zich erop. In het uiterst rechtse deel waar een soepele ronding kon worden verwacht die de gammaglobuline weergaf, was een kleine, smalle piek op het hoogste punt van de curve waar te nemen.

‘Dat is makkelijk te zien,’ zei Michael. ‘Dus het immuunsysteem van de vrouw produceert een specifiek antilichaam. Wat zou de oorzaak daarvan zijn?’

‘Het moet een soort antigeen zijn. En misschien zit het antigeen dat de eerste lymfocyt stimuleerde om de specifieke immuunglobuline te produceren nog in Scarlett Morrisons lichaam en gaat het nog steeds door met het produceren van meer en meer antilichamen. Wat denk je daarvan?’

‘Dat is zeker een mogelijkheid tenzij die eerste lymfocyt alleen maar een beetje is dolgedraaid, als je snapt wat ik bedoel.’

‘Je bedoelt als een soort kankercel?’

‘Zoiets,’ zei Michael. ‘De celmachine die een antilichaam produceert, is aangezet en iemand is vergeten haar weer uit te zetten.’

‘Laten we eens teruggaan naar je vraag of de anesthesie de koorts kan hebben veroorzaakt. Zou het dit monoklonale antilichaam ook kunnen hebben aangezwengeld?’

Michael staarde Lynn aan. Hij begreep heel goed wat er in haar omging. Ze zocht wanhopig naar een verklaring voor Carls afschuwelijke situatie en was bereid zich vast te klampen aan elke strohalm.

'Ik bedoel een idiopathische reactie die nog niet is opgemerkt.'

'Nee!' zei Michael uiteindelijk vastberaden. 'Er is niets aan anesthesie wat antigeen kan zijn. Ik zou graag ja willen zeggen om je van de ramkoers te krijgen die je op de gedachte heeft gebracht dat iemand een fout heeft gemaakt. Maar anesthesiemiddelen zijn al bij te veel mensen en al te lang gebruikt en het is onmogelijk dat er een niet-onderkende immunologische reactie bestaat die koorts en monoklonale antilichamen veroorzaakt. En al helemaal niet een die mensen in coma brengt. Absoluut niet. Sorry, sis!'

'Ik wist dat je dat ging zeggen.'

'Ik zeg het omdat het zo is. Nou, laten we nu maar naar het restaurant gaan. We hebben een dermatologiecollege om negen uur.'

'Ik ben nog niet klaar,' zei Lynn. Ze zette haar smartphone uit en deed hem in haar zak. Toen keek ze naar Morrisons MRI. Hij was vergelijkbaar met die van Carl en vertoonde vergaande laminaire necrose. Lynn sloeg het dossier dicht en keek naar dokter Erikson, die nog steeds afwisselend in een dossier stond te schrijven en in haar telefoon dicteerde.

'Maar waarom?' klaagde Michael. Hij greep de mouw van Lynns witte jas om haar tegen te houden. 'Waarom zou je dat riskeren? Er zal niets veranderd zijn.'

'We hebben nog niet naar zijn bloed gekeken,' zei Lynn, terwijl ze zich losrukte. 'En misschien heeft ze iets in het dossier geschreven. Als dat zo is, dan wil ik het zien.'

17

Dinsdag 7 april, 7.20 uur

'Neem me niet kwalijk,' zei Lynn terwijl ze op dokter Erikson afstapte. Ze hield haar Morrisons dossier voor. 'Dank dat u onze aandacht op deze zaak hebt gevestigd. Hij is heel vergelijkbaar met die van Vandermeer en we moeten hem zeker volgen.'

Dokter Erikson keek even op.

'Zal ik het Morrison-dossier weer in het rek zetten of wilt u het hier houden?' vroeg Lynn.

Dokter Erikson wees naast zich naar de balie. 'Hier is prima,' zei ze afwezig zonder naar Lynn te kijken.

'Het spijt me dat ik u lastigval,' zei Lynn, 'maar we willen graag nog even een keer naar het dossier-Vandermeer kijken. Er is iets wat we gemist hebben.'

Dokter Eriksons hoofd vloog omhoog en ze keek Lynn aan met ijskoude ogen en opengesperde neusgaten. Even dacht ze dat de vrouw woedend zou weigeren haar het dossier te geven, maar haar gezichtsuitdrukking verzachtte.

'Als het nu niet uitkomt, dan kunnen we later terugkomen,' voegde Lynn er snel aan toe. Nu haar aandacht naar het gezicht van de vrouw was getrokken bedacht ze dat de dokter er niet goed uitzag, hoewel ze het niet eerder had opgemerkt. Haar huid was opvallend bleek, bijna doorzichtig, en haar wangen leken hol. Onder haar ogen had ze paarsblauwe, donkere kringen. 'Ik dacht alleen dat u er al klaar mee was.'

'Het geeft niet,' zei dokter Erikson. Ze haalde Carls dossier tussen de stapel voor haar uit en stak hem Lynn toe, terwijl ze vroeg: 'In welk jaar zitten jullie?'

'We zijn vierdejaars,' zei Lynn. Haar hartslag versnelde, anticiperend op mogelijke problemen. Nu ze dicht bij de hematoloog stond zag ze dat de vrouw niet echt last van overgewicht had zoals ze eerst had gedacht. Het was meer dat ze een bolle buik had, alsof ze vier of vijf maanden zwanger was, wat onwaarschijnlijk leek gezien haar leeftijd.

'Zijn jullie bezig met je coschap anesthesie?'

Lynn knikte. 'Het is ons laatste coschap voor ons afstuderen.' Dokter Erikson was duidelijk niet goed op de hoogte van alle facetten van de opleiding, aangezien anesthesie geen coschap was.

'Zijn jullie tot een conclusie gekomen waarom deze patiënten in coma zijn geraakt?' vroeg dokter Erikson.

'Nee, dat niet,' zei Lynn. Ze was verbaasd en wenste dat ze zich niet tot een gesprek had laten verleiden. 'Hebt u een idee?'

'Natuurlijk niet,' snauwde ze. 'Ik ben hematoloog, geen anesthesist.'

Lynn wilde weglopen maar voelde zich geremd omdat dokter Erikson nog steeds Carls dossier vasthield en haar strak aanstaarde. Na een ogenblik van geladen stilte stelde de hematoloog nog een vraag: 'Hebben jullie enig vermoeden wat er gebeurd zou kunnen zijn?'

'Tot dusver niet,' zei Lynn.

'Als je een bepaald idee krijgt, laat het me dan weten!' zei dokter Erikson. Het was meer een bevel dan een verzoek. Eindelijk liet ze Carls dossier los.

Opgelucht zei Lynn: 'We zullen het u graag laten weten als ons iets opvalt.'

'Daar reken ik op,' zei ze. Toen haalde ze een kaartje uit een van haar zakken en overhandigde het aan Lynn. 'Hier zijn mijn contactgegevens. Laat het me direct weten als jullie tot een conclusie zijn gekomen.'

'Dank u,' zei Lynn. Ze pakte het kaartje aan en keek erop. Ze glimlachte ongemakkelijk en stond op het punt terug te vluchten naar Michael toen dokter Erikson eraan toevoegde: 'Heb je nog vragen voor me?'

Ondanks haar vermoeidheid probeerde Lynn een vraag te bedenken. Ze wilde wanhopig graag weg maar ze dacht dat het beter was om zich als student te blijven presenteren en het gesprek academisch te houden, dan te riskeren dat het zou uitdraaien op wat zij en Michael hier nu werkelijk deden, namelijk regels schenden en snuffelen in verboden dossiers. 'Nou...' begon ze, 'in uw aantekeningen in Morrisons dossier noemt u de mogelijkheid van monoklonale gammopathie. Denkt u dat die veroorzaakt werd door de anesthesie?'

'Absoluut niet!' zei dokter Erikson met een minachtend lachje alsof het het stomste idee was dat ze in lange tijd had gehoord. 'De anesthesie kan onmogelijk gammopathie veroorzaken. De patiënt moet de aandoening al voor haar operatie hebben gehad. Het was alleen nog niet onderkend. Asymptomatische gammopathie kan alleen ontdekt worden door een serumelektroforese, een test die ze nooit heeft ondergaan tot ik er een heb aangevraagd vanwege haar onverklaarbare koorts.'

'Ik begrijp het,' zei Lynn, terwijl ze nog een vraag probeerde te bedenken. 'Gaat u ook een hematologieconsult bij Carl Vandermeer doen?'

'Waarom vraag je dat?' vroeg dokter Erikson.

'Omdat u zijn dossier hebt en omdat u een consult hebt gedaan bij Scarlett Morrison.'

'Het antwoord is nee,' zei ze. 'Ik zie de patiënt alleen maar uit hoffelijkheid omdat de verpleging me heeft verteld dat hij een verhoogde temperatuur had, net als Scarlett Morrison, zonder duidelijke tekenen van een infectie.'

'Denkt u dat haar koorts wordt veroorzaakt door haar gammopathie?'

'Dat is een uitstekende vraag,' zei dokter Erikson.

Lynn haalde opgelucht adem. Nu wist ze dat ze het gesprek kon afbreken zonder een geïrriteerde opleidingsarts achter te laten die anders misschien in de verleiding zou komen om vragen te stellen waardoor ze door de mand zouden vallen.

'Een immuunreactie kan inderdaad een temperatuurverhoging veroorzaken,' zei dokter Erikson didactisch monotoon. 'We weten het niet zeker, maar omdat een infectie is uitgesloten denk ik dat we wel kunnen stellen dat de verhoogde temperatuur is te wijten aan haar gammopathie.'

'Is er iets wat haar immuunsysteem zou kunnen stimuleren waardoor haar temperatuur verhoogd blijft?'

'Ik moet wel aannemen dat dat zo is. Misschien is het de stress van wat haar is overkomen. Maar ik weet het echt niet.'

'Is er een behandeling voor haar gammopathie?'

'Behandeling is niet nodig tenzij het verhoogde eiwit de nierfunctie verstoort of als de gammopathie overgaat in bloedkanker.'

'U bedoelt in multipel myeloom.'

'Precies. Multipel myeloom, lymfoom of chronische lymfatische leukemie.'

'Vandermeer heeft een verhoogde temperatuur en geen duidelijke tekenen van een infectie, denkt u dat hij ook gammopathie heeft?'

Dokter Erikson antwoordde niet meteen en Lynn vreesde dat de opvliegende vrouw opnieuw geïrriteerd was omdat haar ogen zich versmalden en haar neusvleugels trilden. Ze was kwaad op zichzelf dat ze niet was vertrokken toen ze de kans had.

'Het onderzoek naar Vandermeers infectieziekte is nog maar net begonnen,' snauwde dokter Erikson. 'We moeten afwachten.'

'Dank dat u de tijd hebt willen nemen om met me te spreken,' zei Lynn en ze liep snel terug naar haar stoel. Terwijl ze Carls dossier op de tafel legde maakte ze oogcontact met Michael, die verveeld keek.

'Nou, dat was kantje boord,' zei hij met gedempte stem.

'Het spijt me,' zei Lynn net zo zacht. 'Ik kon niet wegkomen.'

'Ja, dat zal wel.'

'Ik meen het. Eerst bleef ze het dossier maar vasthouden en stelde ze allerlei vragen. Ze wilde weten in welk jaar we zaten. Ik dacht echt dat ze vragen zou stellen bij ons zogenaamde anesthesiecoschap. Gelukkig deed ze dat niet. Maar één ding is zeker, ze is een beetje vreemd.'

'Echt? Hoezo?'

'Het is moeilijk uit te leggen. Even dacht ik dat ze nijdig was omdat wij hier waren en naar deze dossiers keken, daarom vreesde ik het ergste. Maar toen veranderde haar houding. Tenminste dat denk ik. Eigenlijk werkt mijn hoofd niet helemaal goed omdat ik zo moe ben, dus misschien verbeeld ik me het allemaal. Maar wat denk jij, vind jij dat ze er gezond uitziet?'

'Ik heb er geen seconde over nagedacht,' zei Michael. Hij maakte aanstalten zich om te draaien naar dokter Erikson, die maar een paar meter bij hen vandaan stond, maar Lynn hield hem tegen.

'Niet kijken!' fluisterde ze dringend. 'Hou je rustig! Ik zeg je dat ze vreemd is en problemen zou kunnen opleveren. Vertrouw me! Laten we haar niet nog meer reden geven om aan ons verhaal te twijfelen. Ik dacht echt dat ze zou gaan vragen wat we hier deden en waarom we deze dossiers wilden zien. Gelukkig heeft ze dat niet gedaan. En heb jij ook gezien dat haar buik opgezwollen is? Ze lijkt wel zwanger.'

'Echt?' zei Michael terwijl hij zijn wenkbrauwen optrok. Hij wilde zich weer omdraaien naar de dokter maar voor de tweede keer hield Lynn hem tegen.

'Wat zeg ik nou, niet kijken!' snauwde ze.

'Ik kan me niet voorstellen dat ze zwanger is,' zei Michael. 'Het is geen piepkuiken.'

'Ik kan het me ook niet voorstellen,' zei Lynn. 'Maar het is natuurlijk niet uitgesloten met wat er tegenwoordig kan met ivf. Ik denk dat ze een of andere lever- of nierziekte heeft.'

'Dat zou kunnen,' zei Michael. Hij begon genoeg te krijgen van het hele gedoe. Hij had ook verschrikkelijke honger.

'Het vreemdste wat ze zei was dat ze het wil horen als jij en ik tot een conclusie zijn gekomen waarom Carl en Morrison niet wakker zijn geworden uit hun narcose.'

'Ik hoop dat je niet gezegd hebt dat iemand er volgens jou een potje van heeft gemaakt.'

'Nee, dat heb ik niet.'

'Godzijdank.'

'Ik heb gezegd dat we geen idee hebben.'

'Dat klopt helemaal. Je leert het al, sis.'

'Ze liet me beloven dat we het haar zouden laten weten als we iets bedachten. Ze heeft me zelfs haar kaartje gegeven.' Lynn liet het aan Michael zien maar hij haalde alleen zijn schouders op. 'Vind je dit niet allemaal een beetje raar?' vroeg ze. 'Waarom zou zij geïnteresseerd zijn in wat een paar studenten zouden kunnen bedenken? Als arts kan ze met iedereen bij anesthesie gaan praten, ook met het hoofd van de afdeling.'

'Oké, het is vreemd,' gaf Michael toe. 'Ben je nu tevreden?'

Lynn sloot even haar ogen alsof ze opnieuw moest opstarten. Toen deed ze ze weer open en zei: 'De laatste vraag die ik stelde om Carls koorts te verklaren was of hij misschien ook gammopathie had, net als Morrison. Ze reageerde heel kwaad.'

'Nou, dat is raar. Wat zei ze dan?'

'Ze zei dat het onderzoek naar zijn infectieziekte net was begonnen en dat we dus moesten afwachten. Maar ze zei het alsof ze nijdig was dat ik het had gevraagd.'

'Oké, je hebt je punt gemaakt. Ze is vreemd. Nou, laten we dan nu maar eens naar het restaurant gaan.'

'Ik wil nog even snel in Carls dossier kijken.' Lynn sloeg het open bij de aantekeningen over de progressie. Er stond niets van Erikson, maar toen ze naar de bladzijde met de aanvragen ging, zag ze een verzoek voor een serumelektroforese in opdracht van dokter Erikson. Lynn staarde voor zich uit alsof ze nadacht.

'Oké, zijn we klaar?' vroeg Michael.

'Ik wil alleen nog even naar Carls bloeduitslagen kijken,' zei Lynn en ze bladerde naar de labuitslagen. 'Oké,' zei ze na een moment. 'Zijn witte bloedcellen staan op elfduizend. Sommige mensen beschouwen dat misschien niet als verhoogd, maar volgens mij is het dat wel. Het belangrijkste is dat zijn lymfocyten ook zijn verhoogd, tot bijna vijfduizend, wat niet op een infectie duidt.'

'Dat is fantastisch. Nu kunnen we gaan ontbijten.'

'Oké, maar ik moet dit dossier wel even terugbrengen.'

'Begin niet weer een gesprek,' waarschuwde Michael.

'Van zijn leven niet. Ik geef het dossier aan Peter.'

Ze vertrokken net op tijd. Op het moment dat ze wegliepen bij de centrale balie waren alle verpleegsters klaar met hun ronden en kwamen ze weer terug. Gwen Murphy, de hoofdzuster, keek naar de studenten maar zei niets, hoewel ze een seconde bleef staan. Er ontging haar maar heel weinig van wat er gebeurde op de neuro-IC tijdens haar dienst.

Vlak voordat Lynn de zware deur passeerde die naar de hal van de vijfde verdieping leidde, bleef ze staan en waagde nog een blik op Carl. Een verpleegster stond naast hem en paste iets aan. Hij leek net zo vredig als eerder. De enige zichtbare beweging was van het buigen en strekken van zijn geopereerde been.

Lynn rilde. Ze wist maar al te goed dat zijn rust in scherp contrast stond met de chaos die was opgetreden in zijn hersenen. De MRI en de CT-scan hadden haar grootste angst bevestigd en de grimmige realiteit van zijn situatie gaf haar nieuwe energie en kracht. Op dat moment kon het haar niet schelen dat een deel van die motivatie misschien wel voortkwam uit schuldgevoel, omdat ze had bedacht dat zijn troosteloze toekomst meer academische vrijheid voor haar kon betekenen. Haar intuïtie, die haar in het verleden altijd goed had gediend, had luid alarm geslagen omdat er iets niet in de haak was met de hele situatie. Ze voelde dat het ziekenhuis er tevreden mee zou zijn als het probleem een natuurlijke dood stierf, maar dat zou zij niet toestaan. Ze zou erachter komen wat er was gebeurd. Dat was ze Carl en eventuele toekomstige patiënten verschuldigd.

'Kom op!' drong Michael aan. 'Ik heb nu net zoveel behoefte aan calorieën als jij en het dermatologiecollege zal niet op ons wachten.'

'Ik kom,' zei Lynn.

Toen ze de hal doorliepen begon het omroepsysteem van het ziekenhuis te kraken, en net als iedereen bleven ze staan om te luisteren. Vroeger zorgde het systeem voor een constante achtergrondruis als er doktoren werden opgeroepen, maar dat was met alle smartphones en tablets allang niet meer zo. Het Mason-Dixon Medisch Centrum had een omroepsysteem dat reikte tot in alle hoeken van het ziekenhuis maar dat was alleen voor rampen. Dus als het systeem aanging bleef iedereen staan om te luisteren, zelfs in de operatiekamers.

'Aan al het beschikbare medische personeel. In de buurt van onze campus is een zware frontale botsing geweest tussen een bus en een tractor met aanhanger. Als het dichtstbijzijnde medisch centrum kunnen we binnen korte tijd de mensen die het zwaarst gewond zijn verwachten. Iedereen die kan wordt verzocht zich direct naar de SEH *te begeven! Operatiekamerpersoneel, maak zo veel mogelijk operatiekamers leeg. Dank u!'*

Lynn en Michael wisselden een snelle blik. 'Wat denk je?' vroeg Michael. 'Geldt dat ook voor de studenten?'

'We zijn bijna arts,' vuurde Lynn terug. 'Kom op!'

Ze renden de hal door, verpleegsters, broeders, ambulante patiënten en etenswagentjes omzeilend naar de liften, maar in plaats van te wachten tot er een kwam doken ze het trappenhuis in. Terwijl ze de metalen trappen afdenderden, kwamen ze terecht in een aanzwellende massa rennende artsen en verpleegsters, en op elke verdieping kwamen er meer bij.

18

Dinsdag 7 april, 7.52 uur

De SEH was een gekkenhuis. Een aanhoudende stroom gewonde patiënten werd haastig naar binnen gereden en verdeeld over diverse onderzoeksruimtes. De traumakamers zaten al vol. Verschillende senior artsen deden een snelle triage bij de ingang zodra de patiënten uit de ambulances werden geschoven. De ernstigste gevallen werden direct overgedragen aan wachtende groepjes artsen en verpleegsters die al begonnen met het onderzoek en de behandeling nog voor de brancard in een onderzoeksruimte was. De patiënten met relatief lichte verwondingen werden opzijgereden om hun beurt af te wachten.

Afgezien van een korte kennismaking tijdens colleges en een snelle rondleiding in hun derde jaar chirurgie, had noch Lynn noch Michael veel ervaring met spoedeisende hulp en kenden ze niemand van het spoedeisende personeel. Hoewel de artsen uit het ziekenhuis wel een idee hadden wat ze moesten doen, hadden Lynn en Michael geen benul. Zonder een specifiek doel renden ze naar de balie. In eerste instantie besteedde niemand aandacht aan hen. Wat ze niet beseften was dat de verpleging hen aanzag voor arts-assistenten, en niet voor studenten, omdat ze een witte jas over hun operatiekleding droegen.

'Kunnen we helpen?' vroeg Lynn aan een van de gehaaste verpleegsters die kennelijk de leiding had omdat ze meer dan iedereen routes leek uit te stippelen en naar diverse mensen bevelen schreeuwde. Ze stond net achter de borsthoge opnamebalie van de SEH met een chaotische menigte van bijna twintig mensen om zich heen. Iedereen was druk met telefoons en papierwerk, sommigen renden abrupt weg naar een van de kamers terwijl anderen arriveerden. Boven de kakofonie van stemmen waren sirenes te horen van nog meer ambulances die buiten voorreden.

In eerste instantie keek de verpleegster die Lynn had aangesproken haar alleen maar aan zonder iets te zeggen. Haar ogen waren gericht op iets in de verte waardoor de indruk werd gewekt dat er te veel dingen tegelijk door haar hoofd spookten. Toen Lynn de vraag herhaalde kwam de vrouw uit haar lichte trance. Ze greep een clipboard van een stapel voor haar, gaf het aan Lynn en zei: 'Ga deze behandelen! Onderzoeksruimte 22. Man met lichte ademhalingsproblemen. Borsttrauma door een stomp voorwerp.'

Voor Lynn kon reageren gilde de verpleegster naar een collega aan de andere kant van de ruimte om meer draagbare röntgenmachines te halen op de röntgenafdeling en ze naar de traumakamers te brengen. Toen richtte ze zich tot een andere verpleegster achter zich en gaf haar opdracht te kijken wat er gebeurde in traumakamer 1 om te zien of de patiënt klaar was om naar de operatieafdeling gestuurd te worden.

Lynn las de naam van de patiënt: Clark Weston. Hij was met de hand geschreven op het intakeformulier, evenals de belangrijkste klacht: ademhalingsproblemen, trauma door stomp voorwerp. Lynn zag dat zijn bloeddruk normaal was, maar de hartslag een beetje hoog, honderd slagen per minuut. Er was een snelle krabbel aan toegevoegd: *Lichte dyspneu maar goede kleur. Sternale contusie maar geen drukgevoeligheid op individuele ribben. Geen snijwonden. Extremiteiten normaal. Geen gebroken botten.* Dat was het. Verder niets. Na een snelle blik om te zien of ze de aandacht van de hoofdzuster weer kon trekken – wat tamelijk onwaarschijnlijk leek omdat ze even was weggelopen – keek Lynn naar Michael, die zoals ze wist over haar schouder had meegelezen op het clipboard. 'Wat denk je?' vroeg ze. 'Kunnen we dit aan?'

'Laten we het maar doen,' zei Michael. Ze beseften allebei dat de hoofdzuster geen idee had dat ze geneeskundestudenten waren. Beiden droegen een koord om hun nek met hun ID-kaart eraan, maar je moest heel goed kijken om te zien dat er geen MD achter hun naam stond.

Ondanks de chaos en niemand om de richting aan te vragen vonden ze onderzoeksruimte 22 zonder veel moeite. De deur was dicht. Lynn ging als eerste naar binnen en Michael kwam direct achter haar aan en trok de deur achter zich dicht. De kamer was een rustige haven midden in een storm.

Clark Weston lag alleen in de ruimte, op zijn rug op een brancard maar steunend op beide ellebogen, met oppervlakkige, snelle teugen vechtend om adem. Het was een blonde man van middelbare leeftijd, iets te zwaar en volledig gekleed in een colbert, wit overhemd, stropdas en donkere broek. De das was losgetrokken. Het overhemd was open en opzijgeschoven waardoor een bleke, brede borst zichtbaar was met een duidelijk zichtbare kneuzing in het midden. Beide studenten zagen onmiddellijk dat de kleur van de man niet goed was, in tegenstelling tot wat er op het opnameformulier stond. Zijn huid had een zweem blauw, net als zijn lippen. Zijn gezichtsuitdrukking was wanhopig. Omdat hij zich concentreerde op zijn ademhaling kon hij niet praten. Het was duidelijk dat hij dacht dat hij dood zou gaan.

Lynn rende naar de ene kant van de brancard en Michael naar de andere. Ze voelden allebei de angst door zich heen schieten door het plotselinge besef dat dit niet slechts ademhalingsproblemen waren en ze als nieuwelingen zomaar in het diepe sprongen met deze patiënt, die zo te zien in grote moeilijkheden verkeerde.

'Ik hoop dat je een idee hebt wat je moet doen,' zei Michael met schorre stem.

'Ik rekende op jou,' zei Lynn.

De patiënt, die dit gesprek hoorde, rolde met zijn ogen voor hij ze sloot om zich te concentreren op zijn pogingen te ademen.

'Ik kan maar beter een arts-assistent gaan halen,' gooide Michael eruit en voor Lynn kon antwoorden rende hij al naar buiten, terwijl hij de deur op een kier liet staan.

Alleen achtergebleven haastte Lynn zich naar een zuurstofapparaat, draaide de cilinder open en rende terug om een zuurstofmasker op het gezicht van de patiënt te plaatsen. Ze zette haar stethoscoop op de rechterkant van zijn borst en luisterde. De man ademde zo oppervlakkig en snel dat ze nauwelijks iets kon horen. Het lawaai van de commotie dat door de openstaande deur kwam hielp ook niet.

Op dat moment zag Lynn dat de borst van de man heel erg opgezet was. Het leek of hij was opgeblazen als een ballon. Wat betekende dat? Ze probeerde te denken en in haar geheugen te graven op zoek naar wat ze had geleerd over lichamelijke diagnoses, maar haar uitputting in combinatie met haar angst als gevolg van haar gevoelens van onmacht maakte dat moeilijk. Ze herinnerde zich vaag dat een opgezette borst iets belangrijks betekende, maar wat? Ze wist het niet meer.

Toen ze de stethoscoop naar de linkerkant van de borst van de man schoof hoorde ze tot haar verbazing vrijwel niets. In eerste instantie dacht ze dat het aan haar lag, dat ze iets verkeerd deed, maar toen vergeleek ze de twee kanten nog een keer. Het was duidelijk dat ze aan de rechterkant ademhalingsgeluid hoorde, ook al was het nauwelijks waarneembaar, en niets, of vrijwel niets, aan de linkerkant. Plotseling begon ze een idee te krijgen van wat er aan de hand was. Ze haalde de stethoscoop uit haar oren en probeerde percussie: ze zette haar linkermiddelvinger op de borst van de patiënt en tikte erop met de middelvinger van haar rechterhand. Het geluid was aan beide kanten verschillend. De linkerkant was hypertympanisch, als een trommel, vergeleken met wat ze hoorde aan de rechterkant.

Michael vloog hijgend de kamer weer in. 'Ik kon niemand vinden die vrij was. De enige was een SEH-arts twee deuren verderop die bezig is met een gedislokeerde schouder. Hij heeft beloofd dat hij zo snel mogelijk hiernaartoe komt als de arm weer in de kom zit. Hoe gaat het met de patiënt?'

'Hij krijgt zuurstof en dat zou moeten helpen,' antwoordde Lynn. 'Het gaat niet goed met hem. Maar ik denk dat ik weet wat er aan de hand is.'

'Zeg op!' eiste Michael.

'Luister naar zijn borst! Vertel me wat je denkt. Maar snel.'

Michael had moeite de stethoscoop in zijn oren te krijgen. Terwijl hij eerst aan de linkerkant luisterde, en toen aan de rechterkant, en toen weer terug naar links, hield hij zijn ogen op Lynn gericht die de pols van de man voelde. 'Ik hoor geen ademhaling aan de linkerkant,' zei Michael.

'Probeer percussie!' zei Lynn. 'Vlug. Zijn hartslag is gestegen tot honderdtwintig. Dat kan niet goed zijn.' Lynn voelde haar eigen hart bijna net zo snel in haar slapen bonken.

Michael deed snel wat Lynn voorstelde. De hyperresonantie aan de linkerkant was direct duidelijk en dat zei hij ook.

'Gaat er een belletje bij je rinkelen?' vroeg Lynn. 'Ook al omdat hij opgezwollen halsaderen heeft.' Ze wees.

'Tensie pneumothorax!' gooide Michael eruit.

'Precies wat ik dacht,' riep Lynn. 'Als het klopt is dit een echt spoedgeval. Zijn linkerlong is waarschijnlijk ingeklapt en met elke ademteug wordt de rechter samengedrukt. Er moet een röntgenfoto worden gemaakt maar eigenlijk is daar geen tijd voor.'

'Hij moet een naaldthoracotomie links!' schreeuwde Michael. 'Nu!'

In paniek keken de twee studenten elkaar aan over het lichaam van de patiënt. Een seconde aarzelden ze, ze waren doodsbang. Geen van tweeën had ooit gezien hoe een naaldthoracotomie werd uitgevoerd, laat staan dat ze het zelf hadden gedaan. Ze hadden erover gelezen maar van lezen in een boek naar zelf uitvoeren is een gigantische stap.

'Hoe snel denk je dat de SEH-arts hier kan zijn?' vroeg Lynn bezorgd.

'Ik weet het niet,' zei Michael. Er verschenen zweetdruppeltjes op zijn voorhoofd.

'Meneer Weston,' schreeuwde Lynn terwijl ze aan de schouder van de man schudde. De patiënt reageerde niet. In plaats daarvan klapte hij op zijn rug op de brancard omdat hij zich niet meer omhoog kon drukken op zijn ellebogen. 'Meneer Weston,' riep ze nog harder, terwijl ze steviger aan zijn schouder schudde. Niets. De patiënt reageerde niet meer.

'We kunnen niet wachten,' zei Lynn.

'Nee,' zei Michael. De twee holden naar een *crash cart* waarop allerlei noodapparatuur stond. Ze grepen een grote injectiespuit, een brede intraveneuze canule en een handvol antiseptische watten. Toen haastten ze zich terug naar de patiënt.

'Als ik me goed herinner moet hij in de tweede intercostale ruimte tussen de tweede en de derde rib worden gestoken.'

'Doe het!' gilde Lynn en ze drukte de canule in Michaels hand. 'Hoe weet je zulke dingen in godsnaam?'

'Ik weet het niet,' antwoordde hij terwijl hij snel een paar steriele handschoenen aantrok. Toen scheurde hij de steriele verpakking van de canule open. Er zat een schuine kant aan om het insteken te vergemakkelijken.

'Wat als het een hemothorax is en er bloed in zit in plaats van lucht?' vroeg Lynn bezorgd. 'Maken we het dan niet erger?'

'Ik weet het niet,' gaf Michael toe. 'We bevinden ons op onbekend terrein. Maar we moeten iets doen want anders gaat hij eraan.'

Lynn scheurde verschillende pakjes antiseptische watten open en streek er snel mee over een groot gebied onder het linkersleutelbeen van de patiënt. Michael plaatste de canule met schuine kant op wat hij dacht dat de juiste plek was. Hij had hem gelokaliseerd door het gebied te palperen en de benige delen te voelen. Toch aarzelde hij nog. Het was doodeng om blind een naald in iemands borst te duwen, vooral aan de linkerkant waar het hart was.

'Vooruit!' snauwde Lynn. Ze wist dat Michael en zij een voorbeeld waren van de lamme en de blinde, maar de thoracotomie moest gedaan worden, en wel direct. De huid van de patiënt was steeds blauwer geworden ondanks de zuurstof.

Met op elkaar geklemde kaken duwde Michael de spuit door de huid en bracht hem verder tot hij voelde dat de punt van de naald de rib raakte. Toen richtte hij hem iets omhoog en duwde weer. Hij voelde een plop toen hij de naald nog een centimeter verder had geduwd.

'Ik geloof dat ik er ben,' zei Michael.

'Fantastisch,' zei Lynn. 'Haal de stylus eruit.'

Michael trok hem eruit. Niets!

'Ik denk dat ik nog een stukje verder moet,' zei Michael. 'Ik ben waarschijnlijk nog niet in de pleura.'

'Dat, of we hebben de verkeerde diagnose gesteld,' zei Lynn.

'Nou, dat is een opbeurende gedachte,' zei Michael sarcastisch. Hij plaatste de stylus weer terug en duwde hem verder in de borst van de patiënt. Hij voelde een tweede plop. Toen hij deze keer de naald verwijderde hoorden Lynn en hij een stroom lucht naar buiten komen alsof er een ballon leegliep.

Ze keken elkaar aan en glimlachten voorzichtig. De volgende paar minuten werd hun lach steeds breder terwijl de ademhaling en de hartslag van de patiënt verbeterden, net als zijn kleur. Hij begon ook langzaam weer bij te komen. Lynn en Michael moesten zijn handen vasthouden om te voorkomen dat hij de canule aanraakte die uit zijn borst stak terwijl ze wachtten.

'Misschien moeten wij samen als één persoon een arts-assistentschap doen,' zei Michael. 'Ik denk dat we een goed team zouden zijn.'

Lynn glimlachte zwakjes. 'Misschien wel,' antwoordde ze en ze verdrong de gedachte dat ze wenste dat ze met Michael naar Boston zou gaan.

Op dat moment haastten een met bloed besmeurde SEH-arts die Hank Cotter heette, en een verpleegster zich naar binnen. Ze liepen rechtstreeks naar de patiënt en duwden Lynn en Michael opzij. Terwijl de verpleegster Clarks bloeddruk opnam, luisterde Hank naar de borst van de man. Hij zag de canule.

'Hebben jullie dit gedaan?' vroeg hij.

'Ja,' zeiden Lynn en Michael tegelijk.

'We hebben samen besloten dat het een tensie pneumothorax was,' legde Lynn uit.

'We vonden dat we iets moesten doen, want de patiënt ging heel snel achteruit,' voegde Michael eraan toe. 'We dachten dat het niet kon worden uitgesteld.'

'En jullie zijn geneeskundestudenten?' vroeg Hank. 'Ik ben onder de indruk. Heeft een van jullie op de SEH gewerkt?'

Zowel Lynn als Michael schudde het hoofd.

'Dan ben ik nog meer onder de indruk,' zei Hank. 'Goed gedaan.' Toen draaide hij zich om naar een verpleegster die net binnenkwam en zei: 'Laten we een echo van de borst maken en een set halen voor het aanleggen van een thoraxdrain.'

Hank draaide zich weer om naar Lynn en Michael. 'Ik laat jullie nu een thoraxdrain aanleggen. Akkoord?'

BOEK 2

19

Dinsdag 7 april, 9.38 uur

Lynn was degene geweest die de drain onder lokale anesthesie had aangelegd. Michael had toegekeken. Het was veel makkelijker dan toen ze de naaldthoracotomie hadden uitgevoerd omdat Hank, een derdejaars-SEH-arts-assistent haar geïnstrueerd had en tijdens de procedure bij hen was gebleven. Het verliep zonder problemen en zowel Lynn als Michael was er redelijk van overtuigd dat ze in de toekomst veel beter uitgerust waren om spoedeisende hulp te verlenen bij een borsttrauma.

Nadat Clark Weston was gestabiliseerd liepen Lynn en Michael de gang weer in om te zien of ze konden helpen bij andere patiënten. Tot hun verrassing was de noodsituatie eigenlijk al voorbij. Terwijl zij voor Clark Weston hadden gezorgd, was de rest van de slachtoffers van het ongeluk naar het MUSC Medisch Centrum vervoerd terwijl degenen die naar het Mason-Dixon waren gebracht allemaal waren onderzocht en op dat moment werden behandeld.

Terwijl ze bij de balie stonden om te kijken of ze nog ergens mee konden helpen, kreeg Lynn dokter Sandra Wykoff in het vizier, die kennelijk ook had gereageerd op de oproep naar de SEH te komen. In een impuls liep Lynn snel naar haar toe en bereikte haar op het moment dat de vrouw op het punt stond te vertrekken. Terwijl ze haar emoties onder controle wist te houden stelde Lynn zichzelf opnieuw voor en vroeg nogmaals of ze haar even kon spreken. De vrouw stemde vriendelijk in maar voegde eraan toe: ‘Dan moet het wel nu want ik heb zo weer een nieuwe operatie. Is dat oké?’

‘Zeker,’ zei Lynn.

‘Kom dan maar naar het anesthesiekantoor op de tweede verdieping, naast chirurgische pathologie. Ik zie je daar, maar geen getreuzel dus.’

‘Ik kom direct,’ verzekerde Lynn haar.

Toen ze weer bij Michael stond zei ze zachtjes: ‘Heb je die vrouw gezien met wie ik stond te praten? Dat is Wykoff, de anesthesist die het verknald heeft bij Carl.' Ze knikte met haar hoofd in de richting van de vrouw.

Michael keek Wykoff na tot ze was verdwenen en draaide zich toen weer om naar Lynn. 'Kom op, sis, we hebben het hier al over gehad. Hou je kalm! Voor de tiende keer, je weet niet of er fouten zijn gemaakt.'

Lynn lachte kort en cynisch. 'We zullen zien,' zei ze. 'Het belangrijkste is dat ze nu met me wil praten. Ben je geïnteresseerd?'

'Nu we het dermatologiecollege hebben gemist denk ik dat ik geen excuus meer heb en iemand moet je in de gaten houden. Maar we gaan via het restaurant zodat jij en ik een paar calorieën kunnen pakken. Mijn tank is wel zo ongeveer leeg en die van jou is al uren niet vol meer geweest.'

'Oké, maar het moet iets zijn om mee te nemen en snel,' zei Lynn. 'We hebben maar even de tijd. Ze staat op het punt aan een nieuwe operatie te beginnen en ze waarschuwde me zelfs dat ik niet mocht "treuzelen". Snap je dat? Ik geloof niet dat ik iemand ooit het woord treuzelen heb horen gebruiken.'

'Je bent wel heel erg kritisch op haar,' zei Michael. 'Treuzelen is een heel normaal woord. Je snapt wel wat ik bedoel, hè?'

'Oké,' zei Lynn met tegenzin.

Ze was bereid het risico te nemen eerst naar het restaurant te gaan omdat ze wist hoe belangrijk eten was voor Michael. Ze zei weleens plagend dat hij nog in de groei was. Door nu de tijd te nemen iets te eten te halen kon ze hem haar waardering tonen dat hij met haar meeging naar Wykoff. Ze besefte zelf ook wel dat ze waarschijnlijk iemand nodig had om haar tegen zichzelf te beschermen, en hij was degene die dat kon doen. Ze was woest op de vrouw en ze wist dat het beslist averechts zou uitpakken als ze dat liet merken.

Het bezoek aan het restaurant was kort. Ze pakten snel een paar broodjes en wat fruit om onderweg op te eten. Wat Lynn betrof was er nog een reden dat het goed was dat ze niet te lang in het restaurant bleven. In deze emotionele staat wilde ze niet het risico lopen iemand tegen te komen die zou vragen naar Carls operatie.

Vijf minuten later bij de deur van het anesthesiekantoor trok Michael Lynn opzij. 'Wacht even,' zei hij. 'We moeten bedenken wat we gaan zeggen als Wykoff vraagt waarom we geïnteresseerd zijn in Carls geval en hoe we haar aantekeningen hebben kunnen lezen. Ze gaat ons dat vast vragen en we kunnen het anesthesieverhaal dan niet gebruiken.'

'Nee, daar heb je gelijk in,' zei Lynn. Vanwege de omweg langs het restaurant, ook al had hij maar kort geduurd, wilde ze nu heel snel naar binnen. Ze was bang dat Wykoff elk moment weggeroepen kon worden en het gesprek niet door zou gaan.

'Het enige wat ik kan bedenken,' ging Michael verder, 'is zeggen dat we met ons neurologieassistentschap bezig zijn, wat natuurlijk een giller is, want waarom zou je dan in anesthesie geïnteresseerd zijn?'

'Ik heb haar al verteld dat ik vierdejaarsstudent ben, dus dat is geen goed idee,' zei Lynn aarzelend. Ze probeerde iets anders te bedenken. 'Ik geloof ook wel dat ze vragen zal stellen en ze zal ook wel geïrriteerd zijn door wat Carl is overkomen. Het probleem is dat het te makkelijk is voor een opleidingsarts als Wykoff om erachter te komen dat we liegen. Er is maar één telefoontje voor nodig en we zouden zwaar in de problemen zitten en alle kansen om erachter te komen wat er met Carl is gebeurd zouden zijn verkeken. Nee, we moeten met iets anders komen zodat we niet hoeven te liegen. Waarom zeggen we niet dat we ziekenhuisgerelateerde sterftecijfers onderzoeken? Dat is in elk geval waar.'

'Ik weet niet of dat een goed verhaal is,' zei Michael. 'Het idee dat hun eigen studenten zoiets onderzoeken zal bij het bestuur overkomen als een van Ronalds slechte grappen.'

'Nou, ik kan niks anders bedenken,' zei Lynn. 'Ik denk dat we die smoes wel moeten gebruiken. Dat wil zeggen, als zij erover begint. Misschien doet ze dat niet. Kom op! We gaan naar binnen!'

'Oké,' zei Michael en hij hief zijn handen. 'Jij bent de baas.'

'Tuurlijk,' zei Lynn. Ze draaide zich om naar de deur en aarzelde. Omdat ze niet wist of ze zo naar binnen konden lopen klopte ze aan. Ze konden misschien maar beter voorzichtig zijn. Op het bordje op de deur stond alleen ANESTHESIE. Een stem riep dat ze binnen konden komen.

Het was een relatief kleine kamer zonder ramen. Er was geen secretaresse. Er stonden vier moderne bureaus met computers erop die door alle anesthesisten gedeeld moesten worden voor het afhandelen van hun papierwerk. Een grote plank vol boeken en tijdschriften hing aan de rechtermuur. Dokter Sandra Wykoff zat alleen aan een van de bureaus. Toen de studenten binnenkwamen gebaarde ze dat ze een paar extra stoelen moesten bijschuiven.

'Zo,' zei dokter Wykoff zodra ze zaten. 'Mag ik vragen wie jij bent?' Ze richtte zich tot Michael en bleef hem, in tegenstelling tot veel andere opleidingsartsen, recht aankijken.

'Ook een vierdejaarsstudent geneeskunde,' zei Michael. Hij was ervan onder de indruk dat ze hem aan bleef kijken.

'En je onderzoekt samen met juffrouw Peirce de Vandermeer-zaak?' Dokter Wykoffs toon was verrassend zakelijk, niet vriendelijk maar ook niet onvriendelijk.

'Ja,' zei Michael. Hij weidde niet verder uit, want hij wilde het woord aan Lynn laten. Hij was er alleen maar bij om haar uit de problemen te houden.

'Waarom zijn jullie juist in deze zaak geïnteresseerd?'

Michael zag dat de vrouw nu naar Lynn keek.

De studenten wisselden een snelle, nerveuze blik. Het was Lynn die antwoordde. 'We hebben ontdekt dat er een groot probleem is met ziekenhuisgerelateerde sterftecijfers. We denken dat deze zaak absoluut in die categorie valt.'

Dokter Wykoff knikte en zweeg alsof ze nadacht. Toen zei ze: 'Heb je mijn aantekeningen in het Vandermeer-dossier gelezen?'

Zowel Lynn als Michael knikte, bang voor wat er zou komen, namelijk een vraag waarom ze in het dossier hadden gekeken en met wiens toestemming. Maar tot hun opluchting gebeurde dat niet.

'Waar willen jullie het met betrekking tot deze zaak over hebben?'

'Wat is er in godsnaam gebeurd?' barstte Lynn uit, waardoor Michael inwendig ineenkromp. 'Ik bedoel, hoe kan een gezonde negenentwintigjarige man na een electieve knieoperatie opeens hersendood zijn?'

'Als je mijn aantekeningen hebt gelezen, dan weet je al dat er niets ongewoons is gebeurd,' zei dokter Wykoff, die hier blijkbaar geen aanstoot aan nam. Michael was zowel verbaasd als opgelucht. 'De operatie verliep helemaal normaal. Ik heb de anesthesiemachine voor en na de ingreep uitgebreid gecontroleerd. Het apparaat werkte in alle opzichten normaal. De tanks voor de gassen en de gassen zelf zijn allemaal meerdere malen bekeken. Alle medicijnen en doseringen zijn gecontroleerd. Ik heb de hele zaak nog eens uitgebreid nageplozen. Net als een paar andere anesthesisten. Er is niets gebeurd wat deze ongelukkige uitkomst zou kunnen verklaren. Het moet een of andere eigenaardige reactie zijn geweest.'

'Het moet een fout zijn geweest,' snauwde Lynn.

Michael kromp nu zichtbaar ineen bij Lynns woorden en toon. Voor de dokter de kans kreeg te antwoorden zei hij: 'We zagen in uw aantekeningen in het anesthesieverslag dat het zuurstofgehalte in het bloed plotseling daalde.' Hij sprak met opzet op rustige toon om Lynns uitbarsting te compenseren. 'Heeft u of iemand anders enig idee waardoor dat gebeurde?'

'Het zuurstofgehalte daalde inderdaad,' zei dokter Wykoff. 'Maar niet verder dan 92 procent en dat is niet zo laag en, dat is net zo belangrijk, het begon direct weer te stijgen. Binnen een paar minuten was het weer terug op bijna 100 procent. Maar om je vraag te beantwoorden, ik heb geen idee waarom het daalde. De ingeademde zuurstofconcentratie en het teugvolume van de patiënt waren niet veranderd.'

Lynn deed haar mond weer open maar Michael greep haar arm om haar stil te houden en zei: 'We nemen aan dat het een heel verontrustende situatie voor u moet zijn geweest.'

'Dat kun je wel zeggen!' zei dokter Wykoff en ze zweeg voor ze eraan toevoegde: 'Ik heb nog nooit eerder een ernstige complicatie gehad. Het was de eerste keer.'

'Zou u, achteraf bezien, iets anders hebben gedaan?' vroeg Michael, die het gesprek gaande wilde houden zonder beschuldigend over te komen.

Dokter Wykoff zweeg weer even voor ze verderging. 'Ik heb mezelf die vraag ook gesteld. Maar nee, ik zou niets anders hebben gedaan. Ik heb de operatie op dezelfde manier uitgevoerd als duizenden andere hiervoor. Er zijn geen fouten gemaakt. Dat kan ik jullie verzekeren.'

'Er moet iets zijn geweest,' onderbrak Lynn haar, ondanks het feit dat Michael nog steeds haar arm vasthield. Hoewel haar stem niet meer zo fel klonk, was hij toch harder dan Michael gepast vond. 'U moet iets ongebruikelijks hebben gedaan, ook al denkt u dat het geen verschil zou hebben gemaakt.'

Dokter Wykoff staarde haar lang genoeg aan om Michael het gevoel te geven dat Lynn het eindelijk voor elkaar had. Hij bereidde zich voor op een uitbarsting van de dokter, maar dat gebeurde niet. In plaats daarvan zei dokter Wykoff tot zijn verbazing en opluchting: 'Er was iets, maar het was minimaal en het kan niet belangrijk zijn geweest. Het is niet iets wat ik deed, maar iets wat ik opmerkte. Ik maakte me er toen geen zorgen over.'

'Wat dan?' vroeg Lynn, opnieuw iets te emotioneel.

Michael probeerde wanhopig iets te bedenken wat hij kon zeggen om haar houding te verbloemen, want hij was bang dat ze met haar bitse toon om problemen vroeg, niet alleen voor haar maar ook voor hem. Ze hadden natuurlijk de HIPAA-wetgeving al ernstig geschonden door in de dossiers van Carl en Scarlett te kijken en de anesthesieverslagen te fotograferen, en nu deed Lynn haar uiterste best om een vrouw tegen zich in het harnas te jagen die onverwacht coöperatief was tegen een paar geneeskundestudenten, ook al had ze het zelf emotioneel ook zwaar. Michael voelde dat dokter Wykoff het heel erg moeilijk had met wat er was gebeurd, wat waarschijnlijk de reden was waarom ze überhaupt bereid was met hen te praten. Mogelijk met het idee: gedeelde smart is halve smart.

'Het had met de apparatuur te maken,' zei dokter Wykoff. Ze sprak kalm, tot Michaels opluchting, en zweeg toen weer om voor zich uit te staren.

'U bedoelt de anesthesiemachine?' vroeg Michael. Hij verstevigde zijn greep op Lynns arm om haar stil te houden. Uit het geluid van haar ademhaling meende hij te kunnen opmaken dat ze iets wilde gaan zeggen.

'Niet met het apparaat zelf,' zei dokter Wykoff. 'Maar met de monitor. Ik zag het alleen maar omdat ik er net op dat moment heel bewust naar keek. Het was toen de chirurg in het scheenbeen begon te boren. Ik wilde controleren of de verdoving diep genoeg was. Omdat het beenvlies heel veel pijnvezels heeft hield ik de vitale functies nauwlettend in de gaten.'

'En wat gebeurde er toen?' vroeg Michael.

'Ik zal het je laten zien,' zei dokter Wykoff. 'Het is zelfs te zien in het anesthesieverslag.' Ze richtte haar aandacht op het scherm van de computer en begon het een en ander in te toetsen.

Terwijl ze druk bezig was, kneep Michael nog eens extra in Lynns arm om haar aandacht te trekken. 'Rustig aan, sis!' zei hij geluidloos met een harde uitdrukking op zijn gezicht toen ze hem aankeek. Hij meende het. Lynn reageerde door te proberen haar arm los te trekken, maar Michael liet haar niet gaan. Heel zachtjes zei hij: 'Laat mij het woord doen. Als je zo doorgaat belanden we nog in de gevangenis! Ik meen het!'

'Ja, hier is het,' onderbrak dokter Wykoff hem. Ze draaide het scherm in hun richting. Ze zagen het door de anesthesiemachine gemaakte verslag dat tijdens de operatie op de monitor had gestaan in grafische vorm, inclusief bloeddruk, pols, ecg, bloedoxygenatie, zuurstofgehalte na uitademing, uitgeademd teugvolume en lichaamstemperatuur. Michael en Lynn stonden op om het beter te kunnen bekijken, ook al hadden ze het al gezien in Carls dossier.

'Kijk goed,' zei dokter Wykoff. Ze vergrootte het beeld en gebruikte een pen om iets aan te wijzen. 'Op dit punt daalde het zuurstofgehalte van bijna 100 procent naar 92. Dat was om 8.39 uur, de operatie was toen 61 minuten aan de gang. Op dat moment ging het alarm. Vervolgens kun je zien dat het ecg tegelijkertijd pieken vertoont in de T-golf, wat aangeeft dat het hart niet voldoende zuurstof krijgt. En dat is raar. Een zuurstofgehalte van 92 procent zou niet zo'n T-golf mogen veroorzaken bij een normaal, gezond hart. En er is ook geen verandering in een van de andere parameters, wat zeker het geval zou zijn als het zuurstofgehalte zo laag was dat er hersenschade door ontstaat.'

'We zagen dat ook toen we in het dossier keken,' zei Michael.

'Je kunt er nauwelijks omheen,' zei dokter Wykoff. 'Het valt onmiddellijk op omdat de zuurstoflijn tot dat moment eigenlijk een rechte streep was. Maar dat is niet wat ik jullie wilde laten zien.' Ze ging met de cursor terug langs de zuurstoflijn tot het moment waarop de operatie 52 minuten aan de gang was. Op dat moment was er een kleine verticale blip omhoog waar te nemen. 'Zien jullie dat?'

'Ja,' zei Michael. 'Een klein opgaand schokje, terwijl de zuurstoflijn verder een rechte sinus is die varieert van 97 tot 100 procent. Wat betekent dat?'

'Waarschijnlijk niks,' gaf dokter Wykoff toe. 'Maar je kunt zien dat dat opgaande schokje bij alle lijnen op de monitor te zien is; bloeddruk, zuurstof, alles. Ik schrok enorm toen het gebeurde omdat ik de polsslag heel goed in de gaten hield. Als een patiënt pijn voelt op het moment dat de chirurg in het beenvlies boort, dan gaat de polsslag omhoog, wat betekent dat de anesthesie te licht is. Maar de polsslag ging niet omhoog. In plaats daarvan knipperde de monitor op precies hetzelfde moment dat het schokje te zien was.'

'Knipperde?' herhaalde Michael. 'Gebeurt dat vaak?'

'Ik heb het nog nooit eerder meegemaakt,' zei dokter Wykoff. 'Maar ja, anesthesisten zitten niet de hele tijd naar de monitor te staren. Dat doen we alleen als er een specifieke reden voor is. Toen het gebeurde schrok ik ervan en daarom herinner ik het me nog.'

‘Waarom schrok u?’ vroeg Michael. Het leek hem niet zo belangrijk.

‘Ik was bang het contact met alle sensoren te verliezen, wat betekent dat ik zonder elektronische monitoring zou zitten. Maar tot mijn opluchting gebeurde het niet nog eens.’

‘U had zoiets dus nog nooit eerder gezien?’ vroeg Michael. Hij boog zich voorover om naar het beeld te kijken terwijl de anesthesist inzoomde. Hij zag nog steeds niet wat het ertoe deed.

‘Nee, nog nooit,’ zei dokter Wykoff. ‘Maar dat betekent niet dat het niet eerder is gebeurd. Misschien gebeurt het wel vaker. Ik weet het niet. Het is zo’n minimale verandering. Elektronica is niet mijn ding. Maar het kan er eigenlijk niet toe doen want het is goed te zien dat alle vitale functies helemaal normaal bleven tot het moment dat het zuurstofalarm afging. Zoals ik al zei: ik herinner me het omdat wij als anesthesist gewend zijn aan continue elektronische monitoring. Anesthesie geven zonder elektronica is als blind vliegen.’

‘Zie jij het ook?’ vroeg Michael aan Lynn.

‘Natuurlijk zie ik het,’ snauwde ze.

Michael rolde met zijn ogen en verstevigde weer de greep op haar arm terwijl hij haar wegtrok bij de monitor. Het speet hem dat hij haar weer bij het gesprek had proberen te betrekken en hij was bang dat ze de band die hij had opgebouwd met dokter Wykoff zou verbreken zodat ze hen uiteindelijk misschien toch nog in de problemen zou brengen. Hij wist dat het tijd was om te vertrekken. ‘Hartelijk dank, dokter Wykoff, voor...’ Hij kreeg de kans niet zijn zin af te maken. De deur naar de gang vloog open en een man beende de kamer in.

Terwijl hij zijn mondkap afrukte liep de nieuwkomer naar een computer, maar hij bleef abrupt staan toen hij de anderen in het vizier kreeg. Het was duidelijk dat hij had aangenomen dat de kamer leeg was. Het was een krachtig uitziende blanke man met een gebruinde huid, in operatiekleding. Behalve een imposante gestalte had hij grote handen en gespierde bovenarmen. In eerste instantie keek hij stomverbaasd, maar dat veranderde snel in ergernis. Hij keek van Michael naar Lynn en weer terug. Ze wisten door het coschap chirurgie in hun derde jaar allebei wie hij was. Het was dokter Benton Rhodes, het opvliegende, in Nieuw-Zeeland geboren hoofd van de anesthesieafdeling die erom bekendstond dat hij weinig ophad met geneeskundestudenten.

‘We gaan net weg,’ zei Michael snel. Hij draaide zich weer om naar dokter Wykoff. ‘Bedankt voor uw tijd en uw bereidheid met ons te praten over deze verontrustende zaak. We waarderen dat zeer.'

'Welke zaak?' eiste dokter Rhodes met zijn Nieuw-Zeelandse accent.

'Carl Vandermeer,' zei Lynn uitdagend.

'Vandermeer?' herhaalde dokter Rhodes alsof hij geschokt was. 'Wie zijn jullie?'

'Wij zijn vierdejaarsgeneeskundestudenten,' zei Michael snel terwijl hij Lynn naar de deur duwde. Ze sputterde tegen, waardoor zijn angst toenam dat deze onverwachte ontmoeting niet goed zou eindigen.

'Hoe heten jullie?' vroeg dokter Rhodes.

'Ik ben Lynn Peirce en dat is Michael Pender.'

Dokter Benton keerde zich naar dokter Wykoff en schreeuwde woedend en duidelijk vol ongeloof: 'Jij besprak de Vandermeer-zaak met deze studenten? Ik begrijp het niet. Gistermiddag kregen we een waarschuwing van de juridische afdeling om de zaak met niemand te bespreken.'

'Ze zijn geïnteresseerd in ziekenhuisgerelateerde sterfgevallen,' legde dokter Wykoff uit. 'Het is een belangrijk en legitiem probleem, en het zijn studenten van ons.'

'Het interesseert me geen donder wie ze zijn,' schreeuwde dokter Rhodes weer. 'Deze zaak mag met niemand besproken worden, punt uit!' Hij richtte zich weer tot de studenten en snauwde: 'En nu opgeduveld jullie twee. Maar wees gewaarschuwd! Ik geef jullie namen door aan de juridische afdeling. Het bevel om met niemand over de zaak te spreken geldt ook voor jullie. Hou je mond erover, heb het er niet over met vrienden, familie, medestudenten of wie dan ook. Als je dat wel doet komt je status als student in gevaar. Begrijpen jullie dat? Het is uiterst belangrijk dat ik hier heel duidelijk over ben.'

'We begrijpen het,' zei Michael terwijl hij Lynn naar de deur trok. Hij wilde haar de kamer uit hebben voor ze nog iets kon zeggen.

20

Dinsdag 7 april, 10.05 uur

Terwijl de deur van het anesthesiekantoor dichtviel, konden Michael en Lynn horen dat dokter Rhodes nog steeds doorging met zijn tirade. De man was duidelijk buiten zichzelf van woede door wat Wykoff had gedaan.

'Als je het hebt over schepen achter je verbranden en vijanden maken,' zei Michael terwijl ze naar de centrale gang liepen. 'Dat is dus een geweldig fiasco geworden.'

'Dat was niet onze schuld,' zei Lynn zachtjes toen er mensen voorbijliepen. 'Het was gewoon pech dat Rhodes opdook. Alles verliep tot dat moment prima.'

'Hoe dan ook, we kunnen nu niet meer terug naar Wykoff. Natuurlijk had dat sowieso niet meer gekund als je bedenkt hoe jij tegen haar praatte.'

'Wat bedoel je daarmee?' vroeg Lynn gepikeerd.

'Je beschuldigde haar ervan dat ze in de fout was gegaan en ik had nog zo gezegd dat je dat niet moest doen. Dat is niet de manier om je opties open te houden, sis. Neem dat van mij aan. De reden dat ik nooit ben neergeschoten of niet in de gevangenis zit is dat ik heb geleerd mensen niet nijdig te maken. Met de manier waarop jij je gedroeg verbaast het me dat we nog zoveel uit dokter Wykoff hebben gekregen.'

'Ik ben degene die nijdig is. Ik had geen enkele behoefte haar te ontzien.'

'En dat heb je beslist ook niet gedaan.'

'Ik denk nog steeds dat ze iets verbergt. Ze moet iets fout hebben gedaan. Het spijt me, maar zo zie ik het.'

'Nou, ik niet,' zei Michael. 'Ik ga ervan uit dat ze zich ellendig voelt over het hele gebeuren en dat ze geen idee heeft hoe het zo heeft kunnen lopen, want anders zou ze het niet hebben gehad over die blip. Elektronische apparatuur heeft soms zulke kleine storingen, vooral video en sensorische input. Dat heet een *frame offset*. Ik denk dat ze bijna net zo graag als jij wil uitzoeken wat er in godsnaam gebeurd is.'

'Dan moeten we het er maar over eens zijn dat we het niet eens zijn,' zei Lynn. 'En ik baal ervan dat we het over geen van de vergelijkbare zaken hebben gehad. Ik wilde haar ook vragen wat zij dacht van het idee dat een anestheticum de eiwitafwijking van Morrison heeft veroorzaakt. En de koorts die zij en Carl hebben. Jezus, ik heb nog een heleboel vragen waar ik een antwoord op moet zien te vinden. Ik denk dat we met een van de andere anesthesisten moeten proberen te praten. Weet jij nog wie Ashanti's operatie heeft gedaan?'

Michael bleef staan en greep Lynn vast. Ze stonden net bij de afdeling Chirurgische Pathologie. Hij keek haar ongelovig aan. 'Je maakt een grapje, zeker. Zeg dat je een grapje maakt.'

'Nee, ik maak geen grapje. Ik denk dat we met de andere anesthesisten moeten praten. Misschien hebben ze allemaal dezelfde fout gemaakt. Het is misschien de enige manier om erachter te komen. Ik ben er niet van overtuigd dat ze er met elkaar over praten als iets als dit gebeurt. In die zin heb je gelijk: ze zijn allemaal in de verdediging.'

'Ten eerste weet ik niet wie de anesthesist van Ashanti was. Maar als ik dat wel zou weten, zou ik het jou niet vertellen. Je hoorde hoe razend dokter Rhodes was dat wij over Carl spraken met Wykoff. Als hij erachter komt dat je er zelfs maar over denkt om met de andere anesthesisten te gaan praten, springt hij uit zijn vel. Hij kan ervoor zorgen dat we van de opleiding worden getrapt. Zou dat niet fantastisch zijn nu we bijna afstuderen? Ik weet zeker dat hij zo razend was omdat Carl al het derde geval is.'

'Ben je klaar?'

'Ja, ik ben klaar. Laten we ons gaan verkleden en ervandoor gaan.'

Ze liepen weer verder.

'Ik denk dat we van geluk mogen spreken dat we ongeschonden weg zijn gekomen,' zei Michael.

'Dat is niet zeker,' zei Lynn. 'Hoe groot acht je de kans dat Wykoff of Rhodes iets zegt tegen de verpleegsters op de neuro-IC? Ze zouden aan hen kunnen vragen hoe het ons gelukt is Carls dossier in te zien. Als ze dat doen, dan hebben we een probleem. We kunnen dan niet meer teruggaan en ik kan Carl niet meer bezoeken, laat staan uitzoeken hoe dit is gebeurd.'

'Ik denk dat het moeilijk te voorspellen is wat ze gaan doen. Als ze eraan denken om de verpleegsters te informeren, dan zouden ze dat kunnen doen. Gelukkig voor ons hebben ze heel veel aan hun hoofd. Ik weet zeker dat ze doodsbenauwd zijn voor de mogelijkheid van een serieuze rechtszaak.'

'Ik denk niet dat Carls ouders gaan procederen,' zei Lynn.

'Dat kun je niet zeggen. Zijn vader is jurist, advocaat zelfs. Persoonlijk denk ik dat de kans groot is. Zo'n letselschadefiguur zal hen er wel toe overhalen, zogenaamd om te voorkomen dat andere mensen hetzelfde lot wacht. Ik weet zeker dat de angst voor een gigantisch proces de reden is waarom de juridische afdeling zich zoveel zorgen maakt.'

Ze kwamen bij de liften en wachtten even voor ze de koffiekamer bij chirurgie binnenliepen. Michael keek op zijn horloge. 'We moeten racen om op tijd bij de poli dermatologie te komen. Ze zullen niet blij zijn dat we het college hebben gemist. Godzijdank kunnen we de SEH aanvoeren als excuus. Luister, ik zie je hier wel weer nadat we onze eigen kleren aan hebben getrokken.'

'Ik ga niet naar de kliniek,' zei Lynn. 'En zeker niet naar de poli dermatologie. Ik kan me zoals ik er nu aan toe ben absoluut niet concentreren op pukkels en puistjes.'

'Wat ga je dan doen? Je bent toch niet van plan terug te gaan om met een van de anesthesisten te praten, of wel?'

'Nee! Ik moet slapen, ten minste een paar uur. Ik weet dat ik niet goed kan denken en ik heb een hele zooi artikelen die ik wil bestuderen. Ik moet meer te weten zien te komen over monoklonale gammopathie en multipel myeloom.'

'Dat moet je zelf weten, maar ik ga naar de polikliniek. Ik wil niet riskeren dat ik de leiding zo dicht voor mijn afstuderen nijdig maak, vooral nu Rhodes zo pissig is.'

'Doe normaal! Denk je echt dat ze ons niet zullen laten afstuderen omdat we een paar droge, specialistische colleges en polibezoeken hebben gemist?'

'Geen idee. Wat ik wel weet is dat het het risico niet waard is. Als we een presentielijst moeten tekenen zal ik jouw naam er wel bij zetten.'

'Dank, bro. Nog één ding! Mag ik op je computer naar die foto van Ashanti's anesthesieverslag kijken?'

Michael keek Lynn aarzelend aan, alsof hij nadacht. 'Ik moet je dan de sleutel van mijn kamer geven. Dan kun je hem na laten maken en binnenkomen om me lastig te vallen.'

'Hoe verleidelijk dat ook klinkt, ik geef je mijn woord dat ik me zal inhouden. En ik beloof dat ik niet aan je voorraadje wiet zal komen.'

'Als je daar maar voor zorgt! Oké dan, ik zie je over vijf minuten weer hier bij de liften.'

Terwijl Michael zijn gewone kleren weer aantrok vroeg hij zich af wat er zou zijn gebeurd als hij niet met Lynn mee was gegaan naar dokter Wykoff. Het was al slecht afgelopen maar hij wist zeker dat het nog veel erger zou zijn geweest als ze in haar eentje was gegaan. Wat hij ook had gezegd, hij was van mening dat ze goed in de gaten gehouden moest worden omdat ze zich veel te agressief gedroeg, waardoor ze volgens Michael zeker grote problemen zou krijgen, en hij misschien ook wel. Toch begreep hij het wel en voelde hij met haar mee. Als zijn vriendin, Kianna Young, hetzelfde zou overkomen als wat er met Carl was gebeurd, zou hij ook helemaal van de kaart zijn.

Toen Michael terugkwam bij de liften stond Lynn er tot zijn verbazing al. Hij dacht dat hij zich snel verkleed had en had verwacht op haar te moeten wachten. Hij gaf haar zijn kamersleutel en zei: 'Zou je ook even het bed op willen maken en de badkamer willen poetsen als je er toch bent?'

'Mooi niet, seksist,' zei Lynn terwijl ze de sleutel greep. 'Ik ga de foto van Ashanti's verslag naar mezelf mailen en dat is het. Nog één verzoek! Wil je me de foto's e-mailen die je van de dossiers van Carl en Morrison hebt gemaakt? Dan heb ik alles. Als ik ze dan vergelijk, kan ik misschien iets afwijkends vinden.'

'Ik denk dat je als eerste wat slaap moet zien te krijgen.'

'Dank u, dokter. Stuur jij dan ondertussen die e-mails?'

'Ja, mevrouw,' zei Michael, en hij salueerde.

21

Dinsdag 7 april, 10.15 uur

Benton Rhodes gooide de deur naar zijn privékantoor zo hard dicht dat een paar van zijn ingelijste diploma's aan de muur verschoven, zodat hij die eerst weer recht moest hangen. Hij nam aan dat de secretaresse van de afdeling die net aan de andere kant van de deur achter haar bureau zat, zich rot geschrokken was. Toen hij voorbijliep had ze met de koptelefoon op zitten typen op haar computer, en ze had hem niet opgemerkt. Hij voelde zich absoluut niet schuldig als hij haar aan het schrikken had gemaakt. Als hij woest was, moest alles en iedereen het ontgelden. Het idee dat hij de secretaresse aan het schrikken had gemaakt kalmeerde hem zelfs enigszins.

Hij had nog steeds zijn operatiekleding aan, ook al had hij de ok verlaten en was hij naar de administratie gelopen, waar de meeste afdelingshoofden hun eigen kantoor hadden. Maar voor hij de verdieping had verlaten was hij de kleedkamer in gelopen om zijn telefoon te pakken. Hij ging aan zijn bureau zitten, haalde de smartphone uit zijn zak en zocht in de contactenlijst. Toen aarzelde hij. Hij wist niet wie hij het eerst zou bellen over deze laatste stomme blunder.

Benton begreep absoluut niet hoe mensen in bepaalde opzichten zo slim konden zijn en zo stom in andere, en dat was de reden waarom hij tegen Sandra Wykoff had geschreeuwd. Ze was zo'n toegewijde anesthesist en hij snapte niet hoe ze de instructies van Bob Hartley, de advocaat van het medisch centrum, dat ze niet over de zaak-Vandermeer mochten praten zo verkeerd kon hebben begrepen. De advocaat had niet duidelijker kunnen zijn. Er met niemand over praten betekende met niemand, punt uit. En vooral niet met een stel studenten die aan het rondsnuffelen waren voor een zaak om in de picture te komen. Ziekenhuisgerelateerde sterfgevallen, rot op, dacht hij nijdig. Straks zetten ze nog allerlei zogenaamd slimme verklaringen over de zaak op Twitter of Facebook. God, dat zou een ramp zijn!

Met zijn vingers op zijn bureau trommelend bedacht Benton dat het leiden van de anesthesieafdeling van het Mason-Dixon Medisch Centrum lastiger was dan hij had verwacht. Toen hij vijf jaar eerder, op zijn zesenveertigste, was aangenomen had hij de leiding gehad over de anesthesieafdeling van een veel groter, Ivy League-centrum dat twee keer zoveel operaties verrichtte en daarbij ook nog een anesthesieopleiding had. Toch leek het of het in New England veel makkelijker was geweest, en dan ook nog zonder de problemen waar hij hier in Charleston mee te maken had. Het was het zuiden, verdomme, waar de mensen volgens eigen zeggen easy going waren en mint julep dronken. Zijn doel was geweest om minder te gaan werken en van het leven te genieten. Helaas leek het daar helemaal niet op.

Benton nam een beslissing en zocht het nummer van Robert Hartleys kantoor op in zijn mobiele telefoon, maar hij gebruikte hem niet om hem te bellen. In plaats daarvan toetste hij het nummer in op de vaste lijn van het ziekenhuis omdat hij wist dat hij dan sneller doorverbonden zou worden door de telefoniste van het advocatenkantoor. Het Mason-Dixon Medisch Centrum was een belangrijke klant.

Terwijl de telefoon overging kalmeerde Benton nog iets meer. Er waren al eerder problemen geweest op de anesthesieafdeling, misschien wel niet zulke grote als het huidige fiasco, maar toch. De bijkomende voordelen van de nieuwe baan waren echter heel aantrekkelijk, met name de aandelenopties. Hun waarde was sterk gestegen, vooral nu er gesproken werd over een overname van Middleton Healthcare door Sidereal Pharmaceuticals, eigendom van de miljardair en Russische expat Boris Rusnak. Als dat gebeurde kon Benton echt in stijl met pensioen gaan.

Zoals hij had verwacht werd hij rechtstreeks met Bob Hartley doorverbonden en de advocaat nam de telefoon al bijna op voor hij de kans had over te gaan.

'Wat kan ik voor je doen, Benton?' zei Bob. Zijn stem was diep en geruststellend. In de loop der jaren hadden ze elkaar goed genoeg leren kennen om elkaar bij de voornaam te noemen.

'Ik ben bang dat jouw instructies aan dokter Wykoff zijn genegeerd. Ik vond dat je dat direct moest weten.'

'Dat is niet goed. Wat is er precies gebeurd?'

'Ik kwam binnen op het moment dat dokter Wykoff over de zaak zat te praten met een paar vierdejaarsgeneeskundestudenten. Ik kon mijn oren verdomme niet geloven na wat je had gezegd gisteren.'

'Hebben die studenten haar opgezocht?'

'Ja. Een van hen trof Wykoff in de vrouwenkleedkamer en vroeg zomaar of ze over de Vandermeer-zaak konden praten. En om de een of andere reden stemde Wykoff daarmee in.'

'Heb je enig idee waarom ze dat deed?'

'Ze zegt dat ze kapot is van wat er is gebeurd en dat ze erover moest praten, als een soort therapie. En buiten dat, ze zei dat ze alle geneeskundestudenten beschouwde als familie. Jezus christus! Als familie! Snap je dat nou?'

'Hoe hadden die studenten erover gehoord? Weet je dat?'

'Ik heb geen idee.'

'Weet je waarom ze geïnteresseerd zijn in de zaak?'

'Wykoff zei dat ze bezorgd waren over het thema ziekenhuisgerelateerde sterftegevallen: mensen die naar het ziekenhuis gaan voor iets en daar iets ergers oplopen. In dat opzicht ben ik bang dat Vandermeer een goed voorbeeld is. Het is inderdaad echt een probleem.'

'Hebben die studenten de andere twee gevallen genoemd?'

'Nee, dat hebben ze niet.'

'Weet je hoe ze heten?'

'Ja. Michael Pender en Lynn Peirce. Ik heb ze even opgezocht. Het zijn allebei heel goede studenten die bij de besten van hun jaar zitten.'

'Dus ze zouden de aanstichters van nog grotere problemen kunnen zijn. Staan ze bekend als activisten?'

'Ik heb geen idee maar er was niets wat daarop wees in hun academisch dossier.'

'Wie heb je hierover verteld?'

'Jij bent de eerste.'

'Ik denk dat je het dokter Feinberg ook moet vertellen. De directeur van het ziekenhuis moet hiervan op de hoogte zijn, want als de media er lucht van krijgen zou dat het einde kunnen betekenen van de overnameonderhandelingen en dat willen we absoluut niet.'

'Natuurlijk niet!'

'Ik neem aan dat je de studenten hebt verteld dat ze met niemand over de zaak mogen praten, noch met vrienden, noch met familie. Ik bedoel, heb je hun dat echt heel goed duidelijk gemaakt?'

'Ik heb het heel duidelijk gemaakt.'

'Waarom is dokter Wykoff een groter probleem dan dokter Pearlman of dokter Roux? Die twee zijn heel coöperatief.'

'Ik zou het je niet kunnen zeggen. Geloof me. Het zou kunnen zijn omdat het haar eerste grote complicatie is. Sommige artsen nemen dat heel persoonlijk. Het enige wat ik kan zeggen is dat ze niet bang is voor een zaak wegens medische fouten. Ze is ervan overtuigd dat ze niks verkeerds heeft gedaan.'

'Ze is naïef. Een proces over medische fouten kan alle kanten op gaan, onafhankelijk van de bijzonderheden.'

'Ze is ook niet bepaald sociaal, een workaholic die alleen woont. Professioneel gezien is ze heel betrouwbaar en nauwkeurig, maar het is een beetje een rare vogel in mijn opinie.'

'De andere twee anesthesisten wonen ook alleen.'

'Tsja, wat zal ik zeggen? Ik weet niet waarom ze dit heeft gedaan.'

'Denk je dat ze uit voorzorg zou moeten worden uitgeschakeld nu ze mijn instructies heeft genegeerd?'

'Ik denk dat we even moeten wachten om te zien hoe ze zich vanaf nu gedraagt,' zei Benton. 'Ze is een verdomd goede anesthesist en normaal gesproken een teamspeler. Er hangt heel veel af van de vraag of er een klacht zal worden ingediend. Maar ik zal de beslissing overlaten aan Josh Feinberg. Hij krijgt een riant salaris om dit soort problemen af te handelen.'

'Dat klinkt goed,' zei Bob. 'Bedankt voor je telefoontje. Ik zal erover nadenken. Misschien moet er iets worden gedaan aan al die mensen als ze zich niet gedragen. Ik zal het er met Josh over hebben nadat jij hem op de hoogte hebt gebracht. We spreken elkaar.'

Met een zucht van opluchting legde Benton de hoorn neer. Hij voelde zich een stuk beter nu hij het probleem in Bob Hartleys capabele handen had gelegd. Intuïtief wist Benton dat hij zich nog beter zou voelen als hij met Josh had gesproken. Die zou er geen probleem mee hebben om beslissingen te nemen met betrekking tot Wykoff. Hij wist ook dat Josh over de studenten kon gaan praten met de decaan en daarmee ook dat probleem in de kiem zou smoren.

Benton stond op, liep de kamer uit naar zijn secretaresse en vroeg haar uit te zoeken of dokter Josh Feinberg een paar minuten had om hem nu direct te ontvangen. Benton wilde het achter de rug hebben voor hij weer terugging naar de ok. Er waren op dit moment heel wat operaties gaande en hij moest daarbij zijn om vonken te doven voor ze uitmondden in een vuurzee.

Een paar minuten later stak Bentons secretaresse haar hoofd om de deur van zijn kamer. 'Dokter Feinberg kan u pas om drie uur vanmiddag ontvangen.'

'Oké, bedankt,' zei hij. Na de opwinding van een paar minuten geleden voelde hij zich nu in de steek gelaten. Maar wat kon hij doen? Dus hij zou de directeur om drie uur spreken. Tot dat moment waren er andere zaken waar hij zich mee bezig moest houden.

22

Dinsdag 7 april, 10.43 uur

Hoewel ze bekaf was maakte Lynn een korte omweg via het restaurant. Nadat ze Michael had achtergelaten, had ze met tegenzin besloten dat de honger sterker was dan haar slaapgebrek. De calorieën van de banaan en het broodje die ze onderweg naar de ontmoeting met Wykoff had gegeten waren allang verbrand. Ze voelde zich slap, een beetje duizelig en zelfs wat misselijk.

Vanwege het dermatologiecollege verwachtte ze niet een van haar goede vrienden tegen te komen en daarom ging ze aan een tafeltje zitten. Omdat ze het gevoel had dat ze behoefte had aan proteïnen, bestelde ze roereieren, die ze met een kop kruidenthee naar binnen schrokte. Het eten hielp geweldig en gaf haar het gevoel dat ze veel rationeler en minder emotioneel kon denken. Ook haar duizeligheid en misselijkheid verdwenen, wat haar extra opviel toen ze in de schaduw van het enorme Shapiro Instituut naar haar flat liep.

Net als de vorige dag bleef ze even staan om naar het gebouw te kijken. Ze dacht aan Scarlett Morrison, die naar het instituut was overgebracht, en daarmee kwam ook de mogelijkheid dat Carl ernaartoe gestuurd zou worden weer boven. Ze vroeg zich af wat ze zou doen als dat zou gebeuren, want ze was geen familie. Het zou betekenen dat ze alleen updates van zijn ouders zou krijgen. Ze waren heel aardig geweest toen ze hen de vorige dag was tegengekomen, maar dat kon veranderen als ze zich herinnerden dat zij degene was geweest die hem had aangeraden zich te laten opereren in het Mason-Dixon en niet in het Roper. Misschien hielden ze haar er dan wel buiten. Lynn haalde haar schouders op. Ze wist dat ze ver op de feiten vooruitliep. Met een gevoel van berusting ging ze naar de studentenflat.

Het voelde vreemd om Michaels kamer binnen te gaan zonder hem erbij. Nadat ze de deur achter zich had dichtgedaan, bleef ze even staan om het vertrouwde beeld en de geur in zich op te nemen. Michael was veel netter dan zij en alles stond op zijn plek. Zelfs de boeken waren gerangschikt op onderwerp. In de afgelopen jaren had ze hem net zo vaak geplaagd met zijn pietluttigheid als hij op haar mopperde vanwege het gebrek eraan.

Hoewel het een beetje raar was om zonder Michael in de kamer te zijn, voelde het ook geruststellend. Ze had al heel wat tijd in zijn kamer doorgebracht, net als hij in de hare. Vooral de eerste twee jaar hadden ze er heel vaak samen gestudeerd. Veel andere studenten hadden de voorkeur gegeven aan de bibliotheek of het studiecentrum, maar Lynn en Michael niet. Wat samen studeren zo succesvol maakte was dat ze elkaar zwijgend pushten zich meer in te spannen dan wanneer ze in hun eentje zouden hebben gestudeerd.

Ze ging achter Michaels computer zitten. Hij had hem samengesteld uit verschillende componenten om beter te kunnen gamen. Ze had zelf ook een periode gehad waarin ze veel gamede maar die had ze achter zich gelaten. Michael niet. Ze wist dat hij het nog steeds gebruikte om angst en moeilijke emoties te verwerken die de geneeskundeopleiding soms met zich meebracht, vooral voor een zwarte man in een hoofdzakelijk blank personeelsbestand van een zuidelijk gelegen medisch centrum. Hij had toegegeven dat hij vaak 's avonds laat nog zo'n vijftien minuten gamede omdat hij, zo had hij uitgelegd, het in zijn tienertijd heel erg nodig had gehad om te ontsnappen aan de druk van de buurt en om te gaan met agressie.

Nadat ze het apparaat had aangezet ging Lynn naar de fotosoftware. Ze verwachtte een goed georganiseerd en doordacht opslagsysteem te vinden als zoveelste bewijs van zijn dwangmatigheid, maar dat was niet zo. De foto's waren slechts op datum geordend, dus in de chronologische volgorde waarin de foto's waren genomen.

Omdat ze zich herinnerde dat de operatie van Ashanti een paar maanden eerder was geweest, begon Lynn met de foto's die in januari waren gemaakt. Tot haar verrassing kwam ze een serie tegen die was genomen tijdens een zaterdagmiddagtochtje naar het fantastische Middleton Place, de naamgenoot van Middleton Healthcare, een aangelegde tuin van vierentwintig hectare op een voormalige rijstplantage uit de zeventiende eeuw die nu op de lijst van National Historical Landmarks stond. Michael, zijn vriendin Kianna, Carl en zij waren er samen naartoe geweest.

Lynns adem stokte toen ze een foto zag van haarzelf, Carl en Kianna in een koets met een paard ervoor. Michael stond niet op de foto omdat hij hem gemaakt had. Het was een gelukkige tijd, een heerlijke tijd.

Een seconde sloot Lynn haar ogen en liet de realiteit van Carls coma tot zich doordringen. Ze was de afgelopen uren op de been gebleven door ontkenning en rationaliteit, maar nu kwam het besef dat zijn geest en herinneringen weg waren als een mokerslag aan. Voor het eerst sinds het begin van de tragedie liet ze de rauwe emoties toe. Ze begon te huilen. Langdurig en heftig als een zomerse storm.

Na wat wel een eeuwigheid leek namen de tranen af. Eindelijk slaagde Lynn erin op te staan en wat toiletpapier te halen om haar wangen af te vegen en haar ogen te deppen. Het beetje make-up dat ze had opgedaan was veranderd in een donkere, vieze veeg.

Toen ze zichzelf weer een beetje in bedwang had, zocht ze verder in Michaels uitgebreide fotocollectie, waarbij ze zo veel mogelijk de foto's van Carl en haarzelf probeerde te vermijden. Het was moeilijk omdat er heel veel waren. Ze was vergeten dat ze zo vaak dingen samen met Michael en Kianna hadden gedaan. Er waren heel veel verschillende foto's, waaronder honderden opnamen van historische huizen in Charleston.

Eindelijk vond Lynn de foto die ze zocht en ze vergrootte hem op het scherm. Hij was goed te lezen, vooral omdat hij nauwelijks was verkleind, en ze kon ook bepaalde delen vergroten. Tevreden e-mailde ze de foto naar zichzelf in een groter formaat. Ze wilde de mogelijkheid behouden om naar de details te kijken, vooral de vitale functies. Even later hoorde ze de telefoon in haar zak aangeven dat ze de e-mail had ontvangen.

Een paar minuten later was Lynn terug in haar kamer. Ze deed haar witte jas uit en hing hem over de leunstoel, waar ook een bult pas gewassen kleren op lag. Het duurde altijd even voor ze de was had opgevouwen als ze uit de wasruimte in de kelder was gekomen. Soms nam ze zelfs de moeite niet eens. Dan pakte ze gewoon de kleren die ze nodig had.

Even keek Lynn naar haar bed, dat ze alleen opmaakte als ze het beddengoed had gewassen, wat niet zo vaak gebeurde. Ze vond altijd dat ze haar tijd wel beter kon gebruiken. Ze overwoog een paar minuten te gaan liggen, maar ze veranderde van gedachten. Ze wist dat het heel moeilijk zou worden om weer op te staan als ze eenmaal lag.

In plaats daarvan pakte ze haar laptop en ging naar de inbox van haar e-mail. Bovenaan stond de JPEG die ze net naar zichzelf had gestuurd. Direct daaronder stonden twee andere e-mails van Michael. Zoals beloofd waren het de anesthesieverslagen van Scarlett Morrison en Carl. Lynn controleerde of alles compleet was. Toen zette ze ze alle drie op een flashdrive die ze mee wilde nemen naar het studiecentrum op de eerste verdieping om de gemeenschappelijke printer te gebruiken. Maar eerst googelde ze *gammopathie*, zoals ze had gedaan op de neuro-IC, en ze kwam direct bij dezelfde artikelen uit over monoklonale gammopathie en paraproteïnemie.

Ze zette een pdf-versie ervan op dezelfde USB-stick. Toen downloadde ze een paar andere Wikipedia-artikelen over multipel myeloom en serumeiwitelektroforese. Het laatste artikel dat ze wilde lezen ging over monoklonale antilichamen, maar toen ze het snel doorkeek voor het downloaden, besefte ze dat ze er nog een nodig had. Dat ging over hybridoomtechniek. Van een immunologiecollege in haar tweede jaar herinnerde ze zich nog dat monoklonale antilichamen gemaakt werden met hybridomen.

Voorzien van al deze informatie ging Lynn naar beneden naar de printer. Ze moest de magneetstrip op haar studentenpas ergens langs halen om het apparaat aan te zetten. Terwijl de printer zijn werk deed wachtte ze in een van de leren fauteuils en viel bijna in slaap.

Toen ze klaar was liep ze weer terug naar haar kamer en ging op haar bed liggen. Even vroeg ze zich af welke bladzijden ze eerst moest lezen. Ze overwoog met de anesthesieverslagen te beginnen maar besloot dat ze daarvoor helemaal helder moest zijn. In plaats daarvan pakte ze de artikelen. Ze begon met gammopathie, want dat kon ze snel even scannen omdat ze het al eerder had gelezen op de neuro-IC. Daarna wilde ze het artikel over multipel myeloom lezen, maar helaas kwam ze niet verder dan vier of vijf regels van het eerste artikel voor ze in een diepe, droomloze slaap viel.

23

Dinsdag 7 april, 13.52 uur

Met een gevoel van opluchting verliet Sandra Wykoff de PACU nadat ze zich ervan had verzekerd dat haar tweede en laatste patiënt volledig bijgekomen was en normaal kon functioneren. Het was een heupprothese geweest en ze wist zeker dat de man binnen afzienbare tijd terug zou gaan naar de vierde verdieping. Bij beide patiënten van vandaag was ze een beetje bezorgd geweest op het moment dat ze bij zouden komen, maar ze waren allebei wakker geworden zoals verwacht, net als al die andere patiënten die ze tijdens haar carrière had behandeld, met uitzondering van Carl Vandermeer.

Zodra ze in de centrale hal was liep Sandra naar het mededelingenbord om te controleren of ze niet op de lijst was gezet voor een volgende operatie omdat de eerste was geannuleerd. Hoewel ze erop vertrouwde dat Geraldine Montgomery, het hoofd van de afdeling, haar dat zou hebben laten weten, wilde ze er zeker van zijn. Na de tirade van Benton Rhodes die ochtend wilde ze absoluut voorkomen dat ze de man nog verder tegen zich in het harnas zou jagen. Ze wist dat hij de reputatie had een kort lontje te hebben, maar tot die ochtend had ze dat nog nooit persoonlijk gezien.

Hoe meer Sandra nadacht over de Vandermeer-zaak, hoe minder hard ze voor zichzelf werd. Ze was er absoluut van overtuigd dat ze tijdens de hele procedure niets fout had gedaan. Ze had niets afgeraffeld, wat andere mensen op de afdeling zoals ze wist soms wel deden, vooral het handmatig controleren van de anesthesiemachine voor elk gebruik. De meesten vertrouwden volledig op de automatische controle, wat volgens haar niet goed was.

Nadat Rhodes uit het gemeenschappelijke anesthesiekantoor was gestormd, had het Sandra maar iets meer dan een uur gekost voor ze er opnieuw heilig van overtuigd was dat de situatie tijdens de operatie niet haar fout was geweest. Ze wist het absoluut zeker omdat ze, zoals ze de studenten had verteld, nog eens heel nauwkeurig over de zaak had nagedacht, elke stap had nagelopen en verschillende andere anesthesisten had geconsulteerd wiens opinie ze op prijs stelde en vertrouwde.

Sandra had zelfs geprobeerd met Mark Pearlman te spreken, die afgelopen vrijdag een opvallend vergelijkbaar geval had gehad, maar hij had geweigerd met haar te praten; over zijn zaak noch over de hare. Hij koos ervoor het bevel van Rhodes en Hartley tot op de letter op te volgen, zelfs zo strikt dat hij er niet met een collega-anesthesist over wilde praten. Sandra was het daar niet mee eens, ondanks wat de directie van het ziekenhuis dacht. Ze wist dat complicaties vaak leidden tot vooruitgang in de geneeskunde.

Maar goed, als het tot een proces zou komen, vertrouwde Sandra erop dat niemand haar of het ziekenhuis aansprakelijk zou achten. En in tegenstelling tot wat Benton Rhodes had gezegd, wist ze zeker dat de twee studenten tot de Mason-Dixonfamilie behoorden en konden worden vertrouwd. Ze had de moeite genomen de studentendecaan te bellen om naar Lynn Peirce te vragen voor ze met haar sprak en ze had gehoord dat juffrouw Peirce als beste van haar klas zou afstuderen, net als Sandra bijna zeven jaar geleden op het MUSC. Er was geen reden geweest om niet met haar en haar jaargenoot te praten, waardoor ze de ramp misschien nog enigszins kon afwenden. Studenten moesten leren dat geneeskunde niet almachtig of volledig voorspelbaar was.

En het gesprek met de studenten had ook een positief effect gehad. Door in detail over de zaak te praten was het schuldgevoel waar ze onder had geleden sinds de tragedie had plaatsgevonden een stuk minder geworden en had haar vertrouwen in haar professionele bekwaamheid een boost gekregen. Zelfvertrouwen was belangrijk als ze anesthesist wilde blijven.

Iets anders was dat het gesprek haar weer had herinnerd aan de blip op de monitor. Hij was minimaal geweest, maar als je bedacht dat het het enige was wat tijdens de hele operatie niet helemaal normaal was, moest het misschien toch uitgezocht worden. Het probleem was dat ze daarvoor helaas naar de Technische Dienst van het ziekenhuis moest, iets wat ze niet graag deed omdat ze dan de kans liep Misha Zotov tegen te komen.

Zich vermannend tegen deze mogelijkheid draaide Sandra zich om en liep terug, in de richting van de ruimte waar de extra anesthesieapparaten werden opgeslagen. Ze hoopte een van de technici te pakken te krijgen zodat ze een paar vragen kon stellen over de blip die ze had gezien op de monitor. Ze zag er niet naar uit om helemaal naar de Technische Dienst te moeten lopen, die in de kelder van het ziekenhuis was gevestigd en waar ze de irritante Rus voor het eerst was tegengekomen.

Het goede nieuws was dat Misha Zotov niet in de opslagruimte was. Het slechte nieuws: ook niemand anders. Sandra draaide zich om en liep terug naar de centrale balie. Het leek erop dat ze toch naar de Technische Dienst moest om naar de blip te vragen.

Bij de drukke balie wist Sandra Geraldines aandacht te trekken om haar te vertellen dat ze van de afdeling afging en dat ze haar een bericht kon sturen als ze haar nodig had. Geraldine stak haar duim op om aan te geven dat ze de boodschap had begrepen.

Nadat ze een lange witte labjas uit haar kast in de vrouwenkleedkamer had gehaald, kon Sandra haar bezoekje aan de kelder nog even uitstellen, tenminste voor het moment. Het denken aan Carl Vandermeer had haar op het idee gebracht de status van de man nog eens te controleren. Ze had de vorige middag voor ze het ziekenhuis verliet nog even snel een bezoek gebracht aan de neuro-IC en ook vanochtend vroeg, voor ze aan het werk ging. Hoewel ze de resultaten van de MRI en de CT-scan kende en de aantekeningen van de arts-assistent had gelezen, had ze nog altijd een sprankje hoop dat er verbetering zou kunnen optreden, omdat ze wist hoe weinig hypoxie hij had gehad.

Op de neuro-IC gekomen liep ze rechtstreeks naar kamer 8. Toen ze Carl zag wist Sandra onmiddellijk dat er geen verandering in zijn situatie was gekomen. Een verpleegster had hem op zijn rechterzij gerold zodat ze zijn rug kon wassen en poederen. Sandra rilde bij de gruwelijkheid van de situatie waarvoor zij, tot op zekere hoogte, verantwoordelijk was. Ze wist dat het behandelen van een comateuze patiënt vrijwel continue zorg en aandacht vroeg, en ze wist ook dat Carl vermoedelijk een percutane maagsonde nodig had. Daarvoor moest hij geopereerd worden. Sandra rilde opnieuw en vroeg zich af hoe ze het zou vinden als zij zou worden ingedeeld om de anesthesie te doen.

'Nog verbetering?' vroeg Sandra, ook al wist ze het antwoord al.

'O, ja,' zei de verpleegster optimistisch. 'Hij doet het goed. Een paar minuten geleden nieste hij.'

Goeie genade, dacht Sandra, maar ze zei het niet hardop. Dat de patient nieste was wel een erg treurige indicatie dat het goed ging met Carl. Tegelijkertijd begreep ze dat een nies een positief teken was, want het duidde erop dat de hersenstam in elk geval functioneerde. Ze wierp een blik op de monitor. Zijn temperatuur was verhoogd, net als die ochtend, maar verder was alles normaal. Ze verliet de kamer en liep naar de balie. Op weg ernaartoe zag ze dat Scarlett Morrison, Marks comageval, weg was, want in haar kamer lag nu een man die Charles Humphries heette.

De vorige middag had ze een kort gesprek gehad over Carl met de hoofdzuster, Gwen Murphy, en Sandra zocht haar opnieuw op. 'Is er nog sprake van verandering bij Vandermeer?' vroeg ze, eigenlijk tegen beter weten in.

'Nee,' zei Gwen. 'Maar hij is wel heel stabiel. Het onderzoek naar een infectie heeft niets opgeleverd wat zijn temperatuurverhoging kan verklaren. En de koorts is een beetje gezakt.'

Sandra keek naar de kamer waar Mark Pearlmans patiënt had gelegen. 'Ik zie dat Scarlett Morrison weg is. Is ze naar de neurologieafdeling?'

'Nee,' herhaalde Gwen. 'Ze hebben haar rechtstreeks naar het Shapiro Instituut gebracht. Om eerlijk te zijn hebben ze bij neurologie niet de voorzieningen of de mankracht om een langdurig comateuze patiënt te verzorgen. In het Shapiro zijn ze daar speciaal op ingesteld.'

'Dat lijkt wel heel snel,' zei Sandra. 'Ze lag hier nog maar drie dagen.'

'Omdat ze zo stabiel was hoefde ze niet hier op de IC te liggen,' zei Gwen. 'En het is beter voor iedereen, inclusief de patiënt, en de mensen van het ziekenhuis die over de centen gaan zijn er ook blij mee. Iemand hier op de IC kost tien keer meer dan daar.'

'Tien keer! Wauw! Ik wist wel dat er verschil was maar niet zoveel. Dat is nogal een stimulans.'

'Zeker weten. We hopen dat Vandermeer er ook naartoe gaat.'

'Echt?' vroeg Sandra ontzet. 'Maar hij ligt hier nog maar net. Misschien komt er nog verbetering.' Naar haar idee was het alsof je de stekker eruit trok als een patiënt naar het Shapiro Instituut werd overgebracht, ook al was het niet realistisch nog hoop te hebben.

Gwen haalde haar schouders op. 'Niet volgens de neuro-assistenten. Zij denken dat je hem eerder vroeger dan later naar het Shapiro over kunt brengen en wij kunnen het bed zeker goed gebruiken.'

Toen Sandra de neuro-IC verliet en naar de liften liep, voelde ze zich moedelozer dan op de heenweg. Ze perste zich in de lift die naar beneden ging omdat ze geen excuses meer kon bedenken om een bezoek aan de Technische Dienst uit te stellen. Hoewel de lift propvol zat toen ze instapte, was ze van de begane grond naar de kelder als enige overgebleven. Toen de liftdeuren opengingen bleef ze even staan. Daarna schudde ze haar hoofd, beschaamd om haar tegenzin. Als ze Zotov tegen zou komen, zou ze hem gewoon negeren. Ze vond dat ze zich gedroeg als een tiener.

Sandra liep eerst langs de pathologieafdeling en het mortuarium en toen naar het IT-centrum, waar de servers van het ziekenhuis in hun airconditioned omgeving stonden. Naast het IT-centrum was het kantoor van de beveiligingsdienst en Sandra ving een glimp op van de rijen monitoren die beelden toonden van de camera's die overal in het medisch centrum hingen.

Terwijl ze verder liep vroeg Sandra zich af waarom ze toch zo'n probleem had met Misha Zotov. Hij deed haar denken aan haar ex-man, Adam Radic, zowel qua uiterlijk als gedrag. Ze waren allebei lang en gespierd maar slank, en ze hadden een donkere huid, doordringende ogen met zware oogleden en een dikke baard. Tevens gedroegen ze zich beiden heel vleierig, tot in het overdrevene. Bij Adam was na verloop van tijd gebleken dat het allemaal toneel was. En ergens was ze ervan overtuigd dat dat ook voor Misha gold.

Toen Sandra Adam aan het begin van haar assistentschap voor het eerst had ontmoet, was ze behoorlijk onder de indruk geweest van zijn vleierij en aandacht. Ze vond hem ook exotisch en aantrekkelijk en veel wereldwijzer dan ze zelf was omdat hij had gereisd en overal in Europa had gestudeerd. Hij was vanuit Servië naar Amerika gekomen voor een uitwisselingsprogramma voor chirurgen. In de overtuiging dat zijn liefdesverklaringen oprecht waren, was Sandra verliefd op hem geworden. Voor een zeer gemotiveerde arts zoals zij, hielp het dat hij een erkende en getalenteerde chirurg was.

Binnen een jaar nadat ze voor het eerst met elkaar uit waren geweest, trouwden ze. Maar na de bruiloft veranderde alles heel snel, vooral toen Adam zijn greencard had gekregen. Hij werd een tiran en had haar verschillende keren geslagen. Dankzij haar vaders tussenkomst was Sandra gescheiden, maar pas nadat ze een flink trauma had opgelopen. Voor haar was huiselijk geweld de afschuwelijke realiteit geworden.

Sandra duwde de deur naar de Technische Dienst van het ziekenhuis open. Het was een grote ruimte met werkbanken waarop verschillende ziekenhuisapparaten stonden, van anesthesiemachines tot beademingsapparatuur. Alles zag er keurig en opgeruimd uit, en alle instrumenten hingen op hun plek. Het lawaai was niet al te hard, allerlei elektrisch gereedschap concurreerde met klassieke achtergrondmuziek. Aan een tafel tegen de achtermuur zaten twee mannen te schaken.

Toen Sandra om zich heen keek schatte ze dat er ongeveer vijftien mensen aan het werk waren, allemaal in witte overalls. De meesten gingen verder met hun bezigheden. Een paar keken op. Bijna allemaal leken ze op Misha Zotov. Er waren een paar blonde mannen, maar ze waren ver in de minderheid. Er waren echter geen vrouwen.

Tot Sandra's schrik was Misha Zotov een van de mannen die opkeek. Hij zat aan de dichtstbijzijnde werkbank en was bezig met een anesthesiemachine. Ze zag de herkenning op zijn gezicht en tot haar ergernis legde hij direct het gereedschap neer waar hij mee bezig was, stond op en kwam op haar af.

Sandra's ogen gleden snel weer door de ruimte, deze keer zoekend naar Fyodor Rozovsky, het hoofd van de afdeling. Ze had hem bij haar vorige bezoek ontmoet. Hij had haar onderhoudsgerelateerde vraag beantwoord. Helaas was hij nu nergens te bekennen.

'Ah, dokter Wykoff,' zei Misha terwijl hij vlak bij haar bleef staan. Het klonk alsof zijn Engels beter was geworden maar hij sprak nog steeds met een opvallend Russisch accent. 'U ziet er geweldig uit. Kan ik u helpen?'

'Waar is Fyodor Rozovsky?' vroeg Sandra. Ze zette een stap achteruit en vermeed oogcontact met de man. Uit zijn ongepaste en vermoedelijk onoprechte opmerking over haar uiterlijk bleek dat zijn manieren nog niet waren verbeterd. Ze wilde niets te maken hebben met deze man. Ze keek weer om zich heen.

'Hij is in zijn kantoor,' zei Misha. 'Alstublieft! Ik kan hem voor u halen. Geen probleem.'

'Dank u, maar ik kan hem zelf wel vinden,' zei Sandra kortaf en ze liep weg. Het kantoor was achterin. Helaas kwam de boodschap niet over bij Misha en hij liep met haar mee terwijl hij haar nog steeds in een gesprek probeerde te betrekken. Of ze antwoordde of niet maakte niet uit. Hij ging maar door over het weer en hoe mooi het was in Charleston met alle bloemen en hoe slecht het was in zijn woonplaats in Rusland in deze tijd van het jaar. Zijn Engelse vocabulaire was zeker uitgebreid.

Sandra reageerde niet. Het was verbluffend hoezeer de man haar deed denken aan Adam Radic en bij die herinnering liepen de rillingen haar over de rug. Toen ze bij de deur van het kantoor was liep Misha nog steeds achter haar. Het feit dat ze hem negeerde had geen enkel effect op hem. Hij stelde opnieuw voor dat ze samen iets gingen drinken op het dakterras van de Vendue Inn, want dat was volgens hem een fantastische plek om te kijken naar de zonsondergang boven de skyline van Charleston. Sandra kende de bar. Het was een van Adams favoriete uitgaansgelegenheden geweest, maar zonder haar.

Ze liep Rozovsky's kantoor binnen. Zonder aarzelen liep Misha achter haar aan. In de ruimte stonden een kleine werkbank en verschillende bureaus. Aan een ervan zat het hoofd van de Technische Dienst, de andere waren leeg.

Voor Sandra iets kon zeggen schoof Misha langs haar heen en begon een geanimeerd gesprek met Fyodor in het Russisch. Hij keek langs Misha heen terwijl hij stond te praten. Sandra vroeg zich af waar hij het in godsnaam allemaal over had want ze had vrijwel geen woord tegen hem gezegd. Eindelijk zweeg Misha en stapte opzij. Fyodor stond op en gebaarde naar de stoel met de rechte rug die Misha bezig was naar voren te trekken. 'Alstublieft, dokter Wykoff, gaat u zitten.' In tegenstelling tot Misha sprak hij met een licht accent en zijn Engels was heel goed. 'Ik herinner me u. U was laatst hier om te vragen hoe vaak we de anesthesieapparaten controleren.'

Sandra ging zitten en keek naar Misha in de hoop dat hij zou vertrekken, maar dat deed hij niet. Met een onnozel lachje op zijn gezicht, alsof hij een gunst van haar verwachtte omdat hij haar begeleid had naar Fyodors kantoor, bleef hij staan waar hij stond. Omdat hij zo opdringerig was, was ze blij dat ze hem boven niet in haar eentje was tegengekomen.

'Ik heb nog een vraag,' zei Sandra terwijl ze haar aandacht op Fyodor richtte.

'Zegt u het maar, dokter,' zei hij. Sandra had het idee dat hij ook enigszins onoprecht klonk en dat gaf haar een ongemakkelijk gevoel.

'Er was een heel ongelukkig voorval gisteren tijdens de anesthesie...' begon ze, maar toen aarzelde ze. Ze voelde dat ze enige achtergrond moest geven hoewel ze vanwege Rhodes' bevel om niet over de zaak te praten niet al te veel wilde zeggen. Maar ze sprak met de mensen die verantwoordelijk waren voor de werking van de anesthesiemachine die ze had gebruikt en ze moest gerustgesteld worden.

Alsof hij haar gedachten kon lezen zei Fyodor: 'We hebben het gehoord van dokter Rhodes. Ten eerste willen we u verzekeren dat het apparaat dat u hebt gebruikt aan alle eisen voldeed en heel regelmatig wordt onderhouden. Alle papieren waren in orde. En zodra we over het hele gebeuren hoorden hebben we in opdracht van dokter Rhodes het apparaat teruggehaald naar ons servicecentrum. Daar hebben we het uitgebreid gecontroleerd. Ik kan u verzekeren dat alles prima in orde was en weer in gebruik is. Er was geen probleem met het apparaat, noch met de monitoren, en dat hebben we aan dokter Rhodes doorgegeven.'

Sandra knikte. Ze had niet verwacht dat hij zoveel los zou laten. Ze wist niet dat Rhodes had gevraagd om de machine door de Technische Dienst te laten nakijken, maar het was een goed idee geweest. Misschien had ze het zelf moeten vragen, maar dat deed er niet meer toe, het was gebeurd.

'Hebt u nog meer vragen?' vroeg Fyodor.

'Nee, dat geloof ik niet,' zei Sandra en ze maakte aanstalten op te staan. Maar toen aarzelde ze. Ze liet zich weer zakken en zei: 'Nog één ding.'

'Zeker,' zei Fyodor welwillend. Hij wist zelfs een zalvende glimlach tevoorschijn te toveren.

Ongeveer in dezelfde bewoordingen als in het gesprek met de twee geneeskundestudenten vertelde Sandra over het sprongetje, of het geknipper, of de blip – ze wist niet hoe ze het het beste kon omschrijven voor deze professionals – die ze had gezien op de monitor toen de chirurg was begonnen met boren in het scheenbeen. Terwijl ze sprak zag ze aan het gezicht van Fyodor dat hij niet geloofde dat zoiets kon gebeuren. Daarop vertelde Sandra dat het ook zichtbaar was op het verslag dat de machine had gemaakt. 'Het is een heel kleine, maar zichtbare verandering. Als u het Vandermeer-dossier op uw scherm opent, zal ik het laten zien.'

Na een snelle blik tussen Fyodor en Misha en een knikje van het hoofd van de Technische Dienst liep Misha naar de computer op Fyodors bureau. Hij zocht het dossier op en stapte toen opzij. Sandra nam het over. Zoals ze bij de twee geneeskundestudenten had gedaan, zoomde ze in op de lijn van de vitale functies. Ze wees naar het punt waarop de operatie 52 minuten aan de gang was, toen alle lijnen ineens omhoogsprongen. 'Daar,' zei ze en ze wees. 'Ziet u dat verticale sprongetje? En toen dat gebeurde, knipperde de monitor, waardoor mijn aandacht werd getrokken. Ik was even bang dat alles zou uitvallen.'

'Interessant,' zei Fyodor terwijl hij zich naar de monitor boog. 'Ik zie wat u bedoelt. Wat denkt u dat het is?'

'Vraagt u dat aan mij?' vroeg Sandra. 'Ik weet het niet. Jullie zijn de experts. Om u de waarheid te zeggen weet ik niet zoveel van elektronica. Ik ben hiernaartoe gekomen om het u te vragen.'

Fyodor ging weer rechtop zitten en keek heel even naar Misha. 'Ik weet niet wat het zou kunnen zijn maar het is vast niet belangrijk.' Toen richtte hij zijn aandacht weer op de monitor. 'De lijnen ervoor en erna zien er volkomen normaal uit. Wat denk jij, Misha?' Fyodor leunde achteruit en zag Sandra's verraste blik. 'Ik ben dan wel het hoofd van de afdeling maar Misha is onze specialist op het gebied van anesthesiemachines. We hebben hem speciaal uit Rusland laten komen om aan de anesthesieapparaten te werken. Hij heeft heel veel van het oorspronkelijke codeerwerk gedaan voor het model dat we hier in het Mason-Dixon hebben. Hij is degene die u hiervoor moet hebben.'

Sandra was onder de indruk van dit nieuws omdat ze zo'n hoge pet ophad van de anesthesiemachine, hoewel dat geen enkele invloed had op haar diepgewortelde afkeer van de man.

Misha boog zich diep voorover om het beeld op de monitor te bestuderen.

'Ik weet dat het een kleine verandering is,' legde ze verder uit, 'maar ik heb dit nooit eerder gezien en omdat de hele zaak zo verschrikkelijk slecht is afgelopen wil ik zeker weten dat het van geen betekenis is. Ik bedoel, als de patiënt gewoon was bijgekomen na afloop van de operatie had ik het me waarschijnlijk niet eens herinnerd. Nou, dat is misschien niet helemaal waar, want ik schrok omdat ik bang was dat alles uit zou vallen.'

'Het is niet belangrijk,' zei Misha. Hij ging weer rechtop staan.

'Maar wat was het dan?' drong Sandra aan.

'Het is alleen maar een frame offset,' zei Misha. 'Het is niets. Het kan door allerlei dingen komen, zoals...' Hij gebaarde met zijn handen omdat hij moeite had zich in het Engels uit te drukken.

'Zoals?' vroeg Sandra.

Fyodor schoot Misha te hulp. 'U moet bedenken dat de computer van de machine constant gegevens comprimeert,' zei hij. 'U hebt geen idee hoeveel dat er zijn. Dus kleine veranderingen op de monitor zijn niet vreemd. Er kunnen bliepjes zijn door slecht functionerende hardware, zoals een van de honderden condensatoren die prematuur ontladen, of door een softwareprobleem dat te maken heeft met een tijdelijke overload aan input of zelfs gewoon door een teveel aan applicaties die tegelijkertijd lopen.'

Sandra knikte alsof ze het begreep. Dat was niet zo maar het was duidelijk dat ze niet dachten dat een frame offset van enige betekenis was. Ze stond op het punt hen te bedanken en te vertrekken toen de twee mannen plotseling druk in het Russisch tegen elkaar begonnen te praten. Voor Sandra was het alsof ze van dichtbij naar een pingpongwedstrijd zat te kijken, haar ogen schoten van de ene man naar de andere. Toen, net zo plotseling als de verhitte discussie was begonnen, was het voorbij.

Fyodor glimlachte. 'Sorry, het is heel onbeleefd van ons om Russisch te spreken. We zijn het over een kleinigheid niet helemaal eens. Dat doet er niet toe. Het belangrijkste is dat datgene wat deze kleine frame offset die u hebt opgemerkt veroorzaakte zeker geen effect had op het functioneren van de anesthesiemachine.' Hij glimlachte weer. 'Is er nog iets waar we u mee kunnen helpen, dokter?'

'Op het moment niet,' zei Sandra. Ze stond op. 'Dank voor uw tijd.'

'Tot uw dienst,' zei Fyodor. 'Kom gerust langs of bel als u nog vragen hebt. Zoals u weet zijn er vierentwintig uur per dag, zeven dagen per week technici aanwezig.'

Toen ze het kantoor van het hoofd verliet verwachtte Sandra zonder meer dat Misha haar zou volgen. Ze had zich er een beetje zorgen over gemaakt hoe ze van hem af kon komen na de manier waarop hij zich aan haar had vastgeklampt toen ze beneden was gekomen. Tot haar verrassing en opluchting bleef hij echter bij Fyodor in het kantoor.

Terwijl ze naar de liften liep, besloot Sandra terug te gaan naar de ok-afdeling om te zien wat er de volgende ochtend op haar programma stond. Als er opgenomen patiënten bij waren, dan wilde ze die nog even opzoeken en ze wilde de epd's voor de dagopnames bekijken om een idee te krijgen hoe de dag eruit zou gaan zien. Het probleem met Carl maakte haar dwangmatiger dan ooit. Als ze dat allemaal had gedaan, zou ze naar huis gaan.

24

Dinsdag 7 april, 14.41 uur

Nadat dokter Sandra Wykoff het kantoor van het hoofd van de Technische Dienst had verlaten, bleef het een paar minuten stil. Het enige geluid kwam uit de werkplaats en dat was het gedempte gejank van diverse elektrische apparaten gecombineerd met een vlaag klassieke muziek. De twee Russische experts keken elkaar, verdiept in hun eigen gedachten, aan. Beiden waren niet blij, maar om enigszins verschillende redenen.

Fyodor Rozovsky was al een paar jaar in Charleston toen hij Misha Zotov had gerekruteerd. De mannen kenden elkaar al vanaf hun jeugd omdat ze beiden waren opgegroeid in Sint-Petersburg. Ook hadden ze allebei op het Instituut voor Fysica en Technologie in Moskou gezeten. Met zijn kennis over computercodes en robotica was Fyodor beslist essentieel voor het succes van het project. Zijn bijdrage was zo groot geweest dat Middleton Healthcare hem met plezier de kans had gegeven om de Technische Dienst van het hele medisch centrum te leiden nu het Shapiro succesvol draaide. Ze waren van mening dat de toenemende automatisering essentieel was voor ziekenhuizen.

'Ik ben hier niet gelukkig mee,' zei Fyodor. Hij sprak nu in het Russisch en zijn irritatie was duidelijk hoorbaar. 'Sergei Polushin zal woest zijn als deze blip onderwerp van discussie wordt op de anesthesieafdeling.'

Sergei Polushin, een financieel genie, was naar men zei de naaste vertrouweling van Boris Rusnak, de Russische oligarch die Sidereal Pharmaceuticals had opgericht. Rusnak, die in Genève woonde, had met Sergeis hulp door een reeks snelle, vijandige overnames een aantal kleine farmaceutische bedrijven samengevoegd om een van de grootste van de wereld op te richten. Belangrijker nog, het bedrijf stond op het punt de grootste speler te worden in de nieuwste farmaceutische goudmijn: het maken en op de markt brengen van biologicals uit levende systemen, zonder chemie. Sergei Polushin was de drijvende kracht achter het Shapiro Instituut en beschouwde het nog steeds als zijn persoonlijk eigendom.

'Ik moet een stevig gesprek hebben met mijn team van programmeurs,' zei Misha. Elk spoor van vleierij was verdwenen. Hij was duidelijk net zo kwaad als Fyodor. 'Een dergelijke frame offset is gewoon slecht programmeren. Het probleem is dat ik het zelf niet heb gezien.'

'Ik hoef je niet te vertellen dat Sergei jou ongetwijfeld verantwoordelijk zal houden als er hierdoor problemen ontstaan.'

'Nee, dat hoef jij me inderdaad niet te vertellen,' zei Misha. 'Ik zal ervoor zorgen dat het direct wordt aangepast. Wanneer staat het volgende geval gepland?'

'Niet eerder dan volgende week, dus je hebt nog ruim de tijd. Maar het is belangrijk dat het opgelost wordt. Het schema is één geval per week in alle Middleton Healthcare-ziekenhuizen. Er mogen geen bugs zijn. Is het mogelijk dat dit fenomeen zich ook heeft voorgedaan bij een van de twee andere testgevallen?'

'Ik weet het niet,' zei Misha. 'Laten we daar eens naar kijken!' Hij pakte een stoel, ging zitten en gebruikte de computer op Fyodors bureau om Ashanti Davis' anesthesieverslag op te zoeken. Toen het op het scherm stond zoomde hij in op het middelste deel, net als Sandra had gedaan bij het verslag van Vandermeer.

'Daar is het,' zei Fyodor. 'Dat is niet goed. Laten we Morrison eens bekijken.'

'Shit! Bij Morrison is het ook te zien. Het spijt me.'

'Regel het!' zei Fyodor nors.

Misha zette het scherm uit. 'Gelukkig heeft niemand de vorige keren de offset gezien.'

'Bedoel je daar soms mee dat het niet veranderd hoeft te worden?'

'Ik zal ervoor zorgen dat het vandaag nog wordt aangepast. Ik bedoel te zeggen dat we moeten proberen de offset uit alle drie de documenten te verwijderen.'

'Kun je dat regelen?'

Misha haalde zijn schouders op. 'Dat weet ik niet. Waarschijnlijk wel. Maar het is ook mogelijk dat we het alleen maar erger maken omdat we bewijs achterlaten als we het naderhand wijzigen. Ik kan iemand een poging laten wagen voor we het echt doen. Dan kan ik je over een uur laten zien hoe het er dan uitziet.'

'Goed. Maar het belangrijkste is dat de bug zelf wordt verwijderd.'

'Zeker. Maar dan blijft het probleem bestaan van dokter Wykoff en hoe groot de kans is dat ze de hulp van iemand anders inroept om de frame offset te verklaren.'

'Die vraag is ook bij mij opgekomen. We weten dat zowel het hoofd van de anesthesieafdeling als de ziekenhuisadvocaat alle betrokken partijen heeft verboden erover te kletsen. Praten over zelfs maar een minimale blip in de lijnen van de vitale functies valt daar zonder meer onder.'

'Dat is waar, maar is het het risico waard? Ik ben bang dat ze een grote bedreiging is geworden. Het lijkt me dat dit een omstandigheid is waar de diensten van Darko en Leonid op hun plaats zijn en wel zo snel mogelijk.'

Zowel Fyodor als Misha had Darko Lebedev en Leonid Shubin ontmoet. Ze wisten dat de twee lid waren geweest van de Russische Speciale Eenheden en een paar jaar in Tsjetsjenië hadden gediend, waar ze mensen opspoorden die in de ogen van Moskou terroristen waren om ze vervolgens te elimineren. Boris Rusnak had de twee mannen ingehuurd aan het begin van zijn bliksemsnelle opkomst in de wetteloze zakenwereld van post-Sovjet-Rusland, waar mensen met Darko's en Leonids bekwaamheden en manier van denken noodzakelijk waren. Fyodor en Misha waren zich er goed van bewust dat beide moordenaars heel veel ervaring hadden. Ze wisten ook dat Sergei Polushin hen naar Charleston had gestuurd als potentieel redmiddel om Sidereals aanzienlijke Amerikaanse investering te beschermen.

Terwijl hij achteroverleunde in zijn stoel staarde Fyodor naar het plafond en verzonk in gedachten. Misha had een punt, een goed punt zelfs. Dokter Sandra Wykoff was een heel zwakke schakel in een verder zeer sterke keten. Zij kon het programma vertragen, misschien zelfs wel een tijdje helemaal stoppen. Het zou onverantwoordelijk zijn van Fyodor om zo'n risico te laten bestaan, vooral als het gemakkelijk kon worden geëlimineerd. Wykoff was vooral gekozen als een van de testpersonen omdat ze een eenling was, net als de twee andere anesthesisten die al eerder waren uitverkoren. Misha had de taak gekregen haar te benaderen, hoewel dat niet gelukt was. Ze hadden Russische callgirls ingezet bij de twee mannelijke anesthesisten om hen in de gaten te houden, en dat ging prima. Maar Sandra Wykoff was anders geweest en ze vormde nu een groot probleem. Ze konden er niet achter komen wat ze dacht.

Fyodor boog zich naar voren in zijn stoel. Hij had een besluit genomen. 'Ik mag deze vrouw niet,' zei hij.

'Het is een arrogante bitch,' stemde Misha in. 'Ik heb geprobeerd aardig tegen haar te zijn. Geloof me! Ze denkt dat ze heel speciaal is. Ze gaat voor problemen zorgen.'

'Goed,' zei Fyodor. 'Ze moet worden tegengehouden. Wil jij met Darko en Leonid praten of zal ik het doen? Ik weet dat ze heel graag zullen willen helpen.'

'Ik zal dat met plezier doen,' zei Misha terwijl hij opstond. 'Ik zal Darko bellen zodra ik mijn programmeurs aan het werk heb gezet.'

'Hou me op de hoogte,' zei Fyodor.

'Doe ik,' beloofde Misha.

25

Dinsdag 7 april, 15.04 uur

Benton werd binnengelaten in Josh' luxekamer door een van de assistenten van de directeur. Het was een hoekkantoor dat uitkeek op het prachtig onderhouden terrein van het ziekenhuis. Het was net zo groot en net zo fraai ingericht als dat van een Fortune 500-CEO, passend bij Josh' rol als zowel directeur van het Mason-Dixon Medisch Centrum als voorzitter van de raad van bestuur van Middleton Healthcare. Benton was stikjaloers. Josh was een nieuw soort arts. Hij had tegelijk met zijn artsendiploma een MBA behaald om zijn voordeel te doen met het feit dat de geneeskundige zorg met vier biljoen dollar omzet per jaar de grootste industrie was in de Verenigde Staten, en dat cijfer steeg nog steeds.

Benton wist ook dat Josh een jaarlijks salaris opstreek van meer dan vier miljoen dollar met daarnaast nog een flink aantal aandelenopties. Onder zijn bewind was Middleton Healthcare gegroeid van vierentwintig ziekenhuizen in het zuidoosten, naar tweeëndertig verspreid over het hele land. Een ander indrukwekkend feit was dat hij een lucratieve samenwerking met Sidereal Pharmaceuticals had gesmeed. Als afdelingshoofd wist Benton dat er elke maand aanzienlijke financiële bijdragen van Sidereal naar Middleton gingen om de infrastructuur te verbeteren.

Josh Feinberg zag er in Bentons ogen niet bepaald uit als een succesvolle CEO of zelfs een dokter. Het was een kleine man met een scherp, mager gezicht en ogen die je niet recht aankeken, waardoor hij meer aan een louche autohandelaar deed denken dan aan een geslaagde ziekenhuisbestuurder. Hoewel zijn pakken waarschijnlijk heel duur waren, hingen ze om zijn benige lijf als kleren op een hanger. Maar ondanks de bepaald niet indrukwekkende verschijning wist Benton dat Josh met zijn MBA van Bentons Ivy League-alma mater een uitmuntende zakenman was.

Voor hij werd binnengehaald om Middleton Healthcare over te nemen, had Josh Feinberg al een topreputatie door het oprichten en leiden van een zeer succesvol consultancybedrijf in de gezondheidszorg, Feinberg Associates genaamd. Hoewel hij achter de schermen werkte, was zijn bedrijf verantwoordelijk geweest voor een groot aantal medische producten en procedures, variërend van medische software tot tandenbleekstrips. Het succes was vooral te danken aan de inspanningen van de honderden Russische wetenschappers die na het uiteenvallen van de Sovjet-Unie zonder werk waren komen te zitten.

Zodra hij bij Middleton Healthcare was gaan werken, had Benton ontdekt dat Feinberg niet alleen het bedrijf had uitgebreid maar ook de lucratieve deal met Sidereal Pharmaceuticals had gesloten. Tijdens dat proces had Feinberg een persoonlijke relatie opgebouwd met de verder zeer teruggetrokken miljardair Boris Rusnak. Gezien de reputatie van de Rus was Josh' band met de man misschien wel zijn grootste succes.

De directeur bood Benton een van de stoelen voor zijn enorme bureau aan maar hij bedankte. Hij zei dat hij liever bleef staan omdat hij nog terug moest naar de ok en omdat het niet veel tijd zou kosten om te zeggen wat hij wilde zeggen.

'Heb je Bob Hartley al gesproken?' vroeg Benton ter inleiding.

'Nee. Moest dat?'

'Maakt niet uit,' zei Benton. 'Ik zal je alles wel vertellen.' Daarna herhaalde hij wat hij met de advocaat had besproken. Net als Hartley nam Josh de zaak heel hoog op. Hij schreef de namen van de studenten op terwijl Benton sprak. Het grootste deel van het gesprek ging over dokter Sandra Wykoff en wat ze met haar aan moesten. Rhodes zei dat ze een goede anesthesist was en zeer betrokken bij haar werk, maar wel een beetje een eenling en niet altijd een teamspeler. Hij gaf toe dat hij haar niet helemaal begreep.

'En je zegt dat Hartley contact met me op zal nemen?' vroeg Josh.

'Dat zei hij.'

'Goed. Wat betreft die twee studenten die zich bezighouden met ziekenhuisgerelateerde sterftecijfers, dat kunnen we wel in de kiem smoren. Ik zal met de decaan bellen om ervoor te zorgen dat ze zich aan de regels houden. Maar als ze dat niet doen en toch met hun onderzoek doorgaan, dan wil ik dat jij me dat persoonlijk en onmiddellijk laat weten.'

'Je bedoelt als ze weer contact opnemen met dokter Wykoff?'

'Precies. Als ze contact opnemen met haar of met een van de andere betrokken anesthesisten wil ik dat direct weten. Ze zouden een groot probleem kunnen vormen, vooral in de context van een onderzoek naar ziekenhuisgerelateerde sterftecijfers. Gezien de manier waarop de Joint Commission ons al continu aan de kop zeurt over toegang tot het Shapiro Instituut, willen we absoluut geen onaangekondigde inspectie riskeren van hen.'

'Hoe kan ik je bereiken buiten kantooruren?'

'Stuur me maar een sms,' zei Josh. 'Ik zal je mijn persoonlijke mobiele nummer laten geven door een van mijn assistenten.'

'Afgesproken,' zei Benton. Hij was gevleid dat Josh bereid was hem zijn mobiele nummer te geven, maar niet heel erg verrast. Josh had vijf jaar geleden heel veel moeite gedaan om juist hem in dienst te kunnen nemen en sindsdien waren ze oppervlakkig bevriend.

'Ik zal het verder overnemen. Dank je, dokter.' Als bij toverslag zwaaide de deur naar Josh' kantoor open. Op de drempel stond een van zijn naaste medewerkers, Fletcher Jefferson. Josh gebaarde naar de man om Benton te laten weten dat het gesprek voorbij was.

'Graag gedaan,' zei Benton, een beetje verrast dat hij zo abrupt werd weggestuurd. Als hij niet gevleid was geweest door het verloop van het gesprek, zou hij zich beledigd hebben gevoeld. Toen hij de kamer uit liep gaf meneer Jefferson Benton een stuk papier. Daarop stond Josh' mobiele nummer.

Een paar minuten nadat dokter Rhodes was vertrokken speelde Feinberg afwezig met zijn computermuis. Hij draaide hem rond in kleine kringetjes en zag de cursor over zijn scherm dansen. Hij haatte onbeduidende irritaties die zijn aandacht vroegen tijdens grote, gewichtige gebeurtenissen. Dit nieuwe probleem met een vrijgezelle vrouwelijke anesthesist en een paar nieuwbakken geneeskundestudenten was daar een heel goed voorbeeld van.

Josh en Boris Rusnak waren op dit moment bezig een totale revolutie te ontketenen in de farmaceutische industrie door de vervaardiging van biologicals te moderniseren en aanzienlijk te verbeteren, en hij moest zijn focus daar helemaal op richten. Biologicals waren de toekomst, dankzij de prijzen die ervoor gevraagd konden worden en dankzij Middleton Healthcares verbintenis met Sidereal Pharmaceuticals. Sinds hij en zijn team dit huwelijk hadden gesloten, stond hij op het punt een revolutie te ontketenen die hem een beloning zou kunnen opleveren waarvan hij alleen maar had kunnen dromen. Binnen een uur verwachtte hij een telefoontje van Boris, geregeld door zijn naaste medewerker, Sergei Polushin, en Josh wist al waar ze over zouden spreken. Ze waren van plan voor te stellen dat Sidereal zijn geplande antilichaamproductie zou verdubbelen door alle meer dan dertig Middleton Healthcare-ziekenhuizen in te zetten, in plaats van alleen maar de vijf die oorspronkelijk waren gekozen. Dat zou een geweldige verandering zijn en in essentie een fusie betekenen tussen Sidereal en Middleton. Met een dergelijke afhankelijkheid was het uitgesloten dat Sidereal Middleton Healthcare zou toestaan om op eigen houtje door te gaan, omdat de ziekenhuizen ongetwijfeld heel gewild zouden zijn bij andere internationale farmaceutische bedrijven.

Josh drukte op een knopje onder het blad van zijn bureau, hetzelfde waarop hij had gedrukt om het gesprek met Benton Rhodes te beëindigen, en wachtte tot Fletcher weer verscheen. Een paar seconden later overhandigde Josh hem het blaadje waarop hij de namen van de twee geneeskundestudenten had geschreven.

'Ik wil snel enige informatie over deze jongelui,' zei hij. 'Ik wil weten waar ze wonen, waar ze vandaan komen, hun familieomstandigheden en wie hun beste vrienden zijn. Later wil ik de details, maar nu eerst de basisinformatie. Ga aan het werk!'

Terwijl hij wachtte begon Josh weer te spelen met zijn cursor. Hij wist dat het aanstaande gesprek met Genève misschien wel bepalend voor zijn leven zou zijn. Maar toch was hij niet nerveus, want hij had zich erop voorbereid. Hoewel hij dacht te weten wat de agenda zou zijn, was hij klaar voor alles wat er op hem af zou kunnen komen. Hij rekende erop dat Sidereal Middleton nodig had en niet andersom.

Na slechts vijf minuten klonk er een doffe klop en Fletcher verscheen weer. Hij liep rechtstreeks naar het bureau en legde er een vel papier op. Iedere student had een paragraaf. Josh greep het papier en las alles snel door.

'Oké,' zei hij. 'Perfect. Ze wonen allebei in de studentenflat: dat is goed. Beiden uitstekende studenten: dat is ook goed, want dan hebben ze dus veel te verliezen. Beiden met een volledige beurs: dat is ook mooi, want daardoor zijn ze waarschijnlijk dankbaar. En het zijn goede vrienden, dat maakt het ook makkelijker: overtuig de een, dan zal die de ander overtuigen.'

Josh keek op. 'Goed gedaan. En nu de details!'

Toen Fletcher zich omdraaide om te vertrekken pakte Josh zijn telefoon. De beste bestuurders wisten hoe ze moesten delegeren en dat was precies wat hij nu ging doen. Dankzij Sergei Polushin was er een manier om problemen op te lossen die veroorzaakt werden door types als Robert Hurley en nu Sandra Wykoff en een paar studenten. Met een druk op de knop had hij direct verbinding met Fyodor Rozovsky.

'Er zijn nog een paar problemen,' zei Josh zonder omwegen, zonder zelfs zijn naam te noemen. Namen waren niet nodig. Ze kenden elkaars stem want het 'project' vroeg om regelmatig contact en om te voorkomen dat ze mogelijk een papierspoor achterlieten, spraken ze liever met elkaar dan dat ze e-mails of berichten stuurden. 'De anesthesist, Sandra Wykoff, is een serieuze bedreiging geworden.'

'Dat weten we al,' zei Fyodor. 'Ze is net hier in het servicecentrum geweest om vragen te stellen. We hebben al besloten en het telefoontje is gepleegd. Het probleem zal vanavond worden opgelost.'

Josh was verbaasd dat ze hem al een stap voor waren maar ook tevreden. 'Mijn complimenten voor je efficiëntie.'

'We hebben alleen maar het beste en meest ervaren personeel,' zei Fyodor trots.

'Ik neem aan dat felicitaties op hun plaats zijn voor het oplossen van de eerdere Hurley-dreiging?'

'Dank u. Er waren geen problemen.'

'En nu ik je toch aan de telefoon heb, er is nog een probleempje dat misschien het beste opgelost kan worden door jouw ervaren personeel. Het spijt me dat dit allemaal tegelijk komt.'

'Wij zijn hier om problemen op te lossen. Excuses zijn niet nodig. Op welk probleempje doelt u?'

'Er zijn een paar studenten, een man en een vrouw, die goed bevriend zijn. Het zijn lastposten die met Sandra Wykoff over de Vandermeerzaak hebben gepraat. Zogenaamd vanwege een misplaatste belangstelling op het punt van ziekenhuisgerelateerde sterftecijfers. Dat moet ophouden! Ik zal proberen het te regelen via de decaan van de faculteit, maar ik dacht dat je het moest weten. Misschien is een waarschuwing aan een van hen op zijn plaats, maar dat laat ik aan jou over. Ik zal je de namen en de details sturen.'

'We zullen het in de gaten houden. Ondertussen kunt u er gerust op zijn dat we voor de anesthesist zullen zorgen. Wat betreft de studenten zullen we iemand sturen om eens een hartig woordje met de vrouw te spreken. In Rusland hebben we ontdekt dat dat de beste methode is.'

'Doe wat je het beste lijkt,' zei Josh simpelweg voor hij de verbinding verbrak. Hij was tevreden en opgelucht dat hij het probleem met die lastige anesthesist al achter zich kon laten. Het was makkelijk om te delegeren als je de juiste mensen had. Nu het belangrijkste deel van dit nieuwe probleem al opgelost was, belde hij de decaan van de medische faculteit, dokter Janet English, over die ellendige studenten. Dit gesprek was zelfs nog korter en directer. 'Praat zo snel mogelijk met hen,' zei Josh aan het eind. Zijn hoofd was alweer bezig met het aanstaande gesprek met Genève.

'Ik neem direct contact met hen op,' zei dokter English. 'Ik zal het regelen.'

26

Dinsdag 7 april, 15.21 uur

Het geluid van de binnengekomen sms was niet hard, maar omdat het zo stil was in haar kamer schrok Lynn er toch van. Ze was al urenlang heel geconcentreerd bezig. Eerst met het doorlezen van de artikelen die ze van het internet had geprint en toen met het bestuderen van de geprinte anesthesieverslagen van Carl, Scarlett en Ashanti. Nadat ze iets tamelijk verrassends had ontdekt, had ze de foto's op haar computerscherm er weer bij gezocht omdat ze die daar kon vergroten. Wat ze had gevonden en daarna bevestigd had gezien, was dat in alle drie de verslagen dezelfde kleine frame offset te zien was die dokter Wykoff in het geval van Carl was opgevallen en, verrassender nog, de frame offset was op hetzelfde moment: elke operatie was precies 52 minuten aan de gang geweest!

Lynn kon zich niet voorstellen dat zo'n exacte timing toeval was. Het was te newtoniaans in een wereld van de kwantummechanica. Toen ze haar aandacht weer richtte op de geprinte pagina's die ze naast elkaar had gelegd, ontdekte ze nog iets anders wat haar eerder bij het vergelijken van de verslagen niet was opgevallen. Het was weer een overeenkomst, maar een die ze misschien niet zou hebben gezien als ze niet tegelijkertijd naar de drie gevallen had gekeken, en deze was net zo verrassend en verontrustend als de gelijktijdige frame offset. Ze wist ook nu niet wat het betekende maar ze was er zeker van dat het belangrijk moest zijn en ze kon niet wachten om het Michael te vertellen zodat hij kon zeggen wat hij ervan vond. Op het moment van de tweede ontdekking hoorde ze het geluid van de binnengekomen sms.

Nadat ze van de schrik was bekomen, greep Lynn haar telefoon en keek op het scherm. Ze verwachtte een bericht van Michael te zien, die haar liet weten dat ze maar beter zo snel mogelijk naar de polikliniek kon komen. Normaal gesproken waren de meeste berichten die ze kreeg van hem. Deze sms was echter niet van Michael maar van dokter Janet English, de decaan van de medische faculteit! Een beetje bezorgd las ze het bericht. Het was niet erg lang.

Juffrouw Lynn Peirce, ik verwacht u in mijn kantoor om 17.00 uur, direct na het college oogheelkunde. Hoogachtend, dokter Janet English, decaan, Mason-Dixon, medische faculteit.

Langzaam legde Lynn de telefoon weer neer. Er bekroop haar een angstig gevoel. Ze leunde voorover om het bericht nog eens te lezen. Haar hartslag, die was vertraagd na de eerste schrik, versnelde weer. De vraag was waarom de decaan van de faculteit haar wilde spreken. Haar eerste gedachte was dat het misschien te maken had met het feit dat ze een paar oogheelkunde- en dermatologiecolleges had gemist, maar toen besefte ze dat het niet zoiets simpels kon zijn. In het bericht stond dat ze na het college oogheelkunde moest komen, wat betekende dat de decaan dacht dat Lynn daar was, zoals ook eigenlijk zou moeten.

Ze had de decaan nog nooit persoonlijk ontmoet, ook al was ze een vierdejaarsstudent. Ze had haar alleen op afstand gezien tijdens diverse evenementen van de medische faculteit, zoals op haar eerste dag, toen Lynn net was aangekomen en dokter English de welkomsttoespraak had gehouden tijdens de 'wittejassenceremonie'. De decaan stond niet bekend als een bijzonder sociaal type. Het was algemeen bekend dat ze de voorkeur gaf aan administratieve taken en onderzoek boven direct contact met studenten, iets wat ze delegeerde aan de studentendecaan.

Al snel begon Lynn zich zorgen te maken: hadden Rhodes en/of Wykoff inderdaad gecontroleerd of zij en Michael wel toestemming hadden om in Carls dossier te kijken op de neuro-IC? Als de decaan daarvan op de hoogte was gesteld zou ze woest zijn en hen laten komen om hen ervan te beschuldigen dat ze een belangrijke HIPAA-regel hadden geschonden. Lynn hoorde in gedachten Michael nog zeggen dat het een klasse 5-overtreding was. Zou de faculteit hen gaan vervolgen? Lynn had geen idee. Ergens betwijfelde ze het want het was hun eerste overtreding, maar wie weet. En als ze hen gingen vervolgen, zou dat dan het eind van hun medische carrière betekenen? Ook daar had Lynn geen idee van, maar ze moest toegeven dat de kans bestond. Ze rilde en voelde zich er ontzettend schuldig over dat ze Michael erbij betrokken had.

Ze vroeg zich af of hij een vergelijkbaar bericht had gekregen. Snel stuurde ze een sms om het te vragen. Ze wist dat hij waarschijnlijk op de poli oogheelkunde was maar ze nam aan dat hij haar wel een bericht terug kon sturen. Ze had gelijk. Binnen een paar minuten verscheen zijn antwoord op het scherm.

Michael: *Dat klopt. Wat is er loos?*

Lynn stuurde snel een sms terug.

Lynn: *Zou willen dat ik het wist. Rhodes en Wykoff hebben misschien verklapt dat we Carls dossier hebben gelezen.*

Michael: *Mogelijk maar ik betwijfel het. Waarschijnlijk woest omdat we met Wykoff spraken.*

Lynn: *Hoop dat je gelijk hebt. Zie je bij de polikliniek iets voor 17. We kunnen samen gaan.*

Michael: *Afgesproken sis* ☺

Lynn was verbaasd dat Michael zo nonchalant over het bericht van de decaan deed dat hij zelfs een emoticon gebruikte. Het leek ongepast onder de omstandigheden en heel ongebruikelijk voor hem. Hij had nog nooit eerder een emoticon gebruikt in een bericht aan haar. Toch voelde ze zich er beter door. Het gaf haar in elk geval het idee dat hij zich niet druk maakte over de oproep van de decaan en als dat zo was, dan moest zij dat misschien ook maar niet doen. Maar ook in het beste geval, als dokter English hen alleen maar wilde spreken om hun te verbieden ooit nog met Wykoff te praten, was Lynn realist genoeg om te begrijpen dat vanaf dat moment de kans groot was dat Carls dossier lezen en zelfs een bezoek aan hem brengen onmogelijk waren geworden. Het personeel van de neuro-IC zou vermoedelijk gewaarschuwd worden en dat zou een enorm probleem betekenen voor Lynn.

Natuurlijk was ze nergens zeker van. Waren dergelijke paranoïde gedachten een vorm van afleiding om te vermijden dat ze de realiteit van Carls coma onder ogen moest zien, zijn sombere prognose en haar schuldgevoel? Trok ze overhaaste en ongefundeerde conclusies? Lynn wist het niet. Ook kwam er nog een gedachte bij haar op. Misschien moest ze het onderzoek verder alleen doen. Ze moest nu toch echt erkennen dat er mogelijk een persoonlijke prijs betaald zou gaan worden. Als iemand er de gevolgen van moest dragen, dan was zij dat, en zij alleen, niet Michael.

Lynn keek hoe laat het was. Het was bijna halfvier. Dat betekende dat de dagdienst op de neuro-IC was overgegaan in de avonddienst. Er zouden nieuwe mensen zijn. Ze zou genoeg tijd hebben om om vijf uur bij het kantoor van de decaan te zijn. Als ze opnieuw in Carls dossier wilde kijken, en dat wilde ze, dan moest ze het nu proberen. Ze kon alleen maar hopen dat het gesprek van de decaan met haar en Michael niets te maken had met hun openlijke overtreding van de HIPAA-regels.

27

Dinsdag 7 april, 15.40 uur

Lynn besloot het douchen en verkleden zoals ze van plan was geweest over te slaan en haastte zich naar het ziekenhuis. Door haar paranoia maakte ze zich zorgen dat de decaan het personeel van de neuro-IC al vóór het geplande gesprek had gewaarschuwd voor haar activiteiten. Helaas kon ze daar alleen maar achter komen door ernaartoe te gaan en het te proberen.

Ze was van plan de dekmantel van het anesthesieassistentschap weer te gebruiken als haar werd gevraagd wat ze deed op de neuro-IC, en daarom ging ze weer naar de vrouwenkleedkamer van de chirurgieafdeling om operatiekleding aan te trekken. Op die manier viel ze niet op als student.

Toen ze voor de neuro-IC stond wachtte ze even, net als bij haar vorige bezoeken, maar deze keer was het niet omdat ze bang was voor wat ze zou zien als ze bij Carl was, maar meer omdat ze zich zorgen maakte over haar ontvangst. Ze vatte moed en liep naar de ingang.

Terwijl de deur achter haar dichtviel keek ze aarzelend om zich heen. Op het oog zag de IC er hetzelfde uit als die ochtend, met dezelfde geluiden en geuren. Zoals gewoonlijk lagen de meeste patiënten in bed. De enige activiteit op de afdeling kwam van zusters en broeders die met hun werk bezig waren. Een paar keken in Lynns richting, maar niemand kwam op haar af. Haar moed nam weer toe en ze was in staat zich een beetje te ontspannen.

Vanaf de plek waar ze stond wierp ze een blik in de richting van Carls kamer. Afgezien van zijn been in de CPM, lag hij nog net zo onbeweeglijk als die ochtend. Een verpleegster was bezig met zijn infuus. Lynn overwoog naar hem toe te lopen, maar zag er toch van af omdat ze waarschijnlijk alleen maar weer van streek zou raken en dat kon ze niet gebruiken. Toen ze in Scarlett Morrisons kamer keek, zag ze dat de vrouw was overgeplaatst. Er lag een nieuwe patiënt op haar plek, die werd verzorgd door een arts-assistent. Gelukkig was het niet Charles Stuart, want dat had problemen op kunnen leveren.

Lynn richtte haar aandacht op de centrale balie en zag de vrouw die hoogstwaarschijnlijk bij de avondploeg dezelfde functie had als Gwen Murphy. Ze zat op de stoel van het afdelingshoofd. Ze keek niet op toen Lynn op haar afliep. Peter Marshall, de receptionist, was al vertrokken. Een arts zat met haar rug naar Lynn te dicteren, gebogen over een dossier. Lynn schrok. Het was dokter Siri Erikson weer.

Even overwoog Lynn er heel snel vandoor te gaan en later terug te komen, als de hematoloog weg was. Na de lichtelijk ongemakkelijke ontmoeting met de vrouw die ochtend wist Lynn niet zeker of ze wel een nieuw gesprek wilde riskeren. Maar omdat ze niet wist wat er over een klein uur in het kantoor van de decaan zou gaan gebeuren, zou dit weleens haar enige kans kunnen zijn. Ze moest het risico nemen.

Nadat ze eens diep adem had gehaald liep Lynn naar de balie. Ze glimlachte vriendelijk tegen de hoofdzuster, die opkeek met vragend opgetrokken wenkbrauwen. Lynn hoopte dat haar vermomming zou werken want geneeskundestudenten kwamen normaal niet zo laat op de dag en zonder een begeleider naar de neuro-IC. Lynn zag haar naam. Ze heette Charlotte Hinson. Het was een forse blondine van achter in de dertig met een paar sproetjes op haar neus, wat haar een jeugdige uitstraling gaf. 'Kan ik je helpen?' vroeg ze. Gelukkig klonk ze vriendelijk en niet vijandig.

'Ik ben hier om te kijken naar de patiënt van dokter Stuart, Carl Vandermeer,' zei Lynn met zachte stem. 'Ik wil het resultaat zien van de serumelektroforese.'

'Je had in het epd kunnen kijken,' zei Charlotte opgewekt. 'Daar staat het ook in. Je had je de moeite kunnen besparen.'

'Ik was in de buurt,' zei Lynn en ze glimlachte opnieuw geforceerd. Als ze in het elektronisch dossier had kunnen kijken, zou ze dat zeker hebben gedaan. Vanaf het allereerste begin van deze nachtmerrie had ze al begrepen dat ze niet moest proberen in Carls epd te komen. Het zou haar misschien een keer gelukt zijn, maar daarna zouden de alarmbellen direct zijn gaan rinkelen en dan zou ze onmiddellijk iets hebben gehoord van de beveiligingsdienst. De epd's waren nog zwaarder beveiligd dan de papieren dossiers.

Behulpzaam draaide Charlotte aan het dossierrek omdat het binnen haar bereik stond, maar zowel Lynn als zij zag dat vak nummer acht leeg was.

'Ik heb het dossier van Vandermeer,' zei dokter Erikson, die het gesprek had gehoord. Ze had zich omgedraaid om Lynn aan te kijken. 'Juffrouw Peirce, wat leuk je weer te zien.'

'Dank u,' zei Lynn. Het leek erop dat een gesprek onvermijdelijk was. 'Sorry dat ik u weer lastigval.'

'Geen probleem! Alsjeblieft, ga zitten! Ik heb erg van ons gesprek van vanochtend genoten. We kunnen samen over de zaak praten. Er is mij gevraagd een consult te doen bij meneer Vandermeer.'

Tot Lynns verrassing gedroeg de vrouw zich heel vriendelijk, helemaal niet zoals die ochtend. Na een korte aarzeling trok Lynn een stoel naar zich toe en ging zitten. Ze voelde dat ze niet veel keus had als ze de veranderlijke hematoloog niet wilde beledigen. Dokter Erikson schoof direct Carls dossier naar haar toe. Het lag open op de pagina met het resultaat van de serumelektroforese, precies wat Lynn wilde zien.

Ze wierp een blik op het diagram van de serumeiwitten, verdeeld naar grootte en elektrische lading, waar ze nu aanzienlijk meer over wist omdat ze nog geen uur geleden het Wikipedia-artikel had gelezen. In haar ogen zag het eruit als een kronkelige bergketen getekend door een kind. Een opvallend dunne piek in de gammaglobulinereeks doorbrak de verder gladde contour. De piek was beslist niet zo hoog als die van Morrison, maar wel op een vergelijkbare plek.

'Wat denk jij ervan?' zei dokter Erikson.

'Volgens mij is dat niet normaal,' zei Lynn. Geneeskundestudenten leerden een slag om de arm te houden. 'Maar ik weet niet of het gammopathie genoemd kan worden.' Ze had ook het artikel over gammopathie nog eens gelezen en voelde zich redelijk zeker om erover te spreken.

'Verbaast je dat?'

'Ik geloof het wel,' zei Lynn. 'Als het gammopathie is, lijkt hij daar te jong voor. Ik heb gelezen dat het nauwelijks voorkomt vóór het vijftigste levensjaar en hij is nog maar negenentwintig, net als Scarlett Morrison.'

'Maar het is ook geen gammopathie, alleen een mogelijke waarschuwing dat hij het zou kunnen ontwikkelen. Hij zal gemonitord moeten worden. Als de piek hoger wordt moeten we een beenmergonderzoek doen om de plasmacelpopulatie te bekijken.'

'Wat betekent dat als hij hoger wordt?'

'Dat hangt ervan af hoe hoog hij wordt. Zo'n piek betekent dat hij een bepaald eiwit produceert. Bij iemand die zo jong is als hij zou het een onbepaalde paraproteïneafwijking worden genoemd. Maar de piek kan ook de voorloper zijn van iets ernstigers, zoals multipel myeloom of lymfoom.'

'Interessant,' zei Lynn, om maar iets te zeggen. Ze was in de verleiding om Ashanti Davis te noemen en haar diagnose multipel myeloom, maar ze hield zich in uit angst dat dokter Erikson zou vragen hoe ze dat wist. In plaats daarvan zei ze: 'Ik ben bang dat dit allemaal een beetje boven mijn pet gaat. Waarom denkt u dat hij deze paraproteïne heeft ontwikkeld? Vanmorgen zei u dat het niks te maken had met de anesthesie.'

'Absoluut niet!' zei dokter Erikson, net als die ochtend opnieuw nogal geïrriteerd, waardoor Lynn inwendig in elkaar kroop. 'Ik ben er honderd procent zeker van dat het niets te maken heeft met de anesthesie.' Toen hield ze zich in en zei rustiger: 'Ik weet zeker dat hij deze serumeiwitafwijking voor de operatie al had, of althans de aanleg ervoor. Niemand wist dat, want er was geen enkele reden om een serumelektroforese te doen. Een kleine paraproteïneafwijking als deze zou volkomen asymptomatisch zijn. Het verbaast me alleen dat je weer begint over de anesthesie. Heeft iemand op de anesthesieafdeling dat geopperd?'

'Niet dat ik weet,' zei Lynn nerveus. Ze wilde beslist niet over de anesthesieafdeling praten en mogelijk verraden dat ze niet bezig was voor hen iets uit te zoeken.

'Het is een absurde associatie,' zei dokter Erikson. 'Maar als je enige verwijzing naar gammopathie hoort op de anesthesieafdeling, in welke context dan ook, dan wil ik dat graag weten, en ik wil het ook weten als jij of iemand anders tot een conclusie komt hoe deze twee patiënten in coma zijn geraakt.'

'Natuurlijk,' zei Lynn gewillig, hoewel ze opnieuw in de verleiding kwam om te vertellen dat er nog een derde geval was, maar ze hield zich om dezelfde reden als eerder ook deze keer in.

'Als tegenprestatie zal ik jou op de hoogte houden van elke verandering in deze zaak. Nu er een consult is geweest zal ik meneer Vandermeer blijven volgen, ook als hij wordt overgebracht naar het Shapiro.'

'Wat?' zei Lynn zo hard dat dokter Erikson schrok. Hoewel ze niet zo hard had gesproken werd haar stem versterkt door de stilte op de IC. Het was een omgeving waar iedereen gespannen was. Als er dingen fout gingen, en dat gebeurde af en toe, dan gingen ze ook heel erg fout.

Lynn had wel begrepen dat Carl op een bepaald moment mogelijk naar het Shapiro Instituut zou worden overgebracht, maar ze was ontzet dat het misschien al snel zou gebeuren. Hoewel de prognose voor zijn herstel somber was, wist ze ook dat de verhuizing naar het instituut betekende dat het neurologieteam het opgaf, en dan zou zij het sprankje hoop waar ze zich vergeefs aan had vastgeklampt moeten loslaten. Ze probeerde zich te beheersen en vroeg: 'Wanneer zou dat dan moeten gebeuren?'

'Je lijkt van streek,' zei dokter Erikson. Ze staarde Lynn aan.

'Ik had geen idee dat werd overwogen hem over te plaatsen,' zei Lynn, die probeerde zich te herstellen en haar emoties te onderdrukken. 'Dokter Stuart, de arts-assistent, heeft daar niets over gezegd.'

'Ik snap niet waarom niet,' zei dokter Erikson. 'Het neurologieteam heeft het voorgesteld en zij hebben de leiding. Daar het onderzoek naar een infectieziekte niets heeft opgeleverd, kan het heel snel gebeuren. Ik gok misschien vanmiddag of vanavond. In elk geval morgenochtend op zijn laatst. Hij heeft nog geen gastrostomie voor de voeding, maar Shapiro-patiënten worden stelselmatig hiernaartoe gebracht als een operatie nodig is.'

'Dat lijkt erg snel,' zei Lynn ondanks zichzelf.

'Hij krijgt daar betere zorg voor zijn situatie,' zei dokter Erikson. 'Dat is nu eenmaal zo.'

'Weten zijn ouders het al?'

'Natuurlijk!' zei dokter Erikson. Ze keek schuin naar Lynn, vragend. Toen voegde ze eraan toe: 'De ouders zijn er heel erg bij betrokken. Ik heb ze hier al verschillende keren gezien. Iedereen weet dat plaatsing in het Shapiro Instituut vrijwillig is. De familie moet ermee instemmen. De meeste doen dat ook als ze horen hoe groot het voordeel is voor de patiënt.'

'Hoe zit het met zijn bloedbeeld?' vroeg Lynn snel om van onderwerp te veranderen. 'Nemen de lymfocyten nog steeds toe? Wat als dit paraproteïneprobleem verdergaat?'

De hematoloog antwoordde niet direct. Ze staarde Lynn zo indringend aan dat ze het ergste vreesde. Ze was bang dat ze zichzelf had verraden en dat de volgende vraag zou zijn hoe de relatie van Lynn met de patiënt precies in elkaar zat. Maar tot haar opluchting beantwoordde dokter Erikson alleen maar haar vraag. 'De witte bloedcellen zijn gestegen tot veertienduizend waarvan de meeste lymfocyten.'

'Interessant,' zei Lynn onoprecht. Plotseling wilde ze alleen nog maar weg. Ze was zo van streek doordat Carl mogelijk naar het Shapiro gestuurd zou worden dat ze heel bang was dat ze zou verraden dat ze meer dan een belangeloze interesse had. Maar ze bleef waar ze was. Ze spraken nog even over de beenmergfunctie en de oorsprong van diverse bloedeiwitten, maar Lynn kon zich niet concentreren. Zodra ze kon, zei ze dat ze terug moest naar de ok en excuseerde ze zich.

'Denk eraan dat je contact met me opneemt als je tot een conclusie komt,' riep dokter Erikson haar na. 'En ik kan je op de hoogte houden over Vandermeer en Morrison. Ik zal beide patiënten volgen in het Shapiro.'

Lynn knikte om aan te geven dat ze het had gehoord en verliet snel de IC. Terwijl ze zich voorthaastte probeerde ze te kalmeren. Ze raakte een beetje in paniek nu Carl mogelijk 'fysiek' van haar afgenomen zou worden. Het betekende dat ze niet meer in de gaten kon houden hoe het met hem ging of wat voor zorg hij kreeg. Eerst waren zijn geest en herinneringen gestolen, en nu was zijn lichaam aan de beurt.

Lynn wist na de korte introductie als student in het Shapiro Instituut maar al te goed dat alleen naaste familie de patiënt mocht bezoeken, en dan ook nog maar heel kort en altijd op afspraak. En zeker ook niet vaak. Om de patiënt te beschermen tegen infecties van buitenaf konden de familieleden hun geliefde alleen zien achter een glazen raam. Sommige families klaagden daarover, maar uiteindelijk begrepen ze dat het voor alle patiënten beter was.

Lynn rilde bij de gedachte dat Carl werd opgesloten op zo'n onmenselijke plek. Ze herinnerde zich het bezoek van twee jaar geleden alsof het gisteren was. De tour die zij en haar jaargenoten hadden gekregen was beperkt gebleven tot een vergaderzaal en een van in totaal drie ruimtes waar familiebezoeken plaatsvonden, die allebei direct achter de verbindingsdeur met het ziekenhuis lagen. De ruimte achter het raam in de bezoekerskamer zag eruit als een toneeldecor, waar de bewusteloze patiënt op een normaal ziekenhuisbed leek te liggen. Maar dat was het niet. Het had een heel bijzondere constructie die werd gecamoufleerd door het beddengoed. Het transport van de patiënt ging volledig automatisch en deed Lynn denken aan de lopende band in een autofabriek.

Ze herinnerde zich dat er een pop was gebruikt, geen echte patiënt. Zij en haar jaargenoten waren diep onder de indruk geweest van de demonstratie. Er waren helemaal geen mensen bij betrokken. De hele achterwand van het decor was opengeschoven en de pop was automatisch naar binnen gebracht met behulp van robotachtige apparatuur, binnen een paar seconden in het bijzondere bed gelegd en tot de nek onder een laken verborgen. Daarna verdween de hele machinerie weer uit het zicht. De studenten kregen te horen dat de naaste familieleden het komen en gaan niet zagen; zij werden pas binnengeleid als de patiënt helemaal klaarlag.

Lynn en haar vrienden hadden zich afgevraagd hoe de rest van het Shapiro er dan wel uit moest zien als ze in staat waren voor meer dan duizend vegetatieve patiënten te zorgen, wat kennelijk de gemiddelde bezettingsgraad was. Er werd verder niets over gezegd, alleen dat het allemaal mogelijk was dankzij automatisering en computerisering.

Na de demonstratie met de pop was er een korte vragensessie geweest met de persoon die verantwoordelijk was voor het bezoek. Lynn had gevraagd waarom families ervoor kozen hun geliefden op te laten nemen in het Shapiro, gezien de beperkte bezoekmogelijkheden. Het antwoord was simpel geweest. De levensverwachting van dergelijke patiënten was in het Shapiro vele malen hoger dan in welk ander ziekenhuis dan ook. De begeleider had ook nog gezegd dat in de meeste instellingen meer dan 40 procent van de patiënten die om allerlei redenen in een coma waren geraakt in het eerste jaar overleden, terwijl het Shapiro in de eerste zes jaar slechts tweeëntwintig sterfgevallen had.

Lynn herinnerde zich dat Michael ook een vraag had gesteld omdat de pop die gebruikt werd bij de demonstratie was uitgerust met iets wat heel erg leek op een voetbalhelm. Omdat Michael zelf speelde was hij nieuwsgierig. Het antwoord was geweest dat de helm een baanbrekende technologie was die speciaal voor het Shapiro was ontwikkeld, en dat al hun patiënten er een hadden. Hij werd omschreven als een draadloos apparaat dat de hersenactiviteit in realtime registreerde en, belangrijker nog, ook in staat was delen van de hersenen te stimuleren.

Terwijl Lynn naar de liften liep, werd haar paniek door al deze gedachten die door haar hoofd tolden alleen maar groter. Ze moest iets doen. Ze kon niet toelaten dat Carl op een dergelijke akelige plek werd weggestopt zodat ze geen contact meer met hem kon hebben. Opeens besloot ze impulsief dat ze hem, hoe dan ook, zou gaan opzoeken, en niet in de afgescheiden bezoekersruimte. Als Carl zou worden overgeplaatst, dan zou ze een manier verzinnen om hem te gaan bezoeken zonder een raam tussen hen in. Ze wilde precies weten wat er met hem gebeurde en hoe er voor hem gezorgd werd. Ze wist niet hoe ze het voor elkaar moest krijgen, maar het zou haar lukken.

28

Dinsdag 7 april, 16.45 uur

'Mens!' klaagde Michael. 'Ik schrik me dood.' Lynn was ongemerkt achter hem opgedoken in de wachtkamer van de poli oogheelkunde en had hem zonder waarschuwing buiten gehoorsafstand van de wachtende patiënten gesleurd. Hij had een beetje aan de zijkant gestaan en was net bezig geweest haar een bericht te sturen omdat hij wilde weten waar ze elkaar zouden ontmoeten.

'Carl wordt overgebracht naar het Shapiro,' gooide Lynn eruit op dringende fluistertoon. De mogelijkheid was in haar hoofd al werkelijkheid geworden.

'Oké, oké,' reageerde Michael kalmerend. Hij begreep haar paniek onmiddellijk.

'Je weet hoe het daar is,' jammerde Lynn. Nu ze met Michael praatte, dreigde de emotie die ze tijdens het gesprek met Erikson onder controle had weten te houden haar te veel te worden.

Na een snelle blik om zich heen merkte Michael dat een paar wachtende patiënten openlijk zaten te staren naar de jonge zwarte man die stond te praten met de jonge, emotionele blanke vrouw. Zuidelijke wenkbrauwen van zowel blanke als zwarte mensen werden opgetrokken.

'Kom mee!' zei Michael met een stem die geen tegenspraak duldde. Hij pakte Lynn bij de arm en trok haar snel mee naar een lege behandelkamer, weg van de priemende blikken. Omdat het spreekuur bijna voorbij was waren er een heleboel lege kamers beschikbaar. Hij sloot de deur.

'Doe rustig, sis,' drong hij aan. Hij legde zijn handen op Lynns schouders en keek haar recht aan. 'Hoor je wat ik zeg? Je kunt je nu niet laten gaan. We hebben een afspraak waarbij we alert moeten zijn. Ik weet niet waarom de decaan ons wil zien maar het is vast niet om ons een klopje op de schouder te geven.'

'Maar...' begon Lynn.

'Geen gemaar! Beheers je. Na het gesprek zullen we het hebben over dit Shapiro-gedoe. Maar nu moeten we onze hersens erbij houden en rustig blijven.'

'Je hebt gelijk,' zei Lynn, terwijl ze haar ogen afveegde. 'Je hebt altijd gelijk, rotzak.'

'Ha, zo ken ik je weer. Luister! We moeten een plan bedenken.'

'Wat denk jij dat ze tegen ons gaat zeggen?'

'Ik heb ook geen idee. De kans bestaat dat ze van ons nieuwe vriendje, Benton Rhodes, heeft gehoord dat we met Sandra Wykoff hebben gepraat over de Vandermeer-zaak. Dat lijkt me waarschijnlijk, gezien het tijdstip.'

'Denk je dat ze ons ervan gaat beschuldigen dat we een HIPAA-regel hebben geschonden?'

'Ik hoop het niet, nog niet tenminste. Daarom moeten we iets bedenken om uit te leggen hoe we achter de details van Carls rampzalige anesthesie zijn gekomen.'

Lynn knikte. Ze wist dat Michael gelijk had en ze was blij dat hij zo koel bleef, ook al was zij dat niet. Er moest een manier zijn waarop ze de details hadden ontdekt zonder de HIPAA-wetgeving te hebben geschonden. Het was duidelijk dat het anesthesieverhaal niet zou werken bij de decaan. Uit het bericht dat ze beiden hadden gekregen was duidelijk dat ze wist dat zij met hun vierde jaar bezig waren en niet met een anesthesiecoschap.

'Weet de decaan dat jij en Carl een relatie hebben?'

'Geen flauw idee,' zei Lynn. 'Het is mogelijk, neem ik aan, want de studentendecaan wist het in elk geval.'

'Ja, maar dat zijn nogal verschillende mensen. De studentendecaan is heel persoonlijk en de decaan van de faculteit is heel afstandelijk. Het lijkt wel of ze van verschillende planeten komen.'

'Ik heb een idee,' zei Lynn plotseling. 'Ik kan zeggen dat een van de arts-assistenten me over de zaak heeft verteld om me het poppenogenfenomeen te demonstreren. Het is geen leugen, maar alleen niet het hele verhaal. En het klinkt goed. Ik bedoel, dit is een opleidingsziekenhuis.'

'Het is een beetje zwak,' zei Michael. 'Vooral als ze weet dat jij en Carl een stel zijn. En dan blijft natuurlijk de vraag waarom jij met een arts-assistent hebt gepraat. Maar het geeft niet. Misschien slikt de decaan het wel.' Hij keek op zijn horloge. 'En we hebben geen tijd meer. Dit is geen afspraak waarbij we te laat kunnen komen. Gaat het weer?'

'Ik geloof het wel,' zei Lynn. Ze haalde een tissue uit een doos op de tafel en snoot haar neus. 'Kom op, we gaan.'

De twee studenten liepen via de verbindingsgang naar het hoofdgebouw van het ziekenhuis. De administratiekantoren, waaronder de kamer van de decaan, waren op de begane grond. Zo snel ze konden renden ze door de drukke hal en liepen het administratiegedeelte binnen via een deur met een paneel van geslepen glas. De sfeer veranderde direct. Het was er heel rustig. Op de vloer lag tapijt en aan de muren hingen ingelijste olieverfschilderijen. Ze liepen langs de kantoren en kwamen in het academische deel. Hier was het meubilair niet zo weelderig.

Nadat ze zich hadden gemeld bij een keurige secretaresse gingen ze zitten. Het was drie minuten voor vijf.

'We hebben het gehaald,' fluisterde Lynn.

Uiteindelijk moesten ze nog een kwartier wachten. Ze zeiden geen woord. De sfeer was akelig somber, waardoor hun angst nog werd aangewakkerd. Zowel Lynn als Michael kende de studentendecaan goed maar de decaan van de faculteit niet. Ze hadden haar nog geen van tweeën ontmoet.

Lynn probeerde zich net zo te ontspannen als Michael leek te zijn, maar ze kon dat om allerlei redenen niet, vooral niet door het verontrustende idee dat Carl werd overgebracht naar het Shapiro en de onzekerheid over wat hun te wachten stond bij dokter English.

'De decaan kan jullie nu ontvangen,' zei de secretaresse eindelijk terwijl ze naar de gesloten deur gebaarde die naar het kantoor erachter leidde. De twee studenten liepen ernaartoe, Lynn voorop. Ze wisselden een blik en haalden hun schouders op. Michael balde zijn vuist en deed of hij op de lucht bonsde. Lynn klopte op de deur. Ze hoorden een stem die zei dat ze binnen konden komen.

De inrichting van het kantoor van dokter Janet English was zeer vergelijkbaar met die van de gang; aangenaam maar niet zo overdreven als, zoals algemeen bekend, die van de directeur van het ziekenhuis. Er was geen mahoniehouten lambrisering en de kunst bestond uit ingelijste prenten en niet uit olieverfschilderijen. Er stond een bureau en er was een zitje voor informele gesprekken. De studenten liepen naar de tafel. Er stonden diverse stoelen, maar omdat er niet werd gezegd dat ze konden gaan zitten bleven Lynn en Michael staan. De decaan was bijna klaar met het tekenen van een stapel formulieren. Even later keek ze op. Het was aan haar gezicht af te lezen dat ze geërgerd was. Nog steeds stelde ze niet voor dat ze zouden gaan zitten.

Lynn dacht dat de decaan ergens tussen de vijftig en de zestig was. Ze had een donkere gelaatskleur en haar haar had de kleur van antraciet. Achter haar bril zonder montuur leken haar ogen op zwarte knikkers. Als Lynn had moeten raden, zou ze hebben gezegd dat de decaan Indiaas bloed had.

'Ik heb een ernstige klacht over jullie gekregen,' snauwde dokter English. 'Jullie zullen begrijpen dat ik zeer teleurgesteld was om te horen dat twee van onze beste studenten problemen veroorzaken – studenten met een volledige beurs, moet ik erbij zeggen. En om het nog erger te maken, de situatie was zo ernstig dat dokter Feinberg, de directeur van het ziekenhuis en tevens de voorzitter van de raad van bestuur van Middleton Healthcare, erbij werd betrokken. Hij was zo kwaad dat hij me persoonlijk heeft gebeld om zijn onmin uit te spreken.'

Het bleef even stil. Lynn voelde een bijna overweldigende drang om zich te verontschuldigen. Ze was zich er goed van bewust dat ze alleen maar geneeskunde kon studeren dankzij de financiële steun die de faculteit haar gaf. Maar Michael was net zo financieel afhankelijk als zij en hij zei niks.

'Er is me verteld dat jullie de brutaliteit hebben gehad een van onze anesthesisten te ondervragen over een recente, zeer gevoelige zaak. Klopt dat?'

Lynn en Michael begonnen beiden op hetzelfde moment te spreken en zwegen toen weer. Lynn gebaarde naar Michael dat hij verder moest gaan. Ze wist dat hij veel diplomatieker was dan zij, zelfs als ze niet zo emotioneel uitgewrongen en zo doodmoe was.

'We hebben met dokter Sandra Wykoff gepraat,' zei Michael. 'Maar we hebben haar niet, zoals u zegt, óndervraagd. We hebben haar gevraagd naar een geval van vertraagd bijkomen. De zaak was buitengewoon tragisch en we dachten dat wij er als studenten iets van zouden kunnen leren.'

'Heb je niet aan de wettelijke aspecten gedacht?' vroeg dokter English.

Lynn voelde een beetje spanning verdwijnen. De decaan leek niet te weten dat zij en Carl een relatie hadden, wat waarschijnlijk maar goed was ook. Haar stem was ook wat zachter geworden. De scherpte was verdwenen. Lynn was zich er opnieuw van bewust dat Michael heel goed was in dit soort confrontaties. Ze merkte ook dat hij heel netjes sprak, zonder het minste accent.

'Als aankomende artsen dachten we meer vanuit het perspectief van de patiënt,' voegde Michael eraan toe.

'Dat is prijzenswaardig vanuit het standpunt van een student,' zei dokter English. 'Maar helaas is er ook nog een ander aspect. Als een gezonde jonge man na een eenvoudige operatie in coma raakt, zijn de potentiële implicaties voor medische fouten afschuwelijk, zelfs als er geen sprake is van medische fouten. Een dergelijke aanklacht kan dit ziekenhuis schaden en gevolgen hebben voor de zorg voor duizenden patiënten. In de proceszieke wereld van vandaag is het vermijden van een rechtszaak of het schikken van een zaak als deze van het allergrootste belang.'

'Dat begrijpen we volkomen,' zei Michael.

'Er was een duidelijke instructie van onze juridische afdeling dat niemand over de zaak mocht spreken.'

'Die hadden wij niet gehoord,' zei Michael. 'Maar nu we dat weten begrijpen we het volkomen en zullen we ons daaraan houden.'

'Hoe hebben jullie de details van deze zaak eigenlijk gehoord?' vroeg dokter English.

Michael en Lynn wisselden een snelle blik. Tot dusverre was het gesprek beter verlopen dan ze hadden verwacht, vooral omdat de HIPAA-wetgeving nog niet was genoemd. Maar hier was de vraag die ze hadden gevreesd. Michael knikte naar Lynn om het over te nemen en haar idee te proberen.

'Ik stond te praten met een arts-assistent,' begon Lynn. 'Hij had aangeboden me het poppenogenfenomeen te demonstreren, iets wat ik nog nooit had gezien. En toen hoorde ik de details.'

Dokter English antwoordde niet maar knikte bijna onmerkbaar. Na een korte pauze zei ze 'Heb je het gezien? Was het duidelijk?'

'Ja, ik heb het gezien. Het was heel dramatisch.'

'Oké. Nu begrijp ik het allemaal beter. Maar vertel eens, hebben jullie nog met iemand anders over de zaak gesproken, bijvoorbeeld met jaargenoten of iemand anders dan dokter Wykoff?'

Lynn en Michael keken elkaar aan, schudden allebei hun hoofd en zeiden tegelijk nee.

'Goed,' zei dokter English. 'Zoals ik al zei, deze zaak ligt buitengewoon gevoelig vanuit juridisch oogpunt. Praat er met niemand over!'

De decaan wees met een vinger van de een naar de ander om haar punt duidelijk te maken. 'Als jullie mijn waarschuwing in de wind slaan en er met anderen over praten, met wie dan ook, dan zal ik ervoor zorgen dat jullie geschorst worden. Ik hoef jullie niet te vertellen dat dat rampzalig zou zijn, vooral zo vlak voor jullie afstuderen. Ik weet niet hoe ik het duidelijker kan zeggen. Ik vertrouw erop dat jullie de ernst hiervan inzien.'

'Absoluut,' zeiden Lynn en Michael tegelijk alsof ze het antwoord hadden geoefend.

'Goed,' zei dokter English. 'Laten we het dan over iets anders hebben.'

Zowel Lynn als Michael verstijfde. Ze dachten dat ze veilig waren, maar nu waren ze daar niet meer zo zeker van. Ze hadden geen idee wat er zou komen.

'Toen ik met de directeur sprak zei hij nog iets. Als verklaring voor jullie gedrag zei hij dat jullie onderzoek deden naar ziekenhuisgerelateerde sterfgevallen. Klopt dat, en als dat zo is, waarom nu?'

Lynn en Michael wisselden weer een blik. Na een knikje van Michael gaf Lynn antwoord. 'Ik kwam onlangs een artikel tegen in *Scientific American* waarin wat verontrustende statistieken stonden. De schatting was dat er elk jaar 440.000 mensen sterven in ziekenhuizen door fouten, en dat een miljoen mensen het ziekenhuis verlaten met een ernstig medisch probleem dat ze niet hadden voor ze werden opgenomen.

We waren eerlijk gezegd stomverbaasd. Ik bedoel, we hadden hier in ons derde jaar wel iets over gehoord maar we hadden geen idee van de aantallen. Toen we over dit recente geval hoorden, dachten we dat het een heel duidelijk voorbeeld was en we wilden proberen te begrijpen hoe het heeft kunnen gebeuren.'

Opnieuw reageerde de decaan niet direct. Ze deed haar bril af en wreef over haar ogen. Toen zette ze haar bril weer op en zei: 'De cijfers die je noemt zijn verschrikkelijk. Ziekenhuisinfecties zijn het grootste probleem. Heeft het artikel daarop gewezen?'

'Niet specifiek,' zei Lynn. 'De statistieken werden niet opgedeeld in specifieke gevallen.'

'Nou, ik kan jullie verzekeren dat ziekenhuisinfecties de kern van het probleem zijn. Op nationale schaal komen ze voor bij 5 tot 10 procent van de opnames in de beste ziekenhuizen. In slechter presterende ziekenhuizen kan het aantal nog veel hoger zijn. Weten jullie wat het aantal ziekenhuisinfecties is in de Middleton Healthcare-ziekenhuizen, inclusief dit medisch centrum?'

Lynn en Michael schudden hun hoofd.

'Dan zal ik het jullie vertellen,' zei dokter English trots. 'In al onze ziekenhuizen bij elkaar minder dan 2 procent.'

'Dat is indrukwekkend,' zei Lynn en ze meende het. Zowel zij als Michael wist dat het medisch centrum heel veel moeite deed om infecties op allerlei manieren tegen te gaan, onder andere door een actieve campagne om handen wassen en het gebruik van ontsmettingsmiddelen te stimuleren, naast een strikte controle van intraveneuze lijnen, beademingsmachines en katheters. Geen van beiden wist dat het zo'n groot succes was.

'Als jullie geïnteresseerd zijn in ziekenhuisgerelateerde sterfgevallen, dan moeten jullie kijken naar het beperken van ziekenhuisinfecties. Daarin zouden jullie en jullie jaargenoten een verschil kunnen maken, niet in een geïsoleerd geval van vertraagd bijkomen uit een narcose. Begrijpen jullie wat ik bedoel?'

'Absoluut,' zeiden Lynn en Michael weer tegelijk. Hun opluchting was bijna tastbaar.

'Ik zal het makkelijk voor jullie maken,' zei dokter English. 'Ik zal contact opnemen met de IT en regelen dat jullie beiden toegang krijgen tot de ontslagstatistieken van ons medisch centrum, vooropgesteld dat jullie je houden aan één belangrijke voorwaarde: als je gaat praten met iemand buiten het medisch centrum, vooral met de media, dan nemen jullie eerst contact met mij op. Is dat duidelijk?'

'Absoluut,' herhaalden de studenten.

'We zijn terecht trots op ons succes op het gebied van infectiebestrijding,' ging dokter English verder. 'Maar sommige statistieken zijn niet voor algemeen gebruik. Ik hoop dat jullie dat begrijpen.'

Deze keer knikten ze allebei zonder iets te zeggen.

'Goed!' zei dokter English. 'Ik zal de directeur laten weten dat jullie nu begrijpen hoe het zit met dat ongelukkige anesthesiegeval en de noodzaak er niet over te praten. Ik kan jullie verzekeren dat het op dit moment al zorgvuldig wordt onderzocht door de anesthesieafdeling. Als jullie geïnteresseerd zijn in het onderzoek en het resultaat, dan denk ik dat ik het hoofd van de operatieafdeling er wel toe kan overhalen om jullie uit te nodigen voor de conferentie over morbiditeit en mortaliteit als deze wordt gehouden. Zouden jullie dat willen?'

'Zeker,' zei Lynn. Michael knikte.

'Oké,' zei dokter English terwijl ze op haar bureau keek en de stapel papier die ze had getekend opzijschoof. 'Dat is alles.' Zonder zelfs maar op te kijken pakte ze haar telefoon en begon tegen haar secretaresse te praten over een telefoonverbinding met dokter Feinberg.

Lichtelijk verrast door het abrupte einde aan het gesprek, maar zonder verder aanmoediging nodig te hebben, vertrokken de twee studenten snel. Pas toen ze weer terug waren in de hectiek van het ziekenhuis hielden ze hun pas in om iets te kunnen zeggen. Eerst gaven ze elkaar een fist bump. Ze moesten hard praten om elkaar te kunnen horen.

'Dat was een makkie,' zei Lynn.

'Zeg dat wel!' zei Michael. 'Maar het had ook mis kunnen gaan. Het is maar goed dat we hadden bedacht wat we zouden zeggen als ze vroeg hoe we wisten over Carl. Dat heeft de doorslag gegeven. Goed gedaan, sis!'

'Het is wel raar dat ze Carls naam niet één keer genoemd heeft.' De lichte euforie die ze had gevoeld omdat ze het gesprek met de decaan hadden overleefd begon al weg te ebben.

'Dat heb ik ook gemerkt. Maar wat ik nog gekker vond was dat we naar binnen gingen met de gedachte dat we zouden worden geschorst en dat we eruit komen met meer toegang tot de database van het ziekenhuis. Daar kunnen we ons voordeel mee doen. Ziekenhuisinfecties zijn een serieuze ramp.'

'Misschien wel,' zei Lynn. Ze zuchtte. 'Maar op dit moment ben ik daar niet in geïnteresseerd. Nu wil ik het erover hebben dat Carl naar het Shapiro wordt gestuurd.' Haar stem klonk geëmotioneerd.

'Rustig, mens. Wacht even tot we weer terug zijn in de flat. Ik wil niet dat mensen ons aan gaan gapen als jij begint te janken. Snap je wat ik bedoel?'

Lynn begreep de boodschap luid en duidelijk en was blij met de manier waarop hij het zei. Het feit dat iemand met zijn intelligentie en academische prestaties zo makkelijk kon switchen van beschaafd Engels naar straattaal verbaasde haar. Dat was altijd zo en hij wist het. Dat was precies de reden waarom hij het deed, maar alleen bij haar. Voor haar was het een bewijs van hun goede vriendschap. Verder sprak hij tegen iedereen, inclusief patiënten, met de dictie van een Engelse professor.

En ze wist dat hij gelijk had over de kans dat ze zich zou laten gaan. Op dat moment kon ze zich nog inhouden maar ze wist dat dat zo kon veranderen als ze begon te praten over Carls beperkte en sombere toekomst.

Ze namen dezelfde route door de bijna verlaten polikliniek als altijd. Er zaten alleen nog een paar achterblijvers te wachten om gezien te worden. Buiten was het prachtig. De zon was nog redelijk krachtig en het zou zo vroeg in de lente nog twee uur licht blijven. Nadat ze een stuk hadden gelopen door de fraai aangelegde binnentuin waar de bloemen bijna uit hun knoppen barstten, hield Lynn haar pas in. Net als de vorige dag bleef ze staan kijken naar het massieve granieten silhouet van het Shapiro Instituut. Alleen al het zien ervan bracht de stroom aan emoties die ze had ingehouden tot uitbarsting. 'Ik kan niet geloven dat Carl daarin opgesloten zal worden,' zei ze terwijl ze het gevecht tegen haar tranen verloor. 'Misschien vanavond al wel.'

Toen hij haar stem hoorde trillen leidde Michael haar van het pad naar een lege bank tussen de struiken, die hen deels onttrok aan het zicht van de vele voetgangers die voorbijliepen. Ze gingen zitten. Ze waren ver genoeg bij iedereen vandaan zodat andere studenten op weg naar de studentenflat hen niet konden zien, of, mochten ze toevallig hun kant op kijken, geen aandacht aan hen zouden schenken. En dat was maar goed ook, want Lynn liet zich al snel gaan en barstte in een langdurige huilbui uit.

Toen ze zichzelf eindelijk weer onder controle had en kon praten, vroeg Michael hoe ze had ontdekt dat Carl misschien naar het Shapiro zou gaan.

'Van dokter Erikson,' wist Lynn uit te brengen. Haar stem was nog niet helemaal vast maar ze slaagde erin wat rustiger te worden.

'Heeft ze je gebeld?'

'Nee. Ik kwam haar tegen,' zei Lynn. Ze vond een tissue in een van haar zakken en droogde zorgvuldig haar ogen. 'Ik ben weer naar de neuro-IC geweest voor het gesprek met de decaan omdat ik bang was dat het nadien niet meer zou kunnen. Ik dacht dat het misschien wel de laatste keer zou zijn voor ik hem heel lang niet meer zou kunnen zien. Ik wilde ook weten wat de serumelektroforese had opgeleverd.'

'Was het abnormaal?'

'Ja, en daarom was Erikson daar voor een consult.'

'Hoe abnormaal?'

‘Een beetje maar, tot nu toe was er alleen een kleine piek in de gammaglobulinecurve, maar ik heb het gevoel dat dokter Erikson verwacht dat het erger zal worden. Ze was deze keer heel vriendelijk tegen me, maar ik moet zeggen dat ik haar heel vreemd en onvoorspelbaar vind.’

‘Hoe kwam het dat ze jou vertelde dat Carl misschien wel werd overgeplaatst?’

‘Het kwam gewoon naar voren in ons gesprek. Het is een eigenaardige vrouw. Ik weet niet wat ik aan haar heb. Het ene moment lijkt ze vriendelijk, het volgende nijdig. Misschien voelt ze zich niet goed want, eerlijk gezegd, ze ziet er slecht uit. Weet je nog dat we het haar moesten laten weten als we tot een conclusie kwamen over hoe Carl en Morrison in coma zijn geraakt? Nou, vandaag vroeg ze nog meer. Ze wil dat ik het haar vertel als ik iemand op de anesthesieafdeling hoor praten over gammopathie. Dat is toch raar? Ik bedoel, waarom vraagt ze dat aan mij, een geneeskundestudent? Als arts kan ze het aan iedereen op die afdeling vragen die ze wil, inclusief Rhodes.’

‘Het betekent in elk geval dat ze onze smoes over de anesthesie geslikt heeft,’ zei Michael. ‘Maar ze moet weten dat niemand op die afdeling zal praten over gammopathie. Het is uitgesloten dat anesthesie en serumeiwitafwijkingen gerelateerd zijn.’

‘Dat weet ik nog niet zo zeker,’ zei Lynn terwijl ze stopte met het drogen van haar ogen. ‘Er zit een luchtje aan dit alles.’

‘O, kom op, sis! Er is niets aan anesthesie wat antigeen is. Het is miljoenen keren gebruikt zonder dat bij iemand het immuunsysteem werd opgeblazen. Er is geen verband.’

‘Laten we het zo stellen,’ zei Lynn. ‘Ik ben er niet zo zeker van omdat we nu drie gevallen hebben waarin het een rol gespeeld lijkt te hebben.’

‘We weten het maar van één zeker: Morrison.’

‘Carl kan gammopathie ontwikkelen en Ashanti moet het ook hebben gehad als ze nu multipel myeloom heeft. Het kan geen toeval zijn. Er klopt iets niet. En ik zal je nog wat vertellen. Als Carl daarnaartoe gaat, dan ga ik hem beslist opzoeken, wat er ook gebeurt.’

‘Ze zullen dat niet toestaan,’ zei Michael. ‘Daar waren ze heel duidelijk over. Alleen directe familie mag dat en jij, lieve schat, bent geen directe familie.’

‘Ik zou niet tevreden zijn met zo’n bezoekje, ook al zouden ze me toelaten,’ zei Lynn met een afwijzend gebaar. ‘Ik wil naar binnen en echt zien hoe Carl wordt behandeld, niet naar hem kijken door een raam.’

‘Kom op, zeg! Dat meen je niet. Dat zullen ze nooit toestaan.’

‘Ik heb het over inbreken. Je hebt me verteld dat je door die deur daar naar binnen bent gegaan, die rechtstreeks naar het netwerkoperatiecentrum leidde.’ Lynn wees naar de enige ingang. ‘Ik ga hetzelfde doen en ik begin van daaruit.’

‘Dat meen je toch niet echt, hè?’

‘Als Carl wordt overgeplaatst ga ik daar naar binnen. Ik ben vastbesloten. Ik denk dat ik het kan. Uit wat je me hebt verteld over je bezoek gisteren maak ik op dat hun beveiliging tamelijk slecht is. Dat zei je zelf ook. Ze hebben waarschijnlijk al die acht jaar dat ze open zijn nog nooit een beveiligingsprobleem gehad. Ik bedoel, wie wil er nou verdomme een instituut binnensluipen waar ze hersendode mensen opbergen?’

‘Het zou kunnen zijn dat ze laks zijn geworden maar...’

‘Dat is toch logisch.’

‘Het is een gigantisch risico. Om eerlijk te zijn denk ik dat we dat niet moeten doen,’ zei Michael heel serieus.

‘Wat bedoel je met “we”, blanke man?’ zei Lynn met een cynisch lachje, verwijzend naar de grap van Ron Metzner over de Lone Ranger waar Michael haar die ochtend aan had herinnerd. ‘Ik ga dit alleen doen. Toen we vandaag dat bericht kregen van de decaan besefte ik dat het niet ten koste mag gaan van jouw carrière, als het zover komt. Dit is mijn strijd want Carl was mijn vriendje. Daarom zijn de consequenties ook voor mij.’

‘Als je tweelingbroer is het mijn taak om je uit de problemen te houden. Laat mij zelf beslissen hoeveel risico ik wil nemen. Maar weet je wat? Hoe meer ik erover nadenk, hoe meer ik de gevolgen van het daar naar binnen gaan misschien wel overdrijf. In het allerslechtste geval krijgen we een tik op de vingers vanwege het betreden van het terrein zonder toestemming. Ik bedoel, het is onderdeel van dit instituut en we zijn geneeskundestudenten. Jeetje, de manier waarop we de HIPAA-regels hebben geschonden is erger dan een deel van het ziekenhuis binnengaan dat weleens verboden terrein zou kunnen zijn.’

‘Als Carl daarnaartoe gestuurd wordt, ga ik er naar binnen. Zeker weten.’

‘Oké, je weet het zeker. Maar vertel me dan nu maar eens hoe je dat voor elkaar denkt te krijgen.’

‘Ik heb jouw hulp nodig,’ gaf Lynn toe. ‘Want de sleutel tot succes is je nieuwe vriend, Vladimir hoe-heet-ie-ook-alweer.'

'Vladimir Malaklov, mijn Russische programmeurmaatje! Wat wil je dan van hem?'

'Een van die pakken die de mensen dragen die daar werken. Ik wil niet opvallen als ik iemand tegenkom, wat waarschijnlijk wel zal gebeuren. Omdat hij daar werkt volgens jou, heeft hij er waarschijnlijk wel een maar draagt hij het alleen niet. Ze moeten ergens zijn, net als operatiekleding in het ziekenhuis.'

'Hoe ga ik verdomme uitleggen waarom ik een Shapiro-pak nodig heb?' Michael schudde vol ongeloof zijn hoofd.

'Wees creatief! Zeg dat je het voor een gekostumeerd feestje wilt. Het kan me niet schelen. Maar zeg dat je er een in mijn maat nodig hebt.'

'Shit, sis!' klaagde Michael. 'Is dat alles?'

'Nee,' zei Lynn. 'Ik wil ook dat je me Vladimirs gebruikersnaam en wachtwoord geeft.'

Michael kreunde hardop en lachte toen sarcastisch. 'Als ik dat doe, dan denk ik dat mijn vriendschap met mijn Russische maatje van korte duur is. Waarom heb je die nodig?'

'Weet je nog dat ze tijdens ons bezoek aan het Shapiro erover opschepten dat ze maar tweeëntwintig sterfgevallen hadden gehad in acht jaar tijd? Ik wil uitzoeken wat de oorzaken van die sterfgevallen waren. En hoeveel mensen er overleden zijn sinds ons bezoek. En als ik dan toch bezig ben, wil ik ook weten hoeveel mensen er uit hun vegetatieve staat zijn ontwaakt en ontslagen werden. In een van de artikelen die ik gisteravond las staat dat wel 10 procent van de patiënten die na een hoofdtrauma in een vegetatieve staat zijn geraakt uiteindelijk weer bij bewustzijn komt en goed genoeg opknapt om naar huis te gaan. Een paar zijn zelfs volledig hersteld. Ik vraag me af hoeveel dat er zijn in het Shapiro. Dat hebben ze ons niet verteld.'

'Zeg alsjeblieft niet dat je van plan bent om vanaf je laptop het Shapiro te hacken met Vladimirs inloggegevens! Als je dat doet, zijn ze binnen een paar uur bij je en dan zit je heel snel in de bak.'

'Maak je geen zorgen. Zo stom ben ik niet. Ik zal een computer in het ziekenhuis gebruiken, liefst een op de IT-afdeling. Als Vladimir echt een administratieve functie heeft, wat wel moet om te kunnen doen wat hij doet, dan wordt er geen alarm geslagen. En ik wil ook meer uitzoeken over Ashanti Davis en in hoeverre haar zaak overeenkomt met die van Morrison en Carl.'

'Misschien kunnen we daar allemaal achter komen met de toegang die dokter English voor ons zou regelen.'

'O, alsjeblieft!' zei Lynn spottend. 'Ze geeft ons geen toegang tot de gegevens van het Shapiro. Ze zal ons waarschijnlijk alleen maar toestaan om naar gegevens over infecties te kijken, en dan ook nog alleen van het ziekenhuis. Als ik achter het soort dingen wil komen dat ik bedoel, dan heb ik Vladimirs inlogcode nodig. Ik moet onbeperkte toegang hebben.'

'Je bent lekker op stoom, sis. Maar ik snap het. Je moet jezelf bezighouden, dus ik zal niets meer zeggen. Maar vertel eens, zelfs als je een van die Shapiro-pakken hebt, hoe denk je dan binnen te komen?'

'Daar ga je me ook mee helpen,' zei Lynn.

Michael sloeg zijn ogen ten hemel. 'Waarom nam ik de moeite het te vragen?'

'Je hebt me verteld dat de beveiliging op de deur waar je door naar binnen ging maar een simpel, stokoud touchscreen heeft. Dat moet niet zo'n probleem zijn. Jij gaat Vladimirs duimafdruk voor me regelen. Doe het als je hem uitnodigt om je Jay Z-collectie te delen. Ik heb uitgezocht hoe je een vingerafdruk kunt maken met een beetje latex en houtlijm. Het is verbazingwekkend wat je allemaal op het internet kunt vinden. Ik heb alles al wat ik nodig heb.'

'Jezus!' zei Michael hoofdschuddend. Hij leunde achterover op de bank en staarde, Lynns blik volgend, naar het Shapiro. 'Oké, laten we zeggen dat het lukt. Wat is het plan dan zodra je binnen bent? Ga je dan een beetje rondzwerven om uiteindelijk te verdwalen? Die tent is gigantisch!'

'Daar ben ik al mee bezig,' zei Lynn.

'Voor de draad ermee!'

'Later,' zei Lynn. 'Nu wil ik je wat andere dingen laten zien die ik vandaag ontdekt heb toen ik de anesthesieverslagen van de drie zaken met elkaar vergeleek. Er zijn een paar verontrustende overeenkomsten en die motiveren me om verder te gaan.'

'Zoals?'

'Ik laat het je liever zien. De verslagen liggen in mijn kamer. Kom op!' Lynn greep Michaels arm en trok hem overeind.

29

Dinsdag 7 april, 17.37 uur

Ondanks een emotioneel uitputtende huilbui boven op haar vermoeidheid omdat ze de laatste vierendertig uur maar vier uur had geslapen was Lynn nu, volgens Michael, 'op stoom'. Hoewel ze genoeg over psychologie wist om te vermoeden dat het een vorm van ontkenning was, kon het haar niet schelen. Ze had het gevoel dat ze echt iets deed en dat ze zich niet alleen maar passief liet overspoelen door haar emoties.

Vóór haar discussie met Michael over het inbreken in het Shapiro was het alleen nog maar een vaag plan geweest. Nu had ze een concreter plan en wist ze wat Michael voor haar moest doen, en ze had er veel zin in om te beginnen. Maar voor ze dat deed wilde ze Michael laten zien waardoor haar ongerustheid over de hele situatie nog groter was geworden. Ze dacht dat het hem misschien wel zou motiveren haar te helpen om alles wat ze nodig had van Vladimir te krijgen. Het had haar in elk geval nog meer gemotiveerd.

Lynn deed haar deur van het slot en duwde hem open. Michael volgde haar maar bleef op de drempel staan. 'Misschien moet ik maar een gaspak gaan halen,' zei hij bij het zien van de rommel. Hij was wel gewend aan haar onverschillige houding ten opzichte van huishoudelijke taken maar dit leek niet normaal meer. De vloer was bezaaid met vellen papier en boeken, waardoor het onmogelijk was rond te lopen zonder erop te trappen. De meeste horizontale oppervlakken waren verdwenen onder nog meer afdrukken en een combinatie van vuile en schone kleren zonder duidelijk onderscheid. Op het bed lag niks maar het was ook niet opgemaakt.

'Heel grappig,' zei Lynn. Ze trok hem de kamer in en schopte de deur dicht. 'Ik weet dat het hier een ongelooflijke puinzooi is, maar let daar nu maar even niet op.' Ze trok hem naar de bureaustoel, die net als haar bed leeg was, en duwde hem erop. Ze schoof wat papieren opzij om ruimte te creëren op het bureau en legde de afdrukken van de drie anesthesieverslagen naast elkaar zodat ze tegelijk zichtbaar waren.

'Oké,' zei Michael. 'Waar word ik verondersteld naar te kijken?'

'Herinner je je nog de blip waar Wykoff het over had in het verslag van Carl?' vroeg Lynn terwijl ze wees.

'Ik noem het een frame offset,' zei Michael. 'Wat is daarmee?'

Met haar wijsvinger wees Lynn naar dezelfde opspringende lijn van de vitale functies op de andere twee afdrukken. 'Alle drie hebben ze dezelfde vervorming of wat het ook maar moge zijn, en allemaal op exact hetzelfde moment: als de operatie 52 minuten aan de gang is.'

'Wauw!' riep Michael uit terwijl hij van de ene afdruk naar de andere keek. 'Wat een geweldige ontdekking.' Hij keek naar Lynn. 'Dat is echt bizar. Wat denk jij daarvan?'

'Ik heb absoluut geen idee,' gaf Lynn toe. 'Maar het moet iets bijzonders zijn. Ik zou willen dat ik dokter Wykoff kon vragen wat zij ervan denkt.'

'Dat gaat niet gebeuren.'

'Dat weet ik,' zei Lynn. 'We kunnen het niemand vragen bij de anesthesieafdeling, tenminste nu niet. We moeten er zelf achter zien te komen wat het zou kunnen betekenen. Maar dat is niet alles. Ik heb nog iets ontdekt.'

'Wat? Klonk het zuurstofalarm ook op hetzelfde moment?'

'Nee, wel bijna maar bij allemaal ging het net iets anders.'

Even bewoog Lynn niet en staarde ze Michael alleen maar aan.

'Nou?' zei hij ongeduldig. 'Ga je het me nog vertellen of niet?'

'Zie je het niet?'

'Hé, jij hebt me hier laten komen!'

Opnieuw wees Lynn met haar wijsvinger, nu naar een klein vakje in de rechterhoek van elk verslag. Er stond MACHINE boven en op elk document stond hetzelfde nummer: 37.

Hij keek weer vragend naar Lynn. Even staarden ze elkaar aan. Het was Michael die de stilte verbrak. 'In alle drie de gevallen werd dezelfde verdomde anesthesiemachine gebruikt!' riep hij uit. 'Dat moet iets betekenen.'

'Dezelfde anesthesiemachine met dezelfde blip op exact hetzelfde moment in alle drie de gevallen. Statistisch gezien is de kans dat zoiets gebeurt nihil. In twee gevallen misschien, maar in drie: uitgesloten.'

Michael keek weer naar de anesthesieverslagen. 'Ik ben het helemaal met je eens. Maar wat doen we ermee? Moeten we het iemand vertellen, en wie dan?'

'Het moet iets te betekenen hebben en dat wil zeggen dat er iets raars aan de gang is, maar ik kan geen enkele zelfs maar enigszins plausibele verklaring bedenken. En er is niemand naar wie we toe kunnen gaan zonder onszelf gigantisch in de problemen te brengen. Het enige wat ik kan bedenken is dat we meer informatie uit het Shapiro moeten zien te krijgen.'

'Vooral de timing verbaast me,' zei Michael terwijl hij naar de verslagen keek.

'Ik ben meer dan verbaasd,' zei Lynn plotseling fel. 'Mijn intuïtie hoort alarmbellen rinkelen, vooral als ik de timing combineer met wat ik heb gelezen in al deze andere artikelen.'

Ze gebaarde woest naar alle papieren die over de vloer verspreid lagen. 'En nu Carl daarnaartoe...'

'Hé, sis!' waarschuwde Michael. 'Beheers je! Je moet het rustiger aan doen. Vergeet niet dat Carl nog niet naar het Shapiro is overgebracht.'

'Morrison wel, en de situatie met Carl is hetzelfde als bij haar.'

'Dat is waar, maar je loopt te hard van stapel. Luister, ik wil niet vervelend klinken maar je bent heel erg gestrest! Ik denk dat je iets moet eten en een nacht goed moet slapen om jezelf weer op te laden. Laten we teruggaan naar het ziekenhuis om wat te eten.'

'Natuurlijk ben ik gestrest,' snauwde Lynn. 'En ik weet dat ik doodop ben. Maar ik weet niet of ik wel kan slapen, ook al zou ik het proberen. Ik bedoel, waarom hebben ze zo'n haast om Carl en Morrison over te brengen? Het is te snel naar mijn idee. Misschien gebeurde dat ook bij Ashanti. Maar waarom? Waarom die haast? Het kan niet alleen uit kostenbesparing zijn. Misschien vanwege betere zorg, maar ik weet het gewoon niet.' Lynn gebaarde weer naar alle papieren die door de kamer verspreid lagen. 'Deze artikelen zeggen dat er altijd een paar patiënten zijn die de uitzondering op de regel vormen en toch wakker worden. Carl ligt nu nog maar zesendertig uur in het ziekenhuis. Waarom wordt hij al zo snel overgebracht? Wat als hij wakker wordt in het Shapiro? Zou iemand dat merken met al die automatisering? Of ik antwoord kan krijgen op mijn vragen als ik naar het Shapiro ga weet ik niet, maar ik denk dat er een kans is. Ik moet het doen!'

Michael knikte. Het laatste wat hij wilde was Lynn nog meer van streek maken dan ze al was. In plaats van haar tegen te spreken keek hij naar de vloer en raapte het artikel op dat het dichtstbij lag. Het was het artikel dat hij en Lynn hadden gelezen op de neuro-IC na het zien van Morrisons dossier.

'Laat me raden,' zei Michael eindelijk terwijl hij het snel opnieuw las. 'Jij denkt dat dat paraproteïnegedoe iets te betekenen heeft.'

'Ja!' zei Lynn. 'Ik heb geen idee hoe of waarom of wat dan ook. Maar het lijkt erop dat een paraproteïne betrokken was of is bij alle drie de patiënten. Hoewel, we weten het niet zeker bij Ashanti, maar door het feit dat ze multipel myeloom heeft lijkt het er in elk geval wel op. Het is het slechtste scenario voor paraproteïne gammopathie.'

'Volgens mij is dat wel erg vergezocht, neem me niet kwalijk dat ik het zeg,' zei Michael. Hij schudde zijn hoofd terwijl hij een ander artikel pakte. Dat ging over monoklonale antilichamen. Hij begon het snel te lezen.

'Misschien heb je gelijk,' zei Lynn. 'Maar vergeet niet wat je in Ashanti's Shapiro-epd hebt gelezen: drozitumab. Weet je nog?'

'Natuurlijk weet ik dat nog,' zei Michael.

'Weet je nog wat het is?'

'Natuurlijk,' herhaalde hij. Hij keek geïrriteerd naar Lynn. Hij begon zijn geduld te verliezen. Ze had eten nodig en slaap. En hij had ook honger. 'Wat is dit, een test?'

'Drozitumab is een monoklonaal antilichaam, zoals je vanochtend al zei,' voegde Lynn eraan toe zonder acht te slaan op Michaels irritatie. 'Het wordt gebruikt om een bepaald soort spierkanker te behandelen, niet multipel myeloom.'

'Ik zei dat ik het wel wist,' herhaalde Michael.

'Als Ashanti drozitumab toegediend krijgt en een serumplasma-eiwittest heeft gehad, dan zou het naar voren komen als een paraproteïne.'

'Ik neem aan dat je gelijk hebt. Wat is je punt?'

'Ik weet het niet. Ik denk hardop en vraag jou hetzelfde te doen.'

Michael schudde zijn hoofd. 'Het is een mysterie. Er zijn te veel losse puzzelstukjes.' Hij ging verder met het lezen van het artikel over monoklonale antilichamen.

'Waarom stond er drozitumab in Ashanti's dossier?' vroeg Lynn.

'Zoals ik vanochtend al zei: ik heb geen idee. Jij wel?' Michael keek niet op.

'Nee,' gaf Lynn toe. 'Maar als ik ernaar moet raden, dan zou ik zeggen dat ze het misschien proberen als behandeling voor multipel myeloom.'

Michael keek op en richtte zijn blik op Lynn. 'Je bedoelt gewoon maar proberen om te zien of het werkt zonder enige specifieke wetenschappelijke onderbouwing, een soort sprong in het duister? Dat betwijfel ik.'

'Ik weet dat het nergens op slaat,' stemde Lynn in. 'Oké, vergeet dat idee! Misschien is het eenvoudiger. Door die artikelen te lezen over monoklonale antilichamen die de basis vormen van biologicals, weet ik dat ze daar problemen mee hebben gehad. Misschien geven ze Ashanti verschillende antilichamen om te zien welke minder bijwerkingen veroorzaken.'

'Dat klinkt veel waarschijnlijker dan het idee over die lukrake behandeling. Natuurlijk gebruiken ze haar dan wel als proefkonijn. Denk je echt dat ze dat doen?'

'Ik denk dat het zeker een mogelijkheid is,' zei Lynn.

'Maar dat verklaart het paraproteïneprobleem niet.'

'Ik weet het. Misschien willen ze hun immuunsystemen om de een of andere reden stimuleren. Bij Carl en Morrison speelt dat op, het produceert een paraproteïne en veroorzaakt koorts. Hun immuunsysteem doet alsof het wordt gestimuleerd.'

'Dat is allemaal wel heel erg theoretisch.'

'Ik weet het, maar ik ben ervan overtuigd dat er iets geks aan de hand is. Misschien heeft Sidereal Pharmaceuticals het Shapiro gebouwd om de patiënten te gebruiken voor het illegaal testen van medicijnen. Het is in elk geval een groep die niet zal klagen. Ik bedoel, je moet toch toegeven, het kan toch makkelijk? En als dat gebeurt, dan is dat nog een reden waarom ik niet wil dat Carl daarnaartoe wordt overgebracht. Zeker niet om op geëxperimenteerd te worden. Absoluut niet.'

'God! Dat is een afschuwelijk idee,' zei Michael. Bij de gedachte aan de implicaties gingen zijn nekharen overeind staan. 'Denk je echt dat ze dat daar doen?'

Lynn haalde haar schouders op. 'Ik weet het niet, maar het is een mogelijkheid,' zei ze. 'Het zou tijd en geld besparen bij de ontwikkeling van medicijnen. Drozitumab is absoluut biologisch, gemaakt van levende cellen, en biologicals zijn het nieuwste van het nieuwste en heel belangrijk voor de farmaceutische industrie. En het is een feit dat biologicals Sidereals belangrijkste product zijn!'

'Dat meen je niet!' zei Michael.

'Hier, lees dit maar!' zei Lynn, en ze pakte een artikel van het bureau en gaf het aan Michael. Het was getiteld 'Biofarmaceutica'.

Michael pakte het aan en las het heel snel door.

Terwijl hij bezig was, vroeg Lynn: 'Herinner jij je nog hoe monoklonale antilichamen of biologicals die farmaceutische bedrijven verkopen, worden gemaakt?'

'Ja! Ze worden gemaakt van muizenhybridomen. Dat las ik net in een ander artikel. We hebben er ook een college over gehad in ons tweede jaar. Waarom vraag je dat?'

'Omdat het de belangrijkste reden is dat er heel veel getest moet worden,' zei Lynn. 'Omdat biologicals worden gemaakt van muizencellen moeten de farmaceutische bedrijven ze humaniseren om ze minder allergeen te maken voor mensen. Daar zijn heel veel testen voor nodig, vooral op mensen. Patiënten in een vegetatieve staat zouden hiervoor perfect zijn, vooral als hun immuunsysteem wordt gestimuleerd.'

'Wauw!' zei Michael toen hij klaar was met het laatste artikel. 'Ik had geen idee dat biologicals al vijftig miljard dollar per jaar opleveren en dat de markt nog steeds groeit. Ik had echt geen idee.'

'Het is gigantisch,' zei Lynn. 'Het zal over niet al te lange tijd boven de honderd miljard uitkomen.'

'Denk je dat echt?'

'Jazeker, om twee redenen. Ten eerste omdat biologicals de belofte in zich hebben genezing te brengen, zoals deze artikelen beweren. En ten tweede omdat farmaceutische bedrijven hier in de Verenigde Staten ervoor kunnen vragen wat ze willen. Het is niet zoals in de rest van de geïndustrialiseerde wereld, of laat ik zeggen de "beschaafde" wereld.'

Michael knikte. 'Wat ze ook al doen met traditionele medicijnen.' Hij pakte weer een artikel, dit ging specifiek over hybridomen.

'Precies! En helaas gaat dat met biologicals niet veranderen, niet met het geld dat ze met hun lobbyisten in het rond smijten.'

'Daar heb je gelijk in,' zei Michael. 'Omdat ze het Congres in hun zak hebben kunnen farmaceutische bedrijven het Amerikaanse volk in het algemeen legaal beroven.'

'Als Sidereal een voorsprong krijgt op het gebied van biologicals door het allergieprobleem op te lossen, dan kunnen ze de markt domineren en een gigantisch fortuin verdienen.'

Michael was klaar met het artikel en gooide het opzij. 'Oké, ik denk dat ik nu wel een idee heb waar je met dit alles naartoe wilt. Een snel undercover bezoek aan het Shapiro is misschien wel de beste manier om te zien of ze de patiënten gebruiken als proefkonijnen voor biologicals, hoewel ik moet zeggen dat ik er eigenlijk niet achter sta. Ik denk nog steeds dat het een krankzinnig riskant idee is. Ondertussen hebben we een dringender probleem. Wat gaan we doen met anesthesiemachine 37? De anesthesieafdeling moet hiervan weten, als dat al niet het geval is. Ja, hoe meer ik erover nadenk, hoe meer ik ervan overtuigd ben dat ze het al weten. Het is te opvallend om te missen.'

'Dat denk ik ook,' zei Lynn. 'Ze moeten het weten. En er kan niks mis zijn met het apparaat.' Lynn wees weer naar de anesthesieverslagen op haar bureau. 'Je ziet dat de vitale functies van de patiënten in alle drie de gevallen volledig normaal bleven na de frame offset, tot het moment dat het zuurstofgehalte daalde! Hetzelfde geldt voor alle andere variabelen die het apparaat weergaf. Kennelijk is de toegediende anesthesie onveranderd gebleven. En vergeet niet, Wykoff heeft letterlijk gezegd dat ze de anesthesiemachine voor Carls operatie en erna heeft gecontroleerd.'

Een paar minuten keken de twee vrienden zwijgend naar de dossiers. Ze probeerden allebei te bedenken wat het allemaal betekende.

'Als we hiermee naar Rhodes gaan raakt hij weer volledig over de rooie,' zei Lynn. 'En dan wil hij weten hoe we dit hebben ontdekt. Wat kunnen we zeggen zonder te verraden dat we de HIPAA-regels geschonden hebben? Na zijn reactie omdat we alleen maar met dokter Wykoff hadden gepraat, denk ik dat hij uit zijn vel springt als hij zou weten dat we deze anesthesieverslagen hebben. We kunnen niet naar hem toe voor we meer weten.'

'Dat klopt,' zei Michael.

'Luister,' zei Lynn. 'Waarom stuur je je vriendje Vladimir niet een berichtje om te zien of je vanavond hier met hem kunt afspreken. Ik wil het doorzetten.'

'Weet je het heel zeker?'

'Absoluut zeker,' zei Lynn. 'De gedachte dat Carl daar misschien naartoe gaat zonder dat ik weet wat er met hem gaat gebeuren maakt me gek. Ik heb een Shapiro-pak nodig, en zijn duimafdruk.'

'Ik hoop dat ik hier geen spijt van ga krijgen,' zei Michael terwijl hij zijn telefoon pakte. Snel toetste hij een uitnodiging in voor Vladimir om naar zijn kamer te komen voor een geïmproviseerd Jay Z-feestje en een biertje. Met een breed gebaar verstuurde hij het bericht.

'Laat me nu zijn gebruikersnaam en wachtwoord eens zien,' zei Lynn terwijl ze haar eigen telefoon pakte om Vladimir toe te voegen aan haar contacten. Michael salueerde voor hij braaf zijn smartphone met de informatie op het scherm aan Lynn gaf. Terwijl ze druk bezig was de gegevens in haar telefoon te zetten, liet Michaels toestel een deuntje horen. Vladimir antwoordde dat hij de uitnodiging aannam en dat hij het Russische souvenir mee zou brengen dat hij Michael beloofd had.

'Tevreden?' vroeg hij.

'Nee,' zei Lynn. 'Stuur een bericht terug over het Shapiro-uniform.'

'Shit, sis!' klaagde Michael, maar hij deed wat ze vroeg. Als verklaring voor het verzoek gebruikte hij Lynns eerdere idee, namelijk dat zijn vriendin naar een gekostumeerd feest ging. Hij drukte op de verzendknop en hield de telefoon zo dat Lynn het kon zien.

Minuten verstreken. Toen verscheen er een tweede bericht op Michaels scherm: *Ik zal gaan en pak halen. Misschien ik beetje laat. Geen probleem.*

'Het lijkt erop dat mijn Russische vriend meewerkt,' zei Michael. 'Laten we nu iets te eten gaan halen.'

'Dat klinkt goed,' zei Lynn. 'Maar ik moet even snel douchen.' Zonder op antwoord te wachten ging ze de badkamer in en sloot de deur.

'Als we daar zijn kunnen we misschien ook even naar de ok gaan om te zien of we nummer 37 kunnen vinden,' schreeuwde Michael door de deur.

'Dat is misschien niet zo makkelijk. Met vierentwintig ok's zijn er vast meer dan vijftig apparaten.'

'Waarschijnlijk meer maar dat geeft niet. We weten dat nummer 37 op maandag werd gebruikt in ok 12. Misschien staat hij er nog. Meestal is het op dit moment van de dag heel rustig in de ok. Als hij niet in 12 staat kunnen we in de ruimte kijken waar de reserveapparaten staan.'

'En als we hem vinden, wat doen we er dan mee?'

'Dat is een goede vraag.' Michael haalde zijn schouders op. 'Ik denk dat ik graag wil weten of hij nog gebruikt is na de operatie van Carl. Als dat zo is, en als er geen probleem is geweest, dan slaap ik vast beter.'

'Ik hoor je wel,' schreeuwde Lynn. 'Ik ga met jou naar de ok als jij met mij naar de neuro-IC en de IT-afdeling gaat.'

'Afgesproken,' zei Michael. 'Maar eerst ga ik naar mijn hok om me ook op te frissen.'

'Goed idee. Ik zie je beneden.'

30

Dinsdag 7 april, 18.31 uur

Sandra Wykoff logde uit. Ze was meer dan een uur bezig geweest op een van de computers in het anesthesiekantoor op de ok-afdeling. Ze was stomverbaasd. Ze had geen idee wat ze moest denken van wat ze net had ontdekt. Het moest iets betekenen – maar wat?

Nadat ze was vertrokken bij de Technische Dienst had ze een bericht gekregen van Geraldine Montgomery waarin haar werd gevraagd of ze een spoedgeval kon doen: de reparatie van een gecompliceerde fractuur in de onderarm van een tienerjongen. Ze was blij geweest met de afleiding en de ingreep was goed verlopen.

Halverwege de korte procedure, terwijl ze op de automatische piloot werkte, had ze nog eens nagedacht over Vandermeer, Morrison en Davis. Na de operatie was ze naar het anesthesiekantoor gegaan om in te loggen op de computer en de verslagen van Morrison en Davis nog eens net zo nauwkeurig na te lezen als dat van Vandermeer, in de hoop naast dezelfde anesthesiemachine nog andere overeenkomsten te vinden. Meer dan een uur lang was haar niets bijzonders opgevallen, maar opeens had ze het gezien: bij alle drie de gevallen was de blip, of de frame offset, te zien en, verontrustender nog, bij alle drie op precies hetzelfde moment!

Terwijl ze voor zich uit staarde vroeg Sandra zich af of deze ontdekking iets te betekenen had. In zekere zin vermoedelijk wel, dacht ze. Waarom deed de anesthesiemachine steeds zo ondanks het feit dat het apparaat na elke ingreep werd gecontroleerd? Kon het een programmeerfout zijn ondanks wat ze haar bij de Technische Dienst hadden verteld? Ze betwijfelde het omdat het bij geen van de andere machines was voorgekomen. Dat had ze al gecontroleerd door de geprinte verslagen van andere gevallen te bekijken waarbij verschillende machines waren gebruikt. Bij geen van de andere zaken waar ze naar gekeken had, was er sprake geweest van een frame offset. Ze had zelfs een paar verslagen van dezelfde machine 37 gevonden. Ze waren allemaal goed geweest. De frame offsets waren alleen voorgekomen bij de drie gevallen van vertraagd bijkomen.

Plotseling vastbesloten stond Sandra op. Ze haastte zich naar de kleedkamer om haar operatiekleding uit te trekken. Zodra ze haar gewone kleren aanhad liep ze naar de administratie van het ziekenhuis. Ze was van plan om te kijken of Benton Rhodes al weg was. Als dat niet zo was, dan wilde ze hem deze nieuwe ontdekking laten zien. Maar zijn kantoor was leeg.

Even overwoog Sandra om de telefoniste van het ziekenhuis contact te laten opnemen met dokter Rhodes. Maar toen bedacht ze zich, terugdenkend aan de tirade die ze eerder over zich heen had gekregen. Ze wist niet of haar baas zich bewust was van het vergelijkbare tijdstip. Dat was heel goed mogelijk, en als dat zo was, dan was het waarschijnlijk geen goed idee hem na werktijd lastig te vallen. Het was algemeen bekend dat de baas er niet van hield om thuis gestoord te worden, tenzij het absoluut noodzakelijk was.

Morgen is vroeg genoeg, zei Sandra in zichzelf.

Ze liep weer terug door het ziekenhuis in de richting van de garage. Ze zag ernaar uit naar huis te gaan om zich te ontspannen met een glas wijn. Ze was nog steeds nerveus, voelde zich tot op zekere hoogte schuldig en in het algemeen nogal van slag door de ellende van gisteren. Zou ze er ooit helemaal overheen komen? De confrontatie met dokter Rhodes had ook niet geholpen. Noch de aanhoudende coma van Vandermeer. Ze had altijd gedacht dat nauwgezetheid, dat wil zeggen veel aandacht voor detail en nooit iets overslaan, haar voor een dergelijke ervaring zou behoeden. Ze had het duidelijk mis gehad.

Van de drukke benedenverdieping van het medisch centrum liep Sandra de stille parkeergarage in. Rond drie uur in de middag, tijdens de dienstwissel in het ziekenhuis, was het in de garage een drukte van belang. Daarna was het er tussen vijf en zes opnieuw heel druk, maar niet zoals om drie uur. Tegen zessen nam de activiteit heel snel af, om pas weer te beginnen rond acht uur, wanneer de bezoekuren eindigden, en daarna rond elven, wanneer de nachtploeg kwam om degenen die avonddienst hadden te vervangen.

Toen Sandra in de stilte van de verlaten garage naar haar auto liep hoorde ze haar hakken luid klikken tegen het beton. Het herinnerde haar eraan dat ze alleen was. Ze keek om zich heen in de hoop iemand te zien, maar dat was niet zo. Ze had garages na werktijd altijd al lichtelijk beangstigend gevonden. Om haar gedachten een halt toe te roepen dwong ze zichzelf te denken aan het warme bad dat ze na thuiskomst zou nemen. Terwijl ze op het knopje drukte om de deuren van haar BMW te openen vroeg ze zich af wat de beste manier was om Rhodes te vertellen over haar nieuwe ontdekking zonder hem te ergeren. Als hoofd van de afdeling, die als taak had om alle drie de zaken te onderzoeken was het eigenlijk iets wat hij had moeten zien. Als dat niet zo was geweest, dan maakte ze zich vanwege zijn opvliegendheid een beetje zorgen of hij die blunder mogelijk persoonlijk zou opvatten en de schuld zou geven aan de boodschapper.

Sandra stapte in de auto, trok de deur dicht en stak een hand over haar schouder voor haar gordel. Tegelijkertijd drukte ze met haar rechtervoet op de rem in anticipatie op het starten van de motor. Het ging allemaal automatisch. Ze had het al duizenden keren gedaan. Maar ze kreeg de gordel niet te pakken. In plaats daarvan schoot haar hart in haar keel toen de deuren aan de passagierskant en die achter de bestuurder plotseling open werden gerukt. Een fractie van een seconde later sprongen twee grote mannen in donkere pakken razendsnel de auto in.

Sandra begon doodsbang te schreeuwen, maar er klonk geen geluid. Een gehandschoende hand was van achteren gekomen en bedekte het onderste deel van haar gezicht om wat een indringende gil geweest zou zijn te smoren. Het enige wat uit haar mond kwam was een gedempt gegorgel. Tegelijkertijd werd haar hoofd door dezelfde hand ruw tegen de hoofdsteun getrokken. De man op de passagiersstoel drukte op dat moment een naald in haar dij en injecteerde de inhoud. Het was in een seconde voorbij.

Omdat ze niet kon ademen hief Sandra een arm op en probeerde wanhopig de hand van haar gezicht te trekken. Het lukte niet. Hij was te sterk. Het volgende moment greep de persoon naast haar de elektronische sleutel uit haar hand en startte de auto. Een ogenblik later vervaagde het beeld van de parkeergarage door de voorruit en was het verdwenen. Toen verslapte haar lichaam.

Tot Darko's grote genoegen kwam vlak voor drie uur het telefoontje van Misha Zotov waarin hij en Leonid Shubin hun opdrachten kregen. Een tweede overval in evenzoveel dagen en een andere klus, maar die laatste was alleen een stevige waarschuwing aan een vrouwelijke geneeskundestudent om zich beter te gedragen, tenminste dat waren Misha's woorden geweest. Darko begreep het en was dolblij. Hij wist dat Leonid er ook zo over zou denken.

De opdracht voor de overval was simpel. De vrouw moest gewoon verdwijnen en haar auto zou door een chauffeur die Misha zou sturen meegenomen worden naar een ziekenhuis in Colorado, waar de ex-man van het doelwit werkte. Daar zou het voertuig achtergelaten worden. Het idee was om de verdenking van de verdwijning van de vrouw op de voormalige echtgenoot te laden zodat de focus van het onderzoek buiten de staat zou komen te liggen. De enige andere voorwaarde van Misha was dat de vrouw gedrogeerd maar levend een paar uur met hem zou doorbrengen. Hij had gezegd dat hij nog een appeltje te schillen had met die arrogante bitch.

Tegelijk met de opdrachten was de informatie gekomen die Darko nodig had om beide klussen te plannen. Dat betekende: waar Sandra Wykoff woonde, het merk en het model van haar auto en het nummer en de plek van haar parkeerplaats in de garage. Hij had ook te horen gekregen dat ze alleen woonde, nauwelijks mensen ontving en zelden 's avonds uitging. Misha had uitgelegd dat er veel informatie beschikbaar was over de vrouw, omdat ze zorgvuldig doorgelicht was door de beveiliging voor ze was geselecteerd als een van de eerste anesthesisten voor het programma.

In Darko's oren had het allemaal geklonken alsof de overval relatief makkelijk zou zijn, ook al moest hij, net als de opdracht tot intimidatie, diezelfde dag nog worden uitgevoerd. Het betekende dat ze snel moesten werken zonder uitgebreid onderzoek te kunnen doen of te observeren, zoals hij normaal graag deed. Het betekende ook dat de overval prioriteit had.

Voor de tweede klus, het intimideren van Lynn Peirce, had Darko de hulp ingeroepen van een van de Russen die voor de ziekenhuisbeveiliging werkte, Timur Kortev. Hij had de man naar de studentenflat gestuurd met Lynns foto om haar in de gaten te houden, zodat Darko op het moment dat hij klaar was met Wykoff zou weten waar hij de studente kon vinden. Hij rekende erop dat ze in haar kamer in de flat zou zijn, maar hij wilde het zeker weten. Hij wilde geen tijd verliezen en niet het risico nemen haar kamer binnen te gaan als ze er niet was.

Het eerste wat Darko en Leonid hadden gedaan voor de overval was Wykoffs huis bekijken. Daarvoor waren ze naar haar woonwijk gereden in het noorden van Charleston. Daar ontdekten ze dat het beslist niet geschikt was voor hun doel. Ze woonde in een tamelijk smal rijtjeshuis dat enkele muren deelde met twee andere huizen. Deze situatie vergrootte de kans dat er getuigen zouden zijn. Om de indruk te wekken dat ze uit vrije wil was weggegaan, mocht niemand zien dat ze werd ontvoerd. Het enige goede was een glazen schuifpui naar een veranda aan de achterkant. Uit ervaring wisten ze dat dergelijke deuren gemakkelijk open te krijgen waren. Mochten ze gedwongen worden haar huis in te gaan, dan zouden ze die route nemen, maar ze waren er niet gelukkig mee.

Toen ze weer terug waren bij het ziekenhuis bekeken ze Sandra's auto. Als ze tegelijk met een heleboel mensen naar buiten kwam, waren ze van plan haar te volgen in de hoop dat ze op weg naar huis één of twee keer zou stoppen zodat ze konden improviseren. Maar uiteindelijk bleken ze het geluk aan hun kant te hebben. Ze was na de stormloop naar buiten gekomen, helemaal alleen.

Darko zei in het Russisch: 'We moeten haar op de achterbank leggen. Zie je iemand?' Sandra was tegen hem aan gezakt.

'Niemand,' zei Leonid nadat hij door de achterruit had gekeken.

'Vooruit dan!'

De mannen stapten uit de auto, trokken Sandra's slappe lichaam van de voorstoel en legden haar op de achterbank. Darko drapeerde een kleine deken over haar heen die in de auto lag en beide mannen stapten weer in. Met Darko achter het stuur reden ze de garage uit nadat de slagboom automatisch open was gegaan. Even later stopten ze achter een onopvallend wit busje. Leonid stapte uit.

'Zie je bij Misha,' zei hij voor hij naar voren rende en in het busje stapte. Even later reed hij weg in noordelijke richting. Darko volgde in Sandra's auto met haar bewusteloze lichaam op de achterbank.

Misha en veel van de andere Russen die bij de Technische Dienst, de IT en de beveiligingsdienst van het Mason-Dixon Medisch Centrum werkten, woonden in een woonwijk waar veel woningen stonden die door Sidereal Pharmaceuticals waren gekocht. Hij lag tamelijk afgelegen aan de oostkant van een klein plaatsje dat Goose Creek heette. Een paar van hen, zoals Misha en Fyodor, hadden een vrijstaand huis. De anderen, zoals Darko en Leonid, woonden in een appartementencomplex. Iedereen, behalve Fyodor, had het bevel gekregen vrouwen en vriendinnen in Rusland achter te laten, tenminste voorlopig.

31

Dinsdag 7 april, 19.15 uur

'Wacht even,' zei Michael terwijl hij Lynn tegenhield. Ze kwamen na een snelle maaltijd in het restaurant net uit het trappenhuis op de eerste verdieping van het ziekenhuis. Hun missie was om anesthesiemachine 37 te vinden, vooral vanwege Michael. Vóór hen was de open deur naar de koffiekamer die zo te zien vol zat met een aanzienlijk deel van de avondploeg. Vanaf de plek waar ze stonden konden ze zien dat er een spelshow op de televisie was. 'Ik baal ervan dat ik er steeds weer over moet beginnen, maar we hebben een excuus nodig als iemand vraagt wat we hier doen. Er komen hier vrijwel nooit studenten. Heb je een idee?'

Lynn dacht even na. 'Je hebt gelijk. En je hoeft je niet te excuseren. Ik ben blij dat je denkt aan dat soort dingen. Laten we zeggen dat we net met de decaan hebben gesproken over ziekenhuisinfecties, wat waar is, en dat we er nu verder in zijn gedoken. Daar kunnen we het dan bij laten.'

'Heel slim!' zei Michael bewonderend. 'Het is fantastisch hoe jij de waarheid kunt ombuigen.'

'Ik had een goede leermeester.'

Michael lachte om het dubbelzinnige compliment.

Gewapend met een idee over wat ze zouden zeggen als ze werden aangesproken, liepen de twee studenten de koffiekamer binnen. Slechts een van de weinige broeders keek op. Niemand maakte aanstalten iets tegen hen te zeggen. Iedereen in de kamer was gefocust op een nieuwsbericht dat plotseling het reguliere programma had onderbroken. In plaats van de spelshow waren een paar lokale nieuwslezers in beeld verschenen om te vertellen dat de politie van Mount Pleasant een afgrijselijke inbraak onderzocht die de afgelopen nacht was gepleegd maar die pas net was gemeld.

Lynn en Michael bleven staan. Hun aandacht werd onmiddellijk getrokken door de lugubere details. Net als iedereen luisterden ze gefascineerd.

Het beeld op de televisie veranderde van de studio van het avondnieuws naar een jonge journaliste die met een microfoon in haar hand voor een woonhuis stond op een bosperceel. Op de achtergrond stonden kriskras meerdere politieauto's en voertuigen van andere hulpdiensten met zwaailicht. 'Ik sta hier voor 1440 Bay View Drive, Mount Pleasant,' zei de verslaggever. 'Achter me is het huis te zien waar de familie Hurley woonde. Alles wat we nu weten is dat dit gezin op zeker moment gisternacht op gruwelijke wijze is overvallen. Er is sprake van inbraak, geweld, verkrachting en moord. Het hele gezin is omgebracht, ook de twee kinderen. Op dit moment hebben we verder nog geen details van deze tragedie maar er is ons verteld dat het hoofd van de politie van Mount Pleasant binnen afzienbare tijd een verklaring zal geven. De moorden werden ontdekt door de assistent van meneer Hurley, die kwam kijken toen zijn baas niet was verschenen op zijn werk. Meneer Hurley is een geslaagde advocaat hier in Mount Pleasant. Mevrouw Hurley, lerares van groep drie van de Charles Pinckney-basisschool, werd ook vermist, maar iedereen op school dacht dat haar afwezigheid te maken had met haar recente ziekte. Mevrouw Hurley lag iets meer dan een week geleden een paar dagen in het Mason-Dixon Medisch Centrum met voedselvergiftiging. De leiding van de school wist dat tijdens haar verblijf in het ziekenhuis was geconstateerd dat ze een bloedafwijking had en dat ze zich na haar ontslag nog niet honderd procent voelde. Toen ze niet op haar werk verscheen ging men ervan uit dat dat door deze nieuwe ziekte kwam. Terug naar jullie, Gail en Ron.'

Toen de twee nieuwslezers het verhaal weer oppakten en begonnen te praten over mogelijke overeenkomsten met Truman Capotes *In Cold Blood* en een recentere zaak in Connecticut, begon men overal in de koffiekamer geschokt te reageren.

'Goeie god!' zei Lynn tegen Michael. 'Waar gaan we naartoe op deze wereld?'

'Als het kan gebeuren in Kansas en in Connecticut, dan kan het hier ook gebeuren,' zei Michael. 'Nu iedereen aan de buis zit geplakt, is het in elk geval een goed moment voor ons om op zoek te gaan naar nummer 37.'

'Dat lijkt me ook,' zei Lynn. 'Maar wat vind je ervan dat de vrouw hier in ons ziekenhuis de diagnose van een bloedafwijking heeft gekregen? Denk je dat het mogelijk is dat ze gammopathie had, net als Morrison en mogelijk Carl?'

'Ik denk dat het zou kunnen. Infectieuze gammopathie! Dat zou nog eens iets nieuws zijn!'

'Ik ben serieus,' zei Lynn.

'En ik probeer je een beetje op te vrolijken,' zei Michael. 'Laten we ons verkleden en beginnen. Zie je over vijf minuten.'

'Oké!'

Lynn verwisselde haar kleren snel voor operatiekleding. Ze kon de tragedie in Mount Pleasant niet uit haar hoofd zetten. Het besef dat mensen in staat waren tot dergelijke vreselijke dingen maakte haar heel triest. Ondanks deze verontrustende gedachten vroeg ze zich af wat voor bloedafwijking deze vermoorde moeder dan wel zou hebben gehad. Zou het te maken kunnen hebben gehad met die paraproteïne? Toen ze weer in de koffiekamer kwam stond Michael er al, die net als iedereen naar het nieuwsbulletin aan het kijken was.

'Het bizarre is dat die vent letselschadeadvocaat was,' fluisterde Michael toen Lynn naast hem stond.

'Wat heb je nog meer gehoord?'

'Niet veel. Ik sta hier nog maar net.'

'Nog iets over de eiwitafwijking van die vrouw?'

'Niets.'

'Kom op! Laten we doen waarvoor we gekomen zijn.'

Nadat ze sloffen over hun schoenen hadden aangetrokken, duwden de twee studenten de deuren naar de ok-afdeling open. Alle lichten waren aan maar het was er verlaten, zelfs de hoofdbalie. Iedereen leek in de koffiekamer te zitten. Er waren geen operaties aan de gang. Toen Lynn en Michael de PACU passeerden hoorden ze muziek naar buiten komen, maar ze vermeden het om naar binnen te kijken. Hoewel ze een verhaaltje klaar hadden over wat ze aan het doen waren, wilden ze toch liever niemand tegenkomen.

'Hoe zullen we het doen?' vroeg Lynn. 'Moeten we gewoon in elke operatiekamer kijken, misschien jij aan de rechter- en ik aan de linkerkant?'

'Laten we eerst in 12 gaan kijken en dan verdergaan.'

'Ik vraag me af hoeveel patiënten dit ziekenhuis verlaten met de diagnose bloedeiwitafwijking,' zei Lynn terwijl ze verder liepen.

'Ik ook,' zei Michael.

Ze kwamen bij 12 en moesten het licht aandoen. De anesthesiemachine stond tegen een zijmuur. Lynn vocht tegen een emotionele reactie die ze niet had verwacht toen ze zich afvroeg of ze naar de machine keek die deels verantwoordelijk was voor Carls situatie. Michael liep er recht op af.

'Het is nummer 37,' zei hij nadat hij het servicerapport had gelezen.

Een paar tellen staarden de twee studenten naar de machine met haar vele wijzertjes, meters, stroommeters, verdampers en monitoren. Aan de achterkant hingen drie gascilinders.

'Oké,' zei Lynn. 'Wat wil je nu doen?'

Michael haalde zijn schouders op. 'Ik denk dat ik gewoon zeker wil weten dat het apparaat echt gebruikt is.'

'Dat moet geen probleem zijn. We kunnen teruggaan naar de hoofdbalie en kijken of er vandaag in deze ok geopereerd is. Ik weet zeker van wel, maar we zullen zien!'

Omdat er niemand aan de balie zat die zei dat ze dat niet mochten, keken de twee studenten in het operatielogboek. Het was heel druk geweest in ok 12. Er was een hernia geweest, een lumbale fusie en een mastectomie. Kennelijk waren er geen problemen geweest. Alle patienten waren na een kort verblijf in de PACU teruggegaan naar hun respectievelijke kamers.

'Tevreden?' vroeg Lynn.

'Ja, ik denk het wel. Wat wil je nu doen?'

'Laten we naar de neuro-IC gaan nu we nog operatiekleding dragen,' zei Lynn. 'Ik moet meer weten over Carls mogelijke overplaatsing, maar ik begrijp het als je niet mee wilt.'

'Ik blijf je door dik en dun steunen, sis!'

Terwijl ze stonden te wachten op de lift konden ze zien dat de televisie in de koffiekamer weer terug was bij de spelshow. Ze gingen naar de vijfde verdieping in een bijna lege lift. De enige andere persoon die nog in de lift stond was een geüniformeerd lid van de beveiligingsdienst.

Net als in de rest van het ziekenhuis was het relatief rustig op de neurologieafdeling. Het bezoekuur was bijna voorbij en er werd afscheid genomen door de bezoekers die tot het laatste moment waren gebleven. Een paar patiënten schuifelden rond om in beweging te zijn terwijl ze infuuspalen voor zich uit duwden.

Lynn en Michael spraken niet tot ze bij de deuren naar de IC waren.

'Misschien moet ik het makkelijker voor je maken,' zei Michael. 'Ik kan naar binnen gaan om te kijken of hij er is.'

'Misschien is dat wel een goed idee,' zei Lynn. Hoe dichterbij ze waren gekomen, des te zenuwachtiger en emotioneel ze zich voelde. Michael had het gemerkt.

'Oké, ik ben zo terug,' zei hij. 'Probeer je te ontspannen.'

Lynn sloeg haar ogen ten hemel, het was uitgesloten dat ze dat kon. Nadat de deuren achter Michael dicht waren gegaan, probeerde ze Carls situatie even te vergeten door te bedenken wat ze de rest van de avond zou gaan doen. Omdat ze Frank Giordano had verteld dat hij zich niet druk hoefde te maken over de kat, moest ze wel naar Carls huis. Het zou niet moeilijk zijn om er te komen want ze was die ochtend in zijn Cherokee naar het ziekenhuis gereden.

Lynn keek hoe laat het was. Ze wilde ook een bevriende architect in Washington D.C. bellen om te horen of hij een handig idee had hoe ze de weg kon vinden in het Shapiro Instituut omdat zijn bedrijf commerciële gebouwen ontwierp, waaronder panden voor de gezondheidszorg. Ze bedacht dat ze beter niet te laat kon bellen omdat hij getrouwd was en twee jonge kinderen had. Lynn kende hem nog van de universiteit, waar ze een korte relatie hadden gehad die op een prettige manier was geëindigd. Daarna hadden ze contact gehouden. Hij heette Tim Cooper.

Lynn had verwacht dat Michael direct weer naar buiten zou komen uit de IC. Ze wist niet wat ze ervan moest denken toen dat niet gebeurde. Carl was daar nog of hij was er niet meer. Lynn nam aan dat Michael met iemand in gesprek was geraakt. Was dat goed of slecht nieuws? Ze wist het niet. Om te voorkomen dat ze het ergste ging denken pakte ze haar mobiele telefoon. Ze had Tims nummer in haar contactenlijst en als afleiding besloot ze dat het een goed moment was om te bellen want het kon snel. Het bleek ook een goed moment te zijn voor Tim want hij nam direct op.

Zodra de eerste beleefdheden achter de rug waren bracht ze het gesprek op de reden waarom ze belde. Ze begon met te vragen of hij ooit van het Shapiro Instituut had gehoord.

'Jazeker,' zei Tim. 'Het was een enorm project. Het is gedaan door een architectenbureau uit Chicago, McCalister, Weiss en Peabody, dat gespecialiseerd is in automatisering. Over het algemeen ontwerpen ze autoassemblagefabrieken, hoewel ze ook een paar medische laboratoria hebben gedaan. Het was een enorme opsteker voor hen om een gezondheidsinstelling te doen.'

'Ken je iemand bij dat bedrijf?'

'Ja. Waarom vraag je dat?'

Lynn vertelde dat ze het Shapiro Instituut ging bezoeken en dat ze vooraf een idee wilde hebben van hoe het er aan de binnenkant uitzag. Ze vroeg of Tim bereid was zijn kennis te bellen om te vragen of hij haar misschien een plattegrond kon bezorgen.

'Geen probleem,' zei hij zonder aarzelen. 'Maar ik heb een beter idee. Als ik me goed herinner ligt het Shapiro binnen de gemeentegrenzen van Charleston. Of niet?'

'Ja,' zei Lynn.

'Als je plattegronden wilt, dan moet je naar de afdeling Bouw- en Woningtoezicht van Charleston gaan. Zij moeten er een hebben. Alle openbare gebouwen zoals ziekenhuizen moeten blauwdrukken aan hen leveren, inclusief een laatste update. Ze moeten ingediend worden om een gebruiksvergunning te krijgen en het is openbare informatie.'

'Dat heb ik nooit geweten,' gaf Lynn toe.

'De meeste mensen weten dat niet,' zei Tim.

Blij met wat ze had gehoord beëindigde ze het gesprek. Dat was niet moeilijk. Ze vertelde enkel dat ze in het ziekenhuis was en op het punt stond de intensive care binnen te gaan. Ze spraken af snel weer te bellen.

Lynn stopte haar telefoon weer in haar jaszak en keek naar de deur van de IC. Ze schudde haar hoofd. Haar geduld was op. Ze stapte naar voren met de bedoeling naar binnen te gaan toen de deur openging. Het was Michael, die naar buiten kwam.

32

Dinsdag 7 april, 19.58 uur

Toen ze Michaels gezicht zag wist Lynn direct dat Carl weg was. Ze voelde een golf van emotie opkomen.

'Het spijt me,' zei Michael.

'Het is niet jouw schuld,' wist Lynn vechtend tegen haar tranen uit te brengen.

'Het spijt me dat ik zo lang wegbleef en dan ook nog slecht nieuws heb. Carl is ongeveer een uur geleden overgebracht. Het duurde zo lang omdat ik een neurologiedocent uit het derde jaar tegenkwam. Hij was helemaal enthousiast over mijn plannen voor mijn assistentschap. Kennelijk heeft hij het zijne op Mass General in Boston gedaan en hij wilde me per se allerlei tips geven. Ik kon niet wegkomen. Sorry!'

Lynn knikte diverse keren, alsof ze instemde met wat Michael zei. Maar eigenlijk luisterde ze helemaal niet. Nu ze zeker wist dat Carl naar het Shapiro was gestuurd, was ze niet zo heel erg verbaasd. Hoewel ze had geprobeerd positiever te denken voor ze het nieuws had gekregen, had ze diep in haar hart geweten dat het ging gebeuren. Het was eigenlijk van het begin af aan onvermijdelijk geweest. En bij deze gedachten veranderde haar emotionele reactie in boze vastberadenheid.

'Laten we gaan!' zei Lynn gedecideerd, waarbij ze Michael midden in een zin over wat hem was verteld over wonen in Boston onderbrak. Zonder waarschuwing draaide ze zich om en liep weg. Michael moest moeite doen om haar in te halen.

'Wat gaan we doen?' vroeg hij. Doordat hij allerlei patiënten in de hal moest omzeilen was het moeilijk naast haar te blijven lopen.

'Ik ga naar IT om te kijken of ik kan inloggen op een van hun computers,' zei Lynn. 'Dit is oorlog! Ik moet meer te weten zien te komen over het Shapiro en wat daar gebeurt. Als het een onethisch instituut is waar medicijnen worden getest, dan haal ik Carl er zo snel mogelijk weg. Ik weet niet hoe ik het ga doen, maar het is absoluut uitgesloten dat ik zal toestaan dat hij een menselijk proefkonijn wordt.'

Een paar bezoekers en ook een lid van de beveiliging stonden te wachten bij de liften nu het bezoekuur was afgelopen. Michael had Lynn graag verder laten praten om haar kalm te krijgen en haar uit de problemen te houden, maar dat kon niet nu er mensen waren die haar konden horen. Lynn negeerde hem en staarde voor zich uit, haar hoofd was kennelijk met iets anders bezig.

Michael dacht dat ze op de eerste zou uitstappen om de operatiekleding uit te trekken zodat hij een kans zou hebben om met haar te praten. Maar dat deed ze niet. Pas toen iedereen uitstapte op de begane grond kreeg hij de kans.

'Ik denk dat we terug moeten naar de flat om even bij te komen,' zei Michael zodra de liftdeuren dichtgingen en ze alleen waren. 'Je moet even een beetje kalmeren voor je iets doet waardoor we echt in de problemen komen. We hebben de decaan van de medische faculteit en het hoofd van de anesthesieafdeling al tegen de haren in gestreken. Luister! We kunnen altijd terugkomen en later naar IT gaan als je dat per se wilt. Ik denk echt dat je eerst moet kalmeren.'

'Jij kunt naar de flat gaan,' snauwde Lynn. De lift was beneden aangekomen en de deuren gingen open. Ze stapte uit met Michael op haar hielen.

'Ik ga pas naar de flat als jij ook gaat,' zei Michael vastbesloten.

'Doe wat je niet laten kunt,' zei Lynn terwijl ze de pathologieafdeling en het mortuarium voorbijliepen. Plotseling bleef ze staan. 'Waarom wil je me nu per se helpen? Je hebt me verteld dat je in je jeugd altijd risico's hebt gemeden. We weten allebei dat wat ik van plan ben te doen veel risico's met zich meebrengt. Het is opnieuw een ernstige schending van de HIPAA-regels en deze keer nog erger omdat ik onrechtmatig de toegangscode van iemand anders gebruik. Dit is veel ernstiger dan in Carls dossier kijken, wat zoals je al hebt gezegd een klasse 5-overtreding is. Dit is veel en veel erger. Waarom doe je dit?'

'Ik help je omdat we elkaar nu al bijna vier jaar helpen.'

'Dat heeft er niks mee te maken, man,' zei Lynn. 'Geen van ons heeft ooit de wet overtreden voor de ander. Dat is nooit aan de orde geweest. Wettelijk gezien betekent een klasse 5-overtreding een onvoorwaardelijke gevangenisstraf.'

'Oké, sis. Ik doe het omdat ik je heel graag mag. Ik voel je pijn om het verlies van Carl. Ik doe het omdat ik geloof dat als de rollen waren omgekeerd en Kianna erbij was betrokken, jij het ook voor mij zou doen.'

Een paar minuten stonden ze elkaar aan te kijken terwijl de gedachten door hun hoofd tolden.

'Ik weet niet of ik het wel of niet voor jou zou doen,' zei Lynn in een poging eerlijk te zijn.

'Zoals mijn moeder altijd zei: "Dat maakt me echt helemaal niks niet uit." Ik zou ook niet geweten hebben of ik het zou doen, maar ik doe het. En ik ben ervan overtuigd, wat je ook zegt, dat je het voor mij zou doen. Dat heet vertrouwen. Zo'n soort relatie hebben wij.'

Het bleef weer even stil terwijl ze elkaar aan bleven staren.

'Oké,' zei Lynn uiteindelijk. 'Misschien heb je gelijk. Misschien zou ik het doen. Wie weet? Laten we verdergaan!'

Op dat moment verscheen er een beveiliger achter hen. Lynn en Michael hielden allebei hun adem in maar de man negeerde hen en verdween in het kantoor van de beveiligingsdienst vijftig meter verderop. Pas toen liepen ze verder.

Vlak voorbij het kantoor kwamen ze bij de deur naar de IT-ruimte. Ze wisten dat de afdeling 24/7 in gebruik was maar het was algemeen bekend dat er na werktijd slechts een paar mensen aanwezig waren. Lynn probeerde de deur. Zoals ze had verwacht was hij niet op slot.

Hoewel er niemand in het grote kantoor aanwezig was, waren alle lichten aan, net als in de ok. Er waren ongeveer vijf werkplekken met computers, vermoedelijk voor programmeurs. Bij een ervan stond een koffiebeker en lagen een paar opengeslagen boeken. In tegenstelling tot op alle andere monitoren waarop de gebruikelijke screensaver van het ziekenhuis te zien was, stond op deze iets wat leek op een spreadsheet. Van waar ze stonden zagen ze een beetje damp uit de beker opstijgen.

'Iemand is hier aan het werk,' zei Lynn.

'Heel goed gezien, Sherlock,' zei Michael licht sarcastisch.

Langs één wand waren ramen die uitkeken op de ruimte erachter, vol met grote computerservers. Helemaal achterin was een aantal privékantoren. Lynn liep rechtstreeks op het laatste kantoor af. Een klein bordje op ooghoogte zei ALEXANDER TUPOLEV, AFDELINGSHOOFD. Zonder aarzelen opende Lynn het kantoor, liep naar binnen en hield de deur op een kier voor Michael. Toen sloot ze de deur en deed hem op slot.

'Hé, joh, wat doe je verdomme nou?' vroeg Michael nerveus. Diep geschokt, alsof hij erin was geluisd om een bank te beroven, keek hij om zich heen in het moderne kantoor met zijn minimalistische inrichting. Er stond een groot, volkomen leeg bureau midden in de kamer. Tegen een muur was ook een lange werktafel met daarop diverse computers, elk met een printer, en elk met een Aeron-stoel van Herman Miller ervoor. 'We mogen hier niet gevonden worden.'

'Dit is de veiligste plek om te doen wat we willen,' zei Lynn terwijl ze direct naar een van de computers ging en erachter plaatsnam. Ze pakte haar telefoon en zocht Vladimirs gebruikersnaam en wachtwoord op, die Michael haar had gegeven. Ze legde de telefoon op de tafel zodat ze het scherm kon zien. 'Omdat het acht uur 's avonds is was ik er 99,9 procent zeker van dat meneer Tupolev hier niet zou zijn. Ik betwijfel het zeer dat er iemand aan komt kloppen, mits we muisstil zijn. Maar als je de handdoek in de ring wilt gooien, dan denk ik dat de kust nu veilig is. Ik zie je wel weer in de flat.'

'Ik blijf,' zei Michael. Hij pakte een stoel en trok hem naar haar toe terwijl Lynn de gebruikersnaam, vm123@zmail.ru, intoetste. En het wachtwoord, 74952632237malaklov.

'Het moment van de waarheid,' zei Lynn vlak voor ze op enter drukte. Tot haar tevredenheid ging het inloggen probleemloos. Ze was in het ziekenhuissysteem met de zogenaamde 'admin. status'.

'Slamdunk,' zei Michael. 'Oké, wat je ook wilt opzoeken, doe het snel! Het zou fijn zijn als we hier weg waren voor degene die in het andere kantoor aan het werk is terugkomt.'

Lynn knikte. Ze wist globaal wel wat ze wilde maar in de haast had ze niets specifieks bedacht. 'Laten we eens kijken: om te beginnen moeten we uitzoeken hoeveel patiënten in het Shapiro gammopathie hebben, zoals Morrison.'

'We moeten ook meer te weten komen over Ashanti Davis,' stelde Michael voor. 'Zoals waarom ze drozitumab krijgt. Dat kan ons vertellen of ze haar als menselijk proefkonijn gebruiken.'

'Oké!' zei Lynn. Zoals gewoonlijk wist Michael precies wat hij wilde.

'We moeten ook overlijdensstatistieken van het Shapiro vinden,' zei hij.

'Zeker,' zei Lynn. 'Het zou mooi zijn als we de doodsoorzaak van iedere patiënt kunnen vinden die overleden is sinds het instituut bestaat. Het zou ook interessant zijn om te ontdekken hoeveel patiënten er zijn ontslagen. Niemand heeft eraan gedacht om dat te vragen toen wij daar waren.'

'Begin met Ashanti,' zei Michael. 'Dan krijgen we een idee waar we mee te maken hebben. Als we op de een of andere manier kunnen bewijzen dat ze zich bezighouden met illegale medicijnproeven, hoeven we misschien helemaal niet bij het Shapiro naar binnen.'

Lynn knikte, typte snel *Ashanti Davis* in de zoekmachine en drukte op enter. Ze waren allebei optimistisch en teleurgesteld toen het bericht verscheen dat er geen dossier was van haar.

Zonder aarzelen tikte Lynn de naam nogmaals in en voegde er *Shapiro Instituut* aan toe. Direct verscheen er een resultaat, maar niet het dossier waar ze op gehoopt hadden. Op het scherm stond: TOEGANG GEWEIGERD. GA NAAR DE ADMINISTRATIE.

'Shit!' zei Lynn. 'Ik neem aan dat je alleen toegang kunt krijgen tot Shapiro-dossiers via de computers daar.'

'Dat is klote!' zei Michael.

'Ik was er zo klaar voor,' zei Lynn terwijl ze haar handen tot vuisten balde.

'Nou, dat is het dan,' zei Michael. Hij rolde zijn stoel achteruit en liep naar de deur. Voorzichtig zette hij hem op een kier, tuurde naar buiten en opende hem toen verder om beter te kunnen zien. 'De kust is nog veilig,' riep hij naar Lynn. 'Laten we maken dat we hier wegkomen nu het nog kan.'

'Oké,' zei Lynn. 'Even wachten nog.' Ze was druk aan het typen. Even later begon de printer naast haar te zoemen en spuugde een paar papieren uit. Lynn logde uit, greep de documenten en liep naar de deur.

'Rennen,' zei Michael.

Een paar minuten later passeerden ze ter hoogte van de pathologie-afdeling een tamelijk grote man die uit de lift was gekomen met een zak van het restaurant. Toen ze in de lift stonden zei Michael: 'Die vent leek wel de tweelingbroer van Vladimir. Dat moet degene zijn die het IT-fort bewaakt. Die verdomde Russen nemen de hele zaak over.'

'Dat doet me eraan denken,' zei Lynn terwijl ze op haar horloge keek. 'Je krijgt bezoek.'

'Geen probleem,' zei Michael. 'Ik heb de tijd in de gaten gehouden. Wat heb je geprint?'

'Ik wilde niet dat ons bezoek helemaal voor niks was geweest. Ik heb het percentage patiënten opgezocht dat is ontslagen uit het Mason-Dixon Medisch Centrum met de diagnose gammopathie die aan het licht is gekomen terwijl ze in het ziekenhuis lagen.'

‘Dat is alles?’

‘Nee! Ik heb ook gezocht naar het voorkomen van multipel myeloom.’

‘Wat heb je gevonden?’

‘1 procent van de mensen die zijn ontslagen heeft een paraproteïneafwijking die is ontdekt tijdens hun verblijf in het ziekenhuis.’

‘Dat lijkt me ontzettend veel,’ zei Michael.

‘Dat lijkt mij ook, maar ik moet erachter zien te komen hoe vaak het voorkomt in de hele Verenigde Staten. Ik denk dat het in het artikel over gammopathie staat dat we hebben gelezen, maar ik weet het niet uit mijn hoofd.’

‘En multipel myeloom dan? Welk percentage patiënten is ontslagen met die diagnose?’

‘Dat is 0,1 procent.’

‘0,1 procent van de mensen die zijn ontslagen heeft multipel myeloom?’ vroeg Michael verbaasd. ‘Dat lijkt me ook verschrikkelijk veel.’

‘Ik weet het. Het kan niet goed zijn,’ zei Lynn. ‘Net als bij gammopathie. Ik ga opzoeken hoe vaak het in dit land voorkomt. Het is geen veelvoorkomende vorm van kanker, tenminste, dat geloof ik niet.’

Ze namen de trap naar de begane grond en liepen toen via de verbindingsgang naar de verlaten polikliniek.

‘Ik heb iets interessants ontdekt terwijl jij op de neuro-IC was,’ zei Lynn. Ze vertelde Michael over het telefoontje met Tim Cooper en dat ze waarschijnlijk gedetailleerde plattegronden kon krijgen bij de afdeling Bouw- en Woningtoezicht van de stad Charleston.

‘Cool,’ zei Michael. Hij was onder de indruk van haar vindingrijkheid maar hij wilde haar niet aanmoedigen. Hij hoopte nog steeds dat ze van gedachte zou veranderen.

‘Ik ga er morgen op weg naar het ziekenhuis naartoe,’ zei Lynn terwijl ze de binnentuin in liepen. Het was een zoele lenteavond.

‘Ga je vanavond weer naar Carls huis?’ vroeg Michael. Hij was een beetje verbaasd want het was al bijna negen uur. Hij kon zich voorstellen hoe moe ze was.

‘Ik moet wel,’ zei Lynn. ‘Ik heb beloofd de kat eten te geven. Ik heb tegen Frank Giordano gezegd dat ik voor het arme beest zou zorgen.’

‘Het is al laat. Waarom bel je Frank niet? Hij woont daar vlakbij, South of Broad. Dat vindt hij vast niet erg. Dit is geen moment om op je fiets te stappen.’

‘Ik ben niet met de fiets. Die is hier zelfs niet. Ik heb hem bij Carl laten staan en ben hier vanochtend naartoe gereden in zijn Cherokee.'

'Dus ik moet in m'n eentje een feestje bouwen met mijn Russische vriend?'

'Ik kan blijven als je wilt,' zei Lynn. 'En daarna gaan.'

'Dat hoeft niet,' zei Michael. 'Als je naar Carls huis gaat kun je dat beter zo snel mogelijk doen. Weet je zeker dat je helemaal alleen in dat grote huis wilt blijven?'

'Dan heb ik het gevoel dat ik dicht bij hem ben,' zei Lynn. Ze bleef staan en keek naar het Shapiro Instituut. 'God! Ik word gek als ik denk aan Carl daarbinnen.' Haar stem stokte opnieuw.

Michael legde een arm om haar heen en trok haar naar zich toe om haar een troostende knuffel te geven. 'Probeer er niet aan te denken. We gaan ervoor. We zullen ervoor zorgen dat hij daar op de juiste manier wordt behandeld en niet wordt gebruikt als proefpersoon. Dat beloof ik je!'

'Dank je, bro,' wist Lynn uit te brengen.

33

Dinsdag 7 april, 21.52 uur

Darko en Leonid gooiden de schoppen achter in het busje. Leonid smeet er het pikhouweel dat ze hadden gebruikt achteraan. Beiden trokken hun handschoenen en overalls uit en gooiden ze op het gereedschap. Ze waren in een dichtbebost gebied waar Spaans mos als franje van alle bomen hing. Ze waren allebei vermoeid en bezweet door het harde, non-stop werken. Ze hadden niets tegen elkaar gezegd om geen tijd te verliezen. Vlakbij was een somber moeras en de nachtdieren maakten een hels kabaal. Hun werk was nog extra bemoeilijkt door de muggen.

Ze hadden deze plek zes maanden eerder uitgezocht voor precies dit soort klussen. Ze wilden een onbewoond gebied om geen aandacht te trekken, met een bodem die stevig maar toch zacht genoeg was om een graf te graven. Hij moest ook toegankelijk zijn via een redelijke zandweg. Ze hadden hem ongeveer vijfentwintig kilometer ten westen van Charleston International Airport gevonden, op het terrein van een verlaten boerderij, dat gedeeltelijk omringd was door uitgestrekte wetlands. Hoewel het slechts een uur van Charleston was, had het aan de achterkant van de maan kunnen zijn.

Ze hadden gewerkt volgens een vooropgezet plan, bij het licht van de koplampen van de auto om het allemaal goed te doen. Toen ze klaar waren zag de aarde er ogenschijnlijk onberoerd uit. Ze hadden er zelfs een paar lokale plantenzaden gezaaid. Gezien de snelheid waarmee de flora in deze tijd van het jaar groeide, waren ze ervan overtuigd dat alle sporen van hun activiteit snel verdwenen zouden zijn. Tevreden waren ze weer in het busje gestapt en teruggereden naar het huis van Misha, waar Wykoffs auto in de garage stond te wachten voor de reis naar het westen.

Na een kwartier waarin ze een paar Marlboro's hadden gerookt met de airconditioner van de auto op zijn allerhoogst, waren de mannen genoeg bijgekomen om een gesprek te beginnen. Zoals gewoonlijk spraken ze in het Russisch.

'Het graven ging goed,' zei Darko. Hij zat achter het stuur.

'Zeker,' was Leonid het met hem eens. 'Het vocht en de muggen waren wel wat minder.'

'Je weet dat ik vanavond nog een klus heb,' zei Darko.

'Ik weet het, maar je hebt niet precies gezegd wat.'

'Ik moet een vrouwelijke student bedreigen om ervoor te zorgen dat ze zich met haar eigen zaken bemoeit. Zij en een vriend hebben te veel vragen gesteld over de anesthesie. Ik zal het met plezier doen. Op de foto die Misha me gegeven heeft ziet ze eruit als een lekker ding.'

Leonid grinnikte. 'Dat klinkt als een heel leuke opdracht. Waarom doen we het niet samen?'

'Jij moet deze klus met Wykoff afmaken. Als we weer terug zijn bij Misha moet je in haar auto naar haar huis rijden, een tas inpakken en het er laten uitzien alsof ze heel veel haast had.'

'Ik weet wat ik moet doen,' zei Leonid.

'Als je met de bagage weer terugkomt bij Misha, zal de chauffeur er zijn die de auto naar Denver rijdt.'

'Waar ga jij naartoe?'

'Ik weet het niet zeker,' zei Darko schouderophalend, 'maar ik neem aan naar de studentenflat. Waarschijnlijk ben ik tegen de tijd dat jij je werk gedaan hebt ook klaar. Als dat zo is kunnen we samen in de Rooftop een wodka gaan drinken. Kijk eens op je mobiel of je al ontvangst hebt!'

Leonid pakte zijn telefoon en zette hem aan. 'Ik heb ontvangst. Niet veel, één streepje. Wacht! Nu zijn het er twee. Wie moet ik bellen?'

'Timur Kortev. Zet hem op de luidspreker.'

Terwijl de telefoon overging zwegen ze allebei. Vier keer, toen vijf. Leonid stond op het punt de telefoon uit te zetten toen Timur opnam. Hij klonk enigszins buiten adem. Ook hij sprak Russisch.

'Sorry,' zei Timur. 'Ik moest eerst ergens anders gaan staan voor ik kon opnemen.'

'Heb je het meisje gezien?'

'Ja. Ik ben haar en haar vriend de hele avond gevolgd. Dat was niet makkelijk.'

'Waarom niet? Waar is ze naartoe gegaan?'

'Eerst gingen ze naar het restaurant in het ziekenhuis, maar even later liepen ze naar de ok-afdeling. Ik heb geen idee wat ze daar hebben gedaan. Daarna hebben ze een bezoek gebracht aan de neuro-IC. Zij ging niet naar binnen. Haar vriend wel.'

'En toen ging ze terug naar de studentenflat?'

'Nee. Ze liepen naar de IT-ruimte.'

Darko had sterk het gevoel dat de waarschuwing die hij aan Lynn Peirce moest overbrengen cruciaal werd.

'Weet je wat ze daar hebben gedaan?'

'Nee. Er was daar niemand. De dienstdoende werknemer was op dat moment naar het restaurant.'

'Gingen ze toen terug naar de flat?'

'Ja, maar heel kort.'

'Dus ze is daar nu niet?'

'Nee. Om ongeveer halfnegen vertrok ze weer. Ze ging naar de garage en reed weg in een jeep. Het heeft me heel wat moeite gekost om een beveiligingsauto te ritselen zodat ik haar kon volgen.'

'Was ze op dat moment met haar vriend?'

'Nee, ze was alleen.'

'Waar reed ze naartoe?' Darko wierp een blik op Leonid. Hij hield niet van verrassingen en dit leek een complex geval te worden.

'Ze ging naar een huis aan 591 Church Street, helemaal in het zuiden van Charleston. Ik probeerde door de ramen aan de voorkant te kijken toen je belde.'

'Is ze alleen?'

'Ik geloof het wel. Het huis was donker toen ze arriveerde en er is niemand op bezoek gekomen. Ze heeft in eerste instantie heel veel lampen aangedaan maar nu zijn de meeste weer uit.'

'Oké,' zei Darko met een glimlach. Toen hij hoorde dat Lynn Peirce door het medisch centrum had gezworven was hij zich zorgen gaan maken. Nu, alleen in een privéwoning, leek het wel of ze zijn opdracht makkelijker wilde maken. 'Enig idee van wie het huis is?'

'Ja. Het is van Carl Vandermeer, een van de testpersonen van het programma.'

Darko kromp in elkaar. Net als een paar mensen rond Sergei Polushin wist hij het een en ander van het programma. Hij zou ook geweldig profiteren van de Sidereal-aandelen die hij in de loop der jaren had ontvangen. Hij wist waarom hij de opdracht had gekregen Sandra

Wykoff te doden. Ze stelde te veel vragen over haar patiënt, Carl Vandermeer. En nu was deze Lynn Peirce in het huis van de man!

Zonder dat hij besefte wat hij deed, drukte Darko het gaspedaal dieper in. Intuïtief voelde hij dat zijn tweede klus die avond misschien wel net zo belangrijk was als de eerste. Hij rekende er ook op dat het heel wat leuker zou worden dan te worden opgegeten door de muggen aan de rand van een moeras.

34

Dinsdag 7 april, 23.11 uur

Lynn kon niet geloven wat ze net had ontdekt. Geschokt leunde ze achterover in Carls bureaustoel om naar het plafond te staren en na te denken over de implicaties. Het leek of ze elke keer als ze de anesthesieverslagen las weer iets nieuws tegenkwam. In dit geval was ze zelfs nog verbaasder dan ze die middag was geweest en onmiddellijk kwam in haar hoofd de vraag op of hetgeen ze net had gevonden het resultaat kon zijn van een periodieke storing in de software van de anesthesiemachine. Maar bijna direct schudde ze haar hoofd. De machine was bij talloze ingrepen gebruikt, zelfs de afgelopen dag nog. Waarom zou het maar in drie gevallen gebeuren als het een softwareprobleem was? Ze kon zich niet voorstellen dat dat de boosdoener was geweest. Maar het zou een hack kunnen zijn. Was dat mogelijk? Ze wist het niet, maar Michael misschien wel. Hoe dan ook, wat ze nu had ontdekt was opnieuw een schokkende aanwijzing dat wat er met Carl, Scarlett Morrison en Ashanti Davis was gebeurd misschien toch geen ongeluk of medische fout was geweest. Deze ontdekking viel in dezelfde verontrustende categorie als de toevallige, onverklaarbare frame offset die op exact hetzelfde moment had plaatsgevonden bij alle drie de gevallen. Het was in feite nog erger omdat het ondenkbare werd gesuggereerd: deze hele nachtmerrie was misschien wel opzet!

Lynn was rond kwart voor negen bij Carls huis gearriveerd. Pep was dolgelukkig geweest om haar te zien en had zo hard gesnord dat ze alles had laten vallen om haar als eerste te voeren. Zodra ze voor de kat had gezorgd zwierf Lynn door het huis, van kamer naar kamer, denkend aan Carl.

Bij nader inzien was dit ophalen van herinneringen waarschijnlijk geen goed idee. Dat gold ook voor het feit dat ze überhaupt naar Carls huis was gegaan. Zoals Michael al had gezegd, had ze Frank moeten bellen om voor de kat te zorgen want haar gevoel van verlies was hier nog overweldigender. Alles in het huis herinnerde haar aan haar getroffen geliefde en zijn unieke persoonlijkheid, zijn scherpe intelligentie, zijn liefde voor het leven en zelfs zijn compulsieve netheid, die bijna net zo erg was als die van Michael. Met enige schaamte herinnerde ze zich een paar onnozele ruzietjes die ze hadden gehad over de manier waarop ze haar handdoek ophing en soms haar ondergoed op de vloer van de badkamer liet liggen.

Met deze gedachten in haar achterhoofd viel het verlies haar nog zwaarder. Lynn werd er heel erg bedroefd van. Ze was gekomen op het punt waarop ze zich afvroeg wie slechter af was, zij of Carl. Maar de negatieve gedachten werden weggevaagd door het plotselinge besef dat ze niet kon zwelgen in zelfmedelijden. Ze moest een serieuze poging doen om haar hoofd bezig te houden, zoals de avond ervoor. Om die reden was ze eerst naar de badkamer gegaan voor een uitgebreide, warme douche. Ze was lang genoeg onder de hete straal blijven staan om de emoties van die dag weg te spoelen. Daarna had ze een van Carls enorme badjassen aangetrokken en was ze naar zijn studeerkamer gegaan. Ze had zijn computer aangezet en had de internetbrowser geopend.

Als eerste had ze opgezocht hoeveel mensen in het algemeen een serumeiwitafwijking in het bloed of gammopathie hadden. Die vraag had steeds maar aan haar geknaagd sinds ze Morrisons dossier had gelezen en had ontdekt dat Carl de aandoening kennelijk ook ontwikkelde. Daarnaast wilde ze, nieuwsgierig geworden door haar verder teleurstellende bezoek aan de IT-afdeling, uitzoeken hoeveel mensen uit het Mason-Dixon Medisch Centrum waren ontslagen met die diagnose.

Wat ze had ontdekt verbaasde haar. Hoewel er in het Mason-Dixon heel weinig ziekenhuisinfecties voorkwamen, zoals decaan English had verteld, zat het centrum boven de norm als het ging om bloedeiwitafwijkingen. Toen Lynn naar multipel myeloom keek, vond ze hetzelfde. Patiënten die uit het Mason-Dixon kwamen hadden vijf keer het nationale gemiddelde voor beide aandoeningen. Lynn had geen verklaring voor dergelijke verschillen. Kon het iets te maken hebben met het ziekenhuis of het lab? Ze had geen idee, maar ze had in elk geval besloten dat ze het onderwerp aan moest kaarten bij Michael om te horen wat hij ervan vond.

Omdat ze niet continu aan Carl wilde denken en daardoor weer zou verzinken in zelfmedelijden, had ze haar aandacht opnieuw gericht op de anesthesieverslagen die ze had meegebracht. Door ze vanuit een nieuw en uniek perspectief te bestuderen was ze tot een schokkende nieuwe ontdekking gekomen.

Lynn boog zich weer naar voren zodat ze niet langer nietsziend naar het plafond zat te staren. Alleen al bij de gedachte dat Carls rampzalige situatie misschien geen ongeluk was geweest werd ze ijskoud. Het was zo'n bizar idee dat ze zich afvroeg of ze het zich alleen maar voorstelde. Veranderde haar fragiele emotionele staat haar in een complottheoreticus?

Omdat ze heel graag het tegendeel wilde bewijzen ging ze weer verder met wat ze aan het doen was geweest. Voor haar uitgespreid op Carls bureau lagen delen van de grafieken met de vitale functies van de drie dossiers. Ze had ze met een schaar die ze in de bovenste la van het bureau had gevonden – nadat ze nog even kort naar de verlovingsring had gekeken – uit de anesthesieverslagen geknipt. Ze toonden bloeddruk, pols, zuurstofgehalte en ecg van iedere patiënt vanaf het moment van de frame offset tot de plotselinge daling van het zuurstof in het bloed. Ze wilde bij alle drie de gevallen kijken naar lichte veranderingen in de vitale functies om te zien of er overeenkomsten waren. Wat ze niet had verwacht was dat ze door het isoleren van deze delen en het stuk voor stuk bestuderen ervan voor ze ze met elkaar vergeleek, iets zou vinden wat iedereen kennelijk had gemist, inclusief zijzelf.

Om wat ze dacht dat ze had gezien te bevestigen, pakte Lynn het uitgeknipte segment van Carls dossier en knipte het in nog kleinere stukjes, elk van een minuut anesthesietijd. Zodra ze klaar was legde ze alle stukken in een verticale kolom zodat ze het ene met het andere kon vergelijken. Zodra ze dit had gedaan werd wat ze eerder dacht te zien nog duidelijker. Er was beslist sprake van periodiciteit, wat betekende dat de lijn zichzelf herhaalde. Elke minuut was er een lus te zien in de lijn van de vitale functies, wat betekende dat hetzelfde segment van een minuut steeds maar weer herhaald werd, vanaf het moment van de frame offset tot het moment waarop het zuurstofgehalte plotseling daalde.

Nadat ze Carls anesthesieverslag nogmaals had geprint en een van de piepkleine stukjes die ze had uitgeknipt had gepakt, was Lynn in staat het steeds terugkomende segment te vinden. Het was de minuut die precies voorafging aan de frame offset.

Lynn was verbluft. Even bleef ze stokstijf zitten en hield ze haar adem in terwijl haar hoofd op topsnelheid werkte. Wat ze had ontdekt klopte absoluut en de implicaties waren meer dan verontrustend. Eén ding wist ze zeker: vanaf het moment van de frame offset tot de daling van de zuurstof in het bloed, controleerde de anesthesiemachine niet Carls vitale functies. In plaats daarvan herhaalde het apparaat constant hetzelfde, normale segment en maskeerde wat er werkelijk gebeurde met haar geliefde terwijl de monitoren suggereerden dat er niets aan de hand was. 'Mijn god,' zei ze hardop. Met kopieën van Scarlett Morrisons en Ashanti Davis' dossiers kwam ze er al snel achter dat daar hetzelfde was gebeurd.

Lynn greep haar telefoon en drukte op de sneltoets voor Michaels nummer. Haar hart bonkte terwijl ze wachtte tot de telefoon overging. Ze keek op de klok. Het was bijna halftwaalf. Het was laat maar Michael bleef meestal op tot middernacht. De telefoon ging vier keer over. Bij de vijfde keer nam Michael op.

'Yo!' zei hij zonder inleiding, omdat hij wist dat het Lynn was. 'Vlad staat net op het punt af te nokken. Mag ik zo even terugbellen?'

'Ik moet met je praten,' zei Lynn dringend.

'Gaat het wel goed met je?'

'Dat weet ik niet zeker.'

'Ben je op dit moment in levensgevaar?' Hij klonk licht sarcastisch, wat niet helemaal ongewoon was.

'Niet letterlijk, maar ik heb net iets ontdekt waar ik helemaal kapot van ben en waar je stomverbaasd over zult zijn.'

'Oké, ik snap het, maar geef me nog vijf minuten. Ik bel zo terug.' Toen verbrak hij de verbinding.

Lichtelijk in paniek nadat haar metaforische reddingslijn was verbroken, legde Lynn haar telefoon langzaam neer. Haar hoofd tolde. Nu de conclusies over de anesthesie van Carl, Morrison en Davis hadden aangetoond dat er geen sprake was van een incident of medische fout, kwam het andere issue van de serumeiwitafwijking weer in haar hoofd op.

Kon de lus in het anesthesieverslag gerelateerd zijn aan gammopathie? Het leek niet mogelijk, maar als er één ding was dat Lynn in haar vier jaar op de faculteit had geleerd over medische diagnoses, dan was het dat het onderliggende probleem bij een patiënt met ongelijksoortige en kennelijk niet-gerelateerde symptomen, in de meeste gevallen een ziekte was.

Lynns oren pikten plotseling een geluid op, niet direct hard maar wel ongewoon. Het kwam van de benedenverdieping, de zitkamer of de hal. Het leek meer een vibratie van het hele huis dan alleen maar een geluid dat werd verplaatst door de lucht. Lynn hield haar adem in en luisterde gespannen in een poging het thuis te brengen. Ze dacht eerst aan een vallend boek dat plat neergekomen was. Haar tweede gedachte was dat Pep misschien van een meubel op de grond was gesprongen. Maar Lynn sloot de kat al snel uit als de veroorzaker toen ze zag dat ze diep in slaap op de stoel bij de haard lag. Toen ze zag dat de zintuigen van het dier niet waren geprikkeld kalmeerde ze weer, maar dat duurde niet lang.

Omdat ze alleen was in het grote, oude huis had Lynn er goed op gelet dat ze de voordeur stevig op slot had gedaan nadat ze was gearriveerd. Hoewel ze tijdens haar moedeloze zwerftocht een paar lampen had aangedaan, waren ze nu allemaal weer uit. Voor zover zij wist waren de twee bibliotheeklampen op Carls bureau de enige lichten in het hele huis die nog brandden. Zelfs de hoeken van de studeerkamer lagen in de schaduw.

Er klonk weer een geluid. Een licht gekraak. Was het haar verbeelding nu ze extra goed oplette omdat ze het eerste wat ze gehoord had niet had kunnen definiëren? Toen, bijna direct, hoorde ze een snelle serie kraakgeluiden van de oude houten vloer in de hal beneden, gevolgd door even snelle geluiden op de trap. Trillend van angst voelde Lynn dat ze niet alleen was. Er kwam iemand naar boven!

BOEK 3

35

Dinsdag 7 april, 23.31 uur

Darko was twintig minuten eerder op het zuidelijke puntje van Charlestons schiereiland gearriveerd. Hij had het busje in South Battery geparkeerd. Gekleed in een lange Burberry-jas en met een klein tasje in de hand was hij naar Timur gelopen, die op wacht stond onder een grote, schaduwrijke boom in Church Street, tegenover Vandermeers huis.

Beide Russen spraken vloeiend Engels, want ze woonden net als Leonid al vijf jaar in Charleston en hadden hun best gedaan de taal te leren. Maar als ze samen waren gaven ze de voorkeur aan Russisch.

'Was het donker in het huis toen je hier aankwam?' vroeg Darko terwijl hij naar het huis keek. Het beviel hem zeer dat het stuk grond aan de kant met de veranda onbebouwd was. Aan de resten was te zien dat het ooit een geometrische tuin was geweest. Dat betekende dat er maar aan één kant een naaste buur was, in plaats van aan twee kanten.

'Ja,' zei Timur. 'Maar ik zat daarginds in de auto en ik kon niet alle ramen zien.'

'Is er iemand langsgekomen?'

'Nee. Ze is alleen. In eerste instantie liep ze heel veel heen en weer, want er gingen lampen aan en weer uit in verschillende kamers, maar het laatste uur is er alleen licht te zien geweest achter een raam op de eerste verdieping.' Timur wees om er zeker van te zijn dat Darko het licht kon zien door de zware gordijnen.

'Goed gedaan,' zei hij. 'Jammer dat het zoveel moeite kostte. Ik neem het nu verder over. Je kunt weer teruggaan.'

'Moet ik niet helpen?' vroeg Timur met hoorbare teleurstelling over het feit dat zijn rol voorbij was. Darko was een legende onder sommige mensen van het beveiligingspersoneel van Sidereal Pharmaceuticals. Met hem samenwerken aan een klus die verderging dan surveilleren zou Timur de kans hebben gegeven om op te scheppen.

'Ik heb geen hulp nodig,' zei Darko. 'Ik wil dit alleen doen. Ik ben van plan ervan te genieten.'

Timur lachte en knikte. 'Ik snap het! Het is een stuk.'

Nadat hij alles wat hij nodig had uit zijn tasje had gehaald, liet hij het samen met de Burberry-jas achter op een veilige en handige plek om later weer op te halen. Vanwege de buren en omdat de huizen dicht op elkaar waren gebouwd, gebruikte Darko niet de normale explosieven waar hij meestal de voorkeur aan gaf, maar een *Halligan bar*, een stuk gereedschap dat hij pas in Amerika had ontdekt. Hij werd vooral door Amerikaanse brandweerkorpsen gebruikt om toegang te krijgen via afgesloten deuren. Hij wist dat hij bijna geluidloos was in vergelijking met een explosieve lading, mits op de juiste manier gebruikt.

Zodra hij de voordeur had geforceerd wist Darko dat timing essentieel was. Hij bewoog zich rustig maar snel, liep de trap op en rende naar de verlichte kamer. Lynn zat aan het bureau met een mobiele telefoon in de hand.

Darko reageerde in een pure reflex. Hij verkleinde de afstand tussen de hal en het bureau in een oogwenk en greep de telefoon uit Lynns hand voor ze de kans had te reageren op zijn aanwezigheid. Nonchalant gooide hij de telefoon opzij zodat hij over de kale vloer wegschoot tot in een hoek van de kamer.

Lynn wilde schreeuwen van angst maar er kwam nauwelijks geluid uit haar keel. Direct nadat hij de telefoon had weggesmeten, gaf hij haar een gemene klap met de rug van zijn hand. Die kwam keihard tegen de zijkant van haar gezicht, waardoor de vaten in haar bovenlip en in haar neus werden geraakt en ze met het gezicht naar beneden languit op de vloer terechtkwam. Door de onverwachte actie en het lawaai schoot de kat halsoverkop naar veiliger delen van het donkere huis.

Lynn probeerde op te staan om het dier te volgen en aan deze volkomen onverwachte aanvaller die uit het duister was opgedoken te ontkomen, maar haar benen wilden tijdelijk niet meewerken. Het volgende moment werd ze tegen de vloer gedrukt door een voet in haar onderrug.

'Lig stil!' siste Darko. 'Of ik schiet!'

Lynn liet haar lichaam verslappen. De druk van de voet nam af.

'Omrollen!' commandeerde Darko.

Lynn deed wat haar was gezegd en keek op naar haar aanvaller. Het enige wat ze kon zien waren zijn donkere ogen en vergeelde tanden.

Na de eerste paniek die de aanval had veroorzaakt, begon ze nu na te denken over een overlevingsstrategie. Zouden de buren haar horen als ze plotseling moord en brand schreeuwde?

'Ik schiet als je begint te krijsen,' snauwde Darko alsof hij haar gedachten kon lezen. Toen, zonder waarschuwing, stak hij een hand uit en rukte aan de ceintuur om haar middel om de knoop van de badjas los te trekken. De jas viel gedeeltelijk open zodat een van haar borsten zichtbaar was.

Met een snelle polsbeweging bedekte Lynn zichzelf. Tegelijkertijd bracht ze haar andere hand naar haar gezicht en raakte haar lip aan, die dik werd en pijnlijk aanvoelde. Toen ze haar hand liet zakken zag ze bloed. Ze wist dat ze ook uit haar neus bloedde.

Alsof hij haar uitdaagde hield Darko de revolver naar beneden en gebruikte het eind van de geluiddemper om haar borst weer te ontbloten. Lynn probeerde zichzelf niet opnieuw te bedekken. Ze had de indruk dat de man glimlachte onder zijn bivakmuts, mogelijk zelfs wellustig keek. Was dit het begin van een verkrachting? Haar eerste gedachte was dat de man die boven haar uittorende misschien iets had gehoord over Carls situatie en was gekomen om het huis te plunderen en dat zij een verrassing was. Behalve Michael wist niemand dat ze hier was.

Terwijl ze haar angst zo goed mogelijk onder controle probeerde te houden, had Lynn de tegenwoordigheid van geest om te begrijpen dat haar overlevingskans misschien wel afhing van haar slimheid. Misschien moest ze proberen de man aan het praten te krijgen. Misschien moest ze net doen of ze meewerkte, als dat zou helpen. Ze had gehoord dat hij een accent had dat haar hoofd in alle paniek nog niet kon thuisbrengen, maar dat ze eerder gehoord had.

'Trek die badjas uit!' beval Darko. Hij deed een pas achteruit en liet het pistool langs zijn lichaam zakken.

Met een gemaakte glimlach ging Lynn rechtop zitten en bedekte zichzelf weer. 'Waarom zo snel?' vroeg ze. Ze keek naar het wapen. Haar doel was om de man het pistool neer te laten leggen. Als hij dat deed, zou ze misschien kunnen vluchten. Met een beetje voorsprong zou ze dan wel weg kunnen komen, want ze kende het huis heel goed en ze nam aan dat dat niet gold voor de indringer.

'Speel geen spelletje met me!' snauwde Darko.

'En waarom niet?' vroeg Lynn met opgetrokken wenkbrauwen. Ze stond onhandig op en knoopte de badjas weer vast, woedend op zichzelf dat ze zich na de douche niet had aangekleed. Haar naaktheid was een gigantische handicap waardoor haar kwetsbaarheid werd vergroot.

Zich wapenend tegen wat de man misschien wel zou doen, liep ze naar de deur. Ze bewoog zich langzaam maar weloverwogen, met elke stap ging ze rechterop lopen. Haar oor suisde nog na van de klap die ze had gekregen.

'Stop!' beval Darko.

'Ik haal alleen maar een koud washandje voor mijn gezicht,' legde Lynn uit terwijl ze haar uiterste best deed om normaal te spreken. 'Mijn lip bloedt en dat is voor geen van ons tweeën prettig. Kom maar mee als je wilt!'

Toen Darko niet reageerde, liep Lynn verder en stapte vanuit de studeerkamer de donkere hal in. Ze had het vage idee om hem uit balans te brengen. Zoals ze al had verwacht liep Darko onmiddellijk achter haar aan.

'Waar is het licht?' vroeg hij.

'Dat hoeft niet,' zei Lynn. 'De badkamer is hier.' Nadat ze naar binnen was gelopen deed ze de spotjes aan weerszijden van de spiegel aan. Ze liep naar de wasbak en inspecteerde haar spiegelbeeld. Om een nonchalance te veinzen die ze niet voelde, vermeed ze het bewust zelfs maar naar Darko te kijken. Ze voelde dat hij op de drempel was blijven staan. Met haar wijsvinger betastte ze zorgvuldig haar gespleten lip. De snee was hoofdzakelijk aan de binnenkant en gemaakt door een van haar eigen tanden. Haar neus was spontaan opgehouden met bloeden.

'Niet zo erg als ik dacht,' zei Lynn terwijl ze de koude kraan aanzette. 'Moet je misschien naar de wc?' Lynn kon niet geloven dat ze zoiets vroeg. Darko nam niet de moeite te antwoorden maar ze had het gevoel dat ze hem in verwarring bracht.

Met een in koud water gedrenkt washandje tegen haar mond schoof Lynn langs Darko de hal weer in waarbij ze tegelijkertijd het licht uitdeed. Al die tijd veinsde ze een gelatenheid die ze niet voelde. Er hing een dierlijke lucht van zweet en tabak om de man waar ze intens van walgde. Darko probeerde haar niet tegen te houden en leek verrast dat ze de studeerkamer weer in liep. In het midden van de kamer keken ze elkaar aan.

'Waar wil je zitten?' vroeg Lynn alsof Darko op visite was.

Met een snelheid die haar de adem benam greep hij de revers van haar badjas en rukte haar gezicht naar zich toe tot op een paar centimeter van het zijne waarbij hij haar praktisch van de grond tilde. Ze kon nu zowel zijn warme sigarettenadem als zijn lichaamsgeur ruiken.

'Hou op met deze shit,' snauwde Darko met onverholen woede. Toen, met een enorme duw, gooide hij haar achterover op de bank tegenover de haard. Haar hoofd sloeg hard tegen de achterkant van het meubel. Als dat niet zo was geweest had ze een whiplash opgelopen.

'Hou op!' snauwde Darko. 'Geen spelletjes meer.'

'Wat je wilt,' zei Lynn, in elkaar krimpend. Ze was geschokt door hoe sterk de man was, sterk en gemeen. Haar eerdere vertrouwen dat ze de situatie enigszins onder controle had en misschien wel zou kunnen vluchten verdween en veranderde in een gevoel van hulpeloze angst.

'Nou, luister, bitch!' snauwde Darko. Hij hield nog steeds het pistool vast en gebaarde ermee door de lucht op een manier die Lynn behoorlijk zenuwslopend vond, vooral omdat ze kon zien dat hij zijn vinger aan de trekker had. Hij leunde naar voren tot heel dicht bij haar. Opnieuw rook en voelde ze zijn warme, stinkende sigarettenadem.

In een vergeefse poging zichzelf te beschermen schoof Lynn achteruit op de bank en trok de badjas dichter om zich heen. Toen sloeg ze haar armen om haar bovenlijf.

'Jij en je vriend hebben een heleboel hooggeplaatste mensen tegen de haren in gestreken,' snauwde Darko. 'Dat moet ophouden, helemaal, anders vermoorden we jullie allebei.'

Hij zweeg even, hoewel hij niet achteruitging. Hij hield zijn gemaskerde gezicht slechts een paar centimeter van het hare. Hij staarde met zijn donkere ogen naar Lynn alsof hij haar uitdaagde hem tegen te spreken of te bewegen en hem een reden te geven haar ter plekke neer te schieten. Ze hield haar adem in. Ze zat als bevroren.

'Begrijp je wat ik zeg?' vroeg Darko iets minder agressief. Na een korte pauze voegde hij er met hernieuwde woede aan toe: 'Zeg iets!' Hij sloeg haar weer, waardoor haar oren weer begonnen te suizen.

Lynn ging rechtop zitten en knikte maar kon geen woord uitbrengen. Ze kon haar ogen niet van de vergeelde tanden van de man afhouden, die schots en scheef in zijn onderkaak stonden. Ze was doodsbang dat hij haar weer zou slaan, misschien wel met het handvat van zijn pistool waar hij nog steeds mee zwaaide.

'Nu hou je je mond wel, hè?' snauwde Darko. 'Zeg iets of ik schiet!' Hij leunde achteruit en hief langzaam het pistool tot het punt waar

Lynn recht in de loop van de geluiddemper kon kijken.

'Wat wil je dat ik zeg?' piepte ze.

'Ik wil dat je zegt dat je het begrijpt.'

'Ja,' wist Lynn uit te brengen. 'Ik begrijp het.'

'Wat doe je in dit huis?'

'Meneer Vandermeer en ik waren vrienden,' zei Lynn met trillende stem. 'Hij heeft me een sleutel gegeven. Ik heb hier dingen staan.'

Op dat moment verscheen Pep weer, waardoor Darko schrok en kort het pistool op het dier richtte. De kat liep nonchalant naar de stoel waar ze eerder had gelegen en sprong erop.

'Dus jij en meneer Vandermeer waren een stel?' zei Darko terwijl hij zich weer tot Lynn wendde. Hij liet het pistool zakken.

'Ja.' Lynn was opgelucht dat ze niet meer in de loop hoefde te staren.

'Oké,' zei Darko. 'Geliefden of niet, dat interesseert me geen moer, maar vanaf nu laat je het onderzoek van zijn anesthesie over aan de ziekenhuisautoriteiten. Jij houdt je erbuiten. Begrepen?'

'Ja.'

Darko ging rechtop staan. Toen liep hij naar het bureau, waardoor Lynn even respijt had. Hij gebruikte de wijsvinger van zijn vrije hand om een paar stukjes van het anesthesieverslag te verschuiven. 'Wat is dit?' vroeg hij. 'Is dit een deel van Vandermeers anesthesieverslag dat je hebt verknipt?'

Lynn knikte weer. Een nieuwe angst bekroop haar en veroorzaakte een rilling over haar rug. Wat als deze indringer zag wat zij nog maar net had ontdekt? Ze wist dat het heel belangrijk was, vooral nu ze van deze overvaller te horen had gekregen dat ze moest stoppen met haar onderzoek. Zou hij haar dan vermoorden in plaats van alleen maar waarschuwen?

'Kom hier!' eiste Darko.

Met tegenzin stond Lynn op. Ze voelde zich even duizelig maar toen liep ze naar het bureau.

'Waarom was jij dit verdomme in stukjes aan het knippen?'

Lynn aarzelde, haar hoofd werkte op topsnelheid. Ze wist dat ze iets moest zeggen tegen de man, anders zou hij haar misschien weer slaan. Maar ze wilde hem de waarheid niet vertellen. In plaats daarvan begon ze te beschrijven hoe de anesthesiemachine de vitale functies van een patiënt bijhield, sprekend over details die ze wist of ter plekke verzon. Meer dan vijf minuten produceerde ze een woordenbrij die een echte schizofreen niet zou hebben misstaan, maar zonder te vertellen waarom ze de schaar had gehanteerd.

'Oké, oké,' schreeuwde Darko. 'Hou je kop!' Hij gaf haar een krachtige duw waardoor ze in de richting van de bank struikelde. Ze ging zitten, sloeg haar armen om zich heen en haar benen over elkaar in een vergeefse poging zich beschermd te voelen. Ze zag hem op zijn horloge kijken. Ze vroeg zich af waarom en wierp een blik op de klok op de schoorsteenmantel. Het was na middernacht. Verwachtte hij nog iemand anders?

'Oké, laat me het nogmaals herhalen,' zei Darko. 'Jij en je vriend gaan weer door als fulltimegeneeskundestudenten, begrepen?'

Lynn knikte hoewel ze niet wist of Michael zich iets aan zou trekken van de gewelddadige bedreigingen van deze crimineel.

'Ik waarschuw je dat we jullie zullen vermoorden als je dat niet doet. Zeg dat maar tegen je vriend.'

Lynn knikte. Ze zou het hem zeker vertellen.

'Nou?'

'Ja!'

'En dan zal ik je nog vertellen wat er gebeurt als je niet doet wat ik je zeg.'

Plotseling herkende Lynn het accent van de man. Het was Russisch. Nu ze het had geïdentificeerd begreep ze niet waarom ze dat niet eerder had opgemerkt. Waarschijnlijk door de angst. Het accent was niet zwaar. De man sprak nagenoeg vloeiend Engels.

'Ik weet alles van je familie. Ik weet waar je moeder, Naomi, woont en ik weet waar je twee zussen, Brynn en Jill, naar de universiteit gaan. Ik weet ook alles over de familie van je vriend. Als je mijn bevel niet opvolgt zullen we hen allemaal vermoorden. Ik heb al veel mensen vermoord in mijn leven en een paar meer of minder betekent niets voor me. Begrijpen we elkaar?'

Het bloed trok weg uit Lynns gezicht. Ze geloofde deze schurk. Tot dat moment was het idee dat haar familie en die van Michael risico zouden lopen door haar acties niet bij haar opgekomen. Maar nu opeens wist ze beter, en ze zag de hele zaak in een veel gevaarlijker context.

'Overbodig te zeggen dat de gevolgen hetzelfde zullen zijn als je iets zegt tegen de politie. Dus als je afgezien van die vriend van je, ook maar aan iemand vertelt over onze ontmoeting, dan zullen jij en iedereen die ik heb genoemd worden vermoord. Is dat duidelijk?'

Lynn knikte. Ze wist niet of ze iets kon zeggen.

'En nog één ding,' zei Darko. 'Als we klaar zijn wil ik dat je dit huis verlaat en niet meer terugkomt.'

'Waarom?' vroeg Lynn toen ze haar stem teruggevonden had.

'Je bent niet in de positie vragen te stellen,' zei Darko. 'Doe het gewoon.'

'Maar ik moet de kat eten geven,' zei Lynn. Ze wees naar het slapende huisdier.

Met een blik opzij hief Darko het pistool in zijn hand, richtte en vuurde. Er klonk een gesis en Peps lijf schokte. De kat hief kort haar kop voor ze in elkaar zakte.

'Dat voeren is niet meer nodig,' zei Darko.

Lynns mond zakte open. Ze kon niet geloven dat deze idioot net de kat had doodgeschoten.

'Genoeg,' zei Darko. 'Tijd voor een beetje lol.' Hij legde het pistool vol zelfvertrouwen op het bureau voor hij terugliep naar de bank. Ongeveer drie meter bij haar vandaan bleef hij staan. 'Nu wil ik dat je die badjas uittrekt.'

Er ging een schok door Lynns lichaam. Dit vreselijke gebeuren was nog niet voorbij. Bang dat hij haar weer zou slaan als ze niet meewerkte, knoopte ze langzaam de ceintuur los en liet de jas over haar armen glijden tot hij op haar middel was gezakt zodat hij de onderste helft van haar lichaam nog bedekte. Terwijl ze dit deed hield ze haar ogen strak gericht op de wellustige blik van de indringer, het ergste vrezend. De man was griezelig onvoorspelbaar, met bliksemsnelle reflexen en een overweldigende kracht, en ze was bang dat hij elk moment kon ontploffen als hij tegenstand merkte. Het gevolg was dat ze zich totaal hulpeloos voelde, wat heel nieuw was voor haar. Als ze zich in het verleden weleens had afgevraagd wat ze zou doen bij een mogelijke aanranding, zoals haar nu overkwam, had ze altijd gedacht dat haar eigen kracht, lenigheid en jaren van kickbokslessen haar zouden helpen. Nu had ze die illusie niet meer. De man had haar doodsbang gemaakt en het was duidelijk dat hij dat wist, want hij voelde zich zeker genoeg om het pistool neer te leggen.

'Helemaal!' beval Darko met zijn handen in zijn zij.

Lynn deed aarzelend de badjas op haar schoot open en trok hem opzij. Ze was nu helemaal naakt. Ondanks de bivakmuts kon ze zien dat de verachtelijke man glimlachte.

'Nu,' zei Darko, 'wil ik dat je me pijpt!'

36

Woensdag 8 april, 0.07 uur

Met een gevoel van intense walging spande Lynn haar spieren om op te staan van de bank met de bedoeling op haar knieën te zakken. Allerlei dingen flitsten door haar hoofd, zoals een sprintje naar het pistool of de man in zijn maag rammen met haar hoofd of zelfs in zijn penis bijten, maar ze wist dat ze niets zou doen uit pure angst voor haar leven.

Plotseling verscheurde een hoge, indringende kreet de stilte, waardoor Lynn dacht dat ze een hartaanval zou krijgen. Ze knipperde in een reflex en hief haar armen om een klap af te weren maar ze werd niet geraakt. In plaats daarvan schoot de indringer naar voren, landde boven op haar en drukte haar tegen de rugleuning van de bank. De man had zijn armen aan weerszijden van Lynn uitgestoken om zijn val te breken. Een gegrom ontsnapte aan zijn mond.

Een paar seconden kon Lynn niet bewegen of zelfs maar ademen door het enorme gewicht van de wriemelende massa die boven op haar lag. Het volgende moment besefte ze dat ze tegen de rugleuning van de bank werd gedrukt door twee mannen, niet een, en dat er een worsteling aan de gang was om de overhand te krijgen. Iemand was de kamer in gerend en had de insluiper besprongen.

Ook Darko was volkomen verrast door de aanval. Uit zijn jarenlange training en ervaring wist hij dat hij te maken had met iemand van zijn eigen lengte of zelfs groter. Door gebruik te maken van zijn kennis van vechtsporten was hij in staat de greep van de aanvaller om zijn borst te verslappen toen hij en de persoon achter hem van de bank rolden en op de vloer vielen. Het volgende moment stond hij op zijn voeten, maar de aanvaller ook en die kwam vervolgens weer op hem af. Deze keer pakte hij Darko stevig vast in een berenomhelzing waarbij hun gezichten heel dicht bij elkaar waren en drukte hij de Rus met zijn krachtige benen tegen de muur. Darko zag dat zijn eerste indruk klopte. De man was groter en gespierder dan hij. En hij was zwart. Maar hij maakte een goede kans, want het was duidelijk dat de man niet getraind was in vechtsporten en alleen vertrouwde op zijn lichaamsmassa en kracht.

Lynn was geschokt toen het Michael bleek te zijn. Zonder zich iets aan te trekken van haar naaktheid sprong ze van de bank en rende naar het bureau. Ze had nog nooit een pistool vastgehad maar dat deerde haar niet. Ze greep het met beide handen en liet haar rechtervinger in de ring om de trekker glijden. Ze draaide zich om, richtte het pistool op de vechtende mannen en ging op een paar passen afstand staan.

'Stop!' schreeuwde ze.

De mannen negeerden haar. Ze hielden elkaar strak omklemd en bleven doorgaan. Michael hield Darko's armen tegen zijn zij gedrukt.

'Stop!' schreeuwde Lynn weer. Om hun aandacht te krijgen vuurde ze een keer, niet voorbereid op en verrast door de terugslag. Ze had het wapen op een ingelijste prent aan de muur gericht en die daadwerkelijk geraakt. Door de combinatie van het gedempte geluid van het pistool en het gerinkel van het versplinterende glas hielden de mannen op. Michael liet Darko los.

De Rus reageerde als de professional die hij was. Hij gaf Michael een harde karateklap en trapte het wapen uit Lynns handen. Zijn voet raakte het pistool met zo'n kracht dat het omhoogvloog en tegen het plafond ketste. Het landde met een klap bij de haard, waardoor de geluiddemper kapotging. Het volgende moment was Darko verdwenen.

Het was allemaal zo snel gegaan dat Lynn en Michael een seconde lang te verbluft waren om te bewegen of zelfs te praten. Michael was de eerste die zich herstelde en vloog de kamer uit achter Darko aan. Lynn stond als bevroren op haar plek met haar ene hand in de andere.

Binnen een paar seconden was Michael terug. 'Hij is weg,' zei hij buiten adem. Lynn wierp zich in zijn armen, huilend van opluchting. Het feit dat ze naakt was drong niet eens tot haar door.

'Wacht even, sis!' zei Michael. Hij trok Lynns armen van zijn nek en liep direct naar het pistool. Terwijl hij dat deed pakte Lynn de badjas, die in een hoop op de bank lag.

Michael greep het wapen en controleerde de kamer. Er konden nog heel wat schoten mee afgevuurd worden. Hij schroefde het gebroken deel van de geluiddemper los en gooide het opzij. Hij wist dat het pistool nog werkte.

Lynn rende naar hem toe en omhelsde hem weer. Een minuut lang hield ze hem alleen maar vast en huilde. Na wat ze had doorgemaakt dacht ze dat Michael als door de hemel gezonden was. Een wonder.

'Het is goed,' troostte hij. Zijn hart bonkte in zijn borst, maar zijn ademhaling leek weer een beetje normaal te worden.

Eindelijk leunde Lynn naar achteren zodat ze Michael aan kon kijken. 'Dank je! Dank je! Dank je!' herhaalde ze. 'Hoe wist je dat ik in de problemen zat?'

'Dat wist ik niet,' gaf Michael toe. 'Maar ik wilde je geen risico laten lopen en je hier alleen laten. Je was echt over je toeren aan de telefoon. Ik belde je terug zodra ik van Vlad af was, maar je telefoon ging direct naar de voicemail. Omdat je zo gestrest had geklonken dacht ik het ergste, dat je jezelf misschien iets zou aandoen. Ik weet het niet. Ik heb niet langer gewacht maar ben naar het ziekenhuis gerend en in een taxi gesprongen.'

'Godzijdank daarvoor. Maar hoe wist je dat je hier naar binnen moest stormen?'

'Dat was makkelijk. Toen ik bij de voordeur was zag ik dat iemand hem had geforceerd.'

'Die zak stond op het punt me te verkrachten!' zei Lynn weer woedend, vechtend tegen nog meer tranen. 'Je was op het nippertje.'

'Heb je enig idee wie hij is?'

'Nee! Ik kon zijn gezicht niet zien onder die bivakmuts. Maar ik kan je één ding zeggen dat misschien geen verrassing is. Hij had zo'n verdomd Russisch accent.'

'Waarom zou me dat niet verbazen?' vroeg Michael. Hij was in de war.

'Wacht maar tot ik je vertel waarom hij hier was en me de stuipen op het lijf joeg. Maar laten we eerst zo snel mogelijk weggaan voor hij of een van zijn vriendjes terugkomt. Ik denk dat hij behoorlijk nijdig op jou is omdat je zijn pret hebt bedorven, de lul. Hij wilde me dwingen om hem te pijpen.'

'Gaan we de politie niet bellen?'

'Jezus, nee!' zei Lynn. 'Het gaat hier om heel veel meer dan een inbraak of zelfs alleen maar een verkrachting. Ik moet je een heleboel vertellen, maar eerst moet ik mijn kleren pakken. Kom mee! Ik wil niet alleen blijven. En neem die revolver mee.'

Lynn rende terug naar de badkamer, waar ze haar spullen had laten liggen en kleedde zich snel aan.

Michael bleef vlak achter haar. Hij hield de revolver naar beneden gericht. 'Als we dit niet aangeven kunnen we beschouwd worden als medeplichtigen,' zei hij. 'Dat je het maar weet. En deze revolver is misschien wel eerder gebruikt.'

'Dat kan me op dit moment geen moer schelen,' zei Lynn. Toen zei ze, terwijl ze haar schoenen aantrok: 'Heb je die arme kat van Carl op de stoel zien liggen?'

'Nee, waarom?'

'Die klootzak heeft haar zomaar doodgeschoten,' zei Lynn. 'Hij heeft het arme beest vermoord.'

'Waarschijnlijk om jou te intimideren.'

'Nou, dat is gelukt. Die kerel is een narcistische sociopaat, door en door, dat kan ik je wel vertellen. Hij schepte erover op hoeveel mensen hij al had vermoord.'

'Moet ik een taxi bellen?'

'Nee! Ik wil hier niet wachten op een taxi. We kunnen Carls Cherokee wel nemen. Ik breng hem over een paar dagen wel terug. Maar voor we vertrekken wil ik de studeerkamer weer opruimen en die arme kat het huis uit krijgen. Er mag geen bewijs zijn van een vechtpartij. En hoe zit het met de voordeur?'

'Wat bedoel je?'

'Hoe erg is het? Kan hij dicht?'

'Hij is uit zijn voegen en de deurpost is gebroken bij de slotplaat,' zei Michael, 'maar ik denk dat we hem wel dicht kunnen trekken.'

'Het moet er goed uitzien,' zei Lynn.

'Wacht eens even,' zei Michael. Hij zag voor het eerst haar kapotte lip en de zwelling op haar wang. 'Die klootzak heeft je pijn gedaan. Laat eens kijken!'

Lynn hield hem tegen. 'Het is niets. Laten we de boel opruimen en zo snel mogelijk wegwezen!'

37

Woensdag 8 april, 0.37 uur

Michael en Lynn waren in no time het huis uit. Het opruimen van de studeerkamer was makkelijk geweest. Ze hadden het gebroken glas opgeraapt, prutsten wat aan het kogelgat in de prent zodat het alleen van dichtbij zichtbaar was en hingen de lijst weer recht. Na een korte discussie stopten ze Pep in een dubbele vuilniszak met het idee een afvalbak of een container te zoeken waar ze haar in konden doen. Lynn was daar helemaal niet gelukkig mee maar ze kon door tijdgebrek niets anders bedenken. De voordeur was lastiger geweest, maar terwijl Lynn aan de binnenkant trok en Michael aan de buitenkant duwde, kregen ze hem weer in het kozijn en dicht. Hij zat letterlijk vastgeklemd op zijn plek. Lynn moest via de achterdeur naar buiten. Ze troffen elkaar weer in de garage.

Omdat ze nog trilde van haar beproeving nam ze Michaels aanbod om te rijden graag aan. Een paar blokken verderop vonden ze bij een bouwplaats een geschikte container. Op het laatste moment gingen de revolver en de afgebroken geluiddemper in de vuilniszak bij de kat. Ze waren blij dat ze van het hele spul af waren.

Zodra ze naar het noorden reden bracht Lynn Michael op de hoogte van wat er was gebeurd. 'Die klootzak dreigde me te vermoorden,' zei ze om te beginnen, terwijl ze kalm probeerde te blijven. Alleen al door te denken aan het hele gebeuren begon haar hart weer te racen. Ze draaide zich om op haar stoel om hem recht aan te kunnen kijken. De lichten van het tegemoetkomende verkeer die door de voorruit kwamen, speelden over zijn gezicht. 'Eigenlijk dreigde hij ons allebei te vermoorden.'

Michael keek haar verbaasd aan. 'Noemde hij mijn naam?'

'Dat niet. Om precies te zijn zei hij: "Jij en je vriend hebben een heleboel hooggeplaatste mensen tegen de haren in gestreken."'

'Zei hij echt "hooggeplaatste mensen"?'

'Letterlijk. Hij zei: "We zullen jou en je vriend vermoorden als je het onderzoek naar Carls zaak niet overlaat aan de ziekenhuisautoriteiten en als je niet fulltime weer met je studie verdergaat." Nou ja, misschien zei hij dat niet letterlijk, maar wel iets wat daar heel erg op leek.'

'En hij zei "wij" en niet "ik" toen hij het had over ons vermoorden?'

'Absoluut.'

'Door woorden als "hooggeplaatste mensen" en het persoonlijk voornaamwoord "wij" klinkt het steeds meer als een verdomd complot.'

'Ik ben het helemaal met je eens,' zei Lynn. 'We zijn op een wespennest gestuit. En het werd nog erger. Hij dreigde mijn moeder en mijn zussen te vermoorden als we naar de politie gingen. Hij kende zelfs hun namen en wist waar ze waren. Daarvoor heb je bronnen en connecties nodig.'

'Had hij het daarbij ook over mij?'

'Ja! Jouw familie ook!' Lynn schudde ongelovig haar hoofd erover dat dit allemaal was gebeurd. Ze draaide haar gezicht van hem af en keek door de voorruit. Ze kwamen in de buurt van het winkelcentrum van historisch Charleston. Lynn keek naar het uitgaanspubliek, verbaasd dat er zoveel mensen waren ondanks het tijdstip. Ze wilde dat haar leven zo simpel was.

'Dus daarom wilde je de politie niet bellen...'

'Deels. De andere reden is dat het uitzoeken van waar het hier bij dit complot om gaat van veel groter belang is dan het inrekenen van deze ene klotepsychopaat. Het idee dat er "hooggeplaatste mensen" bij betrokken zijn vind ik ongelooflijk. Er is iets enorms aan de gang en ik denk dat het te maken heeft met Sidereal Pharmaceuticals en hun Russische connecties, en je weet wat ik vind van farmaceutische bedrijven.'

'Ik weet dat je er geen fan van bent,' zei Michael.

'Dat is zacht uitgedrukt, want ik heb er een bloedhekel aan,' zei Lynn zo fel dat hij een blik haar richting uit wierp.

'Toe maar, dame! Wauw! Je windt je er wel heel erg over op. Wat heb je tegen die lui?'

'Waar zal ik beginnen?' vroeg Lynn. Ze zuchtte en keek weer naar Michael. 'Uit de gesprekken die we in het verleden hebben gehad, zoals over de hypocrisie in de farmaceutische industrie, weet ik dat we het in beginsel eens zijn. Ze willen mensen laten geloven dat ze werken voor het algemeen welzijn terwijl ze in feite typische voorbeelden zijn van uit de hand gelopen kapitalisme.'

'Je bedoelt hoe ze hun krankzinnige prijzen verdedigen met de bewering dat ze zoveel geld hebben moeten besteden aan onderzoek.'

'Juist!' zei Lynn walgend. 'In werkelijkheid besteden ze meer geld aan het aan de man brengen van medicijnen op recept dan aan onderzoek. En dan heb ik het nog niet eens over het geld dat ze besteden aan lobbyisten en politici.'

'Daar zijn we het helemaal over eens,' zei Michael. 'Maar ik merk veel meer emotie bij jou.'

'Heb ik je ooit verteld dat mijn vader is overleden omdat hij de medicijnen niet kon betalen die hem het leven hadden kunnen redden?'

'Nee,' zei Michael geschokt. Hij wist dat Lynn, net als hij, nooit helemaal open was geweest over haar jeugd, maar gezien al hun gesprekken over de medische zorg was hij verbaasd dat ze dit nog nooit had verteld.

'Maar het is zo!' snauwde Lynn, starend door de voorruit. 'Om in leven te blijven moest hij het medicijn de rest van zijn leven innemen en het kostte bijna een half miljoen dollar per jaar. Het is walgelijk.'

'Echt?' vroeg Michael. 'Er bestaat een medicijn dat vijfhonderdduizend dollar per jaar kost?'

'Het was een monoklonaal antilichaam, of biological, net als de drozitumab die je zag in Ashanti's dossier. Mijn vader raakte zijn baan kwijt tijdens de crisis in 2008 en uiteindelijk ook zijn ziektekostenverzekering. Hij stierf omdat we het medicijn niet konden betalen.'

'Dat is klote,' zei Michael. 'Vreselijk!'

'Zeg dat wel! Hoe dan ook, ik denk dat Sidereal iets verschrikkelijks doet, misschien wel mensen in het Shapiro gebruikt voor medische tests, zoals we al eerder dachten. Maar toch lijkt het me wel heel ver gaan om ons daarvoor met de dood te bedreigen, tenzij ze op de een of andere manier achter die anesthesieproblemen zitten.'

'Je bedoelt om meer proefpersonen te krijgen?' vroeg Michael, diep geschokt door het idee.

'Ik weet het, het klinkt te afschuwelijk om het zelfs maar te denken, maar waarom niet? De enige manier die ik kan bedenken om erachter te komen is het Shapiro binnengaan. Als we daar zijn kan ik in elk geval op een van hun computers in het centrum waar jij eerder was om te zoeken naar hun gegevens. Wat me natuurlijk op de vraag brengt hoe het vanavond met je maatje Vladimir ging.'

Michael grinnikte. 'Het was verdomd gezellig. Echt, het is een prima vent met een goed hart. Hij heeft zelfs een souvenir voor me meegebracht zoals hij had beloofd. Ik zal het je laten zien. Het heet een matroesjka. Er zitten er ongeveer vijftien in elkaar en de laatste is piepklein.'

'Heb je een Shapiro-pak gekregen?' vroeg Lynn, absoluut niet geïnteresseerd in het poppetje.

'Geen probleem. We hebben er twee, precies zoals je wilde, inclusief mutsen en mondkapjes.'

'Eén set is genoeg,' zei Lynn. 'Ik denk dat ik beter alleen kan gaan. Deze hele affaire wordt steeds serieuzer en riskanter. Dit is mijn gevecht, vanwege Carl.'

'Daar hebben we het al over gehad,' zei Michael. 'Het is duidelijk! We gaan allebei of geen van tweeën.'

'We zullen zien,' zei Lynn. 'Hoe zit het met die duimafdruk?'

'Ik weet zeker dat ik die ook heb. Hij heeft een paar biertjes gedronken en ik ben heel voorzichtig geweest met de flesjes. Er moeten een heleboel afdrukken zijn.'

'Uitstekend,' zei Lynn. Ze passeerden de afslag die leidde naar de Ravenel-brug naar Mount Pleasant. Hij werd aangegeven door een groot verkeersbord dat boven de weg hing. De naam van de stad herinnerde haar aan de verschrikkelijke inbraak waar ze eerder op de televisie over hadden gehoord. De moeder was een patiënt geweest van het Mason-Dixon Medisch Centrum en ze had een bloedeiwitafwijking gehad. Opeens kwam het verwarrende gedoe rond gammopathie weer bij haar op.

'Er is nog iets anders aan dit hele gebeuren waar ik me zorgen over maak,' zei Lynn terwijl ze probeerde haar gedachten op een rijtje te krijgen. Ze voelde zich nog steeds trillerig en in de war door wat ze had meegemaakt met die Russische klootzak. 'Dat is dat gammopathie-gedoe. Het duikt steeds weer op. Voor die klootzak inbrak ontdekte ik iets vreemds dat ik niet kan verklaren. Weet je nog die statistieken die ik in het IT-kantoor heb gevonden over de ontslagen patiënten met de diagnose gammopathie en multipel myeloom van het Mason-Dixon Medisch Centrum?'

'Dat weet ik nog,' zei Michael. 'Maar niet de exacte getallen.'

'Die doen er ook niet toe,' zei Lynn. 'Het belangrijkste is dat het aantal mensen dat ontslagen wordt met deze twee diagnoses vijf keer het nationale gemiddelde is. Vijf keer!'

Michael knikte terwijl hij overdacht wat Lynn net had gezegd, maar hij zei niets.

'Verbaast je dat niet?' vroeg ze. Ze kon niet geloven dat hij zo onbewogen kon blijven.

'Het verbaast me zeker,' zei Michael. 'Laten we even alles samenvatten. Jij zegt dat het aantal mensen dat in ons ziekenhuis komt met een ziekte die er niets mee te maken heeft en vertrekt met de diagnose bloedeiwitafwijking vijf keer het nationale gemiddelde is?'

'Dat is precies wat ik zeg. En om het nog verwarrender te maken zijn de meesten van deze patiënten relatief jong, dertigers en veertigers, terwijl gammopathie meestal voorkomt bij oudere mensen, zoals zestigers.'

'En patiënten die bij hun ontslag de diagnose multipel myeloom hebben komen vijf keer vaker voor in ons ziekenhuis.'

'Dat zeg ik.'

'Oké, hoe verklaren we dat dan?'

'Dat kan ik niet,' snauwde Lynn. 'Daarom begin ik er ook over, verdomme.'

'Hé, rustig aan,' zei Michael kalmerend. 'Ik sta aan jouw kant.'

'Sorry,' zei Lynn. Ze haalde diep adem om te bedaren.

'Kwam het door de ontdekking van deze info over gammopathie en multipel myeloom dat je helemaal ontdaan was toen je me belde?'

'O, mijn god, nee!' bracht Lynn uit. Ze draaide zich terug naar Michael en sloeg met haar knokkels tegen haar voorhoofd alsof ze zichzelf wilde straffen. 'Ik kan niet geloven dat ik helemaal ben vergeten je mijn belangrijkste ontdekking te vertellen. De anesthesieverslagen laten zien dat de lijnen bij alle drie de gevallen lussen vertonen.'

Michael keek snel naar Lynn om zeker te weten dat ze hem niet voor de gek hield. 'Lussen, bedoel je dat er steeds iets wordt herhaald?'

'Precies,' zei Lynn, met een stem waarin haar opwinding doorklonk. 'Vanaf het moment van de frame offset werden de gegevens vervangen door de laatste minuut van vóór dat moment, toen alles nog normaal was. Het betekent dat vanaf de frame offset tot het alarm voor het lage zuurstofgehalte, de anesthesiemachine niet in realtime de vitale functies van de patiënt opnam. Die signalen werden onderbroken en zo werd de valse indruk gewekt dat alles normaal was.'

'Dat is serieuze shit,' zei Michael.

'De vraag is: kan dat een fout in de software zijn?'

'Dat kan ik me niet voorstellen,' zei hij. 'Het moet een hack zijn en als dat zo is, wie doet dat dan en waarom? Holy shit!'

'Het moet allemaal samenhangen,' zei Lynn.

'Wat bedoel je?' vroeg Michael. Hij reed het ziekenhuisterrein op en vervolgens in de richting van de parkeergarage.

'Wat er bij de anesthesie gebeurt heeft ongetwijfeld op de een of andere manier te maken met de eiwitafwijkingen.'

'Dat lijkt me vergezocht,' zei Michael.

'Dat dacht ik eerst ook. Maar weet je nog wat we vorig jaar bij diagnostiek leerden, dat zelfs als symptomen totaal niets met elkaar te maken lijken te hebben, ze bijna zonder uitzondering deel uitmaken van een onderliggende ziekte. Mijn intuïtie zegt me dat we hier hetzelfde zullen vinden met de afwijkende eiwitten en de problemen met de anesthesie.'

'Ik zie niet hoe ze met elkaar in verband kunnen staan,' zei Michael.

'Ik ook niet,' gaf Lynn toe. 'Misschien lijd ik aan waanvoorstellingen maar ik blijf maar denken dat ik naar het Shapiro moet, al is het maar om toegang te krijgen tot hun verslagen.'

'Wíj, blanke man,' zei Michael, opnieuw refererend aan Ron Metzners Lone Ranger-grap. 'We zijn een team, sis. Ik laat je absoluut niet alleen het Shapiro in gaan. Als dit een serieus complot is, dan loop je veel risico.'

'Het is jouw beslissing als we op dat punt komen,' zei Lynn. 'We hebben nog steeds die duimafdruk nodig om binnen te komen.'

Ze lieten Carls Cherokee op een bezoekersplek staan en liepen over de campus naar de studentenflat, een beetje overweldigd door wat ze hadden meegemaakt en wat ze hadden besproken. Ze zwegen allebei, vooral toen ze het donkere, bijna raamloze Shapiro Instituut passeerden. Beiden dachten aan Carl, die daar moest liggen. Dat maakte het nog persoonlijker.

Dergelijke gedachten waren het moeilijkst voor Lynn omdat ze onmiddellijk een combinatie van schuld, verlammende woede en verpletterend verlies opriepen die haar leven op zoveel vlakken bedreigde. Ze moest haar blik afwenden van het massieve, sinister uitziende gebouw en zichzelf dwingen aan iets anders te denken. 'Ik kan me maar het beste weer presenteren als een geneeskundestudent.'

'Halleluja!' riep Michael uit. 'Als we te maken hebben met een serieus complot en mensen nerveus worden omdat wij vragen stellen over

Carl, dan moeten we aannemen dat iemand ons in de gaten houdt.'

'Het klinkt allemaal zo orwelliaans,' zei Lynn.

'Ik hoop dat dit betekent dat je van plan bent om morgenochtend naar het oogheelkundecollege te komen?'

'Ik denk dat ik geen keus heb.'

In de lift omhoog keken ze elkaar leunend tegen de wand aan.

'Gaat het?' vroeg Michael.

'Waardeloos,' gaf Lynn toe. 'Ik ben kapot en ik tril nog steeds. Ik geloof niet dat ik ooit zo moe en zo leeg ben geweest. Ik voel me alsof ik overreden ben door een vrachtwagen.'

'Denk je dat je kunt slapen?'

'Ik hoop het.'

'Misschien kan ik wel ergens een slaappil voor je vinden als je wilt.'

'Dat wil ik wel,' zei Lynn. 'En ik heb ook nog een vraag.'

'Kom maar op!'

'Zou je mijn matras naar jouw kamer willen slepen? Ik wil vannacht niet alleen zijn.'

'Geen probleem, zolang je maar geen misbruik van me maakt.'

'Onder de omstandigheden vind ik dat helemaal niet grappig.'

'Sorry!'

38

Woensdag 8 april, 9.22 uur

Lynn legde haar pen op haar schrijfblok. Ze had geprobeerd aantekeningen te maken tijdens het college maar ze kon zich niet concentreren. Ze was nog steeds niet helemaal zichzelf door de verschrikkelijke ervaring van de afgelopen nacht en door wat ze had ontdekt in de anesthesieverslagen. Om alles nog erger te maken sprak de lector op een typisch medische monotone manier en ze vond het onderwerp ook nog eens ongelooflijk saai. Hoe mooi het oog ook was in zijn algehele structuur, als ze eenmaal praktiserend orthopedisch chirurg was, hoefde ze deze details van de doorbloeding van het netvlies helemaal niet te weten. Oogchirurgie had als voordeel dat de operaties kort en bloedloos waren maar ze snapte niet waarom haar vriendin Karen Washington oogheelkunde als specialisme had gekozen. Na vier jaar het hele lichaam te hebben bestudeerd, was het in haar optiek veel te beperkt.

Naast haar onvermogen om zich te concentreren voelde Lynn zich duf, hoewel ze meer dan zes uur had geslapen. Dat aantal was gebruikelijk voor haar, maar het was geen 'normale' slaap geweest. Ze had het tabletje ingenomen dat Michael aan haar had gegeven. Omdat ze zelden slaappillen slikte, was ze er heel voorzichtig mee en als ze er een innam had ze de dag erna altijd een soort kater.

Toen ze die ochtend vlak voor acht uur wakker was geworden op haar matras op de vloer van Michaels kamer, stond haar vriend al onder de douche. Het geluid van de kraan die aangezet werd had haar gewekt uit haar gedrogeerde sluimer. Ze was niet direct opgestaan want het had een paar minuten geduurd voor haar hoofd helder was en ze wat er de vorige avond was gebeurd in perspectief kon zetten.

Tijdens haar eerste jaar op de faculteit was ze een paar keer in een ietwat problematische situatie beland waarin ze eventueel aangerand had kunnen worden, hoofdzakelijk omdat er alcohol in het spel was geweest, maar ze had verder nog nooit iets in die trant meegemaakt. De gedachte aan hoe dichtbij het nu was geweest maakte haar bijna misselijk. Ze was nog nooit zo dankbaar en blij geweest met Michaels vriendschap, grootte en kracht. Als hij gisteravond toen hij haar niet te pakken kon krijgen op haar mobiel niet alle voorzichtigheid overboord had gegooid en de indringer had aangevallen, had ze zich op dit moment heel anders gevoeld.

Nadat ze haar hoofd in Michaels bewasemde badkamer had gestoken om te schreeuwen dat ze over een halfuur klaar zou zijn om naar het ziekenhuis te gaan, verzamelde ze zorgvuldig de bierflesjes die Vladimir had vastgehad en ging terug naar haar eigen kamer. Om ervoor te zorgen dat ze de flesjes niet aanraakte, waardoor ze de vingerafdrukken van de Rus misschien zou wegvegen, zette ze ze op haar bureau voor ze zelf onder de douche stapte.

Onderweg van de flat naar het ziekenhuis praatten Lynn en Michael over het paranoïde gevoel dat ze hadden omdat ze misschien in de gaten werden gehouden. Iedereen die hen aankeek leek verdacht, zelfs een paar tuinlieden die in de bloembedden aan het werk waren en die toevallig opkeken toen ze voorbijliepen.

De eerste twintig minuten van het oogheelkundecollege had Lynn haar best gedaan om op te letten, maar het lukte niet. Toen de docent opnieuw de lichten uitdeed om nog een serie dia's te tonen, deze keer fluorescentie-angiografiefoto's van de achterkant van het oog, boog ze zich naar Michael, die naast haar zat, dicht bij de deur. 'Ik ga ervandoor,' fluisterde ze.

'Ik dacht dat we hadden afgesproken dat je weer zou doen of je een fulltimegeneeskundestudent was.'

'Mijn hoofd tolt. Ik kan niet stilzitten en ik kan me voor geen meter concentreren. Ik moet een paar dingen doen.'

'Daar maak ik me juist zorgen over. Probeer niet het Shapiro binnen te komen zonder mij of je krijgt ongelooflijke problemen.'

'Geen denken aan. Maak goede aantekeningen voor me!'

'Bekijk het maar! Je moet blijven en je eigen aantekeningen maken. Ik vind dit ook niet zo leuk. Die vent probeert ons allemaal in slaap te brengen.'

Lynn moest lachen. Na een snelle blik op de docent, die met zijn rug naar zijn toehoorders stond terwijl hij met een laserpen een minuscuul detail aanwees, stond ze op en liep naar de dichtstbijzijnde uitgang.

Om het erop te laten lijken dat ze weer terug zou komen liet ze haar schrijfblok op de leuning van de stoel liggen. Ze wist dat Michael het mee zou nemen zonder dat ze dat aan hem hoefde te vragen.

Zodra ze de collegezaal uit was, liep Lynn direct naar de toiletten. Als iemand haar in de gaten hield zou een bezoekje aan de wc er vast niet verdacht uitzien. Onderwijl probeerde ze te ontdekken of er iemand naar haar keek. Dat deed niemand.

Nu ze er toch was, besloot Lynn gebruik te maken van het toilet. Toen ze daarna in de spiegel keek, bedacht ze dat ze eruitzag als een wandelend lijk. Ze had donkere kringen onder haar ogen en op haar gespleten lip zat een klein korstje. Ze had ook een paar gebroken haarvaatjes op haar jukbeen die ze geprobeerd had te camoufleren met een beetje make-up. Ze gebruikte een vochtig papieren doekje om het korstje schoon te maken.

Nadat ze haar haren had gekamd en de clip weer had vastgemaakt, in een poging er zo presentabel mogelijk uit te zien, liep Lynn de toiletten uit. Eerst ging ze in de richting van de collegezaal, terwijl ze ondertussen haar blik door de drukke polikliniek liet glijden om te zien of iemand ook maar de geringste aandacht aan haar schonk. Behalve een paar wachtende patiënten die reageerden op haar witte jas in de hoop dat de poli oogheelkunde zou beginnen met het onderzoeken van patiënten, leek niemand haar een tweede blik waardig te keuren.

Lynn besloot dat er niks aan de hand was en liep naar het ziekenhuis. Sinds ze die ochtend wakker was geworden had ze heel veel nagedacht over de lussen die ze had ontdekt in de anesthesieverslagen. Ze wist dat het heel erg belangrijk moest zijn en dat iemand op de hoogte gesteld moest worden, hoe sneller hoe beter. Eerst had ze gedacht aan dokter Rhodes, maar ze had het idee snel van zich afgezet nadat ze zich zijn woedeaanval van de vorige dag herinnerde. Het was ook bij haar opgekomen dat als er inderdaad sprake was van een serieus complot, de kans bestond dat Rhodes als hoofd van de afdeling er ook bij betrokken was. Ze achtte de kans klein, maar je wist het maar nooit. Uiteindelijk besloot ze het dokter Wykoff te vertellen. Na lang nadenken was ze met Michael tot de conclusie gekomen dat de vrouw duidelijk geschokt was door wat er was gebeurd met Carl, en in dat geval was de kans dat zij betrokken was bij een complot nihil.

Zodra ze midden in de hectiek van het ziekenhuis liep maakte Lynn zich niet langer druk of ze in de gaten werd gehouden. Er waren gewoon te veel mensen. Ze liep naar de informatiestand bij de hoofdingang, pakte een vel ziekenhuisbriefpapier en schreef een kort verhaal over de lussen die ze had gevonden bij de drie gevallen. Verder stond er niets op het briefje, zelfs geen handtekening. Ze vouwde het op, stopte het in een ziekenhuisenvelop en plakte hem dicht. Aan de buitenkant scheef ze alleen maar: DOKTER WYKOFF.

Met de envelop in haar hand liep ze naar de lift. In de kleine drukke ruimte voelde ze zich slecht op haar gemak en ze vroeg zich af waarom ze in hemelsnaam de trap niet had genomen. Een van de andere mensen was een geüniformeerde beveiliger, die naar haar leek te staren. Ze wist het niet zeker maar het gaf haar een onprettig gevoel. Ze had de gespannen stilte in volle liften altijd al enigszins ongemakkelijk gevonden, en vandaag was dat nog erger. Ze was blij dat de man niet tegelijk met haar uitstapte op de tweede verdieping.

Lynns plan was simpel geweest. Ze zou kijken in welke kamer dokter Wykoff was en dan een omloopverpleegster zoeken om het bericht naar de dokter te brengen. Ze ging zelfs zover dat ze haar naamplaatje van haar witte jas haalde om anoniem te blijven.

Lynn keek op de monitor in de koffiekamer waarop een lijst te zien was met de ingrepen van die ochtend en zocht dokter Wykoffs naam. Toen ze hem niet zag, begon ze weer bovenaan. Kennelijk was ze die ochtend niet ingedeeld.

Lynn vloekte inwendig. Ze had altijd begrepen dat de jongere anesthesisten zoals dokter Wykoff elke dag werden ingedeeld. Ze begreep niet waarom dat vandaag niet zo was. Lynn liep daarom naar het kantoor waar zij en Michael haar de vorige dag hadden ontmoet. Toen niemand reageerde op haar geklop deed ze de deur open en keek naar binnen. De kamer was leeg. Wat ze wel zag was een rij postvakjes waarvan er een van dokter Wykoff was.

Even overdacht Lynn wat ze zou doen. Ze wilde zeker weten dat iemand het briefje echt aan de juiste persoon overhandigde en het niet zomaar zou achterlaten in de hoop dat ze het zou krijgen. Uiteindelijk accepteerde ze het onvermijdelijke, ging naar de vrouwenkleedkamer en trok daar operatiekleding aan.

Hoewel de meeste mensen geen mondkapje voordeden tot ze in een ok waren waar een operatie werd uitgevoerd, deed Lynn het al in de kleedkamer om haar identiteit te verbergen, net als de afgelopen maandag toen ze Carl zocht. Ze wist niet of ze zich overdreven paranoide gedroeg maar dat kon haar niet schelen. Met het briefje in de hand duwde ze de deur naar de operatieafdeling open en liep naar de drukke balie. Op dat moment van de ochtend was men in een aantal ok's al aan de tweede operatie begonnen. Iedereen was druk bezig.

Lynn moest een paar minuten wachten. Ze wist dat ze het best aan Geraldine Montgomery, de hoofdzuster, naar dokter Wykoff kon vragen, maar ze werd al bestookt door diverse andere mensen. Ondertussen keek ze op het whiteboard voor het geval dat er een wijziging was geweest. Wykoff stond er niet op. Eindelijk kreeg Lynn de gelegenheid om te vragen naar de dokter.

'Je bent al de zoveelste die dat vraagt,' zei Geraldine lachend. 'Ze wordt vermist.'

'Wat bedoelt u?' vroeg Lynn, maar ze kreeg niet direct antwoord. Ze moest wachten tot Geraldine naar iemand aan de andere kant van de hal had geroepen dat ze moest ophouden met niksen en de patiënt naar 4 moest brengen, en wel direct.

'Het spijt me, schat,' zei Geraldine terwijl ze weer naar Lynn keek. 'Wat zei je?'

Lynn moest haar vraag herhalen.

'Voor het eerst in ik weet niet hoeveel jaar is dokter Wykoff vanochtend niet verschenen. Het was zo ongebruikelijk dat dokter Rhodes de politie heeft gebeld. Kennelijk had ze een of ander noodgeval in de familie. Ze heeft een tas gepakt en is met onbekende bestemming vertrokken. Tenminste, dat is ons verteld.'

Stomverbaasd verfrommelde Lynn de envelop, bedankte Geraldine, die niet reageerde omdat ze alweer bezig was met een ander probleem, en liep terug naar de kleedkamer om haar operatiekleding uit te trekken. Dit verhaal over dokter Wykoff was totaal onverwacht en verontrustend. Door het briefje over de lussen aan de vrouw te overhandigen had ze haar schuldgevoel willen verkleinen dat ze haar ongelooflijke ontdekking met niemand deelde. Maar nu ze dat niet kon doen omdat de anesthesist onverwacht was verdwenen, raakte ze alleen nog maar meer van streek, vooral omdat ze niemand anders kon bedenken aan wie ze het kon vertellen.

39

Woensdag 8 april, 11.02 uur

Omdat ze dit nieuwe raadsel moest verwerken, wist Lynn dat ze het behandelen van patiënten in de polikliniek net zo erg zou vinden als het college. Daarom had ze besloten de tijd te gebruiken om een plattegrond te bemachtigen van het Shapiro. Ze had Carls jeep uit de parkeergarage gehaald en was naar de stad gereden.

Ze beschouwde het als een gunstig voorteken dat ze pal voor de openbare bibliotheek van Charleston County in Calhoun Street een parkeerplaats vond waarvan de meter nog niet leeg was. Het was extra handig omdat de bibliotheek recht tegenover 75 Calhoun was, het indrukwekkende en relatief nieuwe gemeentekantoor waar de afdeling Bouw- en Woningtoezicht van Charleston was gevestigd.

Lynn haastte zich naar binnen. Ze wilde ruim voor de lunch op de afdeling zijn. Uit haar ervaring met de bureaucratie in Atlanta, waar ze was opgegroeid, wist ze dat het lunchuur moest worden vermeden omdat ambtenaren dan erg afgeleid en minder behulpzaam waren. Maar ze merkte al snel dat ze zich geen zorgen had hoeven maken. Niet alleen was de afdeling gemakkelijk te vinden, maar de mensen achter de balie gaven haar onmiddellijk de indruk dat ze daar waren om te helpen, vooral een kalende, joviale en kleurrijke figuur die George Murray heette. Ondanks een behoorlijk dikke buik droeg de man felrode bretels om zijn broek op te houden. Toen hij Lynns witte jas zag en terecht aannam dat ze een geneeskundestudent was, begon hij te lachen en zei dat ze maar moest beginnen hem het standaardverhaaltje te geven over de potentiële kwade gevolgen van zijn buik. 'Ik hou van mijn biertje,' gaf hij toe. 'Maar goed, wat kan ik voor je doen?'

'Een vriend van mij die architect is, heeft me verteld dat jullie tekeningen hebben van openbare gebouwen zoals ziekenhuizen.'

'Vooropgesteld dat het ziekenhuis in Charleston is,' zei George lachend. 'Tekeningen moeten worden ingediend en goedgekeurd om een bouwvergunning te krijgen. Het is publiek domein. Naar welk ziekenhuis ben je nieuwsgierig?'

Lynn wachtte even en probeerde te bedenken hoeveel ze zou vertellen. Het laatste wat ze wilde was dat de decaan of iemand bij de faculteit of het ziekenhuis erachter kwam dat ze bij de gemeente was en naar plattegronden van het Shapiro vroeg. Maar ze wist niet hoe ze dat kon vermijden. 'Het Shapiro Instituut,' zei ze, hopend dat ze daar geen spijt van zou krijgen. Maar ze was bang dat het zonder plattegronden nauwelijks de moeite waard was om in te breken bij het Shapiro omdat ze dan misschien alleen toegang zou hebben tot de elektronische medische dossiers van het instituut. Ze wilde de kans om Carl te vinden zo groot mogelijk maken, want het zou niet makkelijk worden met zo'n duizend patiënten tenzij ze een vrij goed idee had hoe het gebouw was ingedeeld.

'Dat is onderdeel van het Mason-Dixon Medisch Centrum,' zei George zonder aarzelen. 'In wat voor soort tekeningen ben je geïnteresseerd?'

'Ik weet het eigenlijk niet,' gaf Lynn toe. 'Wat voor tekeningen heb je?'

'Er zijn plattegronden, tekeningen van de elektriciteit, de HVAC-installatie, loodgieterswerk. Je zegt het maar en wij hebben het.'

'Ik denk dat ik vooral geïnteresseerd ben in plattegronden.'

'Laten we eens kijken wat we in het dossier hebben,' zei George opgewekt. Hij was maar een paar minuten weg voor hij terugkwam met een heel grote, bordeauxrode map met een band erom.

George tilde de map op de balie en deed hem open. Hij schoof de inhoud eruit. 'We gaan geleidelijk digitaal, maar het duurt nog wel even voordat dat voltooid is.' Hij zocht tussen het materiaal tot hij uiteindelijk de plattegronden vond. Ze waren aan één kant aan elkaar geniet. 'Hier zijn ze. Succes ermee.'

Lynn bekeek een paar bladzijden. Ze had eerder bouwkundige tekeningen gezien en ze wist een beetje hoe ze ze moest lezen. Hoewel het gebouw een relatief laag silhouet had, waardoor het leek of het twee of drie verdiepingen had als je het vergeleek met het naastgelegen ziekenhuis, had het tot haar verbazing in werkelijkheid zes verdiepingen, waarvan vier ondergronds. 'Wat is de begane grond?' vroeg ze.

George draaide de tekeningen om zodat hij alle kleine lettertjes kon lezen. 'Kennelijk waar vijfde verdieping bij staat,' zei hij terwijl hij de plattegronden vergeleek met wat ander materiaal. Hij sloeg de bladzijden met plattegronden om tot hij bij vijf was. 'Er lijken niet veel uitgangen te zijn. Vreemd, maar ik weet zeker dat ze zijn goedgekeurd door de brandweer. Ze moeten wel een verdomd goed sprinklersysteem hebben. Wat is het voor ziekenhuis?'

'Het is voor mensen die in een vegetatieve staat verkeren,' zei Lynn. Ze draaide de tekeningen weer om en toen ze naar de vijfde verdieping keek zag ze de gang naar het ziekenhuis zelf en de vergaderzaal waar ze tijdens het bezoek in haar tweede jaar was geweest. Ze zag ook de drie bezoekerskamers en de deur waardoor Michael het gebouw binnen was gegaan met Vladimir. Een kleine hal leidde naar een ruimte waarbij NETWERKOPERATIECENTRUM stond. Ze nam aan dat dat was wat Michael het NOC had genoemd. Direct aangrenzend was een kamer voor computerservers en aan de andere kant van de hal was een kamer waar KLEEDKAMER bij stond. Tot zover was het duidelijk.

'Wat is een vegetatieve staat? Bedoel je mensen in coma?'

'Ja, maar ze zijn niet allemaal in coma. Sommigen hebben een slaap-waakcyclus, wat de familie helaas vaak de ongefundeerde hoop geeft dat ze ooit weer helemaal wakker zullen worden. Hoe dan ook, het ziekenhuis is voor mensen met hersenschade die zelfs niet wat de meest basale dingen betreft voor zichzelf kunnen zorgen. Ze hebben allemaal heel veel zorg nodig. Het vraagt heel veel inzet van de verpleging.'

'Dat klinkt afschuwelijk.'

'Dat is het ook,' zei Lynn knikkend. Ze zag dat er achter het NOC een hal was waar een heleboel kamers op uitkwamen. Sommige werden VOORRAADKAMER genoemd. Bij een heleboel stond AUTOMATISERING, wat dat ook maar betekende. Bij een stond AUTOMATISERINGSCONTROLE. Bij een paar stond helemaal niks. Twee van de grootste ruimtes heetten Cluster A en Cluster B en deze konden ook vanuit dezelfde hal worden bereikt. Lynn herinnerde zich dat Michael had verteld dat er Cluster 4-B 32 in Ashanti's dossier stond. Lynn nam nu aan dat dit de ruimtes waren waar de patiënten werden gehuisvest. Kennelijk lag Ashanti op de vierde verdieping, of de eerste ondergrondse verdieping, in Cluster B.

'Waar denk je dat Cluster A en B aan refereren?' vroeg Lynn, alleen om te horen wat George zou zeggen.

'Geen idee,' zei hij. 'Maar ik kan je één ding zeggen: het zijn heel grote kamers en het lijkt erop dat ze heel veel elektriciteit gebruiken.'

'Ze zijn smal in vergelijking met deze open ruimte in het midden,' zei Lynn. Het deel waar ze naar wees was een lange rechthoek in het midden van het gebouw. Rond de hele omtrek was een hal die kon worden bereikt vanuit de clusters.

George keek naar de ruimte op de plattegrond en leek verbaasd. Hij draaide de tekeningen weer om, maar er was niets te lezen. Toen schudde hij zijn hoofd en zei: 'Ik weet niet zeker wat het is. Misschien is het een ruimte die naar boven en naar beneden open is. Laten we eens naar de vierde verdieping kijken.' George draaide de bladzijde om.

'Ik had gelijk. Op de vierde verdieping is het zeker een ruimte die naar boven open is, kennelijk helemaal tot aan het dak. Ze moet gigantisch zijn. Het plafond is drie verdiepingen hoog.'

Lynn bekeek de ruimte waar nu RECREATIE bij stond, met een deur aan beide uiteinden. Verder zag de vierde verdieping er net zo uit als de vijfde.

'Wat denk jij dat het is?'

George krabde op zijn kale hoofd en zag er heel verbaasd uit. 'Als ik zou moeten raden zou ik zeggen een sportzaal! Als ik specifieker zou moeten zijn, zou ik zeggen een basketbalhal. Ik weet dat dat belachelijk klinkt maar de afmeting klopt ongeveer. Maar ik heb geen idee wat al die draden op de vloer betekenen.'

'Er kan geen sportzaal zijn in een ziekenhuis voor mensen in coma,' zei Lynn.

'Misschien is hij voor het personeel. Je weet wel, om zich te ontspannen. Je zei dat het zwaar was om voor deze patiënten te zorgen.'

'Ja, dat zou kunnen,' zei Lynn. 'Laten we eens kijken wat er op de andere verdiepingen is.'

Ze bladerde terug om naar de derde verdieping te kijken. Die was net als de vijfde, met in het midden een leeg vlak. Hetzelfde gold voor de tweede verdieping. De eerste was echter weer gelijk aan de vierde, met in het midden een ruimte met RECREATIE, en met dezelfde bedrading op de vloer. 'Twee sportzalen?' vroeg Lynn ongelovig.

'Een voor de mannen en een voor de vrouwen,' zei George met een lachje dat aangaf dat hij het niet serieus bedoelde. 'Waarom kijk je eigenlijk naar die plattegronden? Ga je er op bezoek?'

'Ik ben er al eens geweest,' zei Lynn. Ze vertelde George over de korte rondleiding van haar en haar jaargenoten. 'Helaas hebben we alleen maar een klein stukje van de vijfde verdieping gezien. Ik kan je wel zeggen dat we vanaf dat moment ontzettend nieuwsgierig waren. Daarom wilde ik naar de plattegronden kijken.'

'Wil je nog iets anders zien in dit dossier?' vroeg George, wijzend naar de stapel.

'Denk je dat een van de andere tekeningen ons een hint zou kunnen geven wat die "sportzaal" echt zou kunnen zijn?'

'Ik heb geen idee!' zei George. Hij pakte de tekeningen van de elektriciteit en bladerde erdoor. 'Ik snap niets van die zaal maar ik kan je wel vertellen dat het hele pand erg geautomatiseerd moet zijn. Er wordt genoeg stroom verbruikt om een fabriek te runnen.' Hij gooide de tekeningen opzij en pakte die van het loodgieterswerk. Nadat hij ze had bekeken zei hij: 'Wauw! Ze gebruiken ook een heleboel water. De gespecificeerde innamepijpen zijn enorm. Misschien zijn die grote ruimtes geen sportzalen maar zwembaden. Ik maak maar een grapje!' Toen keek hij naar de HVAC-gegevens. Opnieuw was hij onder de indruk. 'Dit is een heel bijzonder ziekenhuis, jongedame. Moet je dit zien!'

George draaide de tekeningen zodat Lynn de tekst kon lezen.

'Waar kijk ik naar?' Wat ze zag leek oppervlakkig gezien op de plattegronden die ze al had bekeken maar er liepen allerlei stippellijnen, symbolen en aanduidingen overheen, vergelijkbaar met die op de tekeningen van de elektriciteit. Ze moest vooroverbuigen om sommige woorden, zoals ROUTE NAAR BEGANE GROND en HOOFDUITGANG, te kunnen lezen.

'Dit is een indrukwekkend HVAC-systeem,' zei George. 'Kijk eens naar de omvang van deze kanalen, vooral van de sportzalen.' Hij wees met een vinger. Lynn wist niet zeker waar hij op doelde en het interesseerde haar ook niet zo, maar ze wilde niet onvriendelijk zijn omdat hij zo behulpzaam was. Ze was blij dat hij haar niet alleen maar de map had overhandigd en haar aan haar lot had overgelaten.

'Ze kunnen waarschijnlijk de lucht in die sportzalen naar believen veranderen,' zei George. 'Ik heb voor een airconditioningbedrijf gewerkt voor ik deze baan kreeg. Veel betere secundaire voorwaarden. Je hebt geen idee.'

'Waarom zouden ze de lucht in die zalen willen kunnen veranderen?' vroeg Lynn.

George haalde zijn schouders op. 'Dat is typisch voor goed ontworpen sportzalen.'

'Dus jij denkt dat dit echt sportzalen zijn door wat je ziet op deze HVAC-tekeningen?'

'Ik zeg maar wat,' bekende George. 'Maar het HVAC-systeem is verbonden met het systeem van het ziekenhuis. Daar zijn de koeltorens en alle uitgebreide filtersystemen die ziekenhuizen moeten hebben. Ik wed dat dat een heleboel bespaard heeft.'

'Nou, ontzettend bedankt,' zei Lynn. Ze dacht dat ze het belangrijkste wel wist. 'Je hebt me heel goed geholpen.'

'Het komt niet elke dag voor dat ik een goed uitziende geneeskundestudent kan helpen,' zei George met een knipoog.

Goeie genade, dacht Lynn maar ze zei het niet. Wat een stomme opmerking. Ze hoopte heel erg dat hij haar niet ging uitnodigen om iets te gaan drinken.

'Wil je kopieën van deze tekeningen?' voegde George er nietsvermoedend aan toe.

'Kan dat?' vroeg Lynn. Het idee was niet bij haar opgekomen.

'Natuurlijk kan dat,' zei George. 'Er wordt een kleine vergoeding gevraagd maar ik kan het direct voor je doen, nog voor de lunch.'

'Dat zou fantastisch zijn,' zei Lynn.

'Welke wil je nog meer behalve de plattegronden?'

Snel wierp ze nog een blik op de tekeningen van de elektriciteit, het loodgieterswerk en de HVAC-installatie. Ze haalde die van de installatie tussen de andere uit.

'Misschien deze,' zei ze. Opeens kwam er een idee bij haar op voor onvoorziene omstandigheden. Ze wist niet of ze in staat was het Shapiro binnen te komen, of wat ze er precies zou vinden, maar ze was realist genoeg om de risico's te kennen en het idee dat ze een back-up zou hebben sprak haar wel aan.

'Ik ben zo terug,' zei George terwijl hij opnieuw knipoogde.

Deze keer vond Lynn het niet erg.

40

Woensdag 8 april, 12.00 uur

De deur naar de Technische Dienst van het ziekenhuis ging open en Misha Zotov keek op. Hij wilde altijd per se op de werkplek zitten die het dichtst bij de deur was. Het gaf hem de gelegenheid bij te houden wie erin kwam en eruit ging. Hoewel Fyodor Rozovsky in naam het hoofd van de afdeling was, was Misha verantwoordelijk voor de dagelijkse gang van zaken. Hij moest ervoor zorgen dat alle computergestuurde apparatuur in het ziekenhuis feilloos werkte. Hij wist dat Fyodors aandacht vaak ergens anders was omdat hij achter de schermen ook coördinator van de beveiliging van het ziekenhuis was.

Misha legde zijn soldeerijzer neer toen hij zag wie er binnengekomen was. Het was Darko Lebedev, die er niet al te best uitzag met zijn roodomrande ogen. Hij was zoals gewoonlijk gekleed in een uniform van de beveiligingsdienst, zoals hem was aangeraden voor de zeldzame keren dat hij naar hen toe kwam. Misha keek overdreven op zijn horloge voor hij in het Russisch zei: 'Waar heb jij verdomme uitgehangen? Ik probeer je de hele ochtend al te bereiken.'

Alsof hij hoofdpijn of een zere rug had liet Darko zich kreunend op een kruk bij de werkplek naast die van Misha zakken. Net als Misha sprak hij Russisch. 'Het was een lange nacht met een heleboel wodka in de Vendue. Leonid en ik waren daar met die Russische grietjes die jullie hiernaartoe hebben gehaald om die twee mannelijke anesthesisten in de gaten te houden. Ze hebben geklaagd over die lui en beweren dat het doodsaaie idioten zijn. Leonid en ik hadden het gevoel dat het onze patriottische plicht was hun een leuke tijd te bezorgen, en dat was het.'

'Volgens Sergei Polushin worden jij en Leonid verondersteld de klok rond beschikbaar te zijn. Jullie kunnen nou niet bepaald afwezig zijn.'

'Ik ben er nu toch,' zei Darko sardonisch. Vertrouwend op zijn reputatie en de vraag naar zijn diensten was hij niet van plan zich te laten intimideren door een vent als Misha. Darko beschouwde hem slechts als een apparatsjik-programmeur die in het gevlei probeerde te komen bij Fyodor.

'Hoe ging het gisteravond?' vroeg Misha. 'Ik hoef je toch niet te vertellen dat we dat moeten weten.'

'De anesthesist uit de weg ruimen ging van een leien dakje. Geen enkel probleem.'

'Ik weet het al van de anesthesist,' snauwde Misha. 'Ik heb het over die verdomde studenten. Ik heb gesproken met Timur Kortev en hij heeft me verteld over hun rare activiteiten gisteravond en dat zij uiteindelijk in het huis van Vandermeer was. Ik moet weten of jij denkt dat je voldoende hebt gedaan zodat ik het Fyodor kan vertellen, die de directeur van het ziekenhuis wil inlichten.'

'Ik denk dat ik kan zeggen dat het redelijk ging,' zei Darko.

'"Redelijk" klinkt niet als voldoende, vriend, vooral als jij het zegt. Heeft ze de boodschap begrepen?'

'Ik heb haar gewaarschuwd. Ik heb haar zelfs een paar klappen gegeven, maar het is me niet gelukt haar zo bang te maken als ik had gepland.'

'Waarom niet?'

'Haar vriend dook opeens op en sprong boven op me. En om alles nog erger te maken wist ze het pistool te pakken en moest ik me zo snel mogelijk uit de voeten maken voor ik de kans had gekregen haar te pakken te nemen.'

Misha staarde Darko met open mond aan.

'Ik had geen keus. Als ik was gebleven, dan had ik een van hen moeten doden, zo niet alle twee. Ik ben vertrokken om het programma niet te schaden.'

'Misschien was het beter geweest als je ze vermoord had.'

'Ik was niet van plan dat te doen tenzij ik had geweten dat Sergei of Fyodor dat wilde. Hoe dan ook, we weten dat ze de boodschap heeft begrepen.'

'Hoe weten we dat dan?'

'Omdat ze de politie niet heeft gebeld. Ik heb haar gezegd dat we haar zussen en haar moeder zouden pakken als ze dat deed, en het is duidelijk dat ze dat niet heeft gedaan. Dan zouden we het inmiddels wel gehoord hebben.'

'Heb je enig idee waarom ze in Vandermeers huis was?'

'Zij en Vandermeer hadden een relatie.'

'Shit!' snauwde Misha. 'De beveiliging had dat moeten weten voor we hem als testpersoon uitkozen. Ongelooflijk dat er een verdomde geneeskundestudent bij betrokken is. Nou moeten zij en haar vriend net als Wykoff misschien ook worden geëlimineerd om dit op te lossen.'

'Geen probleem, als dat is wat jij en Fyodor willen.'

'Het probleem is dat het elimineren van een stel geneeskundestudenten met sociale contacten een gigantisch onderzoek op gang zal brengen, iets wat we niet kunnen gebruiken.'

'Daarom heb ik ze gisteravond niet gedood,' zei Darko.

'Ik zal het er met Fyodor over hebben,' zei Misha geïrriteerd. 'Maar op dit moment moeten we ze heel goed in de gaten houden. Ik laat dat over aan jou en Timur. Ze zal je toch niet herkennen, hè?'

'Wat denk je dat ik ben, een verdomde amateur?'

41

Woensdag 8 april, 12.38 uur

'Daar bij de muur staan een paar lege tafels,' zei Michael met zijn hoofd gebarend. Hij en Lynn hadden elkaar ontmoet in het restaurant nadat ze hem een bericht had gestuurd hiernaartoe te komen. Ze had net Carls Cherokee in de garage geparkeerd. Hij was van de poli oogheelkunde gekomen en zag direct dat ze ergens heel erg opgewonden over was.

'Ik zie ze,' zei Lynn. 'Laten we daar gaan zitten! Dan hebben we wat privacy.' Ze hield een grote bruine map onder haar arm terwijl ze het dienblad met twee handen vasthield. Het restaurant was afgeladen, zoals altijd tijdens de lunch. Ze hadden bijna een kwartier in de rij moeten staan. Omringd door mensen, van wie ze er een paar kenden, hadden ze over niets serieus gepraat. Lynn kon niet wachten om hem te vertellen wat ze had gedaan.

Net toen Michael en Lynn gingen zitten verscheen Ronald Metzner uit het niets. 'Hé, mensen,' zei hij en hij schoof zijn blad op de tafel. Er was plaats voor vier. 'Jullie zijn bofkonten. Wacht maar tot je de grap van de dag hebt gehoord. Ken je die van de...'

'Ronald,' onderbrak Lynn hem. 'Ik weet dat dit waarschijnlijk als een verrassing voor je komt, maar misschien kun je die grap later vertellen. Michael en ik moeten iets persoonlijks bespreken. Vind je het erg?'

'Het is een korte,' zei Ronald bijna smekend. 'Hij is heel erg grappig.'

'Alsjeblieft,' hield Lynn vol.

'Oké, oké,' zei Ronald. Hij pakte zijn dienblad weer op en keek om zich heen voor een ontvankelijker publiek. 'Zie je later,' zei hij en hij liep weg.

'Ik vond het heel vervelend om dat te moeten doen,' bekende Lynn terwijl ze Ronald nakeek toen hij naar het zitgedeelte buiten liep. 'Hij heeft iets wanhopigs.'

‘Ik begrijp wat je bedoelt,’ zei Michael.

‘Maar ik wil je laten zien wat ik heb.’ Lynn schoof de kopieën van de bouwplannen uit de map. Ze waren verkleind tot standaardformaat A4. ‘Ik ben naar de afdeling Bouw- en Woningtoezicht van Charleston geweest om te zien of ik plattegronden van het Shapiro kon vinden. En ik heb de jackpot!’

Michael pakte de stapel papieren, die aan de linkerbovenhoek aan elkaar waren geniet. Hij keek naar de eerste bladzijde. ‘Mijn god, hier heb je een vergrootglas voor nodig.’

‘Het is klein maar leesbaar,’ zei Lynn. ‘Je moet ze dicht bij je ogen houden. Ze konden ze niet kopiëren zonder ze te verkleinen.’

Michael deed wat Lynn zei. ‘Oké, wat zie ik hier?’

‘De eerste zes bladzijden zijn de plattegronden van het Shapiro. Van buiten lijkt het of het gebouw iets meer dan twee verdiepingen hoog is, maar het zijn zes verdiepingen, vier ondergronds. De etage waar jij naar binnen ging en de doorgang naar het ziekenhuis zijn in werkelijkheid op de vijfde verdieping.’

‘Dat is raar. Ik vraag me af waarom.’

‘Ik denk dat de ontwerpers dachten dat de patiënten niet geïnteresseerd zouden zijn in een uitzicht,’ zei Lynn in een poging grappig te zijn. ‘Ik denk dat het wat betreft verwarming en koeling veel efficiënter is. Misschien wilden ze ook niet dat het instituut te veel zou opvallen. Ik bedoel, het lijkt nu al zo groot, vooral omdat er zo weinig ramen zijn, maar niemand heeft enig idee hoe groot het werkelijk is.’

‘Dit zijn meer dan zes bladzijden,’ zei Michael bladerend door de hele verzameling voor hij terugging naar de eerste bladzijde om die nog eens goed te bekijken.

‘Het zijn twaalf pagina’s,’ legde Lynn uit. ‘De laatste zes zijn van de HVAC-installatie.’

‘De HVAC-installatie?’ vroeg Michael met een scheve glimlach en een overdreven vragende uitdrukking. ‘Nou, dat is handig.’

‘Doe niet zo stom,’ snauwde Lynn. ‘Ze greep de papieren uit Michaels hand en legde ze op tafel. ‘Je kunt zo sarcastisch zijn als je wilt, maar let op mijn woorden: deze kleine schat zal ons geweldig helpen als we daar naar binnen gaan.’

‘Als we daar naar binnen gaan,’ reageerde Michael. ‘We zitten nog steeds met het probleem van de duimafdruk.’

‘Daar ga ik na de lunch mee aan het werk.’

'Vergeet het maar!' zei Michael. 'Je hebt vandaag patiënten toegewezen gekregen op de poli oogheelkunde. Ik moest vanochtend die van mij en die van jou behandelen. Ik ga je vanmiddag niet dekken bij dermatologie. Ik haat het daar. We hebben geluk gehad dat je vanochtend niet werd gemist.'

'Oké,' zei Lynn sussend. 'We kunnen het erover hebben.'

'Bullshit!' zei Michael. 'We hebben afgesproken dat je weer verder zou gaan met je werk. Dat betekent naar colleges en de polikliniek gaan. Hoor je wat ik zeg?'

'Oké! Prima,' zei Lynn. Ze legde haar hand op Michaels arm om hem te kalmeren. 'Wind je niet zo op.'

'Ik zou me niet zo opwinden als jij doet wat je beloofd hebt. Er zijn een heleboel belangrijke mensen die ons in de gaten houden.'

'Oké, oké, zo is het wel genoeg,' zei Lynn. Ze gebaarde weer naar de plattegronden en wees naar de twee relatief grote ruimtes met de bijschriften CLUSTER A en CLUSTER B. 'Hier liggen volgens mij de patiënten op elke verdieping.'

'Waarom denk je dat?'

'Je hebt me verteld dat in Ashanti's Shapiro-epd Cluster 4-B 32 stond. Ik denk dat dat haar plek is, gezien de omvang van beide ruimtes. Ik denk dat ze op de vierde verdieping ligt, in Cluster B, bed 32.'

'Misschien,' zei Michael. Hij pakte de papieren weer op en hield ze bijna tegen zijn neus. Hij bekeek de plattegrond van de eerste verdieping.

'Zie je daar bij die enorme ruimte in het midden RECREATIE staan?'

'Dat kun je nauwelijks over het hoofd zien, zelfs op deze schaal. Wat is dat verdorie? Niemand in het Shapiro Instituut doet aan recreatie.'

'De ambtenaar van Bouw- en Woningtoezicht en ik hebben geprobeerd dat uit te vogelen.'

'Is die op elke verdieping?'

'Nee, alleen op de eerste en de vierde, maar de plafonds zijn drie verdiepingen hoog. De ambtenaar dacht dat het misschien sportzalen waren voor het personeel. Hij zei dat ze ongeveer de juiste afmeting hadden voor een mannen- en een vrouwenbasketbalveld.' Lynn lachte kort en somber. 'Hij bedoelde het niet serieus. Wat het ook zijn, we moeten er gaan kijken.'

Michael knikte instemmend. 'Kunnen we nu iets gaan eten? Ik ben uitgehongerd.'

Een paar minuten lang aten ze in stilte. Lynn had ook honger maar nadat ze haar sandwich naar binnen had geschrokt zei ze: 'Toen ik uit het gemeentekantoor kwam besefte ik dat ik in de buurt was van het advocatenkantoor van Carls vader. Ik besloot ernaartoe te gaan om te kijken of ik hem kon spreken.'

Michael legde zijn sandwich neer en staarde Lynn ongelovig aan. 'Heb je hem gesproken?'

'Een paar minuten. Hij was onderweg naar een zakenlunch, wat prima was omdat het dan niet moeilijk was het gesprek kort te houden.'

'Wat heb je in godsnaam gezegd? Je weet dat we diep in de shit kunnen raken omdat we de inbraak in Carls huis niet hebben gemeld en met het bewijs hebben geknoeid.'

'Ik weet het, ik weet het,' herhaalde Lynn. 'Ik ben niet gek. Ik heb hem verteld dat jij en ik rond middernacht naar Carls huis waren gegaan om de kat te voeren en dat we haar nergens konden vinden en dat de deur er niet best uitzag maar dat we niets misten, behalve dan de kat. Dat is alles wat ik heb gezegd. O ja, en ik heb hem ook verteld dat ik Carls auto gebruik. Ik vond dat hij het moest weten over de deur zodat hij hem kon laten repareren.'

'Dat is nauwelijks een geldige reden om het risico te nemen met hem te praten en hem te vertellen dat we daar waren. Wat als hij argwaan krijgt en de politie ons wil ondervragen? Dat kan problemen geven. Meer dan alleen problemen, omdat we dan moeten liegen.'

'Ik heb de schade aan de deur gebagatelliseerd, en ik heb zelfs gesuggereerd dat het een van Carls vrienden kan zijn geweest die zich zorgen maakte om de kat en niet wist dat ik hem zou voeren. Ik betwijfel sterk dat hij de politie zal bellen. Hij heeft te veel aan zijn hoofd gezien Carls medische situatie.'

'Waarom heb je het risico überhaupt genomen?'

'Omdat er twee andere dingen waren waarover ik heel graag met hem wilde spreken. Ten eerste over Carl. Ik wilde weten of er misschien was gezegd dat hij een serumeiwitafwijking in een vroeg stadium had.'

'En?'

'Nee, het is niet genoemd, wat ik vreemd vind, omdat er een consult is geweest door een hematoloog om daarnaar te kijken. Ik wilde ook vragen of hij en zijn vrouw Carl gingen bezoeken. Ik zei dat ik heel graag mee wilde als dat zou kunnen.'

'Was dat de tweede reden dat je met hem wilde praten?'

'Nee, ik wilde hem vragen wat we moesten doen als we erachter zouden komen dat Sidereal Pharmaceuticals onethische medicijnproeven doet op patiënten zonder dat ze dat weten. Ik heb natuurlijk niets gezegd over het Shapiro Instituut, of over de lussen en zo. Maar ik dacht dat hij de beste persoon was om deze algemene vraag aan te stellen omdat hij vroeg in zijn carrière officier van justitie is geweest en goed bekend is met het politieapparaat. Ik dacht dat hij wel zou weten wat we zouden moeten doen. Als we iets significants vinden in het Shapiro hebben we misschien niet veel tijd om rustig te overdenken wat we moeten doen. Als het inderdaad een complot is, dan hebben ze waarschijnlijk wel een rampenplan klaarliggen als een paar lastpakken zoals wij de boel verstoren.'

'Ik zou willen dat je mij eerst had gevraagd wat ik ervan dacht om met hem te praten. Ik denk dat het te voorbarig en riskant was, vooral na gisteravond.'

'Oké, sorry. Ik was in de buurt en ik dacht dat we voorbereid moesten zijn.'

'Ik geloof je,' zei Michael. 'Maar we doen dit samen. Onthou dat. En wat zei hij?'

'Hij zei dat we naar hem moesten komen als we iets ernstigs vonden! Sidereal is een multinational gestationeerd in Genève, die zakendoet met alle vijftig staten, en hij zou in dat geval zeker naar de FBI en de CIA gaan.'

42

Woensdag 8 april, 23.38 uur

'Wat denk jij?' vroeg Lynn aan Michael. Ze zaten op dezelfde, half verborgen bank in de binnentuin waar ze de vorige middag ook hadden gezeten, toen Lynn haar ogen rood had gehuild nadat ze had gehoord dat Carl zou worden overgeplaatst. Op dat moment stond het bankje diep in de schaduw door de omringende bomen en struiken. Er stonden lampen in victoriaanse stijl op ruime afstand van elkaar langs het pad van het ziekenhuis naar de studentenflat, maar geen ervan was zo dichtbij dat hij licht wierp op de bank. Vanwaar ze zaten konden ze de deur van het Shapiro Instituut zien die Vladimir had gebruikt toen hij Michael had meegenomen voor zijn korte bezoek.

Michael keek op zijn telefoon hoe laat het was. Het scherm verlichtte kort zijn gezicht voor hij het toestel snel weer uitzette. 'We zitten hier nu al meer dan vijfenveertig minuten,' zei hij. 'Hier blijft het wel bij volgens mij. Ik denk niet dat we nog meer mensen naar buiten en naar binnen zullen zien gaan.'

'Ik had meer mensen verwacht, gezien de wisseling van de dienst,' zei Lynn. Vlak voor elf uur hadden ze zes mensen naar binnen zien gaan. Een kwartier later kwamen er zes mensen uit het gebouw. Ze droegen allemaal een Shapiro-overall. Ze konden horen dat ze met elkaar spraken, maar niet waar ze het over hadden. Ze konden zelfs niet horen of ze Engels spraken.

'Ik ben stomverbaasd dat er niet meer mensen waren,' beaamde Michael.

'Ik vraag me af of een deel van het Shapiro-personeel komt en gaat via de verbindingsgang met het ziekenhuis,' zei Lynn. 'Ik kan nauwelijks geloven dat er maar zes mensen werken tijdens de avond- en de nachtdienst. Dat zou slechts één persoon per verdieping betekenen.'

'Sommigen moeten wel via het ziekenhuis gaan,' zei Michael. 'Het is uitgesloten dat er maar zes mensen nodig zijn voor de zorg van al die vegetatieve patiënten, zelfs met de automatisering. Dat is absurd.'

'Absurd of niet, het kan niet oké zijn. Nog meer reden waarom ik het idee haat dat Carl daarnaartoe gebracht is, afgezien nog van de mogelijkheid dat hij wordt gebruikt als proefkonijn voor klinische medicijnproeven.'

'Het mooie is: als er maar zes mensen zijn voor de nachtdienst, dan zal het ons misschien wel lukken om binnen te komen. En als er maar één persoon per verdieping is, dan zit die waarschijnlijk te kijken naar de monitoren en maakt hij zich niet druk om mogelijke indringers. Dus als je nog steeds van plan bent het te proberen, dan is dit het moment.'

'Je hebt er niet echt zin in om zelf naar binnen te gaan, hè?' zei Lynn.

'Niet meer dan ik al had op dag één. Laten we onze spullen halen en aan de slag gaan.'

Ze stonden op en rekten zich uit. Ze hadden daar nu bijna een uur gezeten. Beiden keken even naar het Shapiro voor ze het geasfalteerde pad weer betraden. Het donkere, massieve gebouw was 's avonds zo mogelijk nog intimiderender. Het zou een graftombe of een mausoleum kunnen zijn. Wat ze niet zagen, was dat een andere figuur uit de schaduw was opgedoken en hen op flinke afstand volgde toen ze terugliepen naar de flat.

Die middag was moeilijk geweest voor Lynn, bijna pijnlijk zelfs. Het oogheelkundecollege was saai geweest, maar het dermatologiepraatje nog erger. Toch had ze volgehouden. Op een bepaald moment had ze er serieus over gedacht de handdoek in de ring te gooien maar Michael leek dat te voelen en had gefluisterd: 'Waag het niet er zelfs maar aan te denken!' Dus had ze het uitgehouden. Datzelfde gold voor de polikliniek na het college.

Later die avond hadden Lynn en Michael ervoor gezorgd dat ze met een groep vrienden aten om net te doen of alles normaal was. Aan tafel had Lynn haar negatieve oordeel over zowel oogheelkunde als dermatologie gegeven. Een paar mensen, onder wie Michael, dachten er net zo over. Anderen hadden hun eigen mening. Twee van hun tafelgenoten zeiden dat ze binnenkort aan hun specialisatie dermatologie gingen beginnen en daarom ging ze er niet verder over door.

Na het eten hadden Lynn en Michael zich verontschuldigd en waren ze teruggegaan naar de flat. Ze waren meer dan drie uur bezig geweest met het volgen van de instructies die Lynn had gedownload van het internet om vingerafdrukscanners in het algemeen te omzeilen, duimafdrukscanners in het bijzonder. Lynn had de nodige spullen al, waaronder een digitale camera met een hoge resolutie die ze had geleend, superlijm, houtlijm, een goede laserprinter en transparante sheet.

Ze hadden geëxperimenteerd door een model te maken van hun eigen afdrukken, die ze vervolgens hadden getest op Michaels HP-laptop met vingerafdrukbeveiliging, om te zien of het werkte.

De stap die ze het moeilijkst hadden gevonden was het overbrengen van de tonerafdruk op de sheet naar het positief, gemaakt van de houtlijm. Maar ze hadden volgehouden tot ze dachten dat ze het hadden geperfectioneerd. Eindelijk, toen ze zich redelijk zeker van hun zaak voelden, hadden ze Vladimirs afdrukken erbij gepakt en een paar kopieën gemaakt.

Toen ze klaar waren, overlegden ze of ze direct zouden gaan kijken of de nagemaakte duimafdrukken de deur naar het Shapiro zouden openen, maar ze besloten het nog niet te doen omdat de kans dat ze nu zouden worden gezien te groot was. In plaats daarvan wilden ze een poging wagen na de dienstwissel om elf uur, omdat ze dachten dat er dan minder mensen rond zouden lopen in de binnentuin van het medisch centrum.

Nu, tegen middernacht, voelden Lynn en Michael de spanning steeds verder oplopen terwijl ze in de lift stonden op weg naar Lynns kamer om de spullen op te halen die ze nodig hadden voor de inbraak. Helaas, net toen de liftdeur op het punt stond dicht te gaan, stapten er verschillende medestudenten in die net terugkwamen uit de bibliotheek, waar ze hadden zitten studeren. Omdat ze niet wilden praten in het bijzijn van anderen, hielden Lynn en Michael hun kaken stevig op elkaar en zwegen. Zodra ze op hun verdieping waren uitgestapt en weer alleen waren, gingen de sluizen open en bespraken ze opgewonden het overeengekomen plan voor als ze eenmaal in het instituut waren.

Als eerste moesten ze rechtstreeks naar het NOC om te proberen toegang te krijgen tot de Shapiro-databank om zo veel mogelijk op te zoeken, inclusief de kamer van Carl. Daarna zouden ze naar de genoemde clusterkamer gaan. Vervolgens waren ze van plan de zogenaamde recreatieruimte op de eerste of de vierde verdieping te bekijken, wat het makkelijkst was, omdat op die verdiepingen de enige toegang tot die ruimtes was.

'Mijn gevoel zegt me dat we dit bezoek zo kort mogelijk moeten houden,' zei Michael toen ze Lynns kamer naderden, waar ze hun spullen hadden liggen. 'We moeten snel zijn. Geen getreuzel. Hoe langer we daar zijn, hoe groter het risico. Snap je wat ik bedoel?'

'Natuurlijk,' zei Lynn. 'Dat is logisch, maar ik ben vastbesloten om met behulp van Vladimirs login te krijgen wat we nodig hebben van het Shapiro-systeem. Het kan een paar minuten duren en ik wil niet dat je me op zit te jagen. We moeten uitvinden hoeveel sterfgevallen er in het Shapiro zijn geweest, en de oorzaak ervan, sinds de opening. We willen ook weten hoeveel mensen er genoeg hersteld zijn om te worden ontslagen. Het is belangrijk, omdat ik uit wat ik heb gelezen weet wat de statistiek zou moeten zijn.'

'En we moeten uitzoeken waar Carl ligt,' voegde Michael eraan toe.

'Dat is duidelijk,' zei Lynn. 'Dat zal bepalen naar welke clusterkamer we gaan. Wil je ook proberen om Ashanti te vinden?'

'Niet echt,' zei Michael.

Lynn deed haar deur open en liep naar binnen. Michael volgde en deed de deur achter hen dicht.

'Oké, ik denk dat het tijd is dat we ons passend gaan kleden,' grapte Lynn in een poging haar groeiende angst te temperen. Haar intuïtie zei haar dat ze iets vreselijks zouden vinden als ze erin slaagden binnen te komen, maar ze wist ook dat de hel los zou breken als ze werden gesnapt. Ze deelde Michaels hoop dat ze alleen maar een reprimande zouden krijgen omdat ze geneeskundestudent waren niet.

Zonder verder nog iets te zeggen verruilden ze snel hun kleren voor de witte Shapiro-overalls die Vladimir had meegebracht. Toen ze klaar waren keken ze naar elkaar. Lynn was de eerste die begon te lachen, maar Michael volgde al snel.

'Die van jou is veel te klein,' zei Lynn. 'Sorry dat ik zo moet lachen.'

'Die van jou is anders veel te groot,' zei Michael. 'Maak je geen zorgen. We hoeven geen schoonheidsprijs te winnen.'

'Zeker niet,' zei Lynn. Ze stopten allebei hun mobiele telefoon in de zak, elk met een zaklantaarn-app en volledig opgeladen. Lynn keek hoe laat het was. Het was net na middernacht. 'Dit is ongeveer het moment dat we het meest geschikt vonden.'

'Oké,' zei Michael. 'We gaan ervoor.'

Ze trokken allebei een lange regenjas aan over hun opvallende overalls omdat ze niet wilden dat medestudenten die ze eventueel tegenkwamen vragen zouden stellen over hun kleding. Ook pakten ze beiden een envelop met een van de nagemaakte duimafdrukken. Lynn stopte de aan elkaar geniete plattegronden in een zak – er zaten er een heleboel in de Shapiro-overalls.

Ze waren al bijna de deur uit toen Lynn zich nog iets herinnerde. 'Wacht even!' zei ze. Even later was ze terug, zwaaiend met een schroevendraaier.

'Waarom een schroevendraaier?' vroeg Michael.

'Je lacht me waarschijnlijk uit als ik het vertel,' zei Lynn. Ze sloot de deur en controleerde of hij echt dicht was. Meestal kon het haar niet schelen maar met de digitale *high-resolution*-camera van iemand anders op haar bureau wilde ze niet dat er iemand naar binnen ging.

Ze liepen naar de liften. 'Je gaat me geen hint geven over die schroevendraaier?'

'Nee,' zei Lynn. 'Ik ken je te goed. Ik zal het je later vertellen, als we hier weer terug zijn.'

'Wat je wilt,' zei Michael.

Ze stonden alleen in de lift.

'Ik ben een beetje zenuwachtig,' gaf Lynn toe.

'Je bent niet de enige,' zei Michael.

Er stonden een paar studenten op de begane grond in groepjes te praten bij de frisdrankautomaat. Het was niet ongebruikelijk dat derde- en vierdejaarsgeneeskundestudenten op dat tijdstip de flat verlieten, vaak omdat ze naar het ziekenhuis waren geroepen. Niemand vroeg iets. In de relatieve duisternis liepen ze door de binnentuin via het kronkelende pad naar de polikliniek en het ziekenhuis erachter. Er waren maar heel weinig sterren te zien vanwege het licht dat hoofdzakelijk uit de ramen van het medisch centrum scheen. Links doemde het Shapiro Instituut op uit het donker.

In het schijnsel dat door de victoriaanse lantaarns op de grond werd geworpen, liepen ze snel in de richting van de afslag naar het Shapiro, ergens halverwege de flat en de polikliniek. Het gebouw was aan hun linkerkant. Het pad ertegenover aan de rechterkant leidde naar de bank waar ze net hadden gezeten om naar het wisselen van de dienst te kijken. Ze konden het bankje zelf niet zien, het was opgeslokt door de duisternis.

De studenten bleven staan en keken eerst voor zich uit en toen achter zich. Tot hun teleurstelling zagen ze een figuur hun kant uit komen, schijnbaar uit de richting van de flat. Even later stond hij in het licht van een van de lampen. Ze zagen dat het een geüniformeerd lid van de beveiliging was.

'Wat moeten we doen?' vroeg Lynn enigszins geschrokken. Ze wilden geen aandacht trekken, maar dat zou wel gebeuren als ze daar bleven staan. Michael wees naar rechts. 'Laten we teruggaan naar onze bank. Misschien denkt hij dat we hiernaartoe zijn gekomen om te vrijen!'

Lynn moest ondanks alles lachen.

Het kostte hun twintig seconden om weer bij de bank te komen. Ze gingen zitten. Aan twee kanten omringd door struiken konden ze de bewaker in eerste instantie niet zien, maar binnen een minuut verscheen hij weer en bleef even staan om in hun richting te kijken.

'Misschien ziet hij ons wel,' fluisterde Lynn. 'Kus me! Laat het er echt uitzien.'

Michael deed wat ze vroeg en sloeg zijn armen om Lynns relatief smalle schouders. Het was een lange kus. Ze sloten allebei hun ogen.

Na bijna een volle minuut waagden ze het een blik in de richting van het pad te werpen. De bewaker was weg. Ze maakten zich los uit de omhelzing.

'Het werkte,' fluisterde Michael.

'Wat een opoffering!' plaagde Lynn.

'Laten we elkaar beloven dat we dat nooit meer zullen doen,' plaagde hij terug, 'maar het moet overtuigend zijn geweest want hij besloot zich niet met ons te bemoeien.'

Lynn knikte maar reageerde verder niet. Haar aandacht werd helemaal opgeëist door het silhouet van het Shapiro Instituut tegen de zwarte lucht. Door de intimiderende omvang moest ze vechten tegen haar intuïtie die nu een heel ander verhaal vertelde dan eerder in de veiligheid van haar kamer. Nu zei haar gevoel dat ze niet naar binnen moesten gaan. Maar dat was niet het enige innerlijke stemmetje dat aandacht eiste. Op hetzelfde moment schreeuwde een ander deel van haar hersenen dat ze moest gaan kijken bij Carl: ze moest eens en voor altijd uitzoeken hoe hij werd behandeld en of hij werd gebruikt als proefpersoon. Het was een ambivalent getouwtrek in haar hoofd.

'Oké,' zei Michael opgewonden, zich onbewust van Lynns plotselinge aarzeling. 'Laten we dit vlug doen.' Hij sprong op maar merkte toen dat Lynn zich niet bewoog. 'Wat is er aan de hand, sis? Ben je er klaar voor of niet?'

Lynn ging staan. Door Michaels enthousiasme nam haar aarzeling af. 'Ik ben er klaar voor, geloof ik.'

'Vooruit dan!' zei Michael. Hij bewoog snel. Lynn moest bijna rennen om hem bij te houden. Toen ze bij de deur waren tilde Michael het deksel van het touchscreen op met de nagemaakte vingerafdruk van de Rus al klaar op zijn duim. Hij drukte hem op het touchscreen maar er gebeurde niets. 'Shit,' zei hij. 'Het werkt niet.'

'Laat ik die van mij proberen,' zei Lynn. Zij en Michael wisselden snel van plaats. Ze legde haar nagemaakte vingerafdruk op haar duim en drukte hem op het schermpje. Weer niets!

'Godsamme!' gooide Michael eruit. Bezorgd keek hij om naar het pad, bang dat ze in de gaten werden gehouden terwijl ze aan het aarzelen waren voor de deur. Vanaf het pad stonden ze in het volle zicht.

'Wacht!' zei Lynn. 'Ik herinner me dat ik heb gelezen dat je hem soms moet opwarmen. Ze deed haar mond wijd open en stak haar duim erin, waarbij ze er zorgvuldig voor zorgde dat de laag flexibele, bijna rubberachtige houtlijm niet tegen haar tanden of tong kwam. Toen drukte ze hem weer tegen het touchscreen aan.

Er was een hoorbare klik. Ze duwde tegen de zware massieve deur met haar schouder en hij ging open.

'Halleluja!' riep Michael uit.

Een paar minuten later stonden ze binnen te knipperen tegen de felheid van de spierwitte hal, gelijkmatig verlicht door ledlampen die door het transparante plafond schenen. Lynn haastte zich om de deur te sluiten. Er was opnieuw een hoorbare klik toen hij in het slot viel. Op dat moment deden ze allebei de Shapiro-mutsen en mondkapjes op.

Michael keek omhoog en zag aan het plafond ongeveer twintig meter verderop de vermoedelijke videocamera die hij ook had gezien toen hij het Shapiro Instituut met de Rus had bezocht. Hij wees Lynn erop en fluisterde: 'We kunnen de regenjassen maar beter uitdoen.'

Nadat ze dat hadden gedaan, rolde hij ze zo klein mogelijk op en verstopte ze in een hoekje bij de deur.

Lynn keek al op de plattegrond voor de vijfde verdieping.

'We hebben geen kaart nodig,' zei Michael. 'Het NOC is rechtdoor aan de rechterkant. Kom op!'

'Er is een kleedkamer aan de linkerkant,' zei Lynn, die nog steeds op de plattegrond keek terwijl ze doorliepen. 'Misschien moeten we de regenjassen daar achterlaten, in plaats van hier in de hal.'

‘Ik zou zeggen: laat maar liggen. Het risico is te groot dat we tegen een personeelslid aanlopen in de kleedkamer, waar we dan waarschijnlijk mee in gesprek raken, wat zou beteken dat we worden ontmaskerd als partycrashers voor het feest goed en wel is begonnen. We kunnen niet al te lang rond blijven lopen in deze Shapiro-pakken.’

‘Misschien heb je gelijk,’ zei Lynn. Ze keek omhoog naar de videocamera toen ze eronderdoor liepen en vroeg zich af of iemand hen zou kunnen zien. Ze hoopte het niet want dat zou betekenen dat hun bezoek heel kort zou zijn.

Ze liepen snel op de deur naar het NOC af.

43

Donderdag 9 april, 0.22 uur

Misha Zotov stond erom bekend dat hij een diepe slaper was, vooral als hij de nacht ervoor weinig slaap had gekregen, en de gekozen ringtone van zijn mobiele telefoon was bijna te melodieus om hem aan de greep van Morpheus te ontworstelen. Om alles nog erger te maken had hij die avond meer wodka gedronken dan normaal. Te veel drinken was zijn manier om met stress om te gaan en daar had hij meer dan anders last van dankzij de problemen die het biologische programma bedreigden. Tot een paar weken geleden was er nauwelijks een kink in de kabel geweest. Helaas was dat dramatisch veranderd, vooral de laatste week. Het laatste en mogelijk ergste probleem was te wijten aan Darko's mislukte confrontatie met de twee geneeskundestudenten.

Nadat de telefoon vier keer was gegaan, was Misha genoeg bij bewustzijn om het geluid te herkennen. Met de grootste moeite pakte hij het toestel van zijn nachtkastje. Ondertussen keek hij op de klok en vloekte. Snel knipperend om zich te focussen keek hij wie er belde. Toen hij zag dat het Darko Lebedev was vloekte hij opnieuw.

Misha drukte de telefoon tegen zijn oor en liet zich terugvallen op zijn kussen. 'Dit is hopelijk de moeite waard,' gromde hij in het Russisch.

'Het is goed,' zei Darko bijna geestdriftig. 'Heel onverwacht maar goed. De geneeskundestudenten spelen ons helemaal in de kaart.'

'Waar heb je het verdomme over?'

'Timur en ik hebben hen sinds ons gesprek vanmiddag in de gaten gehouden. Eerst leken ze normaal te doen en kennelijk hebben ze niemand verteld over mijn bezoek van gisteren. Maar vanavond hebben ze vanaf halfelf een uur lang in het donker op een verscholen bank in de ziekenhuistuin gezeten met uitzicht op de deur naar het Shapiro Instituut.'

'Denk je dat ze het pand in de gaten hielden?'

‘Dat was onze indruk, want het was tijdens de dienstwissel.’

‘En wat bedoel je met in de kaart spelen?’

‘Het wordt nog beter. Nadat ze hun uitkijkpost hadden verlaten dachten we dat ze het daarbij zouden laten voor vannacht. Maar toen belde Timur me tot mijn verbazing dat ik terug moest komen omdat ze een tijdje later gekleed in regenjassen weer naar buiten waren gekomen. Ze liepen naar dezelfde bank en nadat ze daar een tijdje hadden zitten vrijen gingen ze naar de deur van het Shapiro. We hadden geen idee wat ze van plan waren, maar tot onze schok maakten ze de deur open en gingen naar binnen!’

Misha zat plotseling rechtop, daarbij het dekbed van zijn nachtelijke gezelschap af trekkend. ‘Hoe hebben ze die deur in vredesnaam open gekregen?’

‘Dat weten we niet. Kennelijk hebben ze de duimafdrukscanner weten te omzeilen, wat ook niet zo moeilijk is.’

‘Dit is fantastisch,’ zei Misha. ‘Alsof de vissen in de boot springen.’

‘Ik dacht wel dat je tevreden zou zijn.’

‘Luister! Bel degene die vannacht de leiding heeft over de beveiliging. Zeg dat ik tot nader bericht opdracht heb gegeven voor een *lockdown* van het Shapiro. De buitendeur moet elektronisch worden afgesloten en de deur van het bezoekersgedeelte naar het ziekenhuis ook.’

‘Dat heb ik al gedaan,’ zei Darko. ‘De lockdown van het Shapiro is al voltooid, inclusief alle communicatie met de buitenwereld behalve de hotline naar het controlecentrum. Wil je dat Leonid en ik naar binnen gaan en met hen afrekenen?’

‘Nee!’ zei Misha. Hij sprong uit bed. ‘Ik zal contact opnemen met Fyodor. We zullen overleggen met dokter Rhodes en dokter Erikson. We moeten een manier bedenken om deze lastpakken toe te voegen aan de inventaris.’

‘Laat het me weten als je van gedachten bent veranderd na je gesprek met Fyodor,’ zei Darko. ‘Leonid en ik zullen met plezier doen wat nodig is.’

‘Komt in orde,’ zei Misha. ‘Goed gedaan!’

Hij verbrak de verbinding en zocht Fyodors nummer in zijn contactenlijst. Een paar seconden later hoorde hij de telefoon overgaan. Hij wist dat het hoofd zich zou gedragen als een grommende beer als hij wakker was, maar hij wist ook dat hij heel tevreden zou zijn met wat hij hem ging vertellen.

44

Donderdag 9 april, 0.33 uur

Lynn keek op naar Michael, die over haar schouder naar het scherm tuurde. Ze waren in het NOC van het Shapiro, waar ze niemand waren tegengekomen, zoals ze al hadden verwacht na Vladimirs opmerkingen. Lynn zat bij een van de computers. Met behulp van Vladimirs gebruikersnaam en password kon ze heel snel zonder problemen inloggen in het Shapiro-netwerk, en zodra ze in het systeem zat had ze als eerste Carls naam ingetypt. Ze kwam in zijn dossier, dat er volgens Michael hetzelfde uitzag als dat van Ashanti, zelfs met dezelfde mogelijke locatie, Cluster 4-B, maar met een ander nummer. Dat van Carl was 64 terwijl dat van Ashanti 32 was. Een ander verschil was dat er niet stond DROZITUMAB+4 ACTIVE maar ASELIZUMAB PRELIMINARY.

'Wat denk jij?' vroeg Lynn.

'Ik denk dat het handig is dat ze allebei in Cluster 4-B zijn. Het nummer moet het bed zijn, zoals je al dacht. Dan kunnen we bij hen beiden gaan kijken.'

'Ik bedoel de verwijzing naar aselizumab.'

'Ik denk dat ze hem aselizumab geven, wat dat ook moge zijn.'

'Dat moeten we later opzoeken,' zei Lynn gehaast. 'We weten in elk geval door de "ab" aan het einde dat het een biological is.' Ze verliet het dossier en ging toen snel op zoek naar het aantal sterfgevallen in het Shapiro sinds het in 2007 zijn deuren had geopend. Het aantal verscheen op het scherm: eenendertig.

'Dat is ongelooflijk,' zei Lynn. 'Denk jij dat dat klopt?'

'Er hebben maar weinig mensen toegang tot het systeem. Waarom zou het niet waar zijn?'

'Jezus, maar als dit getal klopt, dan moeten ze wel iets goed doen,' zei Lynn. Ze was onder de indruk, zelfs een beetje opgelucht. 'Twee jaar geleden, toen we hier op bezoek waren, waren er tweeëntwintig doden in zes jaar geweest, maar toen hadden ze nog een lage bezettingsgraad, een fractie van de potentiële capaciteit. Ze moeten nu vol zitten en toch zijn er maar negen doden geweest in twee jaar. Dat is fenomenaal.'

'Kijk eens naar de huidige bezettingsgraad!' stelde Michael voor.

Lynn keerde terug naar het scherm en tikte het een en ander in. Het antwoord verscheen direct: 931 patiënten terwijl er 1.200 plaatsen waren. 'Daar heb je het,' zei ze. 'Ze hebben bijna duizend patiënten! En als er minder dan 5 procent per jaar overlijdt, dan is dat ongelooflijk. Bij mijn onderzoek maandagavond heb ik gelezen dat het sterftecijfer voor mensen in een vegetatieve staat 10 tot wel 40 procent per jaar is. Hier is dat minder dan 1 procent als ik goed reken.'

'Dat klopt,' verzekerde Michael haar. 'Het is zelfs minder dan 0,5 procent. Ik zou zeggen: dat is een verdomd goede aanbeveling voor automatisering, wat zoals ze ons hebben verteld cruciaal is.'

'Zoals ik al zei: ze moeten iets heel goed doen. Het is zelfs nog indrukwekkender als ze hun patiënten gebruiken voor het testen van medicijnen.'

'Wat is volgens jou de belangrijkste doodsoorzaak bij comapatiënten?'

'Longontsteking en andere infecties, vaak als gevolg van doorliggen. Dat is omdat de patiënten niet bewegen.'

'Misschien helpt het dat het bezoek tot een minimum is beperkt. Het lijkt een beschermende voorzorgsmaatregel voor mensen met een verzwakt immuunsysteem.'

Lynn knikte. Michael had een goed punt, hoewel ze het bezoekbeleid vanuit persoonlijk oogpunt verschrikkelijk vond vanwege Carl. 'Laten we eens kijken naar de andere kant van de zaak,' zei ze, 'en uitzoeken hoeveel mensen er genoeg hersteld zijn om te worden ontslagen. Vergeet niet, trauma's zijn een belangrijke oorzaak voor een coma en ongeveer 10 procent van de patiënten, gemiddeld gezien dan, herstelt goed genoeg om naar huis te gaan.'

Plotseling ging Michael rechtop staan. Hij keek achterom naar de hal.

'Wat is er?' vroeg Lynn zenuwachtig. Ze was zo geconcentreerd op wat ze aan het doen was dat ze was vergeten waar ze waren.

'Ik dacht dat ik iets hoorde,' zei Michael.

Heel even luisterden ze ingespannen met ingehouden adem. Het enige wat ze hoorden was het gebrom van het krachtige ventilatiesysteem.

'Ik hoor niks verdachts,' zei Lynn.

'Ik ook niet,' stemde Michael in. 'Oké, ik heb het me vast verbeeld.' Hij keek nerveus op zijn horloge. 'Ik denk dat we maar beter snel kunnen vertrekken hier. Ergens zal er wel iemand in de gaten hebben dat er midden in de nacht naar deze cijfers wordt gekeken. Wat we hier doen is wettelijk gezien ernstiger dan dat we hierbinnen zijn.'

'Ik weet het!' zei Lynn. 'Maar het is belangrijk. Nog een paar minuten.' Ze keerde zich weer naar het toetsenbord en zocht snel het aantal mensen op dat het Shapiro had ontslagen sinds de opening. Het antwoord was net zo verrassend als het aantal sterfgevallen: nul!

Lynn keek weer naar Michael. Ze was stomverbaasd. 'Ik weet niet wat minder geloofwaardig is: het lage sterftecijfer of het gebrek aan ontslagen.'

'Nou, misschien nemen ze geen traumapatiënten op.'

'Dat kan ik niet geloven. Zoals ik al zei: een trauma is een belangrijke oorzaak van een blijvende vegetatieve staat en coma.' Lynn lachte, hoewel ze het helemaal niet lachwekkend vond. 'Ze doen het super als het gaat om overleven, maar ze zijn waardeloos op het gebied van genezing.'

'Oké, laten we gaan,' zei Michael. Hij probeerde Lynns stoel achteruit te trekken.

Ze protesteerde echter. 'Nog één ding,' zei ze. 'Laten we even kijken wat de doodsoorzaak was van deze eenendertig patiënten. Ik denk dat een longontsteking het vaakst voorkomt.' Lynn typte snel, en toen het antwoord kwam was ze net zo geschokt als toen ze ontdekte dat er geen patiënten waren ontslagen. Bijna de helft van de sterfgevallen had als doodsoorzaak multipel myeloom!

Lynn hief haar handen en riep: 'Dit kan niet waar zijn. Absoluut niet!'

'Dat is heel erg raar,' stemde Michael in, maar op dat moment had hij andere dingen aan zijn hoofd, ook al had zij dat niet. Met iets meer kracht slaagde hij erin de stoel achteruit te trekken. 'Genoeg gezocht als je Cluster 4-B en de recreatieruimte nog wilt bezoeken zoals we van plan waren!' Zonder op antwoord te wachten liep hij naar de deur en trok hem open. Toen hij zeker wist dat de kust veilig was zei hij: 'Oké, we gaan! Opschieten!'

Lynn volgde hem de hal in. Ze keek verbluft. 'Die cijfers zijn belachelijk! Hoe kan het Shapiro een sterftecijfer hebben door multipel myeloom dat honderd keer hoger is dan het gemiddelde?'

'Laten we het hier over hebben als we weer buiten zijn,' zei Michael terwijl hij de deur naar het NOC sloot. Het was een schuifdeur die werd bediend via een touchpad dat op borsthoogte in de muur zat. 'Kom op! Laten we de trap nemen.'

De rest van de weg naar het trappenhuis zweeg Lynn, maar haar hoofd werkte op volle toeren. Zodra de deur naar de trappen achter hen was dichtgevallen bleef ze staan en zei: 'Het spijt me, maar er is iets heel erg raars aan dit instituut.'

'Luister!' zei Michael geërgerd. 'Laten we wachten tot we weer buiten zijn voor we een eindeloze discussie beginnen over wat het allemaal betekent. Je lijkt te vergeten dat we maar heel weinig tijd hebben op vijandig terrein.' Hij maakte zijn mondkapje even los om het zweet van zijn gezicht te vegen. Het was warm en vochtig in het trappenhuis.

'Oké, je hebt gelijk,' zei Lynn. 'Maar ik zou willen dat ik had gekeken of er gegevens zijn over het voorkomen van gammopathie hier. Misschien kunnen we op weg naar buiten weer naar het NOC gaan. Het zou maar een paar minuten kosten.'

'We kunnen het overwegen,' zei Michael terwijl hij zijn mondkapje weer omhoogtrok. 'Vooropgesteld natuurlijk dat we niet worden achtervolgd.'

'Maak daar geen grappen over,' zei Lynn.

'Ik bedoel het ook serieus,' zei Michael.

Terwijl ze de trap afliepen naar de vierde verdieping keek Lynn op de plattegrond. Toen ze op de etage waren wachtten ze voor de deur en ze liet hem zien dat er verschillende routes waren om Cluster 4-B binnen te gaan.

'Laten we zo ver mogelijk uit de buurt proberen te blijven van de ruimte waar "automatiseringscontrole" bij staat. Ik heb het gevoel dat het personeel zich daar verzameld zou kunnen hebben.'

'Goed punt,' zei Lynn. 'Dat betekent dat we nu linksaf moeten, door de hal tot het einde en dan naar rechts. Ik hoop dat de deuren een opschrift hebben. Als dat niet zo is, dan is het de vierde deur rechts na de bocht.'

Michael deed de toegangsdeur op een kier open en luisterde. Behalve het overal hoorbare geluid van de HVAC-installatie heerste er stilte. Hij deed de deur net ver genoeg open om de hal in te kunnen kijken. Die leek op de hal van de vijfde verdieping, net zo wit en felverlicht. Het belangrijkste was dat ook hier geen levende ziel te bekennen was. Het enige verschil was dat aan het einde de deur naar buiten ontbrak. 'Laten we hier niet ons beroep van maken, als je begrijpt wat ik bedoel.'

Lynn wist precies wat Michael bedoelde. 'Ik blijf pal achter je,' zei ze.

Het was geen stormloop, maar ze bewogen zich zo snel en stil als ze konden onder een aantal vermoedelijke videocamera's door. De deuren die ze passeerden waren voor het grootste deel voorzien van een opschrift. Ze gingen de hoek om en renden weer verder. Ze hadden niet hoeven tellen. CLUSTER 4-B stond duidelijk in zwarte schreefloze letters en cijfers op de deur.

'Ben je er klaar voor?' vroeg Michael.

'Zo goed als,' antwoordde Lynn, zichzelf vermannend.

Carl zien in deze steriele, verlaten omgeving zou een emotionele uitdaging worden.

45

Donderdag 9 april, 0.48 uur

De deur naar Cluster 4-B was net als die naar het NOC een schuifdeur, maar dan steviger. En net als de deur naar het NOC werd hij elektronisch geopend door middel van een knop aan de rechterkant van de deurpost. Michael drukte erop en de deur gleed open.

Voor ze in de kamer konden kijken hoorden ze het cyclische gieren van elektrische motoren en het rammelen van zware machines. Het lawaai was volledig gedempt geweest door de geluidsdichte deur en de muren. Toen de toegangsdeur helemaal open was, werden Lynn en Michael getrakteerd op een tafereel dat leek op een volledig gemechaniseerde, zeer complexe lopende band in een autofabriek, met robotarmen en een vorkliftachtig apparaat met enorme rubberbanden, dat verbonden was aan een constant bewegend transportsysteem. Er was geen personeel aanwezig.

Met enige schroom liepen ze naar binnen en de deur ging automatisch achter hen dicht. Het was een grote rechthoekige ruimte, ongeveer zo groot als een klein theater met een heel hoog plafond. Het lawaai was zo enorm dat ze bijna moesten schreeuwen om elkaar te verstaan. De lucht was warm en vochtig.

'Dit is toch niet te geloven,' riep Michael half.

'Het lijkt wel een futuristische horrorfilm,' gilde Lynn. Ze was geschokt en wist niet zeker of ze wel wilde zien wat zich voor haar afspeelde. 'Dit is de ultieme geautomatiseerde patiëntenzorg.'

'En er zijn in totaal elf van deze kamers,' zei Michael vol ontzag.

De hele rechterzijde van de ruimte bestond uit zo'n honderd schuine, heel licht gekantelde plexiglascilinders in vijfentwintig stapels van vier op elkaar. Elke cilinder was ruim een meter in doorsnee en twee meter lang, aan weerszijden gescheiden van de exemplaren ernaast door een metalen rooster van ongeveer negentig centimeter breed. Deze roosters vormden een steiger bedoeld om 'service' te kunnen verlenen; ze konden worden bereikt via metalen ladders. De opening naar de laagste cilinder was op taillehoogte en de hoogste was bij het plafond. Elke cilinder was genummerd en voorzien van een computermonitor op een instelbare arm.

Terwijl Lynn en Michael vol afschuw stonden te staren, zagen ze dat in ongeveer de helft van de cilinders een patiënt lag, allemaal naakt met uitzondering van de hoofdbedekking die op een voetbalhelm leek die ze zich herinnerden van de pop tijdens hun introductiebezoek in het tweede jaar.

Plotseling kwam door een opening heel hoog aan de linkerkant van de kamer een op zijn rug liggende, naakte, comateuze patiënt de kamer binnen op de bewegende transportband. Ook hij droeg een helm. Op een manier die Lynn en Michael deed denken aan een modern bagage-afhandelingssysteem op een groot vliegtuig, werd de patiënt snel naar een specifiek deel van de kamer getransporteerd, niet zo ver van waar zij stonden. Met enige rammelende en schurende geluiden paste het hele transportsysteem zich aan om de patiënt tot vlak voor de juiste cilinder te brengen, de bovenste container op de zesde rij. Daar gingen de robotarmen aan het werk om de juiste aansluitingen tot stand te brengen voor de intraveneuze voeding en andere geïmplanteerde lijnen. Zodra alles klaar was, wat verrassend snel het geval was, werd de patiënt als een raket in een lanceerinrichting in de cilinder geschoven.

Voor Lynn en Michael konden reageren op wat ze net hadden gezien, verplaatste de lopende band zich zeven rijen van de plek waar hij de eerste patiënt had achtergelaten en haalde snel een tweede patiënt uit een andere cilinder. Zodra dit tweede lichaam eruit was maakten de robotarmen de verschillende aansluitingen los. Daarop zoefde de patiënt in tegenovergestelde richting van de eerste de kamer uit. Alles bij elkaar duurde het slechts een paar minuten.

'Goeie god!' riep Lynn uit toen ze haar stem teruggevonden had. 'Dit is obsceen gemechaniseerd. Het is onmenselijk, zonder enige waardigheid! Het is tegen alles waar de geneeskunde voor staat.'

'Waar gaan die lichamen in hemelsnaam naartoe?' vroeg Michael.

'God mag het weten,' zei Lynn. Op dat moment werden ze getrakteerd op een herhaling van het hele gebeuren, met een ander lichaam dat van een onbekende plek kwam. Daarna werd een volgende patiënt meegenomen. De studenten kregen al snel de indruk dat ze naar een constant proces keken, misschien wel 24/7, van lichamen die kwamen en gingen.

Zorgvuldig uit de buurt blijvend van het enorme, zeer actieve deel van de lopende band dat onvoorspelbaar heen en weer reed op zijn gigantische banden en op en neer voor de cilinders bewoog, liepen ze naar de laatste stapel. Ondanks hun afkeer voelden ze een morbide nieuwsgierigheid. De cilinder op taillehoogte was nummer 100. Die er direct boven was nummer 99. Ze liepen naar de opening van de honderdste cilinder en keken naar binnen. De patiënt was een vrouw en ze lag op een serie bewegende rollers zodat er nergens druk op werd uitgeoefend. Terwijl ze stonden te kijken werd er plotseling een sprinklersysteem geactiveerd in de cilinder, dat de vrouw afspoelde en desinfecteerde. Met een zuigend geluid van onder uit de cilinder werd het vocht weggezogen. Vanaf de plek waar ze stonden zagen ze dat de cilinder in een hoek van ongeveer 15 graden naar beneden stond.

'Het lijkt verdomme wel een autowasstraat,' zei Michael met een combinatie van walging en bewondering. 'Iemand heeft hier heel erg goed over nagedacht.'

'Ik neem aan dat het overlevingspercentage daarom zo hoog is.'

Op de monitor naast de cilinder stond het dossier van de patiënt met haar naam, Gloria Parkman, haar leeftijd, tweeëndertig, haar locatie, Cluster 4-B 100, RANIBIZUMAB+3 ACTIVE en een lange lijst van realtime vitale functies en andere uitgebreide monitoringsgegevens. Het waren er zoveel dat de studenten intuïtief begrepen dat er sensorchips bij de patiënt geïmplanteerd moesten zijn. Er waren zelfs realtime elektro-encefalogramlijnen.

'Hé, ik herinner me net iets,' zei Michael. 'Ranibizumab werd gisteren genoemd bij het oogheelkundecollege. Het wordt gebruikt bij maculadegeneratie en het wordt heel goed verdragen, zonder allergische reacties.'

'Als het al een goedgekeurd medicijn is vraag ik me af waarom ze het aan haar geven.'

'Goeie vraag,' zei Michael. 'Misschien zijn er wel andere allergische reacties die de lector niet heeft genoemd. Maar hoe dan ook, ik begin te denken dat onze komst hier meer vragen heeft opgeleverd dan antwoorden.' Voorovergebogen liep hij tussen de cilinder en de muur. Hij was onder de indruk van de voortdurend draaiende rollers die het lichaam van de patiënt in beweging hielden waardoor doorligproblemen werden voorkomen. Het was een soort massagesysteem in een buis dat circulatie stimuleerde en de huid beschermde.

'Hé!' schreeuwde Michael naar Lynn. 'Kom eens hier! Moet je kijken!' Lynn stond nog steeds gebiologeerd naar de monitor te staren. Ze was diep onder de indruk van de omvang van de fysiologische gegevens die realtime werden gevolgd en misschien wel voortdurend door een supercomputer werden gecontroleerd.

Lynn schoof naast Michael. In de beperkte ruimte leek het lawaai van de machines in de kamer nog harder. Ze probeerde zijn blik en wijzende vinger te volgen. Ze was net zo onder de indruk als hij van het rollersysteem. 'Waar moet ik naar kijken?' schreeuwde ze.

'De katheter in de buik! Waar zou die voor zijn?'

'Geen idee. Heb jij een idee?'

'Nee! Maar het lijkt net of de buik een beetje opgezet is. Wat denk jij?'

'Ja, nu je het zegt, hij lijkt inderdaad een beetje gezwollen. Denk je dat ze vloeistof in de buik laten lopen? Dat is niet ongewoon. De buikholte heeft nogal een oppervlak en kan zelfs worden gebruikt voor dialyse.'

'Klopt! Misschien heeft ze een nierprobleem. Laten we teruggaan en op de monitor kijken of de nierfunctie normaal is.'

Lynn schoof als eerste achterwaarts de nauwe ruimte uit, gevolgd door Michael. Toen ze op de monitor keken zagen ze dat de nierfunctie helemaal normaal was, inclusief de hoeveelheid urine. Toen viel Lynns oog op iets anders op de lange lijst van gegevens. Ze wees ernaar. 'Dat is vreemd. Hier wordt de afvoer van buikvocht vermeld. Ze laten niks in haar buik lopen via die katheter, ze halen er vocht uit.'

'En ze produceert een aanzienlijke hoeveelheid,' zei Michael terwijl hij naar dezelfde gegevens keek als Lynn. 'De hoofdoorzaak van ascites is een leveraandoening, maar haar lever functioneert normaal. Heel vreemd!'

'De tweede belangrijke oorzaak van ascites is een laag aantal bloedeiwitten, maar dat van haar is verhoogd. Dat is ook heel vreemd.'

'Oho,' schreeuwde Michael. 'Snel! Ga terug.'

Het enorme transportsysteem met zijn gigantische banden kwam plotseling hun kant uit. De vloer trilde onder het gewicht en heel even zaten ze vast naast cilinder 100. Uit de naastgelegen stapel werd een lichaam opgehaald, door de robotarmen losgekoppeld van de diverse lijnen en de kamer uit gebracht. Toen rolde het transportsysteem naar zijn volgende opdracht.

Toen ze even later uit hun schuilplaats kwamen, verraste Lynn Michael door op de ladder te klimmen en in diverse van de bovenste cilinders te kijken.

'Ik denk dat we beter verder kunnen gaan,' schreeuwde Michael ongeduldig naar boven. 'We stellen ons geluk te veel op de proef. Met al deze mechanische activiteit hier en die lichamen die komen en gaan moet deze ruimte wel met een video-installatie door iemand in de gaten worden gehouden.'

'Ik wilde alleen maar zien of andere patiënten ook een intra-abdominale katheter hebben,' zei Lynn terwijl ze alweer terugklom. 'En in deze stapel hebben ze die allemaal.'

Michael liep naar de volgende stapel en keek naar de patiënt in de onderste cilinder. 'Je hebt gelijk. Ze lijken er allemaal een te hebben.'

'Dat moet iets betekenen, maar wat?'

'Goeie vraag,' zei Michael, 'maar we moeten hier weg, sis.'

'Ik ga niet weg voor ik Carl heb gevonden,' zei Lynn op een toon die geen tegenspraak duldde.

'Volgens mij moet je dat vergeten,' zei Michael terwijl hij een hand op haar schouder legde in de hoop haar tegen te houden. 'Het zal jou of hem niet helpen om hem hier te zien. Je begrijpt wel wat ik bedoel.'

'Dat kan me niet schelen,' zei Lynn. Ze schudde Michaels hand van zich af en liep langs de rij cilinders.

Een ogenblik aarzelde Michael. Hij vroeg zich af of het beter was dat ze alleen zou gaan voor een beetje privacy met haar getroffen geliefde. Maar hij besloot al snel anders. Het was nauwelijks de juiste omgeving voor intimiteit en hij wilde niet het risico lopen dat ze emotioneel werd, wat volgens hem zeker tot de mogelijkheden behoorde. Hij wist heel goed hoe hij zich zou voelen als de situatie omgekeerd zou zijn en zijn vriendin, Kianna, een van de patiënten was. Hij liep snel achter haar aan. Op dat moment kwam het vorkliftmechanisme dat de patienten in en uit de cilinders schoof plotseling hun kant uit.

De studenten moesten terugvluchten naar het looppad dat langs de muur tegenover de rij cilinders over de hele lengte van de ruimte liep. De transportband die de patiënten vervoerde, liep daar in een boog overheen.

Nadat er dicht bij de plek waar Lynn en Michael hadden gestaan een lichaam in een cilinder was geplaatst, bewoog het hele apparaat naar het andere eind van de kamer om een volgende patiënt op te pikken.

'Ik snap absoluut niet waarom ze ze constant vervoeren,' schreeuwde Michael terwijl hij op zijn tenen ging staan in een poging in het zwarte gat te kijken waarin de transportband verdween. 'Of waar ze naartoe gaan.' Toen hij zich weer omdraaide naar Lynn zag hij dat ze al op weg was naar cilinder 64. Tegen de tijd dat hij haar had ingehaald kon hij zien dat ze niet blij was.

'Hij is hier niet,' schreeuwde ze boven het aanhoudende lawaai uit.

Na een snelle blik zag Michael dat cilinder 64 inderdaad leeg was, hoewel op de monitor Carls naam te zien was, dus hij was daar geweest of hij zou nog moeten komen.

'Dat is maar goed ook,' schreeuwde Michael terug.

'Wil je zien of Ashanti hier is?'

'Ik zie daar de zin niet van in,' zei Michael zonder aarzelen. 'Voor de zoveelste keer: laten we maken dat we wegkomen.'

'Oké,' zei Lynn, maar ze aarzelde nog. Haar voorstel om Ashanti te zoeken was bedoeld om uitstel te krijgen. Haar irrationele kant wilde wachten tot Carl werd teruggebracht in de voortdurende stroom patienten die kwamen en gingen op de transportband. Tegelijkertijd was Lynns rationele kant het eens met Michael dat ze weg moesten. Een ogenblik vocht ze tegen haar twijfel en terwijl ze dat deed viel haar blik op de lijnen met diverse kleurcodes en labels, die de robotarmen weer met Carl zouden verbinden als hij werd teruggebracht om hem te monitoren en in leven te houden. Er waren de blauwe intraveneuze lijn, een rode arteriële lijn, een groene gastrostomielijn voor voeding en een gele intraperitoneale lijn.

Michael greep Lynn bij haar arm. 'Ik weet dat het moeilijk voor je is om weg te gaan, maar het zal niet makkelijker worden als je hem ziet. We moeten gaan!'

'Ik weet het,' schreeuwde Lynn een beetje berustend. 'Maar kijk! Carl heeft al een intraperitoneale lijn!' Ze wees naar de gele connector. 'Waarom? Hij heeft beslist geen ascites. Nog niet tenminste.'

'We kunnen het hierover hebben als we uit deze griezeltent zijn. Er is veel om over na te denken.'

'Weet je wat ik denk?' zei Lynn plotseling dringend en met hernieuwde afschuw.

'Dat weet ik niet maar ik weet dat je het me zult vertellen. Maar doe het dan in de hal, waar ik je kan horen. De herrie hier maakt me gek.'

'Oké,' schreeuwde Lynn. Het lawaai begon haar ook op de zenuwen te werken. Ze liet zich door Michael naar het looppad trekken. Net op tijd, want het transportsysteem dook plotseling weer in hun richting. Toen ze bij het pad waren, draaide Lynn zich om om te kijken of de patiënt die werd binnengebracht niet toevallig Carl was, want de machine kwam tot stilstand voor zijn stapel. Maar de patiënt ging in cilinder 62, niet 64.

Snel vertrokken ze door de deur waardoor ze binnen waren gekomen. Toen hij achter hen dichtschoof tuitten hun oren in de stilte. Direct gooide Lynn eruit: 'Ik denk dat ik weet wat Sidereal doet. Ze experimenteren niet op deze patiënten zoals we dachten. Ze gebruiken ze op een nog veel perversere manier.'

'Oké, oké,' suste Michael. 'Wat bedoel je?'

'Je weet hoe monoklonale antilichamen als ranibizumab worden gemaakt.'

'Zeker!' zei Michael. Hij was verrast door Lynns plotselinge opwinding. Hij kon het horen in haar stem en zien in haar ogen. 'Ze worden gemaakt door muizentumoren die hybridomen heten.'

'En dat zijn?'

'Wat is dit, een examen of zo? Vertel me wat je denkt.'

'Geef antwoord! Wat zijn hybridomen?'

'Een soort kanker gemaakt door muislymfocyten te fuseren met multipelmyeloomcellen om die dan opnieuw te injecteren in muizen.'

'En waar wordt die dan geïnjecteerd?'

'In de buik.'

'En waarom moeten farmaceutische bedrijven zich dan in zoveel bochten wringen om deze muisgegenereerde medicijnen te vermenselijken?'

'Om de kans op allergische reacties te verminderen als ze worden gebruikt bij mensen.'

Lynn staarde Michael aan zonder met haar ogen te knipperen en wachtte tot hij de feiten met elkaar had verbonden. Het leek allemaal te kloppen.

'Godverdomme!' snauwde Michael even later, toen alle stukjes van de puzzel in zijn hoofd op hun plek vielen. Hij schudde vol walging zijn hoofd.

'Het moet wel,' zei Lynn met even grote afkeer. 'Sidereal Pharmaceuticals en Middleton Healthcare zitten hier samen in. Daarom krijgen zoveel mensen die naar Middleton Healthcare-ziekenhuizen gaan gammopathie. Daarom hebben hun patiënten zo'n torenhoge kans op multipel myeloom. En hier in het Shapiro is die kans 100 procent. Ik denk dat ze alle patiënten gebruiken om echte menselijke monoklonale-antilichaammedicijnen te maken, die niet vermenselijkt hoeven te worden. Ze zijn al menselijk!'

'En, erger nog, zij moeten dus achter deze door de anesthesie veroorzaakte coma's zitten,' zei Michael. 'Het moet een nieuwe manier zijn om gezonde lichamen binnen te halen die ze 24/7 kunnen gebruiken. Het spijt me dat ik dat moet zeggen vanwege Carl.'

'Ik ben bang dat je gelijk hebt,' zei Lynn. In haar stem klonk zowel haar woede als verlies door. Ze haalde diep adem om de controle niet te verliezen. 'Carls vegetatieve staat was geen ongeluk. Ik was er al bang voor toen ik de lussen ontdekte. Nu weet ik het zeker. Wat ik niet begrijp is waarom we dit niet eerder hebben gezien. Als ik erover nadenk is het overduidelijk.'

'Maar belangrijker nog is wat we nu moeten doen,' zei Michael. 'Wie vertellen we dit?'

'Dit is een serieus complot,' zei Lynn. 'We kunnen niet naar iemand in het medisch centrum gaan. We weten absoluut niet wie hierbij betrokken is en wie niet. We moeten naar Carls vader, Markus Vandermeer, en vanavond nog. Maar eigenlijk...' Lynn pakte haar mobiele telefoon. Toen ze hem aanzette zag ze direct dat ze geen ontvangst had. 'Verdomme! We moeten hem bellen zodra we buiten zijn.'

'Laten we gaan.'

'Wacht! Zolang we hierbinnen zijn wil ik in elk geval in die zogenaamde recreatieruimte kijken. Dat is wel zo ongelooflijk ziek. Er kan niets recreationeels zijn in dit gebouw, maar ik denk dat Carl daar misschien is.' Lynn haalde de plattegronden tevoorschijn en keek er snel op. 'Oké! Ik zie waar we naartoe moeten. Het is heel dichtbij, het duurt maar een minuut.'

46

Donderdag 9 april, 1.04 uur

Misha moest kloppen om de schuifdeur naar het SCC, het Shapiro Controle Centrum, te laten openen. Om veiligheidsredenen kon hij alleen maar van binnenuit worden geopend. Hij gebaarde naar Fyodor en Benton Rhodes om hem voor te gaan in de zwaar geairconditioneerde kamer. Hij volgde en vijf bewapende mannen in het uniform van de ziekenhuisbeveiliging kwamen erachteraan. Het waren allemaal Russische expats en ze stonden onder bevel van Fyodor. Toen hij de beveiliging van het ziekenhuis had overgenomen, had hij ze persoonlijk gerekruteerd in Sint-Petersburg. Hij beschouwde ze als zijn stoottroepen.

De technicus die het controlecentrum bemande was Viktor Garin. In tegenstelling tot de nieuwkomers was hij gekleed in een Shapiro-overall. Hij bleef staan terwijl de anderen samendromden voor de rij van veertig monitoren die afwisselend bewakingsbeelden toonden van alle hallen en een aantal kamers op de zes verdiepingen van het Shapiro Instituut.

Hoewel het onderdeel was van Viktors werk om een oogje te houden op de bewakingsmonitoren, besteedde hij het grootste deel van zijn tijd aan de andere kant van de kamer, aan de informatie die van de automatiseringsapparatuur van het Shapiro kwam. De meeste problemen traden op in de machinerie. In de acht jaar dat hij in het Shapiro werkte was er nog nooit een probleem geweest met de beveiliging. De enige keer dat het misging was toen een paar personeelsleden waren betrapt terwijl ze sliepen.

Ondanks de aanwezigheid van Benton sprak Fyodor in het Russisch tegen Viktor en vroeg hem waar de indringers waren en wat ze hadden gedaan.

'Op dit moment zijn ze op de vierde verdieping, op weg naar de recreatiezaal,' antwoordde Viktor in het Russisch. 'Tot dusverre hebben ze alleen een bezoek gebracht aan het NOC, waar ze een computer hebben gebruikt om toegang te krijgen tot de database. Daarna gingen ze naar Cluster 4-B, waar ze de meeste tijd hebben doorgebracht. Zoals ik al zei zijn ze op dit moment op weg naar de recreatiezaal.'

'Wat voor gegevens hebben ze opgezocht in het NOC?' vroeg Fyodor.

'Sterfte- en ontslagcijfers en het dossier van de nieuwe patiënt.'

Overgaand in het Engels vertelde Fyodor aan Benton wat hij had gehoord en dus ook waar Lynn en Michael op dit moment naartoe onderweg waren.

'Het zijn zulke nieuwsgierige snotapen,' zei Benton geïrriteerd. 'Ik zal blij zijn als we ze uit de weg geruimd hebben.'

'Je moet ze nageven dat ze vindingrijk zijn,' zei Fyodor.

'Ik ben niet genegen ze wat dan ook na te geven,' zei Benton. 'En ik ben er zeker niet blij mee dat ze naar de recreatieruimte gaan. Wie weet wat voor potentieel infectieuze bacillen ze bij zich hebben.'

'Zoals je kunt zien dragen ze Shapiro-overalls, mutsen en mondkapjes,' zei Fyodor wijzend naar de monitor.

'Waar hebben ze die gevonden en hoe schoon zijn ze?' vroeg Benton. 'Het wordt een grote ramp als deze twee klojo's een uitbraak veroorzaken onder onze patiëntenpopulatie. Als geneeskundestudenten worden ze aan allerlei ziekten blootgesteld. Het zal een enorme terugslag zijn als we ook maar één patiënt verliezen.'

'We zullen ze zo snel mogelijk tegenhouden,' zei Fyodor. 'Ik denk dat er een goede kans is dat ze niet zullen proberen om de verdieping op te gaan.'

'Laten we het hopen,' zei Benton. 'Het enige wat ik zeker weet is dat ze geschokt zullen zijn en wie weet wat ze dan gaan doen.'

'Ze gaan niets doen,' zei Fyodor. 'Dat kunnen ze niet. Het hele instituut is volledig van de buitenwereld afgesloten. Ze gaan nergens heen en kunnen niet naar buiten bellen met hun telefoons.'

'Hoe dan ook, ze moeten zo snel mogelijk gepakt worden,' zei Benton. 'Hoe eerder hoe beter.'

'Eens,' zei Fyodor opgewekt. 'We hebben eerlijk gezegd op jou gewacht. Heb je de verdoving meegebracht?'

Benton haalde twee injectiespuiten tevoorschijn, gevuld met een ruime dosis midazolam.

Fyodor pakte de spuiten aan. 'Kunnen we er zeker van zijn dat dit ze volledig zal verdoven?'

'Zonder twijfel,' zei Benton lachend. 'Ze zullen veel langer van de wereld zijn dan wij nodig hebben om ze naar de ok over te brengen. En dat je het weet, de diagnose wordt subduraal hematoom. De officiële oorzaak is hoofdtrauma, opgelopen tijdens hun ongeoorloofde inbraak. Norman Phillips, een neurochirurg die positief staat ten opzichte van het programma, zal de chirurg zijn. Ik doe de anesthesie om ervoor te zorgen dat ze niet meer bijkomen.'

'Is de chirurg al in het ziekenhuis?'

'Hij is onderweg,' zei Benton.

Fyodor richtte zich tot zijn team van beveiligers en overhandigde de leider de injectiespuiten. In het Russisch gaf hij hun opdracht om snel te handelen en de verdoofde studenten naar bezoekersruimte A te brengen. Daarna moesten ze helpen om ze een voor een over te brengen naar de ok als die gereed was gemaakt.

47

Donderdag 9 april, 1.11 uur

Het kostte Lynn en Michael meer tijd dan ze hadden verwacht om bij de recreatieruimte te komen. De toegangsdeur was anders geweest dan alle andere. Hij was net zo zwaar als de deur in Cluster 4-B maar hij had een ander beveiligingssysteem, met een duimafdruk, vergelijkbaar met dat op de buitendeur. Net als daar hadden ze diverse pogingen nodig. Lynn had de nepafdruk weer met haar adem moeten verwarmen.

Eindelijk flitste er een klein groen lichtje boven het touchpad, wat betekende dat het gelukt was, en de deur gleed langzaam open. Net als bij de clusterkamer was het eerste waar ze zich van bewust werden het lawaai. Het was opnieuw mechanisch, maar beslist niet zo hard als in de clusterkamer. Toen de deur verder openging en ze naar binnen konden kijken, stokte de adem van beide studenten en deinsden ze geschokt achteruit.

De ruimte was in alle opzichten veel groter dan de clusterkamer, met een plafond van bijna vijftien meter hoog. De in het plafond ingebouwde verlichting, een combinatie van led- en ultravioletlampen, was enorm fel. Er zat ook een wirwar aan rails waaraan grote grijparmen hingen, elk met lange, gebogen tanden. De armen leken op de kranen die je op ouderwetse kermissen zag waarmee klanten voor een kwartje mochten proberen een prijs te pakken. Maar hier in het Shapiro pakten de grijpers geen prijzen maar pakten ze mensen op en zetten anderen af.

Op de vloer zagen ze honderden naakte patiënten, in vegetatieve staat of coma, ieder met zijn of haar helm op, die doelloos op een schokkerige, lichtelijk aarzelende, stijve manier rondliepen waarbij ze vaak tegen elkaar of tegen de muren botsten. Hun handen en armen hingen slap langs hun lichamen.

'O, mijn god,' gilde Lynn. 'Dit had ik niet verwacht. Dit is erger dan de clusterruimte. De helmen zijn dus niet alleen voor sensoren.'

'Je hebt gelijk,' zei Michael, helemaal gefixeerd op wat er voor hem gebeurde. 'De helmen stimuleren de motorische centra waarschijnlijk op een gecoördineerde manier, zodat ze gaan lopen.'

Lynn rilde. 'Het zijn net zombies, ze zijn alleen niet dood.'

Net na de geopende deur was een metalen kooi om te voorkomen dat patiënten in de buurt van de deur naar de hal kwamen. Sommigen botsten tegen de kooi terwijl anderen tegen de muren liepen. De studenten zagen dat de meeste mensen hun ogen gesloten hadden, maar een paar niet. De patiënten met open ogen hadden een gefocuste blik op een punt in de verte, wat aangaf dat hun hersens niet registreerden wat hun ogen zagen. De monden waren meestal gesloten hoewel er een paar openstonden, waar speeksel uit liep. Hun gezichtsuitdrukking was helemaal leeg. De patiënten maakten geen geluid, zelfs niet als ze tegen elkaar botsten. Het lawaai in de ruimte kwam van de grijpers als ze patiënten binnenbrachten en ze tussen de menigte plaatsten en andere oppikten en aan de kant zetten.

Lynn stapte naar voren in de kooi, voortgedreven door een morbide nieuwsgierigheid. Dit was iets wat ze nog nooit had gezien en zich in haar grootste nachtmerrie ook niet had kunnen voorstellen. Michael ging naast haar staan. Ze spraken geen van tweeën. Plotseling kwam er een stortregen aan desinfecterende vloeistof uit een groot hogedruksprinklersysteem aan het plafond. Hoewel het maar heel kort duurde, was het genoeg om Lynn en Michael even terug te dringen naar de hal om te voorkomen dat ze doorweekt raakten. De patiënten negeerden de plotselinge regen en bleven doorgaan met hun eindeloze, mechanische wandeling.

Toen ze weer in de kooi stonden bleven de studenten maar staren naar het drama dat zich voor hun ogen afspeelde. Dankzij hun neurologische kennis wisten ze hoe complex een activiteit als lopen fysiologisch gezien was. Het was niet genoeg om één specifieke spier te stimuleren. Er moesten ook een heleboel andere spieren in diverse mate worden geactiveerd, terwijl de tegenovergestelde spieren tegelijkertijd deels geremd moesten worden zodat een mens rechtop kon staan en kon lopen, en dat moest allemaal worden gecoördineerd door een deel van de hersenen dat het cerebellum heette. Het was zelfs voor een supercomputer zeer gecompliceerd.

'Zo houden ze deze mensen in leven,' zei Michael, niet in staat zijn ogen af te houden van de schuifelende menigte hersendode patiënten. 'Daarom hebben ze geen problemen met longontstekingen of het cardiovasculaire systeem. Mensen moeten bewegen want anders degenereren ze. En het uv-licht zorgt voor vitamine D en antisepsis.'

'O, nee!' riep Lynn plotseling gekweld.

Michaels ogen schoten haar richting uit. 'Wat is er?'

'Daar is Carl,' riep ze wijzend naar links.

Hij probeerde haar blik te volgen. Het was moeilijk in de zee van mensen die schokkerig voortbewogen in chaotische, onvoorspelbare richtingen, wat hem deed denken aan de brownbeweging van moleculen. Om alles nog erger te maken was het moeilijk om je te fixeren op een gezicht, want met hun lege blik leken ze allemaal heel sterk op elkaar.

'Waar dan?' vroeg Michael. Hij ging op zijn tenen staan, zijn ogen schoten van gezicht naar gezicht, zoekend naar een bekende.

'Ik ben hem kwijt,' zei Lynn. Ook zij deed haar best om het beter te zien.

'Weet je zeker dat je hem zag?' vroeg Michael. 'Of was het misschien je verbeelding?'

'Ik zag hem!' snauwde Lynn woedend.

'Oké, rustig maar, sis.'

'Ik ga ernaartoe,' zei Lynn vastbesloten. De kooi had een deur van hetzelfde gaas als de rest van de constructie. Hij zat vast met een normale grendel. Lynn trok eraan. Hij ging een stukje open.

Michael greep de deur om te voorkomen dat hij meer dan een paar centimeter openging. Verschillende patiënten botsten ertegenaan. 'Ik geloof niet dat dat een goed idee is,' zei hij terwijl hij probeerde kalm maar dringend te klinken.

'Het kan me niet schelen wat jij denkt,' zei Lynn. 'Ik ga ernaartoe om hem te zoeken.'

'En dan?' vroeg Michael. 'Hem daar zien is erger dan hem te zien in een van die verdomde cilinders, en dat zou al erg genoeg geweest zijn. Doe het jezelf niet aan. Wees verstandig!'

Lynn duwde tegen de deur. Michael hield hem tegen. Het werd een heel getrek. Een andere patiënt botste ertegenaan en draaide toen weg maar niet voor hij Michaels vingers raakte. In een reflex omdat hij onverwacht werd geraakt door een van de macabere, rondlopende gevangenen liet Michael de deur los. Voor hij hem weer kon grijpen, had

Lynn hem al ver genoeg opengeduwd om erdoor te kunnen.

'Shit, Lynn!' schreeuwde Michael haar na. 'Kom terug! Je bent gek, sis! Verdomme!' raasde hij. Hij trok de deur weer dicht toen een andere patiënt ertegenaan dreigde te lopen. Hij hoorde een klik. Michael ging op zijn tenen staan. Hij was Lynn al kwijt in de schokkerige kolkende menigte. Een moment vroeg hij zich af wat hij moest doen. Hij wist niet of hij op haar zou wachten of achter haar aan zou gaan. Hij dacht niet dat ze daar gewond zou raken, behalve dan misschien emotioneel gekwetst. Wat hij het liefst wilde was zo snel mogelijk het Shapiro uit.

Michaels trieste gedachten werden plotseling onderbroken door het geluid van voetstappen en stemmen in de hal. Hij tuurde door de open deur de gang in en wierp een snelle blik in de richting vanwaaruit ze waren gekomen. Een groepje geüniformeerde en bewapende ziekenhuisbeveiligers kwam op een holletje zijn kant uit.

In een reflex stapte Michael weer de kooi in en drukte op het touchpad om de deur te sluiten. Aan de buitenkant was eenzelfde apparaat met een duimafdruk, maar aan de binnenkant een zonder. De deur werd geactiveerd en schoof dicht, maar voor hij helemaal gesloten was schoot er een hand tussen om hem tegen te houden. Michael tilde een voet op en gaf de binnendringende vingers een forse trap. Met een hoorbare kreet van pijn verdween de hand en sloot de deur met een klik.

Gezien de nieuwe situatie moest Michael snel besluiten wat te doen. Hij nam aan dat de deur geen grote belemmering zou zijn voor de mensen in de hal. Zonder verder te aarzelen opende hij de kooi en liep ongeveer in de richting die Lynn was gegaan. Binnen een paar seconden was hij totaal omringd door wandelende patiënten in diverse stadia van een coma.

Terwijl Michael tussen de onvoorspelbaar voortsjokkende mensen door dook, had hij een vreemd déjà vu uit de tijd dat hij op school en de universiteit verdediger was. Omdat hij duidelijk heel graag sneller en in een andere richting wilde dan zij, botste hij met veel meer kracht tegen een paar mensen aan dan hij prettig vond. Tot zijn verbazing viel geen van de patiënten om, een feit dat indruk op hem maakte. Hij nam aan dat de computerprogramma's die het lopen aanstuurden in staat waren snel en adequaat te reageren op plotselinge veranderingen in feedbackinformatie en snel genoeg corrigeerden om de patiënten overeind te houden.

Nadat hij twintig of dertig meter de kooi in was gekomen bleef Michael staan en ging opnieuw op zijn tenen staan. Hij had gedacht dat het relatief makkelijk zou zijn om Lynn te vinden omdat hij zocht naar de enige persoon in de menigte met kleren aan, en dan ook nog witte. Maar er waren gewoon zoveel mensen. Het goede eraan was, zo dacht hij, dat het voor de beveiligers net zo moeilijk zou zijn om hen te vinden.

Opeens ving Michael heel even een glimp op van Lynns witte muts. Hij ging snel verder in die richting en kwam achter haar uit. Ze had Carl gevonden en haar armen om hem heen geslagen in een omhelzing. Natuurlijk was haar vriend niet in staat haar omhelzing te beantwoorden. Zijn armen hingen slap langs zijn zij, zijn gezicht was een tabula rasa en zijn benen bleven doorgaan met de lopende beweging, ook al hield Lynn hem op zijn plek.

Michael ging achter Carl staan zodat hij Lynn aan kon kijken. Ze had haar ogen gesloten.

'We zijn ontdekt!' zei Michael. Hij schudde haar arm om haar trance te breken.

Lynns ogen schoten open.

'Een stel beveiligers is in de hal verschenen,' zei Michael bezorgd. 'Gelukkig kon ik de deur dichtdoen zodat ze niet binnen konden komen, maar waarschijnlijk is ze dat nu wel gelukt.'

Lynn knikte dat ze het begreep, op haar gezicht stond dezelfde paniek die Michael voelde. Ze liet Carl los en als een opwindpoppetje schoot hij direct doelloos verder.

'Er is nog een ingang aan de andere kant van de zaal,' riep Lynn.

'Ik denk dat ze dat verwachten,' zei Michael. 'Dan krijgen ze ons zeker te pakken. We moeten iets anders doen.'

Ondanks de omgevingsgeluiden van de grijpers en het transportsysteem hoorden ze onmiskenbaar dat de deur naar de kooi werd opengegooid en tegen de wand kletterde. Hun achtervolgers kwamen de recreatieruimte binnen.

Ze keken allebei omhoog naar de grijpers die onophoudelijk doorgingen met hun werkzaamheden. 'Nee, dat gaat niet lukken,' zei Lynn. Ze voelde dat Michael zich even had afgevraagd of ze de grijpers op de een of andere manier konden gebruiken om naar buiten te komen. 'De transportbanden misschien.'

Ze hadden gezien dat de grijpers mensen afzetten en terugbrachten van achter een drie meter hoge barrière aan weerszijden van de ruimte.

Zonder verder te overleggen liepen ze naar de rechterkant. Lynn liep achter Michael en hield hem vast terwijl hij zich een weg door de menigte baande. Achter hen hoorden ze een heftig tumult. Ze namen aan dat de beveiligers zich tussen de zwervende patiënten met hun lege gezichtsuitdrukking door een weg probeerden te forceren in hun richting.

In de hoop dat ze het voordeel hadden dat ze maar met zijn tweeën waren en samenwerkten, kwamen Michael en Lynn bij de barrière die langs de rechterzijde van de ruimte liep. Ze voelden dat de bewakers steeds dichterbij kwamen en zochten wanhopig naar een deur. Toen ze er een vonden ontdekten ze dat hij geen elektrische hendel had op de muur om hem te openen, kennelijk uit angst dat de patiënten ertegenaan zouden lopen. Een snelle inspectie toonde echter aan dat er een hendel was op de deur zelf. Lynn bracht haar vingers ernaartoe en trok, en de deur gleed relatief makkelijk open.

Patiënten opzijschuivend om te voorkomen dat ze hen zouden volgen liepen Lynn en Michael snel door de deuropening en trokken de deur achter zich dicht. Zoals ze al hadden gedacht bevonden ze zich bij het eindpunt van de transportsystemen voor Cluster 4-B, 5-B en 6-B. Ze waren allemaal heel handig aangegeven. Opgesteld als bowlingkegels stonden drie rijen patiënten te wachten om te worden teruggebracht naar hun respectievelijke cilinders of om te worden opgetild en in de recreatieruimte te worden geplaatst. Net als in de clusterruimte waar ze waren geweest, werd alles gedaan door robots. Het lawaai van de transportbanden was hier aanzienlijk luider dan in de recreatiezaal.

'Om dit te laten lukken moeten we proberen op de transportband voor Cluster 5-B te komen,' schreeuwde Lynn boven de herrie van de machine uit. 'Dan zijn we op de verdieping waar de uitgang is.'

Michael stak zijn duimen op. Zo snel mogelijk liepen ze om de patiënten heen die klaarstonden om te worden teruggestuurd naar hun respectievelijke cilinders. In tegenstelling tot de mensen in de recreatieruimte, stonden deze patiënten bewegingsloos, iets wat vanuit het oogpunt van programmering net zo moeilijk was als hen te laten lopen.

Lynn en Michael drongen naar voren en liepen om de robotarmen heen die mensen op de transportband voor Cluster 5-B legden als ze daar opdracht voor kregen. Op het moment stonden ze even stil omdat ze er net een patiënt op hadden gelegd. Dat was hét moment voor hen.

Michael klom op handen en voeten op de band. Hij gebaarde dat Lynn hetzelfde moest doen.

Ze wierp een snelle blik achter zich. Verschillende beveiligers kwamen door dezelfde deuropening als zij en Michael. Toen ze Lynn zagen begonnen ze te schreeuwen dat ze moest blijven staan.

Lynn negeerde hen en sprong eveneens op handen en voeten op de bewegende band. Het oppervlak was glad en buigzaam siliconenmateriaal, wat zorgde voor een goede grip. Michael was ongeveer tien meter voor haar, maar al uit het zicht. Lynn trok haar hoofd in toen ze in een anderhalve meter hoge tunnel terechtkwam.

Ongeveer twee meter in de tunnel liep de band plotseling naar boven en werd het steeds donkerder. Nadat Lynn ongeveer zes meter omhoog was gegaan kwam het hele systeem plotseling tot stilstand.

'Shit!' hoorde ze Michaels stem ergens voor zich zeggen. 'Waarom blijft dat rotding staan?'

'De bewakers zagen me erop springen,' zei Lynn. Ze begon omhoog te kruipen. Ze voelde dat Michael hetzelfde deed, maar even later botste ze tegen zijn voeten.

'Waarom stop je?' vroeg Lynn. Ze kon Michaels omtrek vaag voor zich zien. Ze wist dat ze moesten opschieten. Ze kon stemmen achter zich horen.

'We zijn hier niet alleen,' zei Michael. 'Er ligt een patiënt voor me. We zullen over hem heen moeten klimmen. Denk je dat je dat lukt?'

'We hebben geen keus. Er moet genoeg ruimte zijn.' Lynn stak een hand op en raakte het plafond aan. De tunnel was net een buis, met waarschijnlijk genoeg ruimte om over een lichaam te kruipen.

'Ik geloof niet dat het moeilijk zal zijn, maar het is absoluut niet leuk.'

'Het lukt wel,' zei Lynn hoewel ze niet wist of ze het zelf wel geloofde. Ze kon niet veel dingen bedenken die erger waren dan in een naar boven lopende, donkere tunnel over een naakte comateuze patiënt kruipen.

Ze hoorde Michael zeggen 'Sorry, man' terwijl hij zich naar voren wurmde. Lynn wachtte. Als ze recht naar voren, langs Michaels donkere gestalte keek kon ze een beetje licht zien, wat haar het vertrouwen gaf dat ze niet ver meer hoefden te gaan.

'Oké,' zei Michael ongeveer een minuut later. 'Jouw beurt! Ik weet zeker dat die arme kerel denkt dat jij een veertje bent na mij.'

Over de patiënt klimmen was fysiek makkelijker dan Lynn had verwacht maar psychologisch moeilijker dan ze zich had voorgesteld. Ze deed haar best niet te veel gewicht op de comateuze persoon te drukken, maar dat lukte niet helemaal. Het feit dat hij op zijn rug lag en niet op zijn buik maakte het nog erger.

'Oké,' zei Lynn buiten adem toen ze er voorbij was. Ze had haar adem ingehouden zolang ze in nauw contact was met de persoon. Michael wachtte ongeduldig.

'Opschieten!' fluisterde hij dringend terwijl hij naar voren kroop. Ze konden de stemmen achter zich steeds duidelijker horen. 'Misschien draaien ze de richting van de band om.'

Na nog vijftig meter zo snel mogelijk op handen en knieën te zijn voortgekropen, werd de band weer vlakker en werd het een stuk makkelijker, vooral nadat er een bocht van 90 graden volgde. Drie meter verder kwamen ze uit in Cluster 5-B, die het evenbeeld was van Cluster 4-B. Opgelucht dat ze het hadden gehaald gingen ze staan en klommen over de rand. Op dat moment begon de band in tegengestelde richting te lopen, precies zoals Michael had gevreesd.

Opgelucht omdat ze niet naar de klauwen van de mensen die hen achtervolgden werden gebracht, gebruikten ze de bovenkant van het transportsysteem om naar beneden te zwaaien en op het voetpad te springen. Het hele systeem hield op met bewegen waardoor het ineens rustig in de ruimte was. Het enige geluid kwam van het periodieke sproeien in de diverse cilinders.

De studenten lieten geen moment verloren gaan. Ze stormden naar de deur naar buiten en zodra ze zagen dat de hal leeg was renden ze als gekken naar de uitgang. Ze vlogen langs het NOC en kwamen al snel tot stilstand bij de deur naar buiten. Michael greep hun regenjassen en gaf Lynn de hare en ze trokken ze snel aan. Ze wilden geen uitleg hoeven geven als ze iemand tegenkwamen op weg naar of in de flat zelf.

'Klaar?' vroeg Michael. Zijn hand hing boven de kruk van de deur.

'Meer dan,' zei Lynn terwijl ze omkeek over haar schouder. 'Kom op! Laten we er snel vandoor gaan.'

Michael duwde op de hendel maar tot hun afschuw gebeurde er niets! Hij duwde er nog een paar keer op met hetzelfde effect. Toen drukte hij zo hard als hij kon op de hendel en hield hem vast. Nog steeds niks. De deur gaf niet mee.

Lynn hield haar arm tegen haar lichaam en duwde met haar rechterschouder tegen de deur. Ze kwam er hard tegenaan maar hij bewoog niet. Michael deed haar na, met hetzelfde resultaat. De deur was gemaakt van staal met een harde kern. Hij was bedoeld als een echte barrière en dat wisten ze allebei.

De twee studenten keken elkaar wanhopig aan.

'Wat doen we nu?' blafte Michael.

Lynn antwoordde niet. In plaats daarvan haalde ze de plattegronden tevoorschijn en scande ze.

'Kom op, joh!' snauwde Michael ademloos. 'We moeten rennen. Onze enige kans is om naar het ziekenhuis te komen. Zoek je de beste route?'

Op dat moment hoorden ze allebei het onmiskenbare geluid van een deur die open werd gegooid. Ze konden hem niet zien en namen aan dat het de deur naar het trappenhuis was.

'Deze kant op,' zei Lynn gehaast. Ze ging in de tegengestelde richting van het ziekenhuis.

Michael rende achter haar aan terwijl hij haar probeerde te vertellen dat ze de verkeerde kant op gingen, maar ze negeerde hem. Nadat ze een hoek waren omgeslagen probeerde Michael weer met haar te praten. Achter hen hoorden ze het geluid van mannen die hun kant op kwamen.

Lynn sloeg weer een hoek om en ze kwamen in een lange hal die zich uitstrekte als een studie in perspectief. Ze rende zo hard ze kon met Michael een paar passen achter haar aan. Ze passeerden deuren aan beide kanten.

'Waar gaan we verdomme naartoe?' hijgde Michael.

Lynn bleef hem negeren. Plotseling stopte ze voor een van de deuren langs de hoofdgang. Ze deed het zo plotseling dat Michael tegen haar aan knalde. Hij moest haar met twee handen beetgrijpen om te voorkomen dat ze beiden zouden vallen. Ze worstelde zich uit zijn armen en drukte op de hendel. Op het moment dat de deur openschoof rende ze naar binnen.

Michael volgde. Hij wist niet wat ze deed. Voor de schuifdeur open was gegaan had hij in blokletters APOTHEEK EN ALGEMENE VOORRAAD op de deur zien staan. Eenmaal binnen draaide hij zich om en sloot de deur. Toen hij omkeek zag hij van de vloer tot het plafond rijen planken vol met allerlei medicijnen en aanverwante hulpmiddelen. De airconditioning draaide op volle toeren. Tot zijn grote verrassing was Lynn verdwenen.

Michael rende door het midden en keek in elke dwarsgang op zoek naar zijn vriendin. Hij was stomverbaasd over haar gedrag. Hij vond haar helemaal achterin op handen en knieën voor een relatief groot metalen hekwerk van ongeveer vijftig centimeter hoog en een meter breed, vlak boven de plint en in dezelfde kleur geschilderd als de muur. Ze had haar schroevendraaier gepakt en was als een gek bezig om de schroeven te verwijderen waarmee het rooster was bevestigd.

'Wat doe je in godsnaam?' vroeg Michael. 'Ze zijn binnen een seconde hier en dan is het hele feest voorbij.'

'En dan zijn wij hier niet,' zei Lynn vol zelfvertrouwen.

'Wil je zeggen...'

'Zeker,' zei Lynn snel. Ze verwijderde de laatste schroef en probeerde toen het rooster te verwijderen. Het werkte niet mee, de opgedroogde verf hield het op zijn plek. 'Toen ik bij Bouw- en Woningtoezicht was hoorde ik dat het Shapiro de infrastructuur deelt met het ziekenhuis, inclusief het HVAC-systeem. Dit luchtkanaal zal ons weer terugbrengen naar het ziekenhuis.'

'Ik ga daar niet in, absoluut niet,' zei Michael.

'We hebben geen keus,' zei Lynn. Ze was nu wanhopig bezig om met de schroevendraaier langs het rooster te krassen. Even later kon ze het loswrikken van de muur. 'Eindelijk,' zei ze. Ze zette het rooster tegen de muur naast de opening en legde de schroevendraaier neer.

'Hoe weet je dat je niet verdwaalt?' vroeg Michael.

'Gemakkelijk,' zei Lynn. 'We volgen de luchtstroom. Het voordeel is dat de kanalen groter moeten worden en niet kleiner.'

'Waarom heb je deze kamer gekozen van alle andere die we passeerden?'

'Ik wist dat de temperatuur in de apotheek lager wordt gehouden dan in andere ruimtes, en dat betekent grotere kanalen. En we hebben geluk. Ik zie hier geen camera's.'

Met stijgende paniek keek Michael naar het plafond. Ze had gelijk, er waren geen camera's. Toen boog hij zich voorover en staarde in het luchtkanaal. Vergeleken met deze donkere, nauwe tunnel was de bagageband een eitje geweest. Gezien zijn omvang was het maar de vraag of hij erin paste.

'We moeten dit doen, joh,' zei Lynn. 'Het kan even duren en ik hoop dat je geen claustrofobie hebt. Wil je als eerste of als tweede? Degene die als laatste gaat moet het rooster weer terugzetten.'

‘Ga jij maar eerst,’ zei Michael.

‘Oké,’ zei Lynn, al haar moed bijeenrapend. Ondanks wat ze tegen Michael had gezegd, had ze serieuze twijfels over wat ze gingen doen. Tegelijkertijd wist ze dat ze het moesten proberen of opgeven. En met de gruwelen die ze hadden ontdekt tijdens hun bezoek had ze geen zin zichzelf en Michael in de handen van Sidereal Pharmaceuticals of Middleton Healthcare te laten vallen.

Lynn haalde diep adem, strekte haar armen voor zich uit en duwde zich toen met behulp van haar voeten voorover in het luchtkanaal. Door te kronkelen als een slang merkte ze dat bewegen op het metalen oppervlak zelfs makkelijker was dan ze had gedacht. Ze was ongeveer twee tot drie meter in de steeds verder toenemende duisternis geschoven toen ze het metalen rooster tegen de rand hoorde. Ze voelde dat Michael niet achter haar was. Zonder zich om te kunnen draaien of zelfs maar om te kunnen kijken riep ze: ‘Wat doe je verdomme?’

‘Ik zet het rooster terug,’ riep hij. ‘Jij gaat de hulptroepen halen. Ik hou me hier gedeisd. Wie weet, misschien vinden ze me niet, tenminste niet direct.’

‘Michael!’ schreeuwde Lynn zo hard dat haar oren pijn deden in het nauwe kanaal. ‘Dat is niet eerlijk. Je hebt me voor de gek gehouden.’

‘Om een goede reden,’ zei Michael. ‘Als ze zien dat dit rooster los is, weten ze direct wat we van plan zijn. Op deze manier heb je een minieme kans, niet dat ik je benijd. Ga ervoor, sis!’

‘Michael!’ schreeuwde Lynn weer, maar nu minder hard. ‘Doe dit niet! We zijn een team. Dat heb je zelf gezegd.’

‘Sorry,’ zei Michael. ‘De bal is door de ring en het spel is voorbij. Succes!’

‘Michael, alsjeblieft!’ schreeuwde Lynn, maar hij antwoordde niet. ‘Michael ben je daar nog?’ Het bleef stil.

‘Holy shit,’ mompelde Lynn. Een moment overwoog ze te proberen weer terug te gaan om te zien of ze het rooster weer los kon trappen. Maar ze dacht eigenlijk dat ze dat niet kon. In plaats daarvan haalde ze opnieuw diep adem en begon vooruit te kruipen, verder en verder in de nauwe, diepe duisternis.

48

Donderdag 9 april, 3.24 uur

Benton Rhodes zette zijn smartphone uit en liet hem in zijn zak glijden. Hij had Angry Birds gespeeld om zichzelf bezig te houden, maar zijn geduld was op. Hij keek hoe laat het was. Meer dan twee uur waren voorbij sinds het beveiligingsteam achter de studenten aan was gegaan. Hoewel ze een van hen al snel na een relatief korte achtervolging in een hoek hadden gedreven en verdoofd, was de ander irritant genoeg nog steeds op vrije voeten.

'Nou is het genoeg,' zei Benton. Hij duwde zijn stoel achteruit en stond op om zich uit te rekken. Hij, Fyodor en Misha waren nog in het controlecentrum. Viktor was druk bezig geweest met het superviseren van het Shapiro-personeel om het automatiseringssysteem van de vierde tot en met de zesde verdieping, dat offline was geweest, weer online te krijgen.

Fyodor en Misha draaiden zich naar hem om. Ook zij hadden geprobeerd te tijd te verdrijven. Iedereen was moe en gespannen.

'Ik denk dat we maar moeten beginnen met de operatie bij de man,' zei Benton. 'Er is geen reden om te wachten tot we de vrouw vinden en dokter Phillips staat al bijna een uur klaar.'

'Prima wat ons betreft,' zei Fyodor.

'Wanneer denken jullie die vrouw te vinden?' vroeg Benton. Hij kon de minachting niet uit zijn stem houden.

'Heel snel denk ik,' zei een van de Russen. 'We hebben er meer personeel bij gehaald en gaan nu systematischer te werk. We beginnen op de zesde verdieping en werken naar beneden. We zijn eerlijk gezegd verbaasd dat ze ons zo lang uit handen weet te blijven. Kennelijk heeft ze een plek gevonden om zich te verbergen. We hadden niet verwacht dat ze zich op zouden splitsen.'

'Kan een van jullie me naar bezoekersruimte A brengen?'

'Natuurlijk,' zei Fyodor.

49

Donderdag 9 april, 4.35 uur

Lynn kon merken dat ze bijna aan het eind was van haar zowel fysiek als geestelijk zware tocht. Het eerste uur was het moeilijkst geweest omdat het luchtkanaal heel nauw bleef. Er waren diverse aftakkingen geweest, waar ze soms alleen met veel moeite voorbij kon komen. Af en toe was ze op haar zij gaan liggen om voorovergebogen rond de scherpe bochten te schuiven. Omdat sommige plekken zo lastig te passeren waren dat het wel onbedwingbare barrières leken, vroeg ze zich serieus af of ze in staat zou zijn om terug te komen. Een paar keer zette ze de zaklantaarn op haar telefoon aan, maar verder was het stikdonker om haar heen. Ze hield haar ogen met opzet zo veel mogelijk strak dichtgeknepen om het gevoel van claustrofobie en haar angst onder controle te houden. Gelukkig waaide er een constante en geleidelijk toenemende bries door het luchtkanaal, waardoor ze wist dat ze de goede kant op ging, vooral bij splitsingen. De bries voorkwam ook dat ze stikte in de smalle ruimte. Hoe moeilijk ze het ook had, ze probeerde niet aan Michael te denken en waar hij misschien wel mee te maken had.

Nadat ze zich een uur lang dieper en dieper het systeem in had geworsteld, werd de doorsnee van het luchtkanaal langzaamaan steeds groter. Toen het kanaal groot genoeg werd om op handen en knieën te kruipen, kon ze eindelijk flinke vooruitgang maken, zoals Michael en zij hadden gedaan in de transporttunnel. Toen het luchtkanaal naar beneden boog, ging ze zitten om net als van een glijbaan op haar rug omlaag te glijden. Maar uit angst dat ze onderaan tegen iets aan zou botsen, liet ze zich heel langzaam zakken met haar voeten tegen de zijwand gedrukt.

Toen het luchtkanaal weer horizontaal liep en ze voorovergebogen kon lopen, ging het sneller. Om zich te oriënteren liet ze haar handen licht langs de metalen wanden glijden. Terwijl ze voortging merkte ze dat het lawaai en de turbulentie van de luchtstroom steeds erger werden. Ze nam aan dat het door de ventilatoren kwam, die heel groot en krachtig moesten zijn om zoveel lucht over zo'n grote afstand te kunnen verplaatsen. Ze vermoedde dat ze dichtbij was en maakte zich zorgen dat ze in het donker tegen iets aan zou botsen.

Daardoor was ze gedwongen de zaklantaarn weer aan te zetten voor ze verderging, maar ze besefte al snel dat de batterij van haar telefoon dan snel leeg zou zijn. In plaats van de lantaarn gebruikte ze daarom alleen het licht van het scherm, wat ruim voldoende was. Het probleem was alleen dat de telefoon steeds uitging.

Honderd meter verderop werd het luchtkanaal ineens een stuk groter, en tien meter daarna werd de doorgang volledig geblokkeerd door een groot donkergrijs scherm. Uit het lawaai en de vibratie kon Lynn opmaken dat er precies aan de andere kant een of meerdere ventilatoren zaten.

Opnieuw bang dat ze vast zou komen te zitten door het filter dat het luchtkanaal blokkeerde, keek ze of het op de een of andere manier opengeschoven of gedraaid kon worden. Het zat muurvast. Hoewel de batterij zichtbaar leeg raakte, zette ze de zaklantaarn weer aan en liet het licht om de rand van het filter schijnen. Toen zag ze langs de rechterkant een smalle streep licht.

Lynn zette haar telefoon uit. Het licht langs de rand was goed te zien en liep helemaal van boven naar beneden, waardoor ze het idee had dat het filter er op dat punt van buitenaf in was geschoven. Ze probeerde het weer in beweging te krijgen door die kant op te duwen. Na veel inspanning bewoog het deze keer. Ze duwde het met haar voeten opzij en merkte dat de luchtstroom die haar passeerde geweldig toenam. Om achter het filter te kijken zette ze haar zaklantaarn weer aan. Maar op dat moment zag ze aan haar rechterkant, een paar meter voor het scherm, een minder felle verticale streep licht door de wand van het luchtkanaal komen.

Plotseling vol goede moed scheen ze met de lantaarn in de richting van deze nieuwe lichtstreep. Wat ze zag was een toegangspaneel met een scharnier dat, belangrijker nog, voorzien was van een hendel. Ze stopte haar telefoon in haar zak en probeerde de kruk. Even later kon ze het paneel ver genoeg openduwen om te zien dat erachter een verlichte machinekamer was.

Hoe graag ze ook naar buiten wilde stormen om uit de claustrofobische ruimte van het luchtkanaal te komen, ze dwong zichzelf langzaam en voorzichtig te zijn. Ondanks het lawaai en de vibratie van een of meerdere ventilatoren die dicht achter het filter moesten zitten, probeerde ze te luisteren of ze geluid hoorde uit de machinekamer. Maar ze besefte al snel dat ze dat onmogelijk kon horen en daarom opende ze het paneel voorzichtig iets verder, langzaam en geluidloos, om geleidelijk beter zicht te hebben op de kamer. Op dat moment was iemand tegenkomen en uitleg moeten geven wel het laatste wat ze wilde. Gelukkig zag ze niemand, zelfs niet toen het paneel helemaal openstond.

Omdat ze er redelijk zeker van was dat ze alleen in de machinekamer was, niet zo verrassend natuurlijk om halfvijf in de ochtend, krabbelde Lynn door de opening en liet zich op de vloer zakken. Ze had geen idee waar ze was en hoopte alleen maar dat ze in de machinekamer van het ziekenhuis was en niet ergens in het Shapiro.

Het eerste wat Lynn besloot te doen was kijken of haar telefoon het nog deed. Ze moest onmiddellijk denken aan Michael en vroeg zich af hoe het met hem ging. Helaas had ze geen ontvangst. Dat zou ook niet gek zijn als ze in de kelder van het ziekenhuis was, waar ze op hoopte. Omdat ze niet kon bellen, zocht ze snel naar de uitgang. Ze stond op het punt te gaan rennen toen ze zich ervan bewust werd hoe smerig ze was. De eens witte Shapiro-overall was op haar borst, buik, de voorkant van haar benen en de onderkant van haar armen bijna zwart. Ze had absoluut niet gemerkt dat er zoveel stof lag in de luchtkanalen van de airconditioning. Ze vreesde dat haar gezicht net zo vuil was.

Lynn wilde niet de aandacht op zich vestigen, vooral niet van de beveiliging. Omdat er duidelijk sprake was van medeplichtigheid bij Sidereal Pharmaceuticals en Middleton Healthcare was ze niet van plan de autoriteiten te vertrouwen. Ondanks het tijdstip dacht ze dat de kans groot was dat ze iemand tegen zou komen in het ziekenhuis, ook al probeerde ze dat te vermijden. Hoewel het 's nachts rustiger was in het ziekenhuis, sliep het nooit helemaal. Ze moest iets doen aan haar uiterlijk.

Lynn trok de muts af. En ook het mondkapje dat nog steeds om haar nek hing. De muts was vuil maar niet zo erg als de overall. Ze gooide de spullen in een afvalcontainer en liep naar een wasbak, waar ze haar gezicht schoonmaakte met haar handen en het snel afdroogde met papieren handdoekjes.

Omdat de doekjes pikzwart waren nadat ze zich had afgedroogd, wist ze dat ze gelijk had gehad wat betreft haar gezicht. Er was geen spiegel om het te controleren, dus waste ze zich nog een keer. Deze keer waren de papieren handdoekjes maar een beetje vuil. Ze probeerde ook haar overall schoon te maken met natte doekjes, maar dat was zinloos. Ze wilde dat ze haar regenjas niet had achtergelaten in het luchtkanaal toen ze hem eindelijk uit had kunnen trekken.

Snel keek ze om zich heen of ze een andere, normalere overall zag of iets anders waar ze zich mee zou kunnen bedekken, maar er was niets. Het was duidelijk dat ze naar de vrouwenkleedkamer moest op de ok-afdeling om schone operatiekleding aan te trekken. Vermoedelijk was dat op dat tijdstip van de nacht geen probleem omdat het op die afdeling over het algemeen rustig was, zeker in de kleedkamers. Ze wist ook dat het een handige plek zou zijn om te telefoneren, omdat er goede ontvangst was. Wat ze meer dan wat ook wilde was Markus Vandermeer bellen. Ze wilde de FBI en de CIA of zelfs, zoals Michael had gegrapt, het leger erbij halen. Wat haar betrof kon ze zelfs niet helemaal vertrouwen op de plaatselijke politie. Middleton Healthcare was een machtige en belangrijke speler in de lokale politiek.

Lynn deed de deur voorzichtig een stukje open. Ze nam aan dat die uitkwam in een gang in de kelder, maar dat was niet zo. Kennelijk had het enorme HVAC-systeem zijn eigen ruimte. De deur leidde naar een nog grotere machinekamer. Hier zag Lynn een paar ziekenhuismedewerkers die naar een groot paneel met allerlei soorten meters zaten te kijken. Net als in de HVAC-ruimte was het lawaai oorverdovend en de verlichting minstens zo fel.

Het was niet moeilijk voor Lynn om vast te stellen waar de deur naar buiten was, want het was een dubbele, geen enkele. Om haar vermoeden te bevestigen zag ze een medewerker binnenkomen, waardoor ze een korte maar bemoedigende glimp kon opvangen van wat eruitzag als een typische ziekenhuisgang.

Lynn wachtte even. De medewerkers leken heel erg geconcentreerd op hun taak, het afwisselend controleren van meters en in logboeken schrijven. Niemand, zo leek het, besteedde veel aandacht aan de uitgang behalve als ze hem gebruikten. Eindelijk besloot Lynn een kans te wagen.

Snel, maar niet zo snel dat het zou opvallen, liep ze tussen alle machines door. Ze had het gevoel dat ze heel erg opviel maar daar kon ze weinig aan doen. Ze had geen idee wat ze zou zeggen als iemand haar staande zou houden. Gelukkig gebeurde dat niet. Ze liep de ruimte uit en zuchtte van opluchting.

Lynn haalde haar telefoon weer tevoorschijn en keek of ze ontvangst had terwijl ze door de hal liep. Nog steeds niet. De batterij zat nog maar voor 5 procent vol en daarom zette ze de telefoon uit. Ze liep het eerste trappenhuis dat ze zag in omdat ze bang was iemand tegen te komen in de grote hal. Ze was absoluut niet van plan de lift te gebruiken.

Ze nam de trappen met twee, drie treden tegelijk, nauwelijks pauzerend op de overlopen. Ze passeerde de eerste verdieping en rende met dezelfde snelheid door naar de tweede. Daar wachtte ze even om naar het telefoonsignaal te kijken. Eindelijk was er iets van een signaal, geen sterk signaal, maar nu wist ze tenminste dat ze dicht bij haar doel was: de vrouwenkleedkamer op de ok-afdeling.

Het trappenhuis kwam op de tweede verdieping uit bij de afdeling Chirurgische Pathologie, niet ver van het anesthesiekantoor waar zij en Michael met Sandra Wykoff hadden gesproken. Lynn haastte zich verder en kwam bij de liften, waar ze haar pas inhield. Ze zag niemand hoewel ze de televisie in de koffiekamer kon horen. Ze bleef staan bij de open deur en keek voorzichtig naar binnen.

Twee verplegers genoten van koffie en de krant. Er was verder niemand. Lynn zag het als een geschikt moment om door te lopen, wat ze deed in een tempo dat geen aandacht zou trekken. Ze liep direct naar de vrouwenkleedkamer. Gelukkig was hij helemaal leeg zoals ze had gehoopt.

Het eerste wat ze deed was de Shapiro-overall uittrekken, oprollen en onder in de afvalbak proppen, waarbij ze ervoor zorgde dat hij helemaal bedekt was. Zodra ze normale operatiekleding had aangetrokken pakte ze haar telefoon. Nu was de ontvangst net zo goed als ze had vermoed. In haar contactenlijst koos ze het vaste nummer van de Vandermeers en drukte erop. Terwijl ze wachtte tot hij overging keek ze hoe laat het was. Het was tegen vijf uur in de ochtend.

Het was Leanne die opnam. Nadat ze zich had verontschuldigd voor het tijdstip vroeg Lynn of ze haar man te spreken kon krijgen en ze legde uit dat het belangrijk was. Toen Markus aan de lijn kwam verspilde Lynn geen tijd. Haar belangrijkste zorg op dat moment was Michael.

'Sidereal Pharmaceuticals doet geen ongeoorloofde testen op patiënten,' zei ze haastig. 'Het is veel, veel erger. Ze gebruiken patiënten om medicijnen te maken en maken ze daarbij ziek en zelfs dood.'

'Oké, rustig aan,' zei Markus, terwijl zijn slaperige brein probeerde te begrijpen wat Lynn zojuist had gezegd. 'Zeg dat nog eens?'

Een beetje langzamer maar met net zoveel overtuiging en passie herhaalde Lynn haar woorden.

'Hoe weet je dit?' vroeg Markus. Ze hoorde de plotselinge ernst in zijn stem.

'Michael Pender en ik hebben vannacht ingebroken bij het Shapiro Instituut,' zei Lynn. 'Je weet dat het een soort Fort Knox is.'

'Natuurlijk,' zei Markus. 'Dat is om te voorkomen dat de patiënten allerlei ziekten oplopen.'

'Dat mag tot op enige hoogte waar zijn. Maar na wat wij hebben ontdekt, denken we dat het meer een dekmantel is voor wat ze echt doen, en dat is patiënten in gevaar brengen om monoklonale-antilichaamgeneesmiddelen te produceren. En het zijn niet alleen de patiënten van het Shapiro. Ze doen het met een heleboel ambulante patiënten die worden opgenomen in Middleton Healthcare-ziekenhuizen. Het is een enorm complot van Sidereal en Middleton. We weten het absoluut zeker. En er is meer. Dit is het allerergste, vooral voor jou en je vrouw en mij persoonlijk. Carls situatie is opzettelijk veroorzaakt zodat hij naar het Shapiro kon worden overgebracht om een specifiek medicijn te produceren. Het was geen ongeluk! Het was opzet.'

Even bleef het stil. Lynn dacht dat de verbinding misschien was verbroken. 'Markus, ben je daar nog?' vroeg ze.

'Ja,' zei hij. 'Ik probeer dit allemaal te verwerken. Het is ongelooflijk.'

'Ik weet dat het afgrijselijk is,' gaf Lynn toe. 'En er moeten een heleboel mensen aan de top bij betrokken zijn, anders kan dit niet te verklaren zijn. Ik denk dat ze er miljarden mee verdienen.'

'Zijn Michael en jij nog in het Shapiro?'

'Ik niet. We zijn ontdekt en achtervolgd. Ik ben eruit gekomen via het HVAC-systeem. Michael heeft me gedekt en is daar nog. Ik vermoed dat ze hem hebben gepakt en nog steeds naar mij op zoek zijn. Er moet iets worden gedaan en heel snel! Misschien vermoorden ze hem wel.'

'Oké!' zei Markus. 'Ik bel nu de federale autoriteiten en de FBI. Waar ben jij op dit moment? Ben je veilig?'

'Ik ben in de vrouwenkleedkamer op de ok-afdeling van het ziekenhuis.'

'Heb je nog met iemand anders gesproken?'

'Niemand. Ik weet niet wie ik kan vertrouwen.'

'Heel slim! Misschien moet je snel vertrekken. Ga daar onmiddellijk weg.'

'Ik heb Carls auto nog.'

'Gebruik die en kom hiernaartoe!'

'Oké,' zei Lynn. 'Maar Michael? Wat zullen de autoriteiten doen?'

'Dat laat ik aan hen over. Misschien kan er direct een arrestatieteam worden opgetrommeld. Vooralsnog wil ik de lokale politie er liever buiten houden, voor het geval dat.'

'Helemaal mee eens,' zei Lynn.

'Oké, zorg dat je hiernaartoe komt. Tegen de tijd dat je hier bent weet ik vast meer.'

50

Donderdag 9 april, 5.11 uur

Nadat ze haar telefoon weer in haar zak had gestopt en diep adem had gehaald, keek Lynn naar zichzelf in de spiegel boven de wasbakken. Ze was blij dat niemand haar had gezien nadat ze uit het luchtkanaal was geklommen. Hoewel ze haar gezicht had afgespoeld zag ze dat het nog steeds vol vuile strepen zat, waardoor ze een beetje op een wasbeer leek. Omdat ze wist dat ze ongetwijfeld mensen tegen zou komen, moest ze zichzelf een beetje presentabeler maken. Met enige moeite en wat zeep was ze in staat haar verschijning drastisch te verbeteren. Ze wist zelfs haar haar te fatsoeneren, waarbij ze haar vingers als kam gebruikte. Toen ze besefte dat ze al het mogelijke had gedaan hield ze op.

Ze wilde proberen iedereen zo veel mogelijk te vermijden. Als ze werd aangesproken zou ze vriendelijk maar afstandelijk zijn. De plek waar ze zich het meest zorgen over maakte was de parkeergarage, omdat er werd gepatrouilleerd door de ziekenhuisbeveiliging nadat een verpleegster in de vroege ochtenduren was lastiggevallen. Ze wilde uit de buurt blijven van alle beveiligers.

Toen ze uit de vrouwenkleedkamer kwam zag ze dat er een verpleegster was verschenen die zichzelf van koffie voorzag. Lynn liep als een nerveuze kat naar de uitgang in de hal. Ze vermeed in de richting van de verpleegster te kijken in de hoop geen aandacht te trekken. In plaats daarvan keek ze opzij en ving ze toevallig een glimp op van de monitor op de muur, waarop stond aangegeven dat er een neurochirurgische operatie aan de gang was in ok 12. De chirurg was Norman Phillips. Vandaar dat er zo weinig mensen in de koffiekamer zaten.

Lynn schrok zich rot en bleef staan. Ze knipperde en hoopte dat haar ogen haar bedrogen. De naam van de patiënt was Michael Pender! De diagnose was subduraal hematoom en de geplande procedure was een spoedcraniotomie.

Een korte, onvrijwillige kreet, meer zoals een gekweld dier zou slaken, ontsnapte aan Lynns lippen. Snel keek ze wat de planning was. De operatie was slechts een paar minuten eerder, om 4.58 uur, begonnen. 'Nee!' riep ze zo hard dat de drie mensen in de koffiekamer ervan schrokken.

Lynn draaide zich om, haar ogen wagenwijd opengesperd. 'Nee! Nee! Niet weer!' schreeuwde ze tegen niemand in het bijzonder. De mensen in de kamer stonden stokstijf stil en gaapten haar stomverbaasd aan, bang dat ze geestelijk gestoord was.

Een seconde later was Lynn de deur uit en rende halsoverkop naar de dubbele deuren die leidden naar de ok's. Ondertussen pakte ze haar telefoon. Aan de andere kant van de deuren naar de operatiekamers stopte ze even om het laatste gesprek op haar scherm naar voren te halen. Snel toetste ze het een en ander in en begon met de telefoon tegen haar oor weer te rennen. Achter zich hoorde ze de verpleegster uit de koffiekamer schreeuwen dat ze moest stoppen en dat ze hier nergens in mocht gaan. De zuster was direct na Lynn door de dubbele deuren gekomen en rende nu achter haar aan.

Eenmaal bij ok 12 hoorde Lynn tot haar opluchting Markus' stem. Buiten adem vertelde ze hem dat Michael op de operatiekamer lag. 'Dit moet stoppen. Dit mag niet!' riep Lynn. 'Hij zal niet meer bijkomen. Ik weet het! Hem zal hetzelfde overkomen als Carl!'

De verpleegster die achter Lynn aan had gezeten, rende naar haar toe. 'Wat doe jij in godsnaam?' riep ze schril.

Lynn negeerde haar en concentreerde zich op haar gesprek met Markus. 'Je moet hier iemand naartoe sturen. Nu! De politie, de FBI, wie dan ook! Alsjeblieft! Hij is in ok 12! Je moet dit stoppen!'

'Hallo?' schreeuwde de verpleegster, terwijl ze het woord uitrekte tot een soort vraag en de telefoon uit Lynns hand probeerde te trekken. 'Je mag hier niet komen!'

Lynn verbrak de verbinding met Markus en rukte de telefoon ruw uit de greep van de verpleegster. Even keek de verpleegster haar recht aan; ze leek te denken dat Lynn gek was.

'Laten we geen problemen veroorzaken,' zei de verpleegster terwijl ze zo rustig mogelijk probeerde te praten. Ze probeerde Lynns arm te pakken om haar van de ok-afdeling te leiden.

Met een keiharde klap sloeg Lynn de hand van de verpleegster weg. Ze draaide zich op haar hielen om en duwde de deur naar de operatiekamer open. Binnen waren vijf mensen: de verdoofde patiënt, de chirurg met zijn jas en handschoenen aan, een zuster in dezelfde kleding, de anesthesist en een omloopverpleegkundige. In eerste instantie keek niemand naar Lynn en praatte iedereen gewoon door. Benton, die optrad als anesthesist, en Norman, de neurochirurg, hadden het over golf. De zuster en de omloopverpleegkundige hadden het over hun schema. Pas toen de verpleegster achter Lynn naar binnen rende en haar luidkeels beval de operatiekamer te verlaten stopten de activiteiten en de gesprekken, en richtte iedereen zijn aandacht op Lynns plotselinge verschijning.

Net zoals in de hal negeerde ze de verpleegster. Elk sprankje hoop dat de patiënt iemand anders was dan Michael verdween zodra Lynn hem kon zien. Het was zonder twijfel haar beste vriend. Ze was er absoluut zeker van, ook al was een deel van zijn gezicht en zijn lichaam bedekt met operatiedoeken. Michael zat rechtop met een endotracheale buis en zijn ogen dichtgetapet. De zak aan de anesthesiemachine bewoog ritmisch in en uit met zijn ademhaling. De hartmonitor gaf een regelmatig signaal. De chirurg had al een schedelflap omgeklapt en stond op het punt een gat te boren.

Zonder een seconde te aarzelen liep Lynn naar de anesthesiemachine en boog zich voorover om naar de zijkant te kijken. Zoals ze had gevreesd was het machine 37. Ze ging rechtop staan. De verpleegster die achter haar aan was gerend, beval haar opnieuw luidkeels uit de operatiekamer te vertrekken terwijl ze iedereen vertelde dat Lynn kennelijk gek was.

Ze bleef de verpleegster negeren, die opnieuw haar arm probeerde te pakken, en richtte zich tot de omloopverpleegkundige. 'Je moet een andere anesthesiemachine halen! Deze is niet goed! Mensen komen niet meer bij!'

'Alsjeblieft,' zei de eerste verpleegster nu smekend. 'Je moet hier weg!'

Benton herstelde zich van de schok en nadat hij rondtastend op de anesthesiemachine had gezocht kwam hij overeind met een gevulde injectiespuit. Zonder waarschuwing kwam hij als een stier op Lynn af, waardoor een andere spuit die op de machine lag op de grond viel. De verpleegster die achter Lynn aan was gekomen, liet haar arm los en liep geschrokken achteruit.

Omdat ze jarenlang lacrosse had gespeeld was ze heel lenig en ze wist Benton makkelijk te ontwijken. Ze dook handig onder zijn arm door en rende om de operatietafel heen met het idee die tussen zichzelf en de woedende anesthesist te houden. Toen Benton de ene kant op liep, ging Lynn de andere kant op. Terwijl ze elkaar in de gaten hielden drong ze er opnieuw bij de omloopverpleegkundige op aan een andere anesthesiemachine te halen. 'Als je dat doet ga ik weg!' schreeuwde Lynn. 'Anders blijf ik net zo lang hier tot je het hebt gedaan.' Haar stem echode tegen de betegelde muren.

De omloopverpleegkundige wist niet wat ze moest doen en keek naar Benton om advies.

'Ik ga de beveiliging waarschuwen,' zei de eerste verpleegster. Zonder te wachten op een reactie van het operatieteam verdween ze door de deur naar de hal.

Dokter Norman Phillips, die even als verstomd was blijven zitten bij dit onverwachte gebeuren tijdens zijn operatie, herstelde zich snel. Hij gaf de boor die hij net had willen gebruiken aan de zuster en stapte weg bij Michael. Kennelijk vond hij het niet erg als zijn operatiekleding niet steriel zou blijven, want hij stak zijn armen en in handschoenen gestoken handen voor zich uit en dreigde Lynn te blokkeren toen ze zijn richting op kwam zodat ze niet langer om de operatietafel kon lopen.

Lynn nam het aanbod van de neurochirurg om deel te nemen aan de confrontatie onmiddellijk aan. Ze wilde zoveel schade aanrichten als ze kon, want ze wist dat de chirurg helemaal opnieuw moest beginnen als zijn kleren niet langer steriel zouden zijn, waardoor er veel tijd verspild zou worden. Haar hoop was het tijdverlies te maximaliseren om te voorkomen dat er iets met Michael zou gebeuren tot er hulp, in de vorm van Markus Vandermeer, zou komen opdagen. Het probleem was dat ze geen idee had hoe lang dat zou gaan duren. Wat Lynn niet wilde was dat Benton en Norman haar tegelijk te pakken zouden krijgen. Ze kon zich goed voorstellen wat er in de injectiespuit zat.

Ze deed even of ze op het lacrosseveld was en tegen mannen speelde. Ze rende in volle vaart tegen Norman aan en raakte hem met haar schouder, die ze tegelijkertijd naar boven duwde. Dat had ze Carl zien doen in oude films die hij nog had van zijn tijd op de universiteit. Het werkte prachtig, ze raakte de neurochirurg volkomen onverwacht, zodat hij omviel en languit op de vloer terechtkwam. En daarmee was de niet meer steriele operatiekleding onbruikbaar geworden.

Benton, die achter Lynn opdook, zag de indrukwekkende actie en kwam abrupt tot stilstand. Ze greep de kans om een scherpe klap met de zijkant van haar hand tegen Bentons uitgestrekte arm met de hand waarmee hij de spuit vasthield te geven. De injectiespuit vloog uit zijn hand en viel op de vloer, waarna hij veilig onder de operatietafel schoot.

Nadat ze over Norman heen was gesprongen die vocht om weer op adem te komen, rende Lynn weer terug naar de andere kant van de kamer. Ze draaide zich snel om, wachtend op de volgende aanval. Benton liep weer naar de anesthesiemachine, trok een klein laatje open en probeerde een nieuwe injectiespuit te vullen met een gigantische dosis midazolam. Norman stond op en controleerde of hij niets gebroken had.

'Een andere anesthesiemachine!' schreeuwde Lynn weer naar de omloopverpleegkundige of wie ook maar wilde luisteren. 'Dat is het enige wat ik vraag. Ik ga weg als je dat doet en die gebruikt.' Ze wist niet of de geplande operatie nodig was of niet. Ze nam aan dat dat niet het geval was, maar de ingreep zelf was niet haar grootste zorg. Dat was anesthesiemachine nummer 37.

'Dokter Rhodes?' zei de omloopverpleegkundige. 'Wat moet ik doen?'

'Niets,' snauwde Benton. Hij had de spuit gevuld en gooide het flesje opzij. Toen hij er klaar voor was keek hij naar Norman, die weer helemaal hersteld was. Beiden knikten en richtten hun volle aandacht op Lynn. Toen liepen ze in tegengestelde richting om de operatietafel met de bedoeling haar in te sluiten.

Na de geslaagde bodycheck op Norman en omdat ze weinig zin had met beide mannen tegelijk af te moeten rekenen, begon Lynn direct een vergelijkbare aanval op Benton als ze had gedaan bij de chirurg. Zo hard als ze kon rende ze tegen hem aan, en opnieuw dook ze vlak voor ze bij hem was een beetje in elkaar zodat ze toen ze hem raakte met de punt van haar schouder omhoog kon schieten. In de laatste seconde week Benton defensief achteruit omdat hij het effect op Norman had gezien. Door deze beweging werd de botsing aanzienlijk zachter, en het betekende dat hij en Lynn hun evenwicht verloren door haar vaart.

Lynn viel boven op Benton. Ze kon horen hoe de lucht uit zijn longen werd geperst en ze voelde hem vergeefs vechten om op adem te komen, meer nog dan Norman had gedaan. Terwijl ze overeind kroop besefte ze dat hij erin geslaagd was haar te prikken met de spuit, of dat nou zijn bedoeling was geweest of niet. Hij stak nog steeds bijna volledig in haar onderarm.

Maar ze had geen tijd om zich druk te maken om hoeveel van de inhoud hij had geïnjecteerd en of het genoeg was om haar tegen te houden. Er was een dringender probleem. Norman was om de operatietafel heen gelopen en rende nu op haar af zoals zij bij hem had gedaan, en omdat hij op dat moment al zo dichtbij was had ze geen kans zich te verdedigen. In plaats daarvan deed ze wat ze honderden keren had gedaan als ze lacrosse speelde: als een matador stapte ze op het laatste moment opzij, en de man miste haar grotendeels. Toch was hij nog in staat haar bij haar kleding vast te grijpen toen hij voorbijzeilde waardoor hij op de been wist te blijven.

Met zoveel kracht als ze kon opbrengen probeerde Lynn zich los te rukken uit Normans greep, maar hij hield vol en wist met zijn andere hand zelfs haar linkerpols te grijpen. Lynn hief haar vrije hand, greep zijn mondkapje en trok er keihard aan waardoor zijn hoofd naar voren schoot voor het elastiek knapte. Maar hij liet haar kleren noch haar pols los. Ze worstelde als een gek maar wat ze ook deed, Norman liet haar niet gaan.

Toen hij weer op adem was gekomen, kwam Benton de chirurg te hulp. Nadat ze hem een paar flinke klappen in zijn gezicht had weten te geven slaagde hij erin Lynns vrije arm te pakken. Maar ze had haar voeten en benen nog.

Ze vocht zo hard ze kon en schopte ze allebei ten minste één keer tegen hun benen. Ze mikte hoger maar slaagde er niet in hen daar te raken.

Toen de mannen dachten dat ze de wilde vrouw enigszins onder controle hadden omdat ze moe leek te worden, liepen ze in de richting van de deur met de bedoeling haar naar de hal te krijgen. Maar dat was makkelijker gezegd dan gedaan. Lynn maakte het hen zo moeilijk mogelijk, vooral door een voet om de deurpost te haken bij elke poging en zo hard mogelijk achteruit te rukken als ze kon. Door het kickboksen had ze heel sterke benen.

'Kun je haar vasthouden terwijl ik meer Versed haal?' hijgde Benton.

'Dat weet ik eerlijk gezegd niet,' zei Norman hees. 'Wat een kreng. Wie is dit in godsnaam?'

'Dat vertel ik je later,' zei Benton.

'Ik zal je vertellen wie ik ben. Ik ben een vierdejaarsgeneeskundestudent. Die patiënt daar is mijn vriend. Ik wil een andere anesthesiemachine!'

Zonder waarschuwing balde Benton zijn vuist en stompte Lynn in haar gezicht, waardoor het bloed uit haar al gekneusde neus sprong. De klap deed Norman schrikken en even verslapte zijn greep op Lynns arm. Ze pakte haar kans en rukte haar rechterarm los. Net als Benton balde ze haar vuist en raakte hem met een even harde klap waardoor ook zijn neus begon te bloeden.

Op dat moment vlogen voor de drie worstelende mensen de deuren recht naar de hal open. Het was de eerste verpleegster. Ze rende naar binnen. Achter haar, gekleed in operatiejassen die ze als een badjas hadden aangetrokken over hun uniformen, liepen dezelfde vijf mannen die Lynn en Michael achterna hadden gezeten in het Shapiro Instituut. Lynn herkende hun gezichten niet maar de uniformen wel. Die zagen er net iets anders uit dan de normale uniformen van de ziekenhuisbeveiliging.

'Nee!' schreeuwde Lynn. 'Ik wil niet met hen mee.'

'Ik denk dat je daaraan had moeten denken voor je hier binnen kwam rennen,' zei de verpleegster triomfantelijk. Ze stapte opzij zodat de grote mannen naar voren konden komen en Lynn konden grijpen. Ze vocht nog steeds maar het had geen zin. Binnen de kortste keren hadden ze haar in de hal.

'Leg haar op een brancard!' schreeuwde Benton tegen de bewakers. 'Ik kom zo met een medicijn.' Hij wisselde een blik van ongeloof en afkeer met Norman. 'Je hebt gelijk! Wat een rotkreng!' zei hij terwijl hij snel terugliep naar de anesthesiemachine. Hij wilde nog een injectiespuit en een flesje midazolam pakken.

'Ik heb nog nooit zoiets meegemaakt,' klaagde Norman terwijl hij zijn vuile operatiejas en handschoenen begon uit te trekken. Hij keek naar Michael, die tijdens de hele affaire bewusteloos was gebleven. 'Heeft hij dit goed doorstaan?'

'Hij is oké,' zei Benton met een zwaai van zijn hand. Hij keek op de monitor. 'Die vent is zo gezond als wat.'

De anesthesist vulde de spuit en ging bewust iets verder dan nodig met de dosering. Hij wilde geen scènes meer. Terwijl Norman zich weer ging wassen, liep Benton naar de brancard in de hal. De bewakers hielden Lynn neergedrukt. Alle vijf de mannen hadden haar beet. Vol vertrouwen dat ze haar voldoende in bedwang hielden besloot hij voor een IV te gaan met zo'n hoge dosering dat ze urenlang buiten westen zou blijven.

'Ik weiger medicatie,' schreeuwde Lynn terwijl ze autoritair probeerde over te komen.

'Alsof mij dat wat kan schelen,' sneerde Benton.

'Is dit de vrouw die we in het Shapiro hebben gezocht?' vroeg een van de bewakers. Hij had een licht maar duidelijk Russisch accent.

'Ja,' zei Benton terwijl hij een tourniquet aanbracht om Lynns bovenarm en de binnenkant van haar elleboog desinfecteerde. 'Nu begrijp je dat het veel beter zou zijn geweest als jullie haar hadden ingerekend toen dat moest.'

Zoals altijd voor het geven van een injectie en met het idee eventuele lucht te verwijderen hield Benton de spuit voor zijn gezicht, de naald naar het plafond gericht. Terwijl hij dat deed viel zijn blik op de dubbele deuren aan het einde van de hal die opengegooid werden, waarna er een hele rij mensen het ok-gedeelte leek binnen te dringen. Benton liet de spuit zakken en focuste om het beter te kunnen zien. Hij was stomverbaasd. Het waren een heleboel mensen, veel meer dan er op dat tijdstip in de ochtend op de ok-afdeling moesten zijn.

Verstijfd en meer dan een beetje in de war keek Benton hoe deze lange rij mensen op een holletje dichterbij kwam. Hij zag dat het hoofdzakelijk mannen waren, wat ook verbazingwekkend was want hij wist dat de meerderheid van het ok-personeel vrouw was. En gekker nog, net als de beveiligers naast hem droegen deze nieuwkomers de operatiejassen achterstevoren, met de opening aan de voorkant en niet aan de achterkant.

Toen de nieuwe groep dichterbij kwam ging Bentons verwarring over in angst. Met elke stap die ze dichterbij kwamen zag hij dat ze uniformen droegen, opnieuw net als de bewakers naast hem, maar dan anders. Benton zag dat de kleur niet bruin was, zoals de uniformen die werden gedragen door de beveiligers van het ziekenhuis, maar grijs, zoals van de politie van South Carolina. Erger nog, de meesten hielden hun dienstwapen in hun hand geklemd...

Epiloog

Vrijdag 22 mei, 11.20 uur

Lynn Peirce probeerde het van de zonnige kant te bekijken, want het was een bitterzoet moment. Een mooie dag was begonnen, ook al was er een week geleden regen voorspeld. Als het had geregend zou het een teleurstelling zijn geweest omdat de medische faculteit van de Mason-Dixon Universiteit dan gedwongen zou zijn geweest om hun afstudeerceremonie binnen te houden in plaats van in de stralende zonneschijn in de met bloemen gevulde binnentuin van het ziekenhuis. Na vier jaar van studie, volharding en hard werken, vooral in het licht van de verschrikkelijke beproevingen van de laatste anderhalve maand, leek het toepasselijk om buiten te zijn, in het zicht van het ziekenhuis, de polikliniek en het Shapiro Instituut, alleen al om eraan herinnerd te worden dat deze instellingen weer hun oorspronkelijk bedoelde altruistische rol binnen de gezondheidszorg vervulden.

Het onderzoek naar de verbijsterende misdaden van Middleton Healthcare en zijn handlangers, Sidereal Pharmaceuticals, was nog steeds gaande en de daaruit voortvloeiende aanklachten stapelden zich op. Net zoals de rechtszaken in verband met schadeclaims waardoor Middleton Healthcare faillissement moest aanvragen. De schandalige affaire domineerde Charlestons regionale krant, de *Post and Courier*, en was het gesprek van de dag.

Lynn en Michaels rol in het ontdekken van het schokkende complot was uiteindelijk uitgelekt. Vanaf die noodlottige ochtend toen ze in staat was geweest de nepoperatie op Michael tegen te houden, probeerden journalisten haar te interviewen. Volgens hen was ze een heldin.

Lynn zag zichzelf niet zo. Dat kon ze niet, niet vanwege de vreselijke persoonlijke verliezen die ze had geleden en die ze vreesde zelf veroorzaakt te hebben. Als er al iets was, dan nam ze het zichzelf kwalijk dat ze niet eerder had ontdekt wat er aan de hand was. Achteraf wenste ze meer dan wat ook dat ze zich niet had bemoeid met Carls operatie, maar als ze dat niet had gedaan, dan zou het complot nog steeds bestaan hebben. Ze wilde ook dat ze sterker was geweest en Michael er niet bij had betrokken, gezien wat hem was overkomen dankzij haar. Nu, terwijl ze terugkeek, wilde ze dat ze hem niet had opgezocht in een soort pavlovreactie direct nadat ze Carl in coma had gezien op de neuro-IC.

Op dat exacte moment, 11.20 uur, 22 mei, stond Lynn onder aan de drie treden die leidden naar het tijdelijke podium dat was opgebouwd aan het eind van het vierkante grasveld. Er stonden een katheder en drie stoelen, waarvan een op dit moment werd bezet door de ceremonieleider. Achter de katheder bij de microfoon stond de studentendecaan. Ze las de namen van de afgestudeerden, die voor de ceremonie in alfabetische volgorde waren gezet. Elke keer als ze een naam las, liep de student de trap op en kreeg zijn of haar diploma overhandigd door de decaan van de faculteit. Om het proces te bespoedigen stonden de vijf studenten die vervolgens zouden worden genoemd onder aan het trapje te wachten zodat ze direct naar boven konden lopen. Lynn was de volgende, omdat Harold Parker, de jaargenoot die alfabetisch voor haar kwam, net zijn bul kreeg overhandigd.

Lynn draaide zich om om naar het publiek te kijken. Honderden klapstoelen waren voor het podium in rijen neergezet. Ze waren allemaal bezet. Daarachter stonden zelfs mensen.

Vanwaar Lynn stond kon ze haar moeder, haar twee zussen en alle vier haar grootouders zien in de rij direct achter de eerste twee rijen die voor de afgestudeerden waren gereserveerd. Toen haar moeder haar in haar richting zag kijken, zwaaide ze. Verlegen zwaaide Lynn half terug. Ze was blij dat ze allemaal naar Charleston waren gekomen om haar prestatie te vieren, maar ze wist dat het heel moeilijk zou worden na de ceremonie omdat alle feestelijkheden haar gevoel van persoonlijk verlies alleen maar zouden versterken. Na alles wat er onlangs was gebeurd, had ze niet veel zin om te feesten.

'Juffrouw Lynn Peirce,' kondigde de studentendecaan aan. 'Academisch de beste van haar jaar.'

Gehoorzaam klom Lynn de paar treden op en liep naar de decaan van de faculteit. Hier en daar klonk applaus en er werd zelfs een beetje gefloten, hoewel het publiek was gevraagd te wachten met applaudisseren tot alle studenten hun diploma's hadden gekregen.

'Juffrouw Peirce!' zei decaan English streng, ver genoeg van de microfoon zodat niemand anders haar kon horen. Toen klaarde haar gezicht op. 'Gefeliciteerd!' Ze overhandigde haar haar bul maar liet hem niet los, waardoor Lynn moest denken aan Siri Erikson, die er op dit moment van werd beschuldigd een van de belangrijkste spelers te zijn in het complot. Er was ontdekt dat zij achter het perfectioneren van de methode zat om menselijke hybridomen te creëren. Ze had zichzelf als testpersoon gebruikt en de methode daarna toegepast op tientallen mensen in het Mason-Dixon en alle patiënten van het Shapiro Instituut.

'Men zegt weleens,' ging de decaan verder, 'dat nieuwsgierigheid geen goede eigenschap is. Ik ben het daar persoonlijk nooit mee eens geweest. Je bent erin geslaagd mijn gelijk te bewijzen door het totaal te ontkrachten. Ikzelf, de faculteit, het medisch centrum en de medische professie danken je voor wat jouw nieuwsgierigheid aan het licht heeft gebracht.'

'Graag gedaan,' zei Lynn perplex. Ze had niet verwacht dat de decaan iets anders zou zeggen dan 'Gefeliciteerd', zoals ze bij alle andere studenten had gedaan.

Lynn was verbaasd dat dokter English haar bul maar bleef vasthouden. 'Ik heb een paar telefoontjes gepleegd met collega's in het noorden,' ging ze verder. 'Hoewel we vereerd zijn jou hier te hebben als arts-assistent, heb ik gehoord dat je misschien wel de voorkeur geeft aan Boston. Als dat inderdaad zo is, kom dan naar me toe.' Toen glimlachte ze en liet de bul los.

'Dank u,' zei Lynn alleen maar, nog verbaasder. Ze begon van het podium af te lopen toen ze de naam van de volgende student door de luidsprekers hoorde. 'Michael Pender. Academisch de op een na beste en de andere helft van de tweeling.'

Weer klonk er een beetje applaus en zelfs gelach, hoofdzakelijk van de andere afgestudeerden in reactie op de grap voor ingewijden dat hij en Lynn een tweeling waren, want het was nauwelijks mogelijk twee mensen te vinden die minder op elkaar leken.

Lynn liep de treden af aan de andere kant van het podium en draaide zich om om te kijken hoe Michael naar de decaan liep. Hij zag er reusachtig uit in zijn toga, en de twistlocks die niet waren afgeschoren voor zijn geplande craniotomie staken onder zijn hoofddeksel uit.

Lynn was geschokt. Ze kon niet geloven wat de decaan net tegen haar had gezegd. Kon het waar zijn dat er een kans bestond dat ze naar Boston mocht voor haar arts-assistentschap en als er plaats was, kon ze Charleston dan verlaten? In eerste instantie was Carl uit het Shapiro gehaald na de berichten over misbruik door Sidereal Pharmaceuticals, maar omdat zijn situatie onveranderd zou blijven en omdat het Shapiro eerder zo goed was geweest in het zorgen voor mensen in een vegetatieve staat, overwogen Carls ouders hem weer terug te laten plaatsen. In dat geval zou Lynn maar beperkte bezoekmogelijkheden hebben.

Ze moest wel glimlachen toen ze naar Michael en de decaan keek. Dokter English hield zijn bul vast en zei veel meer tegen hem dan alleen maar 'Gefeliciteerd', zoals ze ook bij haar had gedaan, want ze bedankte hem ongetwijfeld ook voor zijn rol bij de onthulling. Maar terwijl ze keek zag ze Michaels blik heel even in haar richting schieten, waardoor Lynn vermoedde dat er iets werd gezegd over haar en misschien over Boston. In plaats van direct terug te lopen naar haar plaats, zoals de instructie luidde, wachtte ze op Michael. Toen hij met de bul in zijn hand dichterbij kwam, zag ze dat hij schuldig keek. Ze kende hem zo goed.

'Heb jij tegen haar gezegd dat ik naar Boston wilde?' vroeg Lynn.

'Wie? Ik?' vroeg Michael onschuldig. 'Waarom zou ik zoiets zeggen?'

'Ik weet het niet. Daarom vraag ik het.'

'Misschien omdat het het beste voor jou zou zijn,' zei Michael. Hij gebaarde dat ze terug moesten lopen naar hun stoel. 'En voor mij misschien ook wel,' voegde hij eraan toe.

Lynn bleef staan, draaide zich om en gaf Michael een snelle knuffel en een kus op de wang, hoewel ze door iedereen gezien konden worden. Lynn was nooit zo openlijk liefhebbend. Het gebaar resulteerde in nog meer applaus en gefluit van hun medestudenten. Inmiddels wist iedereen over de rol die ze hadden gespeeld in het aan het licht brengen van het onethische en zelfs moorddadige complot waarbij het medisch centrum was betrokken. Lynn en Michael beschouwden zichzelf misschien niet als helden, maar ieder ander zo ongeveer wel.

'Zijn ze dat?' fluisterde Leonid in het Russisch toen Lynn en Michael weer gingen zitten.

'Ja,' snauwde Darko. Hij en zijn partner stonden helemaal achteraan bij het publiek. Ze waren sportief maar keurig gekleed in witte overhemden, leren jasjes en jeans. Geen van tweeën was gevangen in het brede sleepnet dat de FBI had uitgegooid tijdens het onderzoek naar en het ontmantelen van het Middleton-Siderealcomplot. Als huurmoordenaars stonden ze niet geregistreerd als personeelsleden en niemand van de andere samenzweerders durfde hen te noemen, uit angst voor hun reputatie en onvermijdelijke wraak. 'Waarom leggen we ze niet gewoon om en vergeten het verder?' zei Leonid. Geen van de twee mannen zag de studenten als helden. Integendeel.

'Dat zou ik graag doen maar we moeten wachten tot we horen van Sergei,' zei Darko. 'Laten we gaan. Ik heb genoeg gezien.'

De twee mannen liepen in de richting van de parkeergarage. Darko had de studenten nog een keer willen zien om zeker te weten dat hun gezichten in zijn geheugen waren gegrift na zijn korte, gewelddadige maar helaas onbesliste ontmoeting met hen.

'Waarom hebben we nog niks van Sergei gehoord?' vroeg Leonid toen ze in hun auto stapten. 'Het is al meer dan een maand geleden.'

'Hij heeft veel aan zijn hoofd,' zei Darko. 'Vooral nadat Interpol hem en Boris uit Genève terug naar Moskou heeft gejaagd. We zullen wel van hem horen. Ik weet zeker dat hij wil dat we iets doen. Die twee studenten hebben een hoop rotzooi en tijdverlies veroorzaakt, waardoor Sidereal tijdelijk moet stoppen met het produceren van biologicals tot een nieuwe ziekenhuisketen is aangetrokken als partner. Ik kan me niet voorstellen dat hij bereid is hen zomaar te laten lopen. Ik zeker niet...'